Darren Williams est né en 1967.
Il vit à Brisbane.

Darren Williams

# CONSÉQUENCES

ROMAN

*Traduit de l'anglais (Australie)*
*par Fabrice Pointeau*

*Sonatine éditions*

TEXTE INTÉGRAL

TITRE ORIGINAL
*Angel Rock*

ÉDITEUR ORIGINAL
HarperCollins


ISBN 978-2-7578-3294-3
(ISBN 978-2-35584-165-1, 1re publication)

*Celui-ci est pour S.A.M.*

# Première partie

# 1

Les premières véritables chaleurs de l'été venaient de gagner Angel Rock dans un déferlement de mauvaise humeur et de coups de soleil sur le nez l'après-midi où Tom Ferry, presque treize ans et toujours candide, se dirigeait vers l'épicerie Coop's Universal depuis l'endroit où le bus scolaire l'avait déposé. Le trottoir était brûlant et l'herbe de chaque côté, pleine d'épines, et il devait sautiller de temps à autre pour soulager la plante de ses pieds nus. Lorsqu'il atteignit la vaste zone d'ombre sous la véranda de l'hôtel, il s'attarda un moment pour laisser à ses pieds le temps de refroidir. Puis il plaça une main en visière et regarda en plissant les yeux la rue inondée de lumière. Cinquante mètres plus loin, l'auvent d'Universal lui offrirait son dernier répit avant la maison. Deux pancartes décolorées – une Coca-Cola d'un rouge orangé, une Bushells bleu pâle – y étaient suspendues. Le soleil décolorait les choses, certes, mais il les faisait aussi grandir. Le soleil le faisait grandir, *lui*. Il le sentait indéniablement. Il n'avait plus l'impression d'être un petit garçon – rien à voir avec Flynn – et il trouvait ça agréable ; il aimait sentir que son corps s'allongeait, que ses muscles grossissaient sur ses os, que le sol s'éloignait de plus en plus.

Il se passa la langue sur les lèvres et se remit en route. Presque aussitôt la plante de ses pieds recommença à le brûler. Il courut, inspirant l'air chaud à travers ses lèvres arrondies, le recrachant violemment, soulevant les pieds et tentant de les garder en l'air aussi longtemps que possible. La boutique lui semblait toujours terriblement loin ces temps-ci, et, lorsqu'il l'atteignit enfin, il s'arrêta et se pencha en avant, mains sur les genoux, pour reprendre son souffle. Après quoi il marcha jusqu'au gros congélateur hors d'âge qui se trouvait juste derrière la porte et en souleva le battant. Quatre grosses demi-lunes de glace s'étaient formées sur les parois intérieures. Il se pencha au-dessus d'elles, et plongea les mains et la tête dans l'air frais. Il plaça une joue contre la glace, inspira et sentit le froid lui descendre directement dans la poitrine. La sensation lui arracha un éclat de rire et il agita les mains pour écarter la brume jusqu'à distinguer la boîte d'esquimaux au fond du congélateur. Il huma leur parfum doux et frais – de la crème glacée enrobée de glace rouge – avant d'en tirer un par son bâton. Il rabaissa le battant du congélateur et courut jusqu'au comptoir au fond de la boutique.

« Madame Coop ! appela-t-il. Madame Coop ! »

L'épicière était invisible, mais, durant le silence qui suivit, il l'entendit dans l'arrière-boutique. La lumière vive qui pénétrait par la porte de derrière illuminait le couloir sur toute sa longueur et s'interrompait au niveau du tabouret installé dans l'entrebâillement. Presque à chaque fois qu'il venait, Tom la trouvait assise là, en train de s'éventer avec un vieux morceau de carton. Au-dessus de son tabouret, en haut du mur, se trouvait un alignement poussiéreux d'interrupteurs bruns en bakélite ; à côté, le compteur électrique et la boîte à fusibles, et encore à côté, suspendus à un clou, une superposition de calendriers expirés dont le plus récent datait de 1969. Au-dessus du comptoir, un amas tout poisseux de vieux papier collant parsemé de grosses mouches, de guêpes et de scarabées oscillait doucement dans la brise – un souvenir macabre de jours d'été depuis longtemps révolus. Aux pieds de Tom, le long des présentoirs, les pas d'innombrables clients avaient creusé le plancher. Il suivit les traces de pas en attendant que Mme Coop arrive, donnant de petits coups sur les étagères avec la pièce de monnaie qu'il tenait à la main. Il n'y avait personne d'autre dans la boutique et les bonbons semblaient lui faire des clins d'œil tandis qu'il tournait en rond. Il songea à se servir, à les avaler avant que Mme Coop apparaisse, mais ses oreilles se mirent immédiatement à chauffer et il dut penser à autre chose pour qu'elles retrouvent une température normale. Il ferma les yeux et inhala les parfums de la boutique. Il s'imagina un veau déambulant entre les bureaux à l'école, collectant les manuels dans sa bouche dégoulinante, et il imagina son instituteur, M. May, pointant sur le tableau une canne à pêche au lieu d'une craie, puis il vit le cou lisse de la fillette qui était assise devant lui en classe et il se demanda, pour la première fois de sa vie, à quoi pouvait bien ressembler un baiser.

Lorsqu'il rouvrit les yeux, l'esquimau dans sa main commençait déjà à fondre. Il était sur le point d'appeler de nouveau lorsqu'il entendit l'épicière arriver, la vit se dandiner à cause de sa hanche douloureuse, reconnut son souffle sifflant. Une robe bleue avec des fleurs jaune pâle enveloppait son corps corpulent, et elle tenait contre sa hanche, telle une récolte fraîchement cueillie, un panier plein de linge qu'elle venait de décrocher. La profonde ligne noire de son décolleté attira le regard de Tom et le retint pendant une longue seconde.

« Bonjour, madame Coop, dit-il, levant le menton.

– Bonjour ! répondit-elle en clignant des yeux. Qui est-ce ?

– Tom Ferry.

– Ah ! Bonjour, Thomas. L'école est finie ?

– Oui, m'dame.

– Des projets pour le week-end ?

– Oui, m'dame.

– C'est bien ! Qu'est-ce que je peux faire pour toi ?

– Ceci, répondit-il en soulevant l'esquimau par son bâton. Combien ?

– Trente-cinq cents.

– Ça a augmenté !

– Vraiment ? »

Tom regarda l'esquimau avec désespoir, puis Mme Coop.

« Je n'ai pas assez d'argent, et je ne peux pas le reposer parce qu'il est déjà en train de fondre. »

Mme Coop partit à rire puis agita la main, faisant trembloter la chair de ses bras.

« Eh bien, tu auras une dette, répliqua-t-elle. Ou bien, mieux encore, quand tu auras fini de le manger, tu pourrais arracher l'herbe qui pousse devant la boutique et nous serons quittes.

– Vous êtes sûre ?

– Oui. Maintenant, vas-y, mange-le avant que ce ne soit plus que de l'eau colorée !

– D'accord. Merci, madame Coop. Merci beaucoup. »

Tom se retourna pour sortir, mais il se rappela alors quelque chose.

« Oh ! et un paquet de Marlboro, s'il vous plaît. Pour Henry. Sur son compte.

– D'accord. »

Tandis que Mme Coop attrapait le paquet, Tom passa la tête par la porte. Des touffes d'herbe hautes de trente centimètres jaillissaient des crevasses qui fendillaient le béton du trottoir, depuis les poteaux qui soutenaient l'auvent jusqu'au mur de la boutique.

« Est-ce que je peux revenir faire ça demain, madame Coop ? cria Tom.

– Bien sûr que oui, répondit-elle depuis l'obscurité. Tu peux y aller.

– D'accord. À demain.

– C'est ça. Au revoir. »

Tom courut jusqu'au bac au bout de la rue. Il s'assit sur l'un des montants de l'embarcadère et mordit avidement dans l'esquimau, mais le froid lui donna aussitôt mal à l'avant de la tête. Une fois la douleur passée, il se remit à manger plus lentement, rattrapant la glace fondue dans le creux de sa main. Le bac était sur la rive opposée et il vit le vieux passeur assis dans sa cabine en train d'attendre les voitures, les volutes sinueuses qui s'élevaient de sa pipe se dissipant dans la brise. De gros nuages blancs filaient dans le ciel et un vent rafraîchissant commençait à se lever, agitant la chemise de Tom. Il n'y aurait pas d'école pendant une semaine et une nouvelle fusée Apollo était en route vers la lune, ce qui faisait paraître la petite ville d'Angel Rock beaucoup plus excitante que d'ordinaire. Demain, s'il faisait toujours chaud, il emmènerait Flynn nager, ou peut-être pêcher, et plus tard, après le dîner, ils pourraient s'allonger dans l'herbe dehors et essayer de repérer Apollo, ou juste l'imaginer s'élevant à toute vitesse parmi les étoiles.

Il continua de regarder de l'autre côté de la rivière et oublia bientôt où il était, son esprit enchanté par des images d'atterrissages lunaires et de fusées, d'astronautes et de capsules suspendues à des parachutes. Il se demandait si l'insigne Apollo II qu'il avait commandé au *Post* arriverait un jour. Il resta assis, l'esquimau gouttant par terre, jusqu'à ce qu'un bruit d'agitation lui parvienne. Il se retourna et regarda en direction de la ville. Le bus du lycée de Laurence venait de déposer une douzaine de gamins en sueur et excités dans la rue principale, et, à travers les ondes de chaleur qui s'élevaient de la chaussée, il vit Sonny Steele et son petit copain Leonard qui marchaient dans sa direction. Il laissa échapper un gémissement. C'était à peu près depuis ce même endroit – juste après les pompes à essence du Golden Fleece – qu'il avait un jour vu Jack Webber donner un coup de hache à son frère Joe, comme si ce dernier était un arbre qu'il fallait abattre. Un après-midi d'été exactement semblable à celui-ci. Le temps qu'il se précipite jusqu'à l'endroit où les deux se faisaient face, et la hache était plantée dans Joe – en plein dans son flanc –, et pourtant il continuait de marcher, mais bizarrement, comme l'homme qui vivait dans la vallée et qui avait eu la polio, et il s'était jeté sur son frère en levant les poings tandis que son visage devenait exsangue. Pop Mather, le flic du coin, était alors arrivé en courant et il avait plaqué Jack au sol avant de lui en coller une. Puis il avait sauvé la vie de Joe en enfonçant sa propre chemise dans la blessure pour contenir le saignement. Henry prétendait que c'étaient l'alcool et les femmes qui les avaient poussés à se battre, et il disait que ni l'un ni l'autre ne valait la peine de planter une hache dans quelqu'un, surtout un membre de sa famille.

Tom se rappela cette scène en voyant les deux garçons plus âgés accélérer l'allure, et il aurait souhaité de tout cœur avoir une hache à portée de main. Il se leva et commença à marcher vers la maison, enfonçant le paquet de Marlboro sous l'élastique de son caleçon. Mais il ne courrait pas – il savait que ça ne servirait pas à grand-chose.

Lorsqu'ils l'eurent rattrapé, il se figea et se retourna pour leur faire face. Sonny et Leonard s'arrêtèrent à leur tour, dégoulinant de sueur, bouche ouverte tels des chiens haletants. Sonny le regarda fixement. Sonny avait été élève à la primaire catholique avant d'aller au lycée. Tom se disait qu'il devait être comme certains garçons de sa classe qui s'attiraient toujours des ennuis, qui n'obéissaient jamais, ces garçons dont les pères avaient les cheveux coupés à ras et portaient leur pantalon remonté, dont les mères aux bras tannés étaient lourdes et empruntées dans leurs robes à fleurs quand elles allaient faire leurs courses le samedi matin. Sonny était l'un d'eux. Il avait presque trois ans de plus que Tom, mesurait trente centimètres de plus et était deux fois plus large. Il avait des cheveux sombres et bouclés, et un visage curieusement plat et sans traits. Un œil marron foncé et l'autre si pâle qu'il était presque incolore. Tom se disait qu'il avait dû être autrefois bleu mais qu'il s'était délavé. *Œil vairon*, c'était le surnom que lui avait donné Henry. Il disait que sa famille était ignorante et qu'il ne fallait pas faire attention à lui, mais c'était difficile quand Sonny ne cessait pas de le harceler. Il aimait se prendre pour un Indien, se cacher, tendre des embuscades, faire semblant de scalper les autres. Mais cette fois-ci, ce n'était pas une embuscade – rien qui fût digne d'un Indien –, c'était une simple agression en traître. Tom serra les dents, une petite pointe de peur lui nouant l'estomac malgré son mépris.

« Regarde-moi ça, une verrue qui mange un esquimau ! commença Sonny. Regarde ça, Leonard, une grosse verrue avec une bouche ! »

Leonard ricana.

« Ouais ! » s'exclama-t-il bêtement, comme à chaque blague ou commentaire de Sonny.

Leonard était si élancé et couvert de taches de rousseur qu'il n'aurait pas dépareillé en Afrique parmi les léopards et les hyènes.

« Qu'est-ce que vous voulez ? » demanda Tom en poussant un soupir.

Sonny arqua les sourcils et esquissa un sourire narquois qu'il conserva jusqu'à ce que l'irritation de Tom prenne le dessus sur sa nervosité. C'était vendredi après-midi, le monde changeait et lui aussi, et ce n'était pas juste qu'il se retrouve encore planté là à supporter Sonny comme il l'avait toujours fait.

« Donne-nous ça, tête de nœud ! » ordonna soudain le caïd en désignant l'esquimau.

Tom le regarda. Il ne restait presque rien sur le bâton autour duquel une mouche tournoyait tel un vautour minuscule.

« J'ai dit : donne-nous ton foutu esquimau ! » répéta Sonny.

Tom fit passer l'esquimau à sa main gauche et leva son poing droit, crachant sur les jointures de ses doigts comme il avait vu des acteurs le faire au cinéma, et aussi Henry à une ou deux reprises.

« Vous allez devoir le prendre vous-mêmes », répliqua-t-il, et l'espace se resserra immédiatement entre Sonny et lui, comme si un vide les avait rapprochés, repoussant tout le reste au second plan.

Ç'avait toujours été comme ça – un affrontement physique et moral que Tom n'avait jamais pris la peine de remettre en cause.

Les bruits du monde s'évanouirent et bientôt il n'entendit plus que le sang qui lui battait les oreilles. Le ciel n'était rien qu'un voile silencieux de bleu et de gris au-dessus d'eux. Sonny se rua sur lui et lui saisit le poignet d'une main tout en lui arrachant l'esquimau de l'autre pendant que Leonard s'approchait de temps à autre tel un chien de bétail pour le pincer – suffisamment fort pour laisser des demi-lunes de peau déchirée. Puis Sonny usa de son poids pour pousser Tom en arrière, qui chancela, battant des bras, jusqu'à ce que Leonard place son tibia osseux derrière son genou et l'envoie par terre.

« Bien joué, Leonard, bien joué ! » s'écria Sonny.

Il s'assit brutalement sur la poitrine de Tom avant que celui-ci ait eu le temps de se dégager et entreprit de manger le reste de l'esquimau. Tom essayait de respirer, et il sentait son visage devenir brûlant et la sueur poindre sur son front. Leonard attendait que Sonny lui dise quoi faire tout en tordant vicieusement le poignet de Tom.

« Gros… connard… de… Steele ! » parvint-il à cracher.

Sonny ne répondit rien, se contentant de projeter des postillons rougeâtres sur le visage de Tom à travers ses lèvres pincées.

« Ouvre-lui la bouche, Len. »

Leonard essaya, prudemment, mais Tom lui mordit le doigt et il battit en retraite en jurant. Tom tenta de se libérer du corps de Sonny qui pesait sur lui, mais, lorsqu'il échoua misérablement, il décida qu'il avait d'autres armes à sa disposition. Il pouvait poser une question, par exemple, histoire de distraire Sonny. Et celle qui lui vint à l'esprit semblait directe et raisonnable, le genre de question à laquelle il n'aurait pas refusé de répondre s'il y avait été forcé.

« Pourquoi tu fais ça, Sonny ? » demanda-t-il, haletant.

Sonny le regarda fixement un moment, puis il releva la tête et scruta la rue. La rigolade touchait à sa fin. Des adultes risquaient de le repérer à tout instant. Il baissa de nouveau les yeux vers Tom. Il semblait réfléchir sérieusement à la question, mais il retourna alors Tom sur le ventre, et lui enfonça la tête dans l'herbe et les cailloux. Il poussa de plus en plus fort, et lorsque Tom eut de la terre plein les yeux et le nez, lorsque des larmes se mirent à couler sur ses joues, Sonny se pencha, si près que son visage lisse et en sueur – des lèvres bordées de rouge poisseux, des dents rongées par une pourriture brune – emplit le champ de vision de Tom comme une lune infecte.

« Parce que ton père est un *ivrogne* et que ta mère est une *sale putain* ! » siffla-t-il avec une grimace.

Tom battit des paupières, temporairement paralysé par la cruauté qu'il percevait dans les yeux de Sonny, mais une voiture approcha alors dans la rue, et une seconde plus tard Sonny et Leonard avaient décampé. Tom s'assit et ôta les cailloux de sa joue et de ses cheveux. Le vieux fermier qui passait en voiture ralentit pour voir ce qu'il fabriquait assis au bord de la route, puis il agita lentement la main lorsqu'il vit qu'il n'était pas trop amoché, juste la victime d'une bagarre d'écoliers. Tom lui adressa un hochement de tête et le fermier souleva un doigt du volant en guise de salut avant de se concentrer de nouveau sur la route. Lorsqu'il fut passé, Tom regarda Sonny et Leonard qui s'éloignaient dans la rue. De temps à autre, Sonny se retournait et le fusillait du regard en crachant par terre.

Il épousseta la terre et les brins d'herbe collés à ses vêtements, et rentra chez lui en longeant la rivière, regardant l'eau comme il le faisait chaque fois, juste au cas où quelque chose d'intéressant flotterait sur le courant. Lorsqu'il arriva chez lui environ un quart d'heure plus tard, il se lava le visage au robinet du jardin et se rinça la bouche en crachant abondamment. Il se passa de l'eau fraîche aux endroits où Leonard l'avait pincé. *Sale dégonflé !* enrageait-il à voix basse.

Il entra dans la maison et posa le paquet de cigarettes debout sur la table de la cuisine. Elles étaient un peu écrasées, mais, comme il savait qu'une cigarette courbée était une cigarette fumable, il ne s'en faisait pas trop – et au moins Sonny ne les lui avait pas piquées. Il alla s'asseoir devant la télévision et ne la regardait que depuis quelques minutes lorsque Mme Clark, la voisine, arriva avec Flynn.

« Bonjour, madame Clark. Salut, Flynn.

– Salut, répondit Flynn.

– Bonjour, Tom, dit Mme Clark. Flynn a été sage aujourd'hui. N'est-ce pas, Flynn ? »

Flynn acquiesça. Il n'avait que quatre ans et n'était censé commencer l'école que l'année suivante. Après le départ de Mme Clark, il ne tarda pas à s'endormir sur le canapé avec la bouche ouverte. Tom plaça le ventilateur devant lui et l'alluma, puis il se rendit dans leur chambre, attrapa leur dictionnaire junior sur l'étagère, et alla s'asseoir sur l'une des chaises en rotin défoncé de la véranda. Il ouvrit le dictionnaire posé sur ses cuisses. Il ne savait pas ce que « putain » signifiait réellement, mais, vu que ce mot était sorti de la bouche de Sonny, cela ne pouvait pas être un compliment. C'était probablement une sorte de maladie, peut-être même quelque chose de mortel. Il chercha le mot dans le dictionnaire, mais, n'étant pas certain de son orthographe, peina à le trouver. Il trouva « pus », qui avait bien à voir avec les maladies, puis « pustule », qui décrivait une sorte de petit bouton. Il trouva ensuite « putois », qui était assez proche, mais il était à peu près certain que Sonny n'avait pas comparé sa mère à un animal. Il posa le dictionnaire par terre, plaça ses mains derrière sa tête comme il avait vu Henry le faire, et regarda en direction de la rivière. Les longs roseaux près de la rive ployaient sous la brise, mais, à part ça, presque rien ne bougeait. Il resta assis là à regarder devant lui, et ses paupières commençaient à être lourdes lorsqu'il entendit une voiture approcher sur la route qui menait à la ville. Il vit alors la Holden, avec sa mère au volant. Il se pencha, ramassa le dictionnaire et le rapporta dans sa chambre, un sentiment de culpabilité l'envahissant comme s'il s'était agi de l'un des magazines qu'Henry cachait dans la remise.

Lorsqu'elle gravit les marches, il était de nouveau assis sur la chaise en rotin près de la porte. Elle se pencha et l'embrassa sur la joue. Il songea qu'elle avait l'air très fatiguée.

« Où est Flynn ?

– Il dort.

– Bien… Écoute. Je dois retourner au travail dans environ une heure. Et je vais devoir travailler demain. Quand Henry rentrera, est-ce que tu pourrais lui préparer son dîner ? »

Tom regarda ses orteils en fronçant les sourcils. Sa mère posa la main sur sa tête et lui caressa les cheveux.

« Je sais. Je suis désolée. Mais je n'ai pas le choix. Nous avons besoin de cet argent. Tu le sais. »

Il acquiesça.

« Oui.

– Tu es un bon garçon. J'ai acheté des saucisses. Fais cuire quelques pommes de terre et des petits pois pour aller avec. Assure-toi que Flynn mange ses légumes.

– Oui.

– Bien. Je vais aller prendre une douche et me changer. » Elle l'embrassa sur le front. « Tu es un bon garçon, Tom. Qu'est-ce que je ferais sans toi ? »

Il leva les yeux vers elle. Parfois, l'odeur de sa mère suffisait à le faire se sentir mieux, et, quand elle avait ce sourire – un sourire un peu triste mais teinté d'espièglerie –, il repensait à l'époque où ils vivaient tous les deux ; avant Henry, et avant Flynn. Il aimait croire qu'elle aussi se rappelait cette époque, du moins une fois de temps en temps.

Il la suivit à l'intérieur et s'assit à côté de son petit frère. Il écouta sa mère s'affairer dans la maison et regarda les fins cheveux blonds de Flynn que le ventilateur faisait se soulever et retomber. Au bout d'un moment, sa mère revint et lui posa la main sur l'épaule.

« Bon, Tom, au revoir. Sois sage. Henry ne devrait pas tarder. » Elle n'eut pas le temps d'achever sa phrase qu'on frappa à la porte, suffisamment fort pour réveiller Flynn. « Bon sang ! grommela-t-elle.

– Qu'est-ce qui se passe ? » demanda Flynn en entrouvrant les yeux.

Tom jeta un coup d'œil dans sa direction, et, lorsqu'il se tourna de nouveau vers sa mère, celle-ci était déjà dans le couloir.

Flynn, somnolent, se laissa glisser du canapé et se dirigea vers la porte. Tom lui emboîta le pas. Un homme se tenait sur la véranda. Flynn s'arrêta net et le regarda fixement, et Tom fit de même. L'homme avait d'épais favoris gris et de longs cheveux emmêlés qui lui descendaient jusqu'aux épaules. Ses mains étaient grandes et brunes, ses ongles, jaunes, bordés de noir sous leur extrémité irrégulière. Malgré la chaleur, il portait un pull en laine avec de grands trous béants sous une infecte veste en tweed. Il avait un chapeau à large bord, et il les regarda avec des yeux aussi noirs que des pierres.

« Vous auriez quelque chose à manger, m'dame ? demanda-t-il. J'ai une faim de loup. »

Flynn gloussa. L'homme baissa les yeux vers lui et il cessa aussitôt.

« J'ai peut-être quelque chose », répondit Ellie Gunn, et elle retourna dans la cuisine.

Tom et son frère restèrent où ils étaient. L'homme regarda autour de lui comme s'il cherchait quelque chose, puis il baissa de nouveau les yeux vers eux.

« C'est quoi ton nom ? demanda-t-il à Flynn d'une voix aussi âpre que de l'écorce d'eucalyptus.

– Flynn, répondit le garçon. Et le vôtre ?

– Ah !… Billy », fit l'homme, comme s'il n'en avait guère l'utilité. Il opina du chef, répéta de nouveau son nom, mais cette fois plus doucement : « *Billy*. »

Ellie revint avec quelque chose enveloppé dans du papier aluminium, et autre chose dans un sac en papier marron. Tom perçut une odeur de poulet froid et l'eau lui vint à la bouche.

« C'est tout ce que j'ai sous la main, j'en ai bien peur, déclara sa mère en tendant la nourriture à l'homme.

– Mille mercis, m'dame », répondit-il en la saisissant.

Il lui fit un geste de tête, puis un autre en direction des garçons, avant de se retourner et de longer l'allée jusqu'au portail, qu'il referma soigneusement derrière lui.

« C'était qui, maman ? demanda Flynn.

– Un clochard. Un vagabond. Voilà qui c'était. » Elle souleva son fils et le balança d'avant en arrière. « Sois gentil avec ton frère et je serai là quand tu te réveilleras.

– D'accord. »

Tom la regarda marcher jusqu'à la voiture, puis rejoindre la route en marche arrière. Elle resta là à regarder droit devant elle pendant quelques instants. Tom scruta la rue, mais ne parvint pas à voir le vagabond. Au bout d'un moment, sa mère se tourna vers eux, leur fit un signe de la main et démarra. Tom agita la main et marcha jusqu'au portail pour la regarder partir. La voiture s'éloigna dans la longue ligne droite puis disparut au premier virage. Il s'engagea sur la route en inspectant tout autour de lui, mais le vagabond était invisible. Il courut vers la maison, se colla aux planches fraîches du mur et regarda de l'autre côté. L'homme était là ; il traversait en diagonale le champ de vaches qui jouxtait la maison. Tandis que Tom l'observait, le vagabond jeta un os de poulet par-dessus son épaule, et après quelques pas il se retourna pour regarder en direction de la maison. Tom recula vivement et attendit une bonne minute avant de s'approcher doucement de l'angle pour jeter un nouveau coup d'œil. Trop tard. L'homme avait disparu. Peut-être qu'il avait grimpé à un arbre.

Il marcha jusqu'à la pelouse de derrière et observa un moment les arbres, puis il rebroussa chemin et rentra dans la maison. Flynn était de nouveau sur le canapé, suçant son pouce, ses yeux se refermant déjà. Tom alla s'asseoir sur la chaise en rotin à l'avant. Il plaça son menton dans sa main et ne tarda pas à rêver que sa mère accrochait du linge à une corde interminable.

Quand Tom se réveilla, le soleil couchant se reflétait sur le ciel devant lui et une grande nuée d'oiseaux tournoyait au-dessus de la rivière. Henry Gunn approchait dans l'allée avec sa tronçonneuse sur l'épaule. Ses vêtements et ses bottes étaient couverts de sciure, son front était pâle à cause du chapeau qui le protégeait du soleil. En atteignant la porte, il passa la main dans les cheveux de son beau-fils. À l'intérieur de son avant-bras, Tom vit la longue cicatrice irrégulière qu'il s'était faite un jour que sa tronçonneuse avait rebondi contre un tronc d'arbre. Les marques laissées par les points de suture mesuraient deux bons centimètres, et l'on aurait dit que quelqu'un lui avait lacé la peau comme une chaussure. Henry s'arrêta juste après avoir franchi la porte et lui demanda où était sa mère. Tom répondit, et Henry fit la moue et se rendit à la salle de bains.

Tom prépara le dîner pendant qu'Henry nettoyait la puanteur et la crasse de sa journée de travail. Lorsque le repas fut prêt, Tom remplit trois assiettes de saucisses, de purée et de petits pois. Henry s'assit et se mit à manger. Contrairement à leur mère, il ne leur faisait jamais dire le bénédicité. Tom et Flynn l'imitèrent et attaquèrent leur repas. Entre deux bouchées, Henry annonça :

« J'ai besoin de toi pour charger des troncs demain, Tom. Ils ferment la zone où j'ai trouvé tout ce bon bois la semaine dernière et Bloody John s'est cassé le bras aujourd'hui. »

Un sentiment de découragement s'empara de Tom. En temps normal, il aurait voulu avoir plus de détails sur le bras cassé de Bloody John, mais pas un vendredi, pas quand Henry voulait le faire travailler un samedi.

« Et Flynn ? bafouilla-t-il, la bouche pleine.

– Quoi, Flynn ?

– Maman va travailler demain.

– Ah ! Alors c'est Mme Clark qui le gardera. »

Tom attendit quelques instants.

« Non, Mme Clark ne peut pas. Elle doit aller à Laurence. »

Henry reposa violemment sa fourchette sur la table.

« Bon sang ! » s'écria-t-il.

Flynn sursauta.

« Je vais le garder, dit Tom. Il pourrait m'aider à mettre la sciure en sacs.

– Non, c'est toi qui vas m'aider. »

Tom vit son samedi lui échapper.

« Mais, et M. Riley ?

– Il peut attendre une journée pour sa foutue sciure, non ?

– Mais…

– Bon Dieu de bois, Tom, ça suffit ! Je n'ai pas les moyens de payer quelqu'un, et j'ai besoin de récupérer ce foutu bois ! »

Tom n'ajouta rien et ils continuèrent de manger en silence. Il ne voyait pas quelle autre carte il pouvait jouer, pas en l'absence de sa mère. Flynn se mit à glousser et à cracher de la purée sur l'avant de sa chemise.

« Flynn ! cria Tom. Qu'est-ce que tu fais ?

– Il peut venir avec nous, déclara Henry tout en mâchant et en regardant fixement Flynn. Il sera très bien dans le camion. »

Tom considéra tour à tour son beau-père et Flynn, mais il se mordit la langue et ne protesta pas. Après le repas, une fois la table débarrassée, Henry alla chercher la tronçonneuse sur la véranda et la posa sur la table sous la lumière. Il fixa la lime d'affûtage au manche et entreprit d'aiguiser chaque dent de la chaîne. Flynn s'installa sur le canapé devant la télévision et se remit à sucer son pouce.

« Assure-toi que Flynn prend son bain avant d'aller se coucher, marmonna Henry, tout à sa tâche.

– Oui. »

Tandis qu'il faisait la vaisselle, Tom enrageait et se mit à repenser à Sonny Steele. Une nouvelle question prit forme dans son esprit, mais celle-ci était bien plus dangereuse que celle qu'il avait posée à Sonny. Une fois la vaisselle finie, il se retourna et observa Henry pendant un moment. De temps à autre, la main d'Henry ralentissait, son menton s'affaissait et ses paupières tombaient, puis il se ressaisissait, secouait la tête et continuait. Tom se sentait un peu étourdi, mais il inspira une grande bouffée d'air, la retint dans ses poumons, et posa sa question.

« Henry ?

– Mmmm.

– C'est quoi une putain ? »

Henry ne répondit pas immédiatement, mais il le regarda sévèrement, lui accordant soudain toute son attention, oubliant la tronçonneuse et la lime qu'il tenait à la main.

« Où as-tu entendu ce mot ? »

Tom ravala sa salive. Il ne pouvait pas mentir à Henry quand il le regardait ainsi, quand sa voix était si sourde et brusque.

« Sonny.

– Steele ? Quoi – c'est *toi* qu'il a appelé comme ça ? »

Le front d'Henry était creusé de plis profonds. Tom distingua quelques petites taches de savon aux endroits où il ne s'était pas parfaitement rincé le visage.

« Non.

– Alors pourquoi il a dit ça ? »

Tom garda le silence.

« Réponds-moi, ou ça va barder !

– Je ne sais pas pourquoi il l'a dit !

– Répète-moi – exactement – ce que ce petit connard a dit. *Exactement.* »

Tom tenta de ravaler la boule qu'il avait dans la gorge. Il se sentait un peu étourdi et imprudent, comme s'il était sur le point de déclencher une tempête furieuse et incontrôlable rien qu'avec sa langue.

« Maman, murmura-t-il. Il a dit : *ta mère est une putain.* Voilà ce qu'il a dit. »

Lorsque Henry se leva, il se prépara à recevoir une raclée, mais celle-ci n'arriva pas. Les cuisses de son beau-père heurtèrent la table et la soulevèrent légèrement, et la tronçonneuse et les outils allèrent se fracasser par terre. Henry ne sembla même pas s'en rendre compte. Il sentait toujours le savon et avait les cheveux humides, mais il renfila ses bottes de travail et se dirigea d'un pas lourd vers la porte. Tom le regarda grimper dans son camion et démarrer sur les chapeaux de roue en projetant des graviers tout autour de lui. Il sentit une peur glaciale lui nouer les entrailles, plus intense encore que celle qu'il avait ressentie dans l'après-midi. Il savait ce qui arriverait à quiconque se mettrait en travers du chemin d'Henry, mais surtout il était certain que la tempête qu'il venait de déclencher, si elle était dirigée vers Sonny, risquait de se retourner et de s'abattre ensuite sur lui.

# 2

« Hé, Darcy ! Darcy Steele ! La sainte-nitouche ! Montre-nous tes nichons ! »

Les garçons, avec leurs visages boutonneux et leurs cheveux longs, étaient bien plus âgés qu'elles, et Grace Mather n'avait pu dissimuler son inquiétude à leur apparition. Mais Darcy lâcha un gros éclat de rire et inspira une grande bouffée d'air avant de répondre :

« Cassez-vous, bande de connards ! »

Grace éclata de rire à son tour, au point de presque faire pipi dans sa culotte. Mais c'était un rire nerveux, compulsif, à donner le vertige. Les garçons restèrent plantés au bord de la route un peu plus longtemps, l'un d'eux portant des coups de bâton dans l'herbe haute pour se donner une contenance, puis ils reprirent leur chemin et disparurent derrière le centre agricole.

« Ils s'en seraient pris à moi si tu n'avais pas été là, déclara Darcy.

– Ce n'est pas moi qui les en ai empêchés.

– Si, c'est toi. Pop est ton père. C'est pour ça qu'ils ne m'ont pas poursuivie. Parce que tu étais ici. »

Grace haussa vaguement les épaules, pas convaincue.

« Ils t'ont déjà pourchassée ?

– Oui. Un paquet de fois.

– Pourquoi tu ne me l'as pas dit ? Qu'est-ce que tu as fait ?

– J'ai couru. Je suis plus rapide qu'eux.

– Ils t'ont déjà rattrapée ?

– Une fois.

– Qu'est-ce qui s'est passé ?

– Ils voulaient voir mes nichons, mon minou. Alors j'ai dit qu'ils les verraient s'ils me montraient leur bite. »

Grace regarda son amie en écarquillant de grands yeux.

« Et ils l'ont fait ?

– L'un d'eux, oui. L'autre s'est dégonflé. Mais je me suis enfuie avant que ce soit mon tour. Ha !

– À quoi ça ressemblait ? » murmura Grace.

Darcy fit une grimace, puis un grand sourire.

« Tu te souviens de la fois où nous avons aidé la nurse à s'occuper des petits garçons à la crèche ?

– Oui.

– Eh bien, c'était pareil. Comme une larve. Une larve rose. Mais…

– Mais quoi ?

– En plus gros… et avec des poils ! »

Darcy et Grace s'esclaffèrent en chœur. Puis elles continuèrent de ricaner jusqu'à ce que Darcy s'écrie : « Allons-y », et se remette à marcher. Grace la suivit. Elle semblait être la suiveuse ces temps-ci, mais, même si elle était plus âgée que Darcy de quelques mois, ça ne la dérangeait pas vraiment. Chaque samedi, Darcy voulait faire quelque chose, elle refusait de rester assise à discuter comme elles le faisaient auparavant. Mais il y avait à Angel Rock de moins en moins de choses à faire qu'elles n'avaient déjà faites, et Darcy devenait de plus en plus agitée. Dernièrement, Grace avait lu des livres et raconté à Darcy des choses qui pourraient l'intéresser, histoire de la distraire. Le samedi précédent, elle lui avait parlé d'Huck Finn et de son radeau, et maintenant Darcy voulait construire son propre radeau et voguer le long de la rivière tout comme lui.

Elles marchèrent comme convenu jusqu'à la scierie et se glissèrent par un trou dans la clôture. Plus personne n'y travaillait le samedi. Parfois, Tom Ferry récupérait de la sciure pour le boucher, mais aujourd'hui il n'était pas là. Elles déambulèrent parmi les amas de troncs d'arbres à la recherche de matériel pour leur radeau, s'épuisant une heure durant sous le soleil brûlant du matin jusqu'à avoir récupéré une palette, des morceaux de bois, quatre bidons d'huile vides, des bouts de corde, et l'un des fanions rouges que les bûcherons fixaient à l'extrémité des troncs avant qu'ils soient transportés.

Elles portèrent leurs trouvailles à travers le champ dégagé qui s'étirait entre l'arrière de la scierie et la berge, mais, lorsque vint le tour de la palette, elles s'aperçurent qu'elle était trop grosse pour passer dans le trou de la clôture, quelle que soit la manière dont elles s'y prenaient.

« Merde », grommela Darcy.

Elles s'assirent et regardèrent la palette, essuyant avec leur manche la sueur sur leur front.

« C'est la partie la plus importante. On ne peut pas la laisser.

– Je pourrais demander à Pop de nous aider, suggéra Grace.

– Tu ne peux pas lui demander ça ! Il risquerait de nous mettre les menottes ! »

Darcy s'esclaffa, mais Grace parvint à peine à sourire.

« On va simplement devoir se débrouiller avec ce qu'on a », trancha Darcy.

Elles marchèrent jusqu'à la rivière et regardèrent l'amas d'objets qu'elles avaient récupérés. Ça ne ressemblait pas vraiment à un radeau. Darcy essaya d'attacher l'un des bidons à une planche, mais la corde était trop courte.

« Merde ! » répéta-t-elle, et elle fit rouler un bidon le long de la berge.

Il tomba dans l'eau et s'éloigna en flottant. Les filles se regardèrent un moment puis, l'un après l'autre, elles jetèrent tous les bouts de bois et les bidons qui restaient dans la rivière. Après quoi elles s'assirent et regardèrent les débris dériver au gré du courant.

« Des bateaux risquent de les percuter », observa Darcy d'un air un peu rêveur après quelques minutes.

Grace acquiesça.

« Oui. Des bateaux risquent de couler. On ferait mieux de décamper avant que quelqu'un nous voie.

– Ils iront peut-être jusqu'à la mer.

– Oui. Jusqu'à Sydney. Allez, viens, dit Grace tandis que son cœur commençait à cogner dans sa poitrine.

– À quoi tu crois que ça ressemble là-bas ? demanda Darcy sans bouger.

– Où ça ?

– À Sydney.

– J'en sais rien. Plein d'immeubles, plein de maisons, plein de gens. »

Darcy acquiesça.

« J'irai un jour.

– C'est bien. Maintenant, viens ! »

Darcy haussa les épaules, mais elle se releva et épousseta l'herbe de sa robe. Elles regagnèrent la route sans croiser personne, s'arrêtèrent près de la voie ferrée, et burent au robinet qui se trouvait sur le côté de l'ancienne cabane du chef de gare. Elles se mouillèrent le front, et se lavèrent les mains et les bras. Au loin, le sifflet d'un train retentit. Elles grimpèrent sur le quai, s'assirent sur un vieux chariot à bagages et regardèrent vers le sud. Bientôt, elles aperçurent le train dans la vallée, fendant la brume de chaleur tel un navire. Darcy se leva. L'estomac de Grace se mit à gronder et elle consulta sa montre.

« Tu crois que je peux le battre ? demanda Darcy en mettant sa main en visière.

– Quoi ? Le train ?

– Oui. Jusqu'à l'arbre. »

Grace suivit des yeux les rails jusqu'à l'arbre – peut-être cent mètres plus loin – puis regarda en direction du train qui approchait, avant de se retourner vers Darcy. Celle-ci se tenait pieds nus dans la poussière, les doigts écartés sur la courbe de sa taille, la hanche rejetée sur le côté. Elle serrait le fanion rouge dans son autre main, et le soleil brillait derrière sa tête dorée. Grace songea que sa meilleure amie semblait capable de tout si elle le décidait, même de battre n'importe quel train à la course.

« Ah !… p-peut-être, bégaya-t-elle. S'il ralentit dans le virage.

– Peuh ! »

Darcy s'accroupit et attendit le train, un sourire rusé collé à ses lèvres. Le conducteur actionna son sifflet tandis que le train approchait, énorme et métallique, crachant de la fumée de diesel, scintillant dans le soleil. Grace recula de deux pas pour s'écarter de la voie et faillit recommander à son amie d'être prudente. Lorsque le train arriva à son niveau, Darcy s'élança, courant à toute vitesse le long de la voie, riant et agitant le fanion rouge au-dessus de sa tête comme un étendard. Les passagers du train la lorgnaient et des garçons ouvrirent une portière pour hurler des encouragements. Au même instant, Darcy atteignit l'arbre et se laissa tomber dans l'herbe, riant aux éclats, les joues rougies, et les cheveux collés à son visage et à son cou trempés. Grace la rejoignit, s'étendit lourdement à côté d'elle, respirant fort, le ciel d'un bleu intense faisant tournoyer des petits points lumineux devant ses yeux. Elles restèrent là à glousser jusqu'à ce que Darcy donne une tape sur la cuisse de Grace.

« Est-ce que je l'ai battu ?

– Oui ! »

Darcy leva les bras et serra les poings.

« Championne ! hurla-t-elle, mais un instant plus tard elle était de nouveau debout, tirant Grace par le bras. Viens, dit-elle. J'ai trop chaud maintenant. Allons nous baigner ! »

Elles marchèrent jusqu'au bac, parcourant les derniers mètres en courant et sautant à bord juste alors que la rampe se relevait. Le passeur les réprimanda, et Darcy lui tira la langue. Grace crut voir l'homme sourire, mais difficile d'en être certaine avec sa barbe. Lorsque le bac atteignit la rive du côté de la ville, elles passèrent sous le garde-fou et se mirent à courir dans la rue, dépassant le couvent et l'école, franchissant le champ plein de mauvaises herbes qui s'étirait derrière, longeant la vieille maison avec sa haie à l'abandon qui formait une sorte de rempart et ses arbrisseaux qui envahissaient la véranda, puis elles traversèrent un enclos parsemé de plants de tabac et de grands chardons où un poney miteux quitta l'ombre de son arbre pour simplement les voir escalader la clôture de l'autre côté et disparaître parmi les buissons qui menaient à la mare.

Le point d'eau était désert. La plupart des enfants se baignaient dans la rivière au niveau de la jetée ou du barrage. Grace n'aimait pas trop cet endroit, mais il faisait trop chaud pour faire la difficile. Darcy ôta sa robe et se débarrassa de sa culotte. Grace regarda autour d'elle.

« T'en fais pas, y a personne. »

Grace acquiesça nerveusement et entreprit de se déshabiller.

« Tu commences à avoir des seins, observa Darcy en désignant de la tête la poitrine de Grace, qui se mit à rougir. C'est pas trop tôt.

– Maman dit que je ne suis pas très précoce.

– Tu es carrément à la bourre ! »

Grace rougit de plus belle.

« Tu vas devoir mettre un soutien-gorge.

– J'aime pas ça.

– Moi non plus. Ça sert à rien. »

Darcy se retourna, descendit la berge et se glissa dans l'eau. Grace garda sa culotte et la suivit. Lorsqu'elle pénétra dans l'eau fraîche sous les arbres, elle eut la chair de poule et se mit à claquer des dents. Elle oublia bientôt qu'elle était presque nue et commença à barboter dans la mare, savourant la sensation de l'eau sur sa peau, si agréable après l'air chaud et moite.

Après avoir fait à quelques reprises le tour de la mare, Darcy grimpa sur la rive opposée et sauta dans l'eau depuis un rocher en saillie, le bruit de son plongeon résonnant sous la voûte de feuillage.

« Viens ! Essaie ! » lança-t-elle à Grace lorsqu'elle eut refait surface.

Grace résista, mais, après de longues supplications de la part de Darcy, elle céda et grimpa sur la berge. Elle se tint une minute sur le rocher, bras croisés, et rassembla son courage. Quand elle sauta, elle sentit au bout de ses orteils l'eau bien plus froide au fond de la mare, et elle regagna la surface en frissonnant. Elles sautèrent à tour de rôle jusqu'à ce que Darcy pointe le doigt en direction d'une branche d'arbre qui surplombait l'eau.

« Je vais grimper dessus et sauter, dit-elle.

– Ne sois pas idiote ! Elle est trop haute !

– Mais non. Je l'ai déjà vu faire. »

Grace regarda Darcy grimper à l'arbre puis se tortiller le long de la branche en surplomb, ses jambes couvertes de vase pendant de chaque côté.

« Fais attention ! s'écria Grace. Peut-être que l'eau n'est pas assez profonde !

– Conneries ! »

Darcy s'enroula autour de la branche et se laissa descendre. Elle resta un bref moment accrochée par les bras, puis lâcha prise. Grace plaqua sa main sur sa bouche et retint son souffle, tandis que le corps de Darcy semblait suspendu dans les airs avant de s'enfoncer dans l'eau avec un grand bruit, les vagues provoquées par l'impact submergeant presque Grace qui était agenouillée dans la partie peu profonde de la mare.

« Tu vois ? lança Darcy lorsqu'elle refit surface.

– Tu peux être une vraie andouille parfois, Darcy Steele », déclara Grace en secouant la tête.

Darcy se hissa sur la berge et s'assit, agitant la tête pour se sécher les cheveux. Grace la suivit et s'assit près d'elle.

« Tu veux une clope ? » proposa Darcy après un petit moment.

Avant que Grace ait pu répondre, elle alla farfouiller dans ses vêtements et revint avec deux cigarettes et une boîte d'allumettes. Elle en plaça une entre ses lèvres et l'alluma, la tendit à Grace, puis elle alluma la seconde. Grace porta la cigarette à sa bouche et inspira tandis que Darcy l'observait, son visage enveloppé de fumée.

« Bien ! On dirait que tu as fait ça toute ta vie ! »

Elles fumèrent jusqu'à ce que Grace commence à se sentir un peu nauséeuse. Darcy resta un long moment sans rien dire et Grace était sur le point de lui demander ce qui n'allait pas lorsqu'elles entendirent un bruit lointain parmi les arbres.

« Qu'est-ce que c'était ? » murmura Grace.

La cigarette tomba de ses doigts. Darcy se leva et regarda les buissons sur la rive opposée. Grace croisa les bras sur sa poitrine et commença à se glisser vers l'endroit où se trouvait sa robe. Elle entendit de nouveau le bruit, bien plus distinct cette fois. Puis un rire étouffé suivi d'une interjection féroce.

« C'est mon frère, chuchota Darcy. C'est Sonny. »

Elle se pencha et ramassa une poignée de vase, puis elle pénétra dans l'eau et la lança vers la rive opposée. Elle recommença, tenant sa cigarette dans sa main gauche, jusqu'à ce qu'un cri haut perché retentisse dans les buissons. Sonny et Leonard quittèrent leur cachette et filèrent à travers le sous-bois tels de petits kangourous. Grace vit Leonard lorgner les seins nus de Darcy et le triangle sombre sous son ventre.

« Je vais te dénoncer ! hurla Sonny.
– J'ai rien fait de mal ! répliqua Darcy. C'est moi qui vais te dénoncer ! »

Elle se pencha et creusa la berge en quête d'autres munitions, puis elle jeta un coup d'œil en direction de Grace.

« Allez, viens ! Tu vas m'aider, oui ?
– Je ne peux pas ! »

Darcy haussa les épaules et continua de lancer de la vase, même après que Sonny et Leonard furent hors de portée. Après quelques ultimes salves, elle vint se poster près de Grace, ramassa sa robe et la passa par-dessus sa tête.

« Ils font toujours ce genre de trucs », déclara-t-elle tout en enfilant sa culotte.

Grace se sentait encore plus nauséeuse qu'avant.

« Pourquoi tu ne t'es pas couverte ? »

Darcy sembla surprise par la question. Elle parut y réfléchir un moment puis eut un bref haussement d'épaules.

« Je m'en fiche », répondit-elle.

Elle marcha jusqu'à l'eau et essuya le gros de la vase sur ses bras et ses jambes, et Grace comprit soudain qu'elle s'en fichait réellement que Sonny l'ait vue, et Leonard aussi. Darcy remonta la berge et s'assit, posant son menton sur ses genoux. Elles restèrent silencieuses pendant une bonne minute, comme si le fait de s'être rhabillées avait modifié quelque chose en elles.

« Faut que j'y aille, annonça finalement Grace. Ma mère aura préparé le déjeuner. Tu peux venir si tu veux.
– Non. Je vais rester ici.
– Alors je reviendrai plus tard. »

Darcy acquiesça.

« Rappelle-toi que tu dois venir essayer ta robe, dit Grace en se levant.

– Oui, je sais. »

Grace attendit. Elle se sentait embarrassée sans trop savoir pourquoi. Darcy fixait la mare du regard en lançant des brindilles dedans.

« Bon, on se voit plus tard, dit Grace.

– Oui, à plus tard », murmura Darcy.

Une ombre passa sur son visage et elle baissa la tête comme si elle était sur le point de pleurer. Grace s'approcha de son amie et plaça un bras autour d'elle, puis Darcy posa la tête sur son épaule. Elle pleura pendant au moins dix minutes, et, lorsque ses pleurs ne furent plus que des sanglots, Grace tenta de découvrir quel était le problème. Darcy se contenta de secouer la tête. Grace lui caressa les cheveux puis l'attira contre elle et l'étreignit.

« Qu'est-ce qui se passe ? » demanda-t-elle de nouveau.

Mais Darcy ne voulait pas, ou ne pouvait pas, lui répondre. Grace observa ses yeux rougis et ses joues baignées de larmes. Elle écarta une mèche de cheveux humides et la lui coinça derrière l'oreille. Darcy leva vers elle ses yeux bleus et tristes, puis elle saisit son visage entre ses mains. Grace sentit alors sa bouche chaude et humide tandis que Darcy l'embrassait brutalement sur la joue. Elle s'écarta et vit à cet instant une expression bizarre sur le visage de Darcy, et elle sut de façon certaine que c'était le reflet de son propre désarroi. Elle se leva brusquement.

« Gra…

– Faut que j'y aille. Si tu refuses de me dire ce qui ne va pas… »

Darcy se mordit la lèvre et resta silencieuse. Finalement, Grace se retourna et se mit à marcher, en proie à une confusion et à un trouble terribles. Lorsqu'elle regarda par-dessus son épaule, elle vit son amie assise, parfaitement immobile, qui la regardait s'éloigner. Son visage paraissait très pâle parmi les rais de lumière qui filtraient à travers les arbres. Darcy lui fit un petit sourire chaleureux et agita la main, comme si elle espérait de tout cœur que son amie lui rende son geste. Grace hésita, fronça les sourcils, puis elle leva la main et l'agita faiblement à une ou deux reprises avant de reprendre le chemin de la maison.

# 3

Tom s'essuya les mains sur son pantalon et sauta pour attraper le crochet qui se balançait depuis la potence du camion. En pesant de tout son poids, il tira sur le crochet et le câble d'acier qui y était relié pour les passer autour d'un tronc d'arbre tandis qu'Henry l'observait depuis la cabine du camion en aboyant des ordres. Il se baissa et enfonça le crochet sous le tronc posé au sol, puis il grimpa sur le tronc, et creusa la terre et les feuilles à mains nues jusqu'à ce qu'il sente le crochet sous ses doigts. Si le tronc était trop lourd, il agripperait le crochet et ferait rouler le tronc sur le câble. Parfois, Henry devait venir le faire à sa place. À peine le câble enroulé autour du tronc, Henry actionnait le treuil, et la boucle d'acier se resserrait autour du tronc et le soulevait. Henry était presque à chaque fois trop rapide et ne laissait pas à Tom le temps de s'écarter. Parfois, il se retrouvait le cul dans la poussière, obligé d'esquiver le tronc en tenant sa main éraflée par le câble ou pleine d'échardes. Il ne comprenait pas pourquoi il était si pressé, toujours à forcer sur le treuil. Il voyait bien comment Bloody Joe avait pu se casser le bras – il se l'était probablement coincé sous la boucle, ou sous un tronc qui roulait. Mais Henry attendait de lui qu'il travaille vite, qu'il se serve de sa tête, et ce n'étaient ni Tom ni la difficulté de la tâche qui le feraient changer d'avis.

Flynn était debout sur la banquette du camion et le regardait à travers la lunette arrière. Il l'interpellait parfois, lançant un « Hé ! » ou quelque exclamation similaire quand Tom glissait à la renverse, mais sinon il se contentait de l'observer sans bouger. Il avait déjà appris à ne pas se mettre en travers du chemin d'Henry. La vitre ressemblait à un écran de cinéma duquel pendouillaient les doigts de Flynn, indifférents aux contraintes de la pellicule et de la lumière, et de temps à autre le gros bras couvert de cicatrices d'Henry en jaillissait pour actionner le treuil. La dernière fois que Flynn et lui étaient allés au cinéma à Laurence, la femme avait refusé de les laisser entrer sous prétexte qu'ils étaient pieds nus, et ils étaient restés assis pendant une heure et demie à regarder leurs tickets, anéantis, jusqu'à ce que leur mère revienne et aille voir la femme pour l'enguirlander copieusement. Ce souvenir lui arracha un sourire, mais il se l'ôta rapidement de la tête de crainte qu'il ne le distraie.

« Attends ici », ordonna Henry.

Tom, surpris, regarda l'ovale pâle du visage de Flynn rétrécir tandis que le camion s'éloignait le long du chemin en direction de l'endroit où ils avaient emmené les autres troncs, là où le grumier les récupérerait plus tard. Il se demanda si « Attends ici » était la manière d'Henry de lui faire comprendre qu'il avait bien travaillé et méritait une pause, ou si ça signifiait qu'il était vraiment un bon à rien. Il s'assit sous un arbre, se sentant soudain un peu seul.

Henry s'était longuement absenté la veille au soir. Tom avait commencé par l'attendre, puis il était allé s'étendre sur son lit, écoutant les bruits du monde à l'extérieur, mais il s'était endormi et ce n'était que plus tard qu'il avait été réveillé en entendant le ronflement du moteur du camion qui revenait et les pas réguliers d'Henry, désormais apaisé, vidé de sa colère. Henry n'avait rien dit de ce qui s'était passé, de ce qu'il avait dit ou fait chez les Steele. Un terrible orage s'était alors levé, le tonnerre grondant tout d'abord faiblement au loin, avant de se rapprocher lentement jusqu'à ce que la maison se mette à trembler. Tom avait commencé à se faire du souci pour sa mère qui allait devoir l'affronter à son retour. Des éclairs avaient claqué de l'autre côté de la fenêtre, et la pluie était alors arrivée, par trombes énormes, s'abattant sur le toit pendant une demi-heure, peut-être trois quarts d'heure, puis elle avait cessé, s'était dirigée vers la vallée, laissant derrière elle des gouttières saturées d'eau et un air frais et propre. Il avait entendu le plancher craquer tandis qu'Henry sortait sur la véranda. Il se l'était imaginé debout sur les marches dans son débardeur, regardant l'orage s'éloigner, fumant peut-être l'une des Marlboro recourbées. À la faveur des derniers éclairs, il avait aperçu Flynn sur son lit de l'autre côté de la chambre, sa bouche dessinant un O sombre sur son visage, inconscient de ce qui se passait autour de lui.

Le lendemain matin, il n'avait pas vu d'œil au beurre noir sur le visage d'Henry, pas d'écorchures nouvelles sur les jointures de ses mains, mais Tom avait compris à son silence qu'il valait mieux ne pas parler de ce qui s'était déroulé la veille au soir, surtout pas devant sa mère, qu'il n'avait pas entendue rentrer. Tom n'avait même pas rêvé de son retour.

Lorsqu'il revint, Henry bondit du camion, et entreprit d'allumer un feu avec des brindilles et des écorces pour faire bouillir de l'eau. Le vent se leva et charria la fumée parmi les arbres. Lorsque le thé fut prêt, il ouvrit une boîte de biscuits et en passa deux à Tom et Flynn. Tom alla s'adosser au tronc frais d'un jeune eucalyptus et observa Flynn qui s'amusait à pourchasser de grosses fourmis rouges avec un bout de bois. Il rêvait de se déchausser et de tremper ses pieds dans l'eau fraîche d'un ruisseau. Henry les avait obligés à mettre leurs chaussures d'école pour se protéger des échardes. Comme Tom ne portait les siennes que pour les occasions spéciales, elles étaient noires, brillantes et raides, et il se sentait empoté, comme si ses pieds étaient trop lourds. En plus, elles lui faisaient mal aux talons. Mais c'était encore pire pour Flynn – lui n'avait *jamais* mis les siennes. Raison de plus pour qu'il les mette avant de commencer à aller à l'école, avait affirmé Henry. Tom avait essayé de lui expliquer que presque aucun élève ne portait de chaussures, mais Henry n'avait pas semblé l'entendre.

« Fais attention avec ces bestioles, Flynn, avertit Tom tandis qu'Henry était allé se soulager la vessie derrière un arbre. Ne te fais pas mordre !

– Mais non », répondit Flynn en postillonnant des miettes de biscuit.

Lorsqu'il revint, Henry posa le transistor par terre et ils écoutèrent quelques chansons, puis ce fut l'heure des informations. Le présentateur égrena les dates de naissance des soldats qui allaient devoir être incorporés. Tom écouta et, à sa grande inquiétude, entendit la sienne – le même jour et le même mois, mais une année différente.

« C'est mon anniversaire !

– Quoi ?

– Il vient de dire mon anniversaire !

– Tu es trop jeune.
– Pour quoi ?
– Pour te battre.
– Et si j'étais assez grand ?
– Tu serais obligé d'y aller, répondit Henry en haussant les épaules.
– Et si je ne voulais pas y aller ? »

Henry le dévisagea comme s'il était surpris qu'il sache parler.

« Tu n'aurais pas le choix.
– Mais qu'est-ce qui se passera si je suis obligé d'y aller un jour ? Si la guerre n'est pas terminée quand je serai assez grand ?
– Eh bien… tu devras y aller. C'est mon avis. Si ton pays a besoin de toi, tu dois y aller. »

Henry ôta d'une chiquenaude les brins de thé qui se trouvaient au fond de sa tasse, puis il regarda Tom comme s'il était disposé à poursuivre un peu la conversation. Tom était sur le point de lui poser une autre question lorsque Henry leva soudain les yeux et cria à Flynn de faire attention, bien que celui-ci ne semblât pas courir de danger immédiat.

« Allez, au boulot », déclara Henry d'un ton bourru après un silence.

Lorsqu'ils se remirent au travail, Henry abattit quelques arbres supplémentaires qui avaient attiré son regard et qu'il ne pouvait se résoudre à laisser là. Tout ce que Tom avait à faire, c'était se tenir hors de son chemin, peindre la marque d'Henry sur l'extrémité des troncs, et déblayer les branches à mesure qu'Henry les coupait pour qu'il puisse approcher le camion. Ils continuèrent de travailler jusqu'à l'heure du déjeuner, puis Henry les emmena à l'endroit où les autres groupes de bûcherons déjeunaient dans une grande zone dégagée où la forêt avait laissé place à de la terre brute et où une fumée bleu pâle s'élevait de souches qui brûlaient. Les hommes accroupis autour des feux faisaient cuire de la viande, préparaient du thé, fumaient. Tom aimait la compagnie des bûcherons, il aimait leur grossièreté et leurs récits sinistres de prisonniers sans tête, et de gémissements et de hurlements qui résonnaient dans le bush au cœur de la nuit. Ils sentaient le tabac, la graisse et la sève, et racontaient leurs combats contre des arbres gigantesques, des histoires de bras, de jambes, de cous et de dos brisés. Ils parlaient des femmes comme si c'étaient des arbres, et des arbres comme si c'étaient des femmes, si bien que Tom n'arrivait plus vraiment à faire la différence, et ils avaient presque toujours les bras et les jambes écorchés, presque toujours des dents manquantes au milieu de leur sourire, ou alors de fausses dents d'un blanc étincelant. Les plus âgés d'entre eux portaient des bretelles par-dessus leur chemise de travail ou leur débardeur, et ils n'hésitaient pas à remettre les plus jeunes à leur place.

Il déambula un moment parmi les cendres froides et la terre calcinée, murmurant à voix basse : « *La surface est fine et poudreuse. Je vois les empreintes de mes bottes… dans les fines particules sableuses.* »

Au bout d'un moment, Henry l'appela et désigna un feu en lui demandant de mettre des œufs à frire tout en surveillant Flynn. Puis il marcha jusqu'au groupe où les hommes étaient le plus nombreux – une équipe de contractuels – et il s'accroupit parmi eux. Il tira une cigarette de sa poche, la redressa et l'alluma.

Tom alla chercher la poêle, les œufs et le pain dans le camion et se mit au travail. Le soleil était brûlant, la sueur coulait de son front et lui piquait les yeux, et, lorsqu'il l'essuya avec son avant-bras, il sentit son irritation croître. Il vit Flynn qui errait autour d'un tronc énorme.

« Va t'asseoir à l'ombre ! » lança-t-il.

Flynn marcha jusqu'à lui, traînant un morceau de bois dans la poussière. Tom devina que lui aussi était d'humeur irritable. Ils avaient tous deux dû se lever avant le lever du soleil pour se mettre en route de bonne heure.

« Tu n'as qu'à me regarder pendant que je prépare à manger », dit-il, mais ça ne semblait pas vraiment intéresser Flynn.

Tom observa son frère. Il éprouva de la compassion pour lui, et un désir soudain de le protéger monta de ses tripes et balaya tout le reste.

« Peut-être que demain on pourra aller à la pêche », dit-il d'une voix faible et étranglée, comme si Sonny le plaquait de nouveau au sol.

Le visage de Flynn s'illumina.

« Oui ? Vraiment ?

– Oui.

– Où ?

– À la rivière. Où veux-tu aller pêcher, idiot ?

– Tu crois que papa nous laissera ?

– Il fera la grasse matinée. On en profitera pour partir. On lui laissera un foutu mot ! »

Flynn gloussa et sembla s'égayer un peu, et bientôt il se mit à chanter tout seul et à ramper sous le camion pour voir ce qu'il y trouverait.

La dernière fois qu'Henry les avait emmenés pêcher, il avait plu. « C'est pas grand-chose, pas vraiment de la pluie », qu'il avait dit. Alors Tom avait franchi la clôture de barbelés pour le suivre dans le champ, pataugeant dans les hautes herbes saturées d'eau tandis que sa mère était restée dans la voiture avec Flynn. Il se souvenait qu'elle fumait une cigarette et que des volutes de fumée s'échappaient du châssis de fenêtre chromé de la Holden Special noire. Henry portait à la taille un panier en osier suspendu aux deux ceintures de cuir qu'il avait cousues ensemble au moyen de fil graissé. Tom se rappelait la fois où, dans leur jardin, Flynn alors âgé de deux ou trois ans s'était tenu debout dans le panier, s'accrochant à son bord gras. Tom trimballait la petite canne en bambou qu'Henry lui avait fabriquée, équipée d'un vieux moulinet Alvey qui était fixé au bambou au moyen de fil de fer et de mastic, et il portait sur la tête un vieux chapeau défoncé en toile cirée qui faisait s'écouler la pluie le long de sa nuque. Il s'était retourné avant qu'ils n'atteignent la courbe sombre des arbres au bout du champ et avait vu sa mère qui les suivait enfin, tête baissée, ses pieds nus et blancs ressortant sur le vert de l'herbe. Flynn et elle n'étaient que deux petites taches noires dans le vaste champ, reliées au niveau des mains, leurs bras formant une sorte de corde entre eux. Sa mère aidait Flynn, qui apprenait encore à marcher, à avancer sur le sol inégal. Son frère ne portait pas de chapeau, et, lorsqu'ils les avaient rattrapés, ses cheveux fins étaient plaqués sur son crâne et sa chemise était trempée. La rivière était sombre, surplombée de saules, et le courant était puissant. Il se rappelait le bruit de l'eau s'écoulant parmi les racines et les rochers noirs. Henry avait juré que c'était un endroit idéal, que c'était son père qui le lui avait indiqué, mais ils n'avaient rien attrapé ce jour-là, et ils n'y étaient jamais retournés.

Au bout d'environ cinq minutes, les œufs furent presque prêts. Il regarda en direction de l'endroit où se trouvait Henry. Celui-ci était toujours en train de discuter. Tom l'appela, mais il ne bougea pas. Il scruta les œufs à travers la fumée qui s'éleva soudain vers lui. Ses yeux se mirent à piquer et à pleurer. Il souleva la poêle et vit que les œufs étaient exactement comme Henry les aimait ; un peu plus longtemps et ils deviendraient durs et caoutchouteux, comme il les détestait. Il chercha Flynn du regard mais ne le trouva pas. Il jura à voix basse – « Putain de merde » – et posa la poêle à l'ombre du camion avant d'aller taper sur l'épaule d'Henry, terriblement conscient des inconfortables chaussures noires qu'il avait aux pieds. Henry le regarda du coin de l'œil mais ne se leva pas. Tom s'agita, jura de nouveau, mais cette fois en silence. Une petite poignée d'hommes levèrent les yeux vers lui, puis les posèrent sur Henry qui écoutait attentivement un ancien qui racontait une histoire interminable. Tom, frustré et embarrassé, sentit ses oreilles se mettre à chauffer. Finalement, il se retourna après avoir crié : « Les foutus œufs sont prêts ! » Lorsqu'il lança un dernier regard derrière lui, il vit quelques hommes hilares qui pivotaient la tête en posant tour à tour les yeux sur lui et sur Henry tels des chiens attendant qu'on leur jette un bâton. Il regagna le camion, le soleil enflammant sa nuque déjà brûlante. Il entendit le craquement des bottes d'Henry sur la terre derrière lui, puis le bruit tendre qu'elles produisirent lorsqu'il marcha sur des cendres.

« Où est Flynn ? » demanda-t-il lorsqu'il l'eut rattrapé.

Tom sursauta. Il regarda autour de lui mais ne le vit pas. Il regarda sous le camion, mais Flynn n'y était pas non plus. À cet instant, ils entendirent un petit gémissement de l'autre côté du camion. C'était Flynn. Il était pieds nus et se tenait un bras. Ses pieds et ses bras étaient recouverts de terre friable. Henry marcha jusqu'à lui, saisit son bras et essuya la terre. Il lui demanda ce qui s'était passé, mais Flynn ne cessait pas de pleurer, ses larmes dessinant des traînées sur ses joues poussiéreuses.

« Il s'est brûlé le bras, déclara Henry. Il s'est trop approché de l'un de ces feux et a trébuché dans les cendres, ou quelque chose comme ça. Putain, Tom ! Je t'avais dit de le surveiller ! »

Tom, abasourdi, ouvrit la bouche pour se défendre, mais, avant qu'il ait pu dire quoi que ce soit, Henry lui décocha une grande claque. Son oreille siffla un moment, puis il entendit les pleurs de Flynn devenir de plus en plus forts jusqu'à se transformer en un hurlement strident. Henry balança presque Flynn dans le camion et ordonna à Tom de récupérer la poêle. Celui-ci perçut des rires derrière lui et se retourna. Les hommes – tous – le regardaient. Certains riaient, leurs épaules et leurs ventres s'agitant convulsivement. Ils le regardaient et se moquaient de lui. Il ramassa la poêle, jeta les œufs au feu et marcha jusqu'au camion tête baissée. Flynn hurlait toujours. Il éprouva une colère soudaine envers ces hommes. Son frère s'était brûlé. Il n'y avait pas de quoi rire – il n'y avait rien de drôle. Il aurait voulu jeter la poêle à la figure de ces idiots, mais grimpa à la place dans la cabine, laissa tomber la poêle par terre et claqua la portière.

Ils s'engagèrent à toute allure sur le chemin. Henry ne lui adressa pas la parole mais jura à quelques reprises à voix basse. Flynn tenait son bras d'un air malheureux et poussait de gros sanglots âpres. Tom plaça un bras autour de ses épaules – plus pour se réconforter lui-même que pour réconforter Flynn. Ils roulèrent jusqu'à la ville la plus proche, un petit bled nommé Jack's Mountain qui possédait une épicerie générale, un bureau de poste, un hôtel et quelques maisons plus ou moins délabrées. Henry trouva un robinet à l'extérieur de l'hôtel et passa le bras de Flynn dessous. Flynn regardait, paralysé, tandis que son bras apparaissait sous la poussière, laissant voir l'étendue des dégâts. Il y avait deux longues marques rouges, l'une au-dessus de l'autre, qui commençaient à enfler et à former des cloques. Tom n'osait pas regarder Henry.

« C'est pas trop grave, déclara celui-ci. Garde ton bras là-dessous un moment. » Il caressa la tête de Flynn. « Tu vas t'en sortir, tigre. Tu vas survivre. »

Il se retourna, gravit lourdement les marches de l'hôtel et disparut à l'intérieur. Tom attendit avec Flynn auprès du robinet. Perdant patience, Flynn ôta son bras, mais la douleur ne tarda pas à revenir et il le replaça sous l'eau. Un chien vint les renifler, et un gamin à vélo passa devant eux et faillit percuter un poteau à force de les observer.

« Regarde-le, Flynn. Il a failli se manger un poteau », dit Tom.

Flynn gloussa.

La femme du patron sortit de l'hôtel pour examiner le bras de Flynn. « Tss, tss », fit-elle, et elle l'emmena à l'intérieur. Lorsqu'il réapparut, il avait un pansement d'un blanc éclatant sur le bras et tenait un verre de Coca avec une paille dedans. La femme apporta également un verre pour Tom, et une assiette de sandwichs. Ils remontèrent dans le camion et attendirent dans la cabine parmi les programmes de courses jaunis par le soleil, les peaux d'orange desséchées et ratatinées, les paquets de Marlboro écrasés. Il flottait une odeur de sciure et d'huile chaude. Ils avalèrent leurs sandwichs, les faisant passer avec le Coca, rotèrent. Tom commençait à se dire que la journée finirait peut-être par s'arranger.

Bientôt, Flynn s'endormit, la bouche ouverte et la tête rejetée contre la banquette bordeaux, la bande de peau brûlée et couverte de taches de rousseur qui traversait son nez et ses joues contrastant avec le blanc lisse de son cou. Tom tendit l'oreille. Il entendit les bruits de l'hôtel : des cris, des rires, une musique grêle. Ces sons semblaient étrangement réconfortants. La brise qui filtrait à travers les arbres et pénétrait par la vitre baissée était rafraîchissante. Il appuya sa tête contre le dossier de la banquette et s'endormit à côté de son frère, et il ne tarda pas à rêver. Il rêva qu'il tombait du pont d'un immense navire et coulait dans la mer, le soleil disparaissant, des kilomètres et des kilomètres de ténèbres s'ouvrant tout autour de lui.

Henry les réveilla en cognant contre la portière du camion, juste à l'endroit où se trouvait la tête de Tom. Celui-ci leva les yeux, confus, mais pas au point de ne pas se rendre compte qu'Henry était fin soûl. Il regarda la rue à travers la vitre. La journée était bien avancée et il y avait désormais une demi-douzaine de camions garés autour du leur. Manifestement, les bûcherons avaient terminé leur semaine. Ils étaient assis sur la véranda de l'hôtel ou adossés aux montants de porte et crachaient dans la poussière. Le garçon à vélo était revenu, mais il restait à distance de l'autre côté de la rue.

« M. McKinnon va vous ramener à la maison, annonça Henry. Je vais rester un peu ici. »

Il pivota sur ses talons et reprit la direction de l'hôtel en leur marmonnant d'aller l'attendre à côté de son camion. Tom se frotta le visage, secoua Flynn, puis descendit du camion. Flynn le suivit à son allure, grommelant à voix basse.

« Tu dors beaucoup, observa Tom.

– Ah bon ?

– Oui.

– Eh bien, toi aussi.

– Pas autant que toi. Comment va ton bras ?

– Bien, répondit Flynn, comme si rien ne s'était passé.

– Tu as faim ?

– Oui.

– Qu'est-ce que tu veux manger ?

– Du bacon.

– Oh ! oui. Du bacon, ce serait bien. »

Il mena Flynn au robinet et le laissa boire, puis il but lui-même quelques gorgées. Ils marchèrent jusqu'au camion d'Artie McKinnon pour l'attendre. Tom aperçut Henry à l'intérieur de l'hôtel. Il riait et levait son verre vide en le désignant du doigt. Le fait de boire un coup le rendait de toute évidence de bien meilleure humeur. Tom regarda les verres de bière dorée dans les mains des hommes et tenta de s'imaginer à quel point ils étaient froids, plus froids que de la glace peut-être, à en croire l'eau qui dégoulinait sur les bords comme sur les arbres quand il pleuvait. Il jura à Flynn qu'il reviendrait quand il serait assez grand et qu'il en boirait vingt d'un coup, mais Flynn ne sembla pas impressionné.

Trois ou quatre hommes buvaient en silence à l'ombre d'un des murs de l'hôtel, admirant la hache que l'un d'eux tenait, lorsque les enfants passèrent devant eux. Tom en reconnut quelques-uns qu'il avait vus dans la clairière.

« Le fils d'Henry, commenta l'un d'eux à voix haute, comme si Tom avait été dur d'oreille.

– Il le traite pas bien, observa un autre.

– Peut-être que ça te regarde pas.

– Peut-être pas, mais il finira six pieds sous terre si Henry fait pas attention.

– Comment ça ?

– Henry finira par l'écraser sous un tronc, vu la manière qu'il a de toujours charger comme un taureau.

– C'est un brave gamin qu'il a, Henry, déclara le premier.

– Oui, c'est un brave gamin. Mais c'est pas son fils.

– Non ?

– Non. C'est le fils d'Alex Ferry.

– Sans blague ?

– Le plus petit, c'est le fils d'Henry.

– Ah !

– Henry devrait faire attention, c'est tout ce que je dis », répéta le deuxième homme.

Le premier interpella Tom :

« Viens ici une minute, fiston ! »

Tom songea à l'ignorer, mais il se retourna et marcha jusqu'à lui, tête baissée, Flynn lui emboîtant le pas.

« Comment va le bras du petiot ?

– Ça va. »

L'homme était vieux et trapu avec un petit nez rouge et de grosses oreilles. Les sillons profonds autour de ses yeux le faisaient ressembler à un coolie dont il avait un jour vu la photo dans un livre.

« Ton paternel, c'est un type bien. »

Tom acquiesça et regarda les guêtres qui recouvraient les chaussettes de l'homme.

« On est tous un peu bruts de décoffrage, mais on aboie plus qu'on mord. Tu me suis ? »

Tom acquiesça de nouveau.

« C'est bien. Tiens, voilà quelque chose pour toi. »

L'homme tira un objet de sa poche et le dissimula dans sa paume avant que Tom puisse voir de quoi il s'agissait.

« Qu'est-ce que c'est ?

– Tu veux pas deviner ?

– Non.

– Non, je suppose que tu commences à être trop grand pour jouer à ce genre de jeu. »

L'homme tendit l'objet à Tom, qui le saisit. C'était un harmonica argenté d'environ huit centimètres de long.

« Je ne peux pas accepter ça.

– Prends-le. Tu es un bon garçon, tu aides ton… tu aides ce vieux Henry. Je veux que tu le gardes. J'en ai plein.

– Prends-le, gamin, intervint le second. Si ça peut l'empêcher de nous casser les oreilles avec. »

Tom était sur le point de protester de nouveau lorsque l'attention de l'homme fut attirée par l'un de ses compagnons. Un type énorme avec des favoris noirs titubait dans le terrain vague qui jouxtait l'hôtel. Un bâtiment s'était jadis dressé à cet endroit, mais il avait depuis longtemps brûlé, et seules quelques poutres calcinées témoignaient encore de sa présence. L'homme pencha sur le côté, puis sa jambe se défila sous lui et il tomba dans l'herbe haute. Les hommes s'esclaffèrent et se mirent à le bombarder de petits cailloux ramassés au bord de la route et de tout ce sur quoi ils pouvaient mettre la main.

« Bon, merci », dit Tom.

L'homme le regarda, sourit et leva la main avant d'opiner légèrement du chef, ses yeux désormais presque intégralement avalés par les plis de peau qui les entouraient. Il se tourna vers son compagnon, désigna l'outil que celui-ci avait entre les mains, et déclara : « Oui, ça, c'est une bonne hache. »

Tom s'éloigna, retournant l'harmonica entre ses doigts. Flynn tendit la main pour le voir, et Tom le lui tendit après un moment.

« C'est quoi ?

– C'est un harmonica.

– À quoi ça sert ?

– C'est pour jouer de la musique. Tu souffles à l'avant, là. »

Flynn porta l'instrument à ses lèvres et souffla, et il éclata de rire en entendant le son qu'il avait produit. Puis il recommença encore et encore.

« Qu'est-ce qui est écrit ?

– *Le Boomerang miniature. Système Albert. Anches tangentes tempérées*, lut Tom.

– Ça veut dire quoi ?

– Quelque chose à voir avec ce qu'il a dans le bide, je suppose.

– Ce qu'il a dans le vide ?

– C'est ça, ce qu'il a dans le vide.

– Pourquoi il te l'a donné ?

– J'en sais rien. »

Ils attendirent pendant une vingtaine de minutes Artie McKinnon devant son camion avant que celui-ci apparaisse, marchant à grandes enjambées, tête baissée, tirant sur une cigarette qu'il semblait dissimuler dans le creux de sa main. Lorsqu'il vit les garçons, il leur fit un signe du pouce.

« Grimpez », dit-il.

Ils montèrent dans la cabine tandis qu'Artie démarrait le camion, et bientôt ils filaient sur la route qui traversait la vallée. Artie empestait la bière et la fumée. Il cria quelques paroles par-dessus le bruit du moteur, mais ne tarda pas à se murer dans le silence. Tom remarqua qu'il regardait sa montre de plus en plus souvent, grattant à chaque fois son nez pointu. Flynn, penché en avant, jouait avec le vieux levier de clignotant. Tom saisit sa chemise à pleine main pour qu'il ne bascule pas de la banquette. Artie était de plus en plus distrait, enfonçant de plus en plus la pédale d'accélérateur, le moteur gémissant à mesure qu'ils franchissaient les collines. Au bout d'un moment, ils s'arrêtèrent dans un nuage de poussière au niveau de l'embranchement qui menait à Angel Rock. Tom se tourna vers Artie.

« Désolé, les gars, je vais devoir vous déposer ici. Je suis très en retard pour un rendez-vous.

– On est loin ?

– Non. On voit le rocher d'ici, dit-il en pointant le doigt par sa vitre. Suivez cette route, prenez la première à droite ; ça vous mènera direct en ville. Vous ne devriez pas en avoir pour plus de vingt minutes.

– D'accord.

– Merci, fiston. Ça m'arrange vraiment. »

Tom était plus que ravi de quitter le camion. Il descendit derrière Flynn et referma la portière. Artie ne perdit pas plus de temps et repartit, faisant retentir le klaxon rauque de son camion tout en agitant le bras par la vitre. Ils le regardèrent s'éloigner et attendirent que la poussière retombe.

« Allez, viens, dit Tom en se mettant en route une fois la poussière retombée.

– C'est le mauvais chemin, Tom.

– Non, c'est le bon chemin, Flynn. On ne va pas en ville, pas vrai ? La maison est par là, vers la rivière. Cette route rejoint la nôtre. »

Flynn ne discuta pas et il suivit Tom tandis que celui-ci prenait la direction de l'est. Tout était immobile et parfaitement silencieux. La route longea quelque temps une crête, puis elle s'enfonça dans une ravine. Comme Tom s'y attendait, Flynn ne tarda pas à avoir mal aux pieds et il s'assit, posa l'harmonica par terre, et ôta ses chaussures. Il aurait tout laissé derrière lui si Tom n'avait pas récupéré et l'harmonica et ses chaussures. Lorsqu'ils reprirent leur marche, le soleil semblait beaucoup plus bas qu'il ne l'était cinq minutes plus tôt, et sous les arbres la lumière commençait à diminuer. Mais Tom n'était pas inquiet. Il se disait que la route argileuse serait assez facile à suivre, même après le coucher du soleil. Et puis Artie avait affirmé qu'ils n'étaient pas loin.

Ils atteignirent une fourche et, après un moment de réflexion, Tom décida de prendre la route qui partait sur la droite. Elle sinuait à travers un bosquet de vieux eucalyptus noueux où l'obscurité était plus épaisse, de grandes zones d'ombres s'amoncelant au niveau des broussailles. Ils entendaient des bruissements, des murmures qui provenaient de derrière les arbres en bordure de la route.

« C'est le bon chemin ? demanda Flynn d'une voix hésitante.

– Oui. Ça doit être le bon. »

Flynn avait l'air dubitatif. Tom ôta sa montre et la lui tendit pour qu'il s'amuse avec. Il avait commencé à lui apprendre à lire l'heure, mais Flynn semblait heureux de simplement regarder l'aiguille des secondes tourner en rond et les points lumineux qui marquaient les heures.

« Quelle heure il est ?

– Je sais pas.

– Essaie. »

Flynn examina la montre, ses lèvres bougeant tandis qu'il se débattait avec les concepts de nombres, de cercles, de petite et grande aiguille. Tom ôta de sa paume les échardes qui commençaient à le démanger. Ils auraient désormais dû voir la ville, songeait-il, puisque quinze minutes semblaient s'être écoulées depuis qu'ils étaient sur cette route. Mais ça faisait un bon moment qu'il n'avait ni vu ni entendu de voitures, et la route commençait à être de moins en moins uniforme et de plus en plus cabossée. Il sentit la panique monter, mais la refoula. Il s'arrêta au milieu de la route et se retourna. Flynn fit de même.

« Je crois qu'on a pris le mauvais chemin », déclara-t-il finalement.

Flynn leva les yeux vers lui, mais, par chance, ne se mit pas à pleurer.

Cela devait faire une demi-heure qu'il avait vu la dernière boîte aux lettres, le dernier portail, la dernière allée menant de la route à une ferme. Ils n'avaient qu'à simplement y retourner et demander leur chemin à quelqu'un – peut-être même qu'ils se feraient ramener en voiture. Henry n'en saurait rien, pensa Tom. Il ne rentrerait que bien plus tard, peut-être même pas avant le lendemain matin. Il se retourna, ravi de son plan, mais remarqua ce faisant une longue silhouette sombre au bord de la route. Elle se trouvait juste derrière un poteau blanc auquel était fixé un réflecteur rouge. Ils avaient dû passer devant sans la remarquer. Il la regarda fixement pour s'assurer qu'il ne s'agissait pas d'une ombre, puis il s'approcha. C'était un kangourou, étendu de tout son long avec ses petites pattes antérieures autour de sa tête et ses énormes pattes postérieures et sa queue à demi dissimulées par l'herbe qui bordait la route. Tom avait déjà vu des kangourous dans la vallée, mais jamais d'aussi gros. Il avait entendu les bûcherons parler des kangourous de l'*outback* qui pouvaient sauter par-dessus de hautes clôtures. Ils lui avaient expliqué comment les abattre, les dépouiller, les découper, lui avaient dit quelles parties étaient comestibles. Il supposait que celui-ci avait dû être heurté par une voiture. Il avait vu de nombreuses bêtes se faire tuer de cette manière, et il s'était lui-même un jour trouvé dans le camion quand Henry avait percuté quelque chose. Il avait poussé un juron, mais ne s'était pas arrêté. Tom s'était retourné pour regarder par la lunette arrière, et il avait vu une forme étrange dans la lueur rouge des feux arrière, une silhouette démantibulée qui titubait, crachant son sang et sa vie sur la route, et il n'avait jamais oublié cette image.

Il s'approcha prudemment de la bête, sans trop réfléchir, simplement parce qu'il était attiré. Flynn lambinait derrière lui et n'avait pas remarqué ce qui avait attiré son attention. Il tenait la montre tout contre son oreille, comme s'il ne formait qu'un avec elle. Tom se tourna de nouveau vers le kangourou et perçut aussitôt la puanteur qui en émanait. L'odeur était à peu près la même que celle d'un chat ou d'un chien en décomposition. Il plissa le nez et était sur le point d'appeler Flynn pour qu'ils se remettent en marche lorsqu'il sentit le kangourou se raidir du fait de sa présence. Il n'était pas mort. Il se figea et retint son souffle. Ils n'étaient qu'à une cinquantaine de centimètres l'un de l'autre. Il entendit l'animal prendre une inspiration, puis tout son corps frémit et il se dressa soudain de toute sa hauteur devant lui. Tom recula et tomba à la renverse sans toutefois quitter un seul instant des yeux le kangourou. La bête tourna la tête d'un côté et de l'autre, ses yeux aussi grands et blancs que ceux d'un cheval effrayé. L'animal avait des marques noires et blanches sur le museau, et ses pattes étaient noires. La fourrure sur l'une de ses épaules musclées était beaucoup plus sombre que le reste de son corps, et Tom distingua les bords luisants d'une blessure putride. Peut-être qu'il s'était fait tirer dessus, songea-t-il, mais, avant qu'il ait le temps d'envisager d'autres scénarios, l'animal se retourna maladroitement et s'enfonça en bondissant dans le bush. Tom le regarda s'éloigner – et il resta assis à sonder des yeux le crépuscule tel un capitaine de vaisseau cherchant une sirène ou une baleine blanche.

Après un moment, il se releva. Il ne pensait plus au fait que Flynn et lui étaient perdus, la seule chose qui l'intéressait était de savoir comment le kangourou avait été blessé et comment il s'était retrouvé au bord de la route.

« Ouah ! fit-il. Tu as vu ça ? Tu as vu la taille qu'il faisait ? »

Il chercha son frère du regard, mais l'endroit où il s'était trouvé était désormais désert ; il n'y avait pas de Flynn sur la route, pas de Flynn en train de chantonner, pas de Flynn sur la bordure d'herbe, pas de Flynn en train de jouer de l'harmonica. Il n'y avait rien du tout, et pas un bruit non plus. Tom leva les yeux, comme si Flynn avait pu être dans un arbre, ou en train de flotter en l'air, brillant comme une petite lune. Mais il avait beau fouiller sans cesse les mêmes endroits du regard, son frère avait disparu.

« Flynn ! hurla-t-il. Reviens ou tu vas te prendre une sacrée raclée ! »

Ses cris furent avalés par les arbres et semblèrent ne produire aucun effet. Il se figea, écouta, et crut entendre le kangourou – ou peut-être son frère – filant à travers les broussailles quelque part, mais c'était en fait le bruit faible d'un cours d'eau. Une froideur envahit ses membres, et, lorsqu'il appela une fois de plus son frère, sa voix était si rauque, si étranglée, qu'il s'entendit à peine.

« Flynn ! »

Pas de réponse.

Il tenta de réfléchir. Flynn s'était trouvé derrière lui. Il avait dû voir le kangourou et le suivre quand l'animal s'était enfui, se glissant dans le bush derrière lui. Il ne pouvait pas être bien loin. C'était la seule explication. Il s'enfonça dans le bush, appelant constamment Flynn tout en regardant bien où il mettait les pieds. Le sol de la forêt était un mélange de débris végétaux, de petites plantes et d'herbes qui s'accrochaient à ses jambes, mais les arbres étaient régulièrement espacés et il était toujours possible de voir assez loin. À mesure qu'il s'éloignait de la route, le sol s'enfonçait de façon abrupte dans une ravine. Il se fraya un chemin parmi les broussailles jusqu'à atteindre le ruisseau qu'il avait entendu plus tôt. En regardant en aval, il vit la dernière portion de soleil disparaître derrière les collines au loin. De petites mares reliées par de minces filets d'eau s'étiraient à perte de vue. L'orage de la nuit précédente ne semblait pas avoir changé grand-chose au débit du ruisseau, mais Tom voyait jusqu'où l'eau était montée, avant de redescendre, laissant derrière elle une ligne de feuilles mortes et de brindilles. Il but un peu, puis il se releva et appela Flynn une fois de plus. Au loin, en amont, dans une zone un peu plus dégagée, il crut voir quelque chose bouger. Il scruta l'obscurité, balayant chaque côté du regard, et vit des jambes pâles, ou quelque chose qui y ressemblait, loin devant lui.

« Flynn ! »

Les jambes s'immobilisèrent et il fut certain de voir l'ovale blanc du visage de son frère se tourner vers lui.

« Reste où tu es ! » s'écria-t-il, submergé par le soulagement.

Il entendit un son qui ressemblait à une voix, mais peut-être était-ce simplement le murmure de l'eau. Il longea le lit du ruisseau, dérapant sur les roches nues et courant sur les cailloux pendant environ dix minutes. Lorsqu'il arriva, il n'y avait pas trace de Flynn. Rien du tout. Il s'assit et frappa du poing le rocher sous lui, puis il fondit en larmes. Il sanglota pendant une dizaine de minutes. Soit il continuait de marcher, soit il abandonnait et restait là où il était. Il s'essuya les yeux, prit quelques profondes inspirations et se rassura du mieux qu'il put. Il sentait une panique froide monter dans son ventre. Il essaya de se convaincre qu'il n'était pas perdu, qu'il pouvait suivre le ruisseau jusqu'à la route et demander de l'aide, ou alors continuer de marcher et retrouver Flynn, et qu'ils s'en sortiraient ensemble. Il se passa la langue sur les lèvres et décida de continuer de chercher. Il marcha pendant ce qui lui sembla une heure avant de s'arrêter de nouveau. Il faisait nuit noire. La lune se leva alors et lui vint en aide, puis des nuages arrivèrent, voilant sa faible lueur, de sorte qu'il distinguait à peine ses pieds. Il remonta un peu la pente, s'éloignant du ruisseau, puis il rampa sous un fourré de broussailles et ramena ses genoux contre sa poitrine. Pendant un long moment, il essaya de percevoir des sons qui proviendraient d'un petit garçon. En vain. Il était affamé et épuisé, et même s'il ne faisait pas trop froid sous le fourré, il se demandait prosaïquement si c'était la fin de sa vie. Entre ses crises de larmes, il se sentait extrêmement irrité. Il n'aurait de toute évidence jamais les réponses à toutes les questions qu'il se posait, et Henry, Sonny et le reste du monde seraient les gagnants. Dans l'obscurité, il continua de se perdre dans ses pensées jusqu'au moment où il se vit avec Flynn, aussi clairement que si la scène s'était déjà produite, debout au bord de la route à l'endroit où Artie les avait déposés, agitant les bras en direction de la voiture de leur mère qui approchait. Il la vit qui regardait droit devant elle à travers le pare-brise, enveloppée dans la coquille noire de sa voiture, un nuage de poussière s'élevant tandis qu'elle passait devant eux sans les remarquer. Le genre de poussière qui s'accrochait aux arbres, aux buissons, et même aux gens s'ils restaient trop longtemps immobiles.

# 4

Après sa toilette, Pop Mather alla s'asseoir avec une tasse de thé sur le perron à l'arrière du bâtiment qui servait à la fois de logement pour lui et sa famille et de commissariat. L'air matinal sentait déjà bon l'été, et un souffle de brise rafraîchissant faisait s'évaporer l'eau sur sa peau humide. Une pie-grièche posée sur la clôture regardait une libellule qui voletait au-dessus de la pelouse. Des abeilles bourdonnaient dans les fleurs d'oranger. De jeunes feuilles tendres palpitaient dans les arbres tels des rubans, tels les échos d'autres célébrations, d'autres occasions. Naissances, décès, mariages. La vie grouillait comme par une volonté divine, mais c'était aujourd'hui dimanche, et c'était donc le jour de repos de Pop.

Il ferma les yeux un moment, puis les rouvrit. Rien n'avait changé. Il chaussa ses lunettes, ramassa son Homère, commença à lire. Au bout de quelques pages, il regarda par-dessus le livre et vit Ellie Gunn qui traversait la pelouse dans sa direction. Il sut à ses épaules voûtées et à sa démarche que quelque chose clochait, avant même de voir l'expression de son visage. Il soupira et reposa son livre et ses lunettes avec une sensation étrange dans le creux de l'estomac. Ellie avait désormais plus de trente ans, mais était toujours très jolie malgré son travail pénible et ses horaires interminables. Il avait entendu dire qu'Henry et elle allaient peut-être devoir déménager bientôt. Il savait qu'il serait triste de la voir partir, chose qu'il ne pouvait pas dire de tous les habitants d'Angel Rock. C'était l'une de ces femmes douces et généreuses qui, de toute évidence, s'entichaient toujours du mauvais bonhomme. D'abord le père de Tom, qui était resté à peine un mois auprès d'elle après la naissance de son fils, et maintenant Henry, qui, il fallait l'avouer, était resté beaucoup plus longtemps et semblait s'occuper de son petit tout en essayant de joindre les deux bouts.

Ellie s'immobilisa à quelques mètres de lui. Pop songea qu'elle semblait sur le point de s'effondrer. Elle était pâle, avait les traits tirés, les cheveux dans tous les sens. Il se leva d'un bond et lui saisit le bras.

« Qu'est-ce qui se passe, ma fille ?

– Je n'ai pas… dormi de la nuit, parvint-elle à dire, reprenant son souffle. Je croyais que les garçons étaient avec Henry… mais, quand il est rentré ce matin, ils n'étaient pas avec lui. Il ne sait pas où ils sont, sergent Mather. Il dit qu'Artie McKinnon était censé… Il ne voulait pas que je vienne, mais… »

Il perçut la panique dans sa voix. Il la guida à l'intérieur et la fit asseoir à la table de la cuisine. En entendant toute cette agitation, Lil arriva, s'assit et prit la main d'Ellie.

« Où est Henry en ce moment ? demanda Pop.

– Il est parti à leur recherche. Il est allé chez Artie.

– Bien. »

Pop marcha jusqu'au téléphone et appela Artie. La femme de celui-ci lui expliqua que son mari et Henry étaient partis chercher les enfants.

« Si vous voyez l'un d'eux, ou les enfants, appelez-moi ici, d'accord ? ordonna-t-il. Merci. Bon, à bientôt. »

Pop regagna la cuisine.

« Peut-être qu'ils sont allés pêcher, suggéra-t-il.

– Non, sanglota Ellie. Leurs cannes sont toujours à la maison.

– Alors autre chose, poursuivit Pop. Ce ne sont pas les occupations qui manquent aux garçons. »

Ellie secoua la tête. Pop lui posa une main sur l'épaule. Il sentit son odeur sucrée et âcre et sa peau douce à travers le tissu de la robe.

« Ne vous en faites pas, ma petite, dit sa femme. Je suis sûre qu'ils vont bien.

– Oui, ne vous en faites pas, Ellie. Henry et Artie les ont probablement déjà retrouvés, surenchérit-il. Nous allons attendre ici jusqu'à avoir des nouvelles. Vous voulez une tasse de thé ? »

Ils attendirent pendant une heure ou deux que les hommes arrivent ou les appellent. Ellie faisait les cent pas à côté de la table de la cuisine pendant que Lil était aux petits soins avec elle, lui resservant sans cesse du thé. Juste après que les cloches de l'église eurent retenti pour la messe du matin, Pop perçut du mouvement par la fenêtre. Henry et Artie. Il sortit rapidement et alla à leur rencontre, avec Ellie dans son sillage. Mais il n'eut pas besoin de leur demander ce qu'avaient donné leurs efforts. Henry, l'œil vitreux, les épaules voûtées, leva à peine la tête pour le saluer. Artie, penaud et blême, se tenait juste derrière lui, serrant son chapeau entre ses mains et le triturant comme un accordéon. Ellie les regarda fixement. Contrairement à ce que Pop craignait, elle ne pleura pas, ne s'évanouit pas, ne hurla pas. Elle alla simplement s'asseoir sur le perron, brusquement, les yeux troubles, le corps tremblant. Pop s'approcha des deux hommes et commença à les questionner dans un murmure féroce.

Ce fut Artie qui fournit l'essentiel des réponses. Henry était muré dans le silence tel un petit gamin malgré ses bras épais et son visage rougi par le soleil. De temps en temps, il poussait un profond soupir et secouait la tête. Pop commençait à avoir un peu pitié de lui – il savait à quel point le pauvre bougre tenait au petit Flynn.

« Pourquoi les avez-vous déposés au bord de la route comme ça ? demanda-t-il, furieux, en s'adressant à Artie.

– J'étais… heu… en retard.

– En retard pour quoi, nom de Dieu ?

– Je… heu… »

Artie tourna les yeux vers Henry.

« Une femme, Artie ? C'est ça ? Pas votre épouse, si je comprends bien ? »

Artie devint tout rouge et bafouilla des paroles inintelligibles avant de marmonner :

« Désolé, sergent. Gardez ça pour vous, d'accord ?

– Bon sang de bonsoir ! Tout ce que j'ai à dire, c'est que vous feriez mieux d'espérer que ces garçons sont sains et saufs. C'est incroyable ! »

Il pivota sur ses talons et retourna vers la maison. Grace sortait de sa chambre alors même qu'il se rendait dans la partie qui abritait le commissariat à proprement parler.

« Qu'est-ce qui se passe ? demanda-t-elle.

– Suis-moi et je t'expliquerai », répondit-il avec une expression morose.

Il passa trois quarts d'heure au téléphone pour réunir une équipe de recherches. Certaines des personnes qu'il appelait en appelaient d'autres, et ce furent finalement deux douzaines d'hommes qui se retrouvèrent à l'embranchement où Artie avait laissé les enfants. Lorsqu'il entendit l'un d'eux grommeler qu'il allait perdre son dimanche après-midi à cause de deux gamins écervelés, Pop secoua la tête avec consternation et rétorqua que personne ne l'avait forcé à venir et qu'il était libre de partir. L'homme, penaud, resta.

Henry se tenait près de son camion, les yeux rivés sur le sol, fumant une cigarette. Il semblait calme, mais sa main tremblait. Artie et lui avaient déjà inspecté dans la matinée tous les endroits auxquels ils avaient pu penser, sans succès. Au moins, songeait Pop, maintenant ça ne dépendait plus de lui.

Il marcha jusqu'au milieu de la route, siffla pour que tout le monde lui accorde son attention, puis il leur demanda où, d'après eux, ils devaient commencer à chercher les garçons. Les réponses qu'il reçut lui convinrent, et il divisa les hommes en quatre groupes de six, tentant de faire en sorte que chaque groupe comporte au moins un individu avec un peu de bon sens. Ils étaient sur le point de se mettre en route lorsque les frères Pope, qui vivaient près du barrage, arrivèrent à bord de leur vieille Rolls Phantom poussiéreuse qui ressemblait à un corbillard d'un autre âge, un véhicule plus adapté au transport de quelque dignitaire pompeux qu'aux pérégrinations de deux vieux éleveurs de bétail. Ils l'avaient achetée à une époque où les affaires avaient été florissantes, près de quarante ans plus tôt, et ils ne s'en étaient jamais séparés. Ils l'utilisaient chaque dimanche pour se rendre à la messe à Angel Rock. De la chaleur émanait de sous le capot en pointe de la Rolls, comme si le moteur était en feu.

« Vous devriez rouler un peu plus vite, histoire d'aérer le radiateur, conseilla Pop en se penchant à l'intérieur.

– Elle risque pas d'aller bien vite quand elle *monte* cette colline, espèce d'idiot, seulement quand elle descend, et on descend pas que je sache, on monte ! répliqua Reg, le grincheux des deux, qui était au volant.

– Merci, sergent, nous garderons votre conseil à l'esprit, intervint l'autre frère, Robert, qui avait eu la polio dans son enfance et avait plus de raisons que la plupart des gens du coin d'être désagréable mais ne l'était jamais. Que pouvons-nous faire pour vous ? poursuivit-il. Pourquoi toute cette agitation ?

– Nous cherchons deux garçons qui ont disparu. »

Pop appuya sa hanche contre l'aile de la voiture et les scruta. Ils portaient tous deux un chapeau et un costume élimé. Il savait que Reg n'avait pas le permis et qu'il n'y voyait plus trop clair. Un jour, il serait bien forcé de lui retirer ses clés, mais il n'était pas du tout pressé que ce jour arrive.

« Vous n'avez vu personne sur la route ce matin ?

– Non, monsieur. Tu as vu des garçons ce matin, Reg ?

– Non, pas de garçons, marmonna Reg.

– À qui sont ces enfants qui sont perdus ?

– Les fils d'Ellie Gunn.

– Ah ! Et comment ils se sont perdus ?

– En rentrant depuis ce croisement, hier soir.

– Allons bon, quelle espèce d'andouille pourrait se perdre ici ? railla Reg d'une voix lente et méprisante.

– C'est bon, Reg, du calme, répliqua doucement Pop. Leur père est ici. »

Reg regarda derrière Pop en direction d'Henry et fit la grimace.

« Ah ! eh bien, son père à lui était également un imbécile, grommela-t-il. Peut-être qu'ils ont ça dans le sang. Ils n'ont jamais eu de bon sens dans cette famille.

– Bon. Très bien. Merci, messieurs. Roulez prudemment et vous devriez arriver en un seul morceau. Si vous voyez des garçons en route, pensez à me prévenir. »

Il tapa sur la portière de la Rolls et se retourna avant que Reg ait le temps de lancer une dernière pique. Ce faisant, il vit Grace assise sur le marchepied du camion d'Artie. Elle l'observait attentivement. Il soupira à part lui-même. Il l'avait presque oubliée. Elle avait insisté pour venir et il avait cédé à contrecœur. Il avait du mal à lui résister quand elle avait une idée en tête.

« Viens avec moi », dit-il.

Elle s'approcha, tout en coudes et en genoux. Il lui tint la portière de la voiture et ils roulèrent jusqu'à l'endroit où son équipe devait entamer les recherches. Lorsqu'ils arrivèrent, ses quatre hommes – Harry Clough, Percy Meaney, Ezra Steele et Artie McKinnon – étaient disposés en ligne, à portée de voix les uns des autres. Ils commencèrent à avancer à travers un champ. Grace resta à proximité de lui et, comme il l'avait prédit avant qu'ils ne quittent la maison, le jean qu'elle avait insisté pour porter s'avéra trop serré, et donc trop chaud. Bientôt, son tee-shirt fut trempé de sueur et des mèches de cheveux étaient collées autour de son visage de plus en plus rouge. Il s'approcha d'elle.

« Ça va, ma chérie ?

– Oui. Ça va.

– Bois beaucoup d'eau, lui conseilla-t-il, et il remplit sa bouteille avec la gourde qu'il portait accrochée en travers de son dos.

– Merci. »

Ils quittèrent bientôt le champ uniformément plat et s'engagèrent sur un chemin qui serpentait parmi les collines. Pop supposait que si les garçons avaient tourné au mauvais endroit, ils avaient pu se retrouver dans les parages, mais leurs appels restaient sans réponse, et personne ne distinguait le moindre signe de leur passage. Ils continuèrent de longer le chemin pendant une heure jusqu'à ce que Pop ordonne une pause. Il remplit une fois de plus la bouteille de Grace puis gravit une petite élévation, sortit ses jumelles et scruta la vallée. Au loin, de l'autre côté de la rivière, il vit les autres équipes, et encore plus loin, vers le sud, le soleil qui se reflétait en scintillant sur les pare-brise des voitures dans la rue principale d'Angel Rock. Il posa les jumelles, se frotta les yeux, et marmonna une rapide invocation à saint Antoine et à tous ses potes qui n'avaient rien de mieux à faire pour le moment.

Quand arriva le milieu de l'après-midi, Grace était épuisée, mais elle mettait un point d'honneur à ne pas le montrer à son père. Elle le suivit péniblement sous un bosquet de grands eucalyptus. Il faisait plus frais à l'ombre, et elle reprit immédiatement des forces. Elle jeta un coup d'œil par-dessus son épaule pour voir s'ils avaient le temps de se reposer un peu avant que les autres hommes les rattrapent, mais ceux-ci n'étaient pas loin, et elle soupira intérieurement. Ils avançaient en file indienne car le bush de chaque côté était trop dense pour qu'ils s'y aventurent. L'homme qui la suivait immédiatement, M. Meaney, un fermier trapu aux dents de travers, lui adressa un sourire timide, et elle vit alors les yeux de l'homme qui marchait derrière lui se poser sur ses fesses, puis sur son visage, puis de nouveau sur ses fesses. Elle se retourna et regarda fixement le dos de son père. Deux mots jaillirent dans sa tête et se mirent à tournoyer comme des papillons. *Il regarde. Il me regarde. Le père de Darcy. M. Steele.*

Ses fesses lui semblèrent soudain exagérément grosses et rondes, et elle tenta de marcher comme un garçon, contractant ses muscles autant que possible. Une rougeur indignée lui empourpra les joues, le cou et la pointe des oreilles. Elle aurait voulu se retourner et lui dire d'arrêter, mais elle en était incapable.

Ils franchirent une élévation, le paysage s'ouvrit de nouveau, et le chemin s'acheva au niveau d'un portail dans une clôture. Un ruisseau traversait la zone plate et trois des hommes le coupèrent, puis se dispersèrent sur la rive opposée. Pop longea le cours d'eau et Grace s'aperçut soudain que M. Steele s'était intercalé entre lui et elle. Elle tenta de compter les hommes qu'elle voyait, mais ils ne cessaient d'apparaître et disparaître parmi les arbres. Pop lui fit alors signe de se poster un peu plus loin. Elle était sur le point de protester, mais s'éloigna vivement lorsque M. Steele commença à s'approcher d'elle. Elle entendit les autres appeler les garçons et baissa la tête, scrutant le sol devant elle. Elle parvenait tout juste à distinguer M. Steele du coin de l'œil, mais lui aussi semblait désormais examiner le sol sans même jeter un coup d'œil dans sa direction. Ils avancèrent ainsi pendant un quart d'heure jusqu'à ce que la forêt se fasse plus dense et qu'elle le perde des yeux. Elle continua de marcher. Les voix des hommes étaient de plus en plus faibles, et elle finit par ne plus les entendre du tout. Elle s'arrêta et tendit l'oreille. Peut-être les sons étaient-ils bloqués par les arbres. Elle reprit sa marche et crut entendre Pop crier, puis il n'y eut plus rien pendant un long moment. Le soleil descendit derrière un nuage et la forêt autour d'elle sembla soudain très sombre et sinistrement silencieuse. Elle était au bord de la panique et sur le point de se mettre à courir lorsqu'un homme surgit de derrière un arbre, devant elle, sur sa droite. Elle crut tout d'abord que c'était M. Steele, mais, son cœur cognant dans sa poitrine, s'aperçut que c'était quelqu'un d'autre, quelqu'un qu'elle ne connaissait pas. Il avait les cheveux longs et était sale, avec de larges yeux écarquillés. Ils se dévisagèrent, puis Grace entendit la voix de Pop, au loin sur sa gauche, qui criait son nom. Elle détourna brièvement le regard et, quand elle se tourna de nouveau vers l'homme, elle n'aperçut que la silhouette furtive de son dos tandis qu'il filait parmi les arbres. Elle courut jusqu'à Pop, le cœur cognant à se rompre, les jambes tremblantes.

« Ça va, ma chérie ?

– Oui, je…

– Une trace des garçons ? »

Grace secoua la tête.

« Bon, reste près de moi maintenant, murmura-t-il, une main posée sur son épaule. Nous sommes presque à la maison. »

Elle acquiesça, en proie à un tel soulagement qu'elle ne savait pas si elle allait fondre en larmes ou le serrer dans ses bras.

Ils s'arrêtèrent pour boire une tasse de thé avant de couvrir la dernière zone qui les séparait de la ville. Grace supposait qu'il devait être trois ou quatre heures de l'après-midi. Le fermier aux dents de travers avait déjà sorti le nécessaire et était occupé à allumer un petit feu de brindilles sous une casserole pleine d'eau du ruisseau. Pop s'agenouilla et consulta la carte en compagnie d'un autre homme, et Grace vint s'asseoir à ses côtés, épuisée, regardant le feu prendre vie. Lorsque le thé fut prêt, l'homme qui l'avait préparé lui tendit une tasse et lui fit un sourire.

« Merci, monsieur Meaney », dit-elle tout en regardant autour d'elle, rassérénée par la proximité de Pop.

Elle voulait lui parler de l'homme dans la forêt, mais M. Steele s'approcha alors, en pleine discussion avec Artie McKinnon.

« Percy, dit M. Meaney.

– Pardon ?

– Percy. Appelle-moi Percy.

– Oh ! Merci, Percy. »

L'homme lui fit un grand sourire.

« Percy ?

– Oui ?

– Il n'y avait personne d'autre avec nous, n'est-ce pas ? Juste nous six ?

– Je crois. Pourquoi ?

– Oh ! pour rien. »

Grace regarda en direction de M. Steele tout en sirotant son thé. Il l'observait ouvertement, une cigarette à peine plus épaisse qu'une allumette coincée au coin de la bouche, un petit sourire sur les lèvres. Elle lui lança un regard noir et détourna les yeux, mais, quand elle les reposa sur lui un peu plus tard, son sourire était encore plus franc.

Ils mirent une heure à regagner Angel Rock, et Grace ne s'éloigna pas de son père de tout le chemin. Épuisés, ils pénétrèrent d'un pas traînant dans le parc et se tinrent au pied du monument aux morts tandis que le soleil déclinait derrière le Rocher. Les membres des autres équipes étaient aussi fatigués et crasseux qu'eux, et ils n'avaient rien trouvé non plus. Pas une trace. Tandis que Pop notait le nom de ceux qui seraient disponibles pour reprendre les recherches le lendemain, Grace marcha très lentement jusqu'à la maison, tête baissée. Les enfants qui jouaient dans la rue interrompirent un moment leurs jeux et la regardèrent passer en silence en écarquillant de grands yeux. Une fois dans la maison, la crainte qu'elle avait éprouvée plus tôt lui sembla presque idiote, et elle ne parla pas de l'homme de la forêt à Pop ce soir-là ni le lendemain. Elle repoussa son image au fond de son esprit où elle demeura presque oubliée, mais pas totalement.

# 5

Il faisait frais dans la ravine lorsque Tom se réveilla, et c'est en frissonnant légèrement qu'il marcha jusqu'à l'eau pour boire. Après s'être rempli le ventre et débarbouillé le visage, il sautilla un moment pour réactiver sa circulation sanguine. Il se sentait mieux, et plus optimiste qu'il n'aurait cru. Il se mit en route le long du ruisseau, l'eau s'agitant dans son ventre vide, farouchement déterminé à retrouver Flynn, et bien certain d'y parvenir.

Il longea le ruisseau pendant environ une demi-heure, puis suivit une longue courbe et aperçut Flynn recroquevillé sur lui-même, dormant à poings fermés au milieu d'une étendue de roche nue. Il courut jusqu'à lui et le regarda, tellement soulagé qu'il n'arrivait plus à parler. Flynn renifla dans son sommeil puis poussa un gémissement. Tom se pencha et le secoua. Flynn ouvrit des yeux assoupis et les posa sur son frère.

« Qu'est-ce que tu faisais ? s'écria Tom, s'abandonnant soudain à la colère. Tu as failli te perdre ! »

Flynn se mit à pleurer. Tom tomba à genoux, l'enveloppa dans ses bras et le serra fort.

« Tu l'as vu, Tom ? demanda-t-il lorsque ses larmes furent un peu retombées.

– Qui ?

– Le kangourou.

– Oui, je l'ai vu ! Tu ne m'as pas entendu quand je t'ai appelé ?

– Si, et j'ai répondu, mais tu n'es pas venu. »

Son petit visage sale se froissa et il se remit à pleurer.

« C'est bon », dit Tom, incapable de crier plus. Il tapota l'épaule de Flynn. « Je t'ai retrouvé, et tout va bien se passer. Nous allons regagner la route et trouver une ferme. »

Flynn acquiesça et s'essuya le nez avec son avant-bras.

« Tom ?

– Quoi ?

– J'ai faim.

– Oui. Moi aussi. Viens, plus vite on se mettra en route, plus vite on mangera. »

Ils longèrent le ruisseau, Tom serrant fermement la main de Flynn et racontant tout ce qui lui passait par la tête, histoire de leur changer les idées.

« Tu connais Ham, le chimpanzé ? demanda-t-il à son frère. Celui qu'ils ont envoyé dans l'espace dans une fusée ?

– Non.

– Mais si, tu le connais. Je t'en ai assez souvent parlé.

– Oh, oui !

– Eh bien, quand il a atterri dans la mer et qu'ils ont ouvert la capsule, tu te rappelles ce qu'il faisait ?

– Non, répondit Flynn en secouant la tête.

– Il mangeait une pomme. Il était là dans sa foutue cabine en train de manger une pomme. »

Flynn éclata de rire et ils eurent tous deux le cœur un peu plus léger pendant un moment.

« Tom ?
– Oui ?
– Pourquoi ils ont envoyé un chimpanzé dans l'espace ?
– Ils voulaient voir si une créature vivante survivrait là-haut. Avant d'envoyer des humains. C'était moins grave si c'était un chimpanzé qui mourait.
– Pourquoi ?
– Ils ne comprennent pas ce qui se passe, répondit Tom en haussant les épaules. Et ils connaissent moins la peur que nous.
– Oh ! Tom ?
– Oui ?
– Est-ce que papa va être en colère après nous ?
– Je suppose. Probablement. »

Ils marchèrent pendant une demi-heure au cours de laquelle Flynn ne cessa de grommeler qu'il avait faim. Tom fut soudain pris de vertiges et dut s'asseoir un moment en attendant que ça passe. Flynn s'accroupit à côté de lui. Il paraissait inquiet et se remit à pleurer. Il était sale, l'avant de sa chemise était déchiré. Tom voyait bien que lui aussi avait passé une sale nuit, peut-être même pire que la sienne.

« Arrête de faire ton bébé, Flynn », dit Tom, tout doucement, sans une once de colère.

Cette fois, les larmes de son frère mirent un long moment à s'arrêter, et, pendant que Tom attendait, le soleil s'éleva au-dessus des arbres et les inonda d'une chaude lumière jaune.

« On va rentrer à la maison, Flynn. Je te le promets. Viens, bois un peu.
– Tu promets ?
– Oui. Promis. Viens. »

Tom entraîna son petit frère jusqu'au ruisseau et l'observa tandis qu'il baissait la tête au-dessus de l'eau et buvait, à quatre pattes, comme s'il avait bu ainsi toute sa vie.

Ils continuèrent de revenir sur leurs pas le long du ruisseau. Tom scrutait la rive en essayant de retrouver le chemin de la route, mais il ne reconnaissait rien. Le soleil devint bientôt brûlant et leur estomac grondait sans relâche. Vers le milieu de la matinée, ils atteignirent un endroit où le ruisseau formait un embranchement. Tom s'assit, au désespoir, tout en tentant de dissimuler son découragement. Il était presque certain qu'ils n'étaient pas passés devant un tel embranchement la nuit précédente. Peut-être avaient-ils manqué le chemin qui menait à la route. Il n'y avait rien d'autre à faire que suivre l'une des branches, qui devrait bien finir par atteindre la route. Il réfléchit quelques minutes en se mordillant la lèvre, puis opta pour celle de droite.

« Viens, dit-il à Flynn en reprenant sa marche. On y est presque. »

Durant toute la matinée, ils avaient été entourés d'eucalyptus au feuillage abondant, et soudain, au milieu de l'après-midi, le paysage se fit beaucoup plus aride et la rivière commença à être bordée d'arbres décharnés, les fougères et les palmiers à feuilles sombres laissant place à de l'herbe à kangourou et à des arbustes résineux. Des cacatoès poussaient des cris stridents dans les arbres sur leur passage. Lorsque Flynn commença à être fatigué, Tom le porta sur son dos jusqu'à avoir les bras douloureux et les jambes tremblantes. Parfois, quand la vallée dans laquelle ils se trouvaient s'étirait devant eux, il voyait des oliviers onduler à perte de vue. Lorsqu'ils atteignirent un point relativement élevé, il distingua de petites clairières dans le bush et, loin devant, une colonne de fumée pâle qui s'élevait à la verticale dans un ciel sans nuages. Reprenant espoir, il poussa un cri et de petits oiseaux s'égaillèrent parmi les arbres, surpris par le bruit inhabituel. Ils passèrent le restant de l'après-midi à marcher en direction de la fumée sans toutefois jamais sembler s'en approcher, puis une brise vint l'agiter dans un sens et dans l'autre, et elle se dissipa sur le bleu du ciel. Flynn, trop épuisé pour le remarquer, fut ravi de s'allonger pour dormir alors que la nuit tombait.

Le lendemain matin, des geckos regardaient Tom de leurs yeux curieux tandis qu'il se réveillait et étirait son corps douloureux. Il rampa jusqu'à la rive et but, puis il réveilla Flynn et l'entraîna jusqu'au ruisseau pour qu'il boive à son tour. À part une poignée de baies amères, ils n'avaient rien avalé depuis les sandwichs que leur avait préparés la femme de l'hôtel à Jack's Mountain, et ils étaient l'un comme l'autre étourdis et affaiblis par la faim.

« C'est un nouveau jour et on peut y arriver », marmonna Tom.

Il était toujours accroupi près du ruisseau lorsque quelque chose attira son regard. Un gros lézard à langue bleue était étendu sur un rocher proche, se gorgeant du soleil matinal. Tom s'essuya la bouche et chercha une arme autour de lui. Il fouilla dans les broussailles jusqu'à trouver un bâton de bonne taille, puis s'approcha en rampant, sans quitter le lézard des yeux. Flynn, recroquevillé par terre, l'observait.

« Qu'est-ce que tu fais ? demanda-t-il.

– Chut ! »

Il se glissa jusqu'à l'animal, aussi furtivement que possible. Lorsque le lézard sembla bouger, il se figea un instant, mais, quand il fut à moins de deux mètres de lui, le reptile était toujours là. La décision s'imposa à lui lorsque le lézard se retourna vivement pour lui faire face et tira sa langue bleue en sifflant. Tom bondit en avant, abattant son bâton mais manquant l'animal qui sifflait furieusement tout en parvenant à esquiver les coups. Tom ferma les yeux et, presque en larmes, se mit à frapper de plus belle jusqu'à finalement sentir sous son bâton quelque chose de plus mou que le rocher. Il rouvrit les yeux. La tête du lézard était en sang et ses pattes s'agitaient lentement sans toutefois le mener nulle part. Il s'assit, haletant et nauséeux, et attendit qu'il meure.

Il sentit la présence de Flynn juste derrière lui mais n'avait pas la force de se retourner, quand soudain son frère s'écroula contre lui. Il se retourna. Le visage de Flynn était pâle et ses yeux, révulsés – il s'était évanoui. Tom le saisit par les bras et le traîna jusqu'à l'ombre d'un arbre. Il alla prélever de l'eau au ruisseau dans la paume de ses mains et humecta les joues et les lèvres de Flynn, et, lorsque celui-ci commença à reprendre ses esprits, Tom retourna auprès du lézard en se demandant comment il allait en découper la viande sans couteau. Une pie-grièche se posa sur un rocher au bord du ruisseau et lorgna la dépouille du reptile.

« Pssht ! » fit Tom en agitant les bras pour la mettre en fuite.

Il chercha une pierre aux arêtes tranchantes et, lorsqu'il en eut trouvé une, il retourna le lézard sur le dos, le raclement de ses petites griffes sur le rocher lui donnant la chair de poule, et examina son ventre tendre et pâle. La peau était beaucoup plus coriace qu'elle n'en avait l'air, et il dut appuyer fort avec la pierre, si fort qu'un immonde jet de merde jaillit entre les pattes arrière de l'animal. Il eut un haut-le-cœur, se retourna, vomit l'eau qu'il avait bue plus tôt, et continua de cracher jusqu'à ce que son estomac soit parfaitement vide. Il s'essuya la bouche et baissa les yeux vers la pierre entre ses mains. Elle était couverte de sang, de même que ses mains et ses avant-bras, ce qui ne fit qu'accentuer sa nausée. Il attendit que ça passe, puis regarda en direction du lézard qui gisait sur le rocher. Alors, dans un accès de rage, il l'envoya d'un coup de pied dans le ruisseau. Respirant fort, il retourna auprès de Flynn et l'attrapa par le bras.

« Viens, on repart. »

Ils avancèrent péniblement pendant tout le restant de la matinée, Tom tenant la main de Flynn, le traînant presque parfois derrière lui, jusqu'à ce que celui-ci s'arrête finalement et se roule en boule par terre, refusant d'aller plus loin. Tom tira l'harmonica de sa poche et l'agita devant lui. Flynn tenta de s'en emparer et se mit à sangloter.

« Donne-le-moi !

– Non, faudra d'abord que tu me rattrapes. »

Tom s'éloigna, agitant l'harmonica dans son dos. Flynn se leva lentement et le suivit. Tom parvint à le faire marcher pendant l'essentiel de la journée en usant de la même ruse. Ils atteignirent une nouvelle vallée profonde remplie de gommiers roses et de *turpentines* qui se dressaient dans les airs telles des colonnes, aussi paisibles que des cathédrales. Puis, une fois la profonde vallée franchie, ils atteignirent une zone dégagée où le ruisseau était à peine plus qu'un filet d'eau. Il faisait encore plus chaud que les jours précédents et le bourdonnement des abeilles ouvrières dans les arbres paraissait être le bruit de la chaleur elle-même. De temps à autre, des formes noires semblables à des oiseaux flottaient devant les yeux de Tom, et il devait s'arrêter, relever les jambes et poser la tête sur ses genoux jusqu'à ce qu'elles disparaissent. Il n'avait aucune expérience de la mort et l'associait à des chocs soudains et à de la chair déchirée, pas à cette sensation d'étiolement et d'affaiblissement progressifs.

Au milieu de l'après-midi, ils s'arrêtèrent pour se reposer une fois de plus et, alors qu'il s'étendait à l'ombre, Tom crut sentir une odeur de fumée. Il ferma les yeux et inspira profondément. Du feu de bois. Il se souleva sur un coude et regarda le paysage boisé de l'autre côté du ruisseau. Lentement mais sûrement, il acquit la certitude qu'il y avait bien une fumée, éclairée par la lumière inégale, sous des arbres en aval. Flynn était silencieux à côté de lui. De plus en plus souvent, il se laissait distancer, voulait dormir, et Tom était presque obligé de le porter pour le faire avancer. Et il commençait aussi à avoir de grosses quintes de toux grasse.

Tom le laissa dormir et se dirigea vers la fumée. Il avança difficilement jusqu'à ce que le sol s'aplanisse et que les arbres changent de nouveau. Le ruisseau qu'ils avaient suivi disparut dans un mélange marécageux de touffes d'herbe, de laîches, et de mares d'une eau aussi brune que du thé fort. Le marécage s'étirait entre Tom et la fumée, qu'il distinguait désormais clairement, montant presque à la verticale dans le ciel, une petite inclinaison du sol dissimulant sa source. Il entreprit de traverser la partie la plus étroite du marécage, en direction d'une zone plus haute parsemée de *paperbarks*. Il glissa et tomba plus d'une fois lorsque l'herbe se dérobait sous ses pas, le faisant s'enfoncer dans des dépressions pleines d'une eau stagnante et argentée. La boue aspirait ses pieds, et, tandis qu'il tentait de se dégager une fois de plus, sa vue se troubla complètement, des étoiles dansèrent devant ses yeux, et il s'évanouit.

Lorsqu'il reprit conscience un peu plus tard, l'odeur puissante du marais envahissait ses narines, et il entendit Flynn gémir. Le temps que Tom regagne l'endroit où il l'avait laissé, il était au bord de la crise d'hystérie. Il lui saisit les épaules et lui expliqua qu'il avait marché vers la fumée et s'était évanoui, qu'il ne l'avait absolument pas abandonné, qu'il ne le ferait jamais, mais une bonne demi-heure s'écoula avant que Flynn soit assez calme pour qu'ils puissent repartir.

Ils marchèrent jusqu'au marécage, Flynn agrippant fermement la main de Tom, puis firent le tour de la zone boueuse et découvrirent que le ruisseau poursuivait son cours de l'autre côté. Comme il s'écoulait dans la direction où Tom avait vu la fumée, ils continuèrent de le longer jusqu'à ce qu'il s'enfonce dans une petite vallée aux flancs abrupts encombrée de palmiers et de fougères. Le ruisseau formait des mares qu'ils durent contourner, et ils furent bientôt couverts d'écorchures et à bout de forces. Ils s'arrêtèrent pour se reposer auprès d'une mare sur des rochers gris qui affleuraient du sol tels des crânes de géants à demi ensevelis. Sur la rive opposée, des dragons d'eau se chauffaient au soleil. Ils observèrent les reptiles et l'eau, et Tom vit de minuscules fleurs charriées par le courant. Certaines ressemblaient à des gouttes de sang sous l'eau, comme si un meurtre s'était produit dans une courbe ombrageuse en amont du ruisseau. Une certaine sérénité l'envahit peu à peu tandis qu'il était assis là, à regarder les lézards, les fleurs. Elle commença à remplacer la peur et la panique tenaces qui l'avaient tenaillé tout au long de la journée. Et, malgré son épuisement et sa faim de loup, il accueillit à bras ouverts cette sensation réconfortante.

Ils ne marchèrent plus ce jour-là, et, tandis que le soleil commençait à s'enfoncer derrière un col dans les collines qui leur faisaient face – son rougeoiement s'élevant comme s'il y avait une merveilleuse ville d'or dans la vallée suivante –, des papillons jaune pâle vinrent voleter tout autour d'eux, certains mourant dans l'eau avant d'être emportés par le courant. Soudain, quelque chose – peut-être un ornithorynque – se jeta dans la mare et glissa sous la surface, créant de petites vaguelettes longues et douces qui vinrent embrasser chaque rive. Il fallut quelques minutes à Tom pour s'apercevoir que le soleil se couchait à l'ouest et qu'ils avaient marché toute la journée presque droit vers lui – dans la direction opposée de celle où il voulait aller. Il était sur le point de fondre en larmes lorsque Flynn se mit à parler, d'une voix très douce, à côté de lui.

« J'ai faim, Tom. Je veux rentrer à la maison. Je veux voir maman.

– Tu la verras.

– Tu promets ?

– J'ai déjà promis.

– Tu jures ?

– Oui. »

Tom humecta son pouce avec sa langue, redressa la frange de Flynn, puis il essuya la poussière sur ses joues.

« Faut que tu sois beau pour maman, pas vrai ? »

Flynn acquiesça.

« On doit être près d'une maison. Ou d'une route. Demain, nous la trouverons. Je te le jure. »

Le soleil déclinait désormais rapidement, et même s'il n'y voyait plus grand-chose, Tom passa de l'eau sur les bras et les jambes écorchés de Flynn, puis il ôta les bouts de terre et les petits cailloux qui s'étaient accumulés dans une profonde écorchure sur son propre genou. Il arracha les frondes d'une fougère, les étala sur le rocher avant d'allonger Flynn dessus et de se recroqueviller autour de lui. Il le regarda s'endormir, vit son pouce s'enfoncer dans sa bouche, puis il ferma les yeux à son tour. Des pinsons jacassaient dans les buissons, et des collines au loin leur provenait le chant doux et clair des méliphages.

# 6

Grace appuya sa tête contre la banquette, observant les mirages provoqués par la lumière. Elle ouvrit et ferma la portière à plusieurs reprises, et des reflets éblouissants se mirent à galoper dans un sens et dans l'autre en travers de la route tels des chevaux minuscules. Il était près de midi et la chaleur était absorbée par le métal de la voiture comme la foudre par un paratonnerre, sans nulle part où s'échapper. Le soleil pénétrait la peinture du véhicule et craquelait la couleur, faisant naître des arcs-en-ciel là où il n'y aurait pas dû en avoir, les soulevant dans l'air brûlant comme des pépites poussiéreuses avant de les faire s'évaporer. Tout semblait se flétrir autour d'elle. La route était déserte, blafarde. La voie ferrée qui la longeait derrière la clôture de barbelés scintillait comme du chrome, apparaissant puis disparaissant dans la brume de chaleur. Elle regarda en direction de la lisière de la forêt, là où travaillaient les bûcherons, là où commençait l'ombre, là où il faisait peut-être juste un peu moins chaud. Elle avait désormais presque le sentiment qu'il revenait à la terre, et au soleil, de faire réapparaître les garçons, de les faire surgir de l'ombre et marcher directement vers l'endroit où elle se trouvait. Ils seraient couverts de poussière, affamés et maigres. Ils auraient probablement des écorchures sur les jambes et les bras et des vêtements déchirés, et elle les panserait, après quoi son père les ramènerait en ville et ils seraient parfaitement silencieux dans la voiture pendant que Pop lancerait des plaisanteries, et elle passerait un bras autour des épaules de Tom, et, quand ils arriveraient en ville, tout le monde viendrait se masser autour d'eux pour les accueillir avec excitation et émerveillement.

Ils avaient désormais disparu depuis plus d'une semaine. Près de deux cents hommes, parmi lesquels on comptait des aborigènes employés par la police et des maîtres-chiens, étaient venus participer aux recherches. On parlait de la disparition dans tous les journaux – même à Sydney – ainsi qu'à la télévision et à la radio. Elle n'était pas retournée avec Pop, se contentant d'attendre à la maison près de la radio, écoutant les conversations et suivant la progression des équipes de recherches sur la grande carte punaisée au mur. Elle avait même oublié Darcy, jusqu'au jour où celle-ci n'était pas venue pour faire retoucher sa robe, et elle s'était alors demandé si son père était encore plus strict avec elle qu'à l'accoutumée.

Elle plissa une fois de plus les yeux en direction des arbres, puis se retourna et se jucha sur ses genoux pour regarder par la lunette arrière, mais il n'y avait là non plus rien à voir, juste un bœuf aux flancs rouges qui se traînait lentement à travers un champ. Pop s'arracha lui-même à sa sieste en poussant un ronflement sonore. Il ouvrit les yeux et regarda Grace. Consciente qu'il aurait la bouche sèche, elle bondit de la voiture, décrocha la gourde du pare-chocs avant et la lui tendit. Il but longuement.

« Merci, ma chérie. »

Il regarda sa montre.

« Des nouvelles du train ?

– Non.

– Ce foutu tortillard est encore plus en retard que d'habitude. Ça fait des heures qu'il aurait dû passer.

– Peut-être qu'il a déraillé. Ou percuté une vache, ou quelque chose.

– Oui. Peut-être. »

Pop sourit, se pencha vers le tableau de bord et alluma l'auto-radio. Celui-ci crachota un peu de musique, puis ce furent les courses hippiques.

« Lequel on a choisi dans celle-ci ? » demanda Pop.

Il attrapa le journal, qui était ouvert à la page des courses, et ses lunettes, les plaçant sur le bout de son long nez.

« C'est moi qui l'ai choisi, répondit Grace. Vingt contre un. Regular Rocket. Mais c'est la prochaine course.

– Regular Rocket. On verra, dit-il en lui adressant un sourire las. Trouvons un peu d'ombre. Il fait une chaleur à crever ici.

– On était à l'ombre avant que tu t'endormes, mais elle s'est décalée par là, expliqua-t-elle en pointant le doigt.

– Je n'avais pas l'intention de m'endormir. Je dois être plus fatigué que je ne le croyais. »

Grace le regarda. Ça faisait une semaine qu'il rentrait bien après la tombée de la nuit et se levait avant le soleil. Rien d'étonnant à ce qu'il soit fatigué. Ils descendirent de voiture et s'assirent à l'endroit où elle projetait une petite ombre sur l'herbe qui bordait la route. Ils regardèrent en direction de la plaine alluviale qui s'étirait vers la ville, adossés à la carrosserie chaude. L'orage qui avait éclaté plus d'une semaine auparavant n'avait pas changé grand-chose à la sécheresse. Ils n'avaient pas eu de véritable pluie depuis des mois et les champs d'ordinaire verts semblaient épuisés et assoiffés. Les éleveurs de bétail se plaignaient, les producteurs de lait aussi. Tous les autres faisaient de leur mieux pour conserver leur calme. Il n'y avait rien d'autre à faire qu'attendre. La pluie viendrait – ils étaient trop près de la côte pour qu'elle ne vienne pas. Au moins, une chose était sûre, songeait Pop : elle *viendrait*, qu'ils retrouvent les garçons ou non.

Bon Dieu, ce qu'il était fatigué ! Complètement claqué. Mais le fait d'être là à attendre le train en écoutant les courses était une occasion bienvenue d'oublier tous les soucis, toutes les impossibilités, toutes les déceptions des derniers jours. Et c'était aussi dans ces moments de calme, quand il avait les yeux fermés et que le soleil lui brûlait les paupières, que les choses commençaient souvent à faire sens, qu'il commençait à entrevoir de nouvelles possibilités. Ce jour-là, cependant, rien ne se produisit.

Sa radio de service crépita, puis il y eut l'écho d'un son strident, puis le silence. Pop aimait considérer ce bruit comme le fantôme d'un flic, constamment en patrouille, tenant sa radio dans sa main spectrale, sifflotant peut-être à part lui-même. Depuis une semaine, la radio résonnait constamment de voix, dès l'aube et jusqu'au crépuscule. Des voix au début déterminées, puis résignées, et désormais angoissées. Les hommes avaient sillonné en longues files irrégulières le bush dense et bivouaqué sur place quand la lumière diminuait. Il leur avait demandé de repasser les routes au peigne fin, à pied et à cheval, et de draguer la rivière avec des grappins, mais ils n'avaient rien trouvé. Henry Gunn, le pauvre bougre, avait complètement perdu sa voix à force d'appeler le nom des garçons. Il n'avait jamais vu un homme plus morose, une mâchoire plus serrée. Ellie et lui vivaient dans des ténèbres où l'espoir filait aussi vite que le temps. Rien de ce que Pop ni quiconque pouvait dire ne leur était d'un grand secours. La veille, il avait dû renvoyer chez elles la plupart des équipes de recherches – ça l'avait rendu malade – et maintenant il ne restait plus qu'un ou deux hommes avec une meute de chiens, quelques gars de la brigade des pompiers, et lui-même – et le crépitement chuintant occasionnel de la radio.

« J'aimerais bien que tu nous aides, espèce de saloperie », lança Pop à l'intention de l'appareil.

Il soupira et referma les yeux. Où étaient ces garçons ? Bon sang, où étaient-ils ? Dire qu'on avait envoyé des hommes sur la lune, et qu'eux n'arrivaient pas à retrouver deux gamins. Ils avaient étudié la carte, tenté de se mettre dans la tête de Tom et de Flynn, mais c'était vraiment à croire qu'ils s'étaient évaporés sans laisser de trace. Henry était certain qu'ils étaient allés à la pêche, parce que Tom adorait ça. Pop en doutait, mais la rivière devrait tout de même être passée au crible, minutieusement cette fois, pas simplement par quelques types dans un bateau armés de grappins. Même si tous les enfants de la région savaient nager, la rivière en avait déjà emportés trop, surtout des petits. Flynn avait pu tomber, et Tom se serait jeté à l'eau pour le sauver. Après ça, tout habillé, même un adulte se serait vite fatigué et aurait commencé à boire la tasse. Donc c'était soit fouiller de nouveau la rivière, soit s'asseoir en silence au fond de l'église et prier.

Il rouvrit les yeux. Grace se tenait désormais près de l'ancienne voie de garage, la brume de chaleur qui s'en élevait faisant trembler et vaciller ses membres. Six mois plus tôt, elle était encore toute maigre et sans formes – une enfant. Il pensa aux garçons perdus dans le bush et comprit soudain à quel point il l'aimait, une révélation parfaitement claire et précise, comme s'il avait toujours répugné à l'admettre. Il ne se rappelait pas la dernière fois qu'il le lui avait dit, ni la dernière fois qu'il l'avait serrée dans ses bras comme il le faisait quand elle était plus jeune. Il la regarda un peu plus longuement, jusqu'au moment où il s'aperçut qu'il avait à nouveau la bouche sèche. Il se releva avec effort, marcha jusqu'à l'avant de la voiture, décrocha la gourde du pare-chocs et but de grandes gorgées.

Grace suivit les rails à moitié rouillés à travers les hautes herbes. Devant l'ancienne scierie, il y avait des voies de garage et des remblais à bordure d'acier pour le chargement et le déchargement de trains qui ne s'arrêtaient plus ici depuis des années. L'ancien poste du chef de garde se dressait vide au bout du quai principal. Elle essaya la porte de la petite cabane en bois, qui s'ouvrit en grinçant sur ses gonds rouillés. À l'intérieur, elle découvrit un alignement de leviers grippés, couverts de poussière et de toiles d'araignées, et une horloge murale arrêtée à 3 h 07 – un après-midi éternel. Elle referma la porte, s'assit dehors près des rails et attendit avec la main posée sur l'acier brûlant, et, presque comme pour exaucer son désir, les rails se mirent à frémir sous ses doigts. Elle songea à Darcy faisant la course avec le train, colla son oreille au rail et crut l'entendre faiblement. Bientôt, le sifflet du train retentit au loin. Elle se leva et grimpa sur le quai pour attendre, regardant en direction de son père.

Pop entendit également le sifflet du train, mais la course sur laquelle ils avaient parié venait de débuter. Il pleuvait là-bas, et le terrain était lourd. Il s'imagina les chevaux bien nourris et dans une forme étincelante, pas comme les bêtes de somme d'ici qu'on voyait avec leurs côtes saillantes se gratter les flancs contre des poteaux de bois et chasser les mouches qui grouillaient autour d'elles. Le champ de course serait un avant-goût du paradis pour ces rosses-là.

À l'autre bout du pays, le commentateur commença à décrire la course, tel un vendeur de bétail accordant la première place au meilleur enchérisseur. Puis il annonça le vainqueur, les placés, donna les rapports de la dernière course, les cotes de la prochaine – les courses étaient comme les vagues, elles se succédaient indéfiniment. Pop se demanda quelles étaient désormais les chances de retrouver les garçons vivants. S'il pouvait trouver le bookmaker de Dieu, il lui poserait certainement la question. Quelle est la cote ?

Il se leva, épousseta sa salopette, puis plissa les yeux sous son chapeau en direction du train qui arrivait. Grace se tenait sur le quai avec une main en visière, ses longs cheveux bruns descendant jusqu'au milieu de son dos comme ceux de sa mère autrefois. Lorsque le train apparut dans le virage, elle agita son bras couvert d'une poussière pâle.

« Gracie ! lança-t-il malgré lui. Fais attention ! »

Elle se retourna et le regarda avec irritation. Il marcha jusqu'au quai et leva à son tour la main tandis que le train ralentissait. Le chauffeur leur montra sa paume pâle. Pop posa la main sur l'épaule de Grace.

« Notre cheval est arrivé deuxième.

– Merde.

– Hé ! Sois polie ! »

Le train approchait dans un grand vacarme, les roues crissant dans la courbe d'acier, puis il redressa sa course et arriva au niveau du quai.

« Recule, ma fille », dit Pop tandis que la locomotive passait dans un tourbillon de fumée chaude.

Gracie regarda son père. Elle songea que ses yeux d'un bleu délicat n'allaient pas avec son expression sévère, mais elle recula tout de même.

Lorsque l'essentiel du train fut passé et qu'ils aperçurent sa queue, un visage apparut au niveau du fourgon-frein. C'était un visage jeune avec une tignasse jaune paille gonflée par le vent et un immense sourire qui laissait paraître des dents plantées dans tous les sens. À mesure qu'il approchait, Pop vit que le jeune homme avait le pied posé sur une boîte en bois qu'il s'apprêtait à balancer par la porte du fourgon.

« Ils sont en retard, dit Pop. Ils ne s'arrêtent pas. »

Il tira Grace en arrière et vit le jeune homme disparaître dans le fourgon. Puis la boîte s'envola et atterrit lourdement sur le gravier poussiéreux du quai. Le garde leur jeta un dernier coup d'œil depuis la porte du fourgon, des tourbillons de poussière s'élevant entre lui et eux. Ses épaules tremblaient et il riait avec une jubilation évidente. Pop le regarda fixement, impassible, la boîte à ses pieds, jusqu'à ce que le garde et son rire frénétique disparaissent au loin.

« Pauvre crétin », marmonna-t-il finalement.

Il se tourna vers sa fille. Elle regardait fixement la boîte, parfaitement immobile, comme si elle avait vu un serpent.

« Viens. C'est bon. Donne-moi la main. »

Grace leva les yeux vers lui. Le visage de Pop était plongé dans une ombre noire, si bien qu'elle ne pouvait pas voir son expression, mais elle avait confiance en sa voix. Rompant son immobilité, elle se pencha pour l'aider à soulever la boîte et la porter jusqu'à la voiture, et fut surprise de s'apercevoir qu'elle n'était pas aussi lourde qu'elle aurait cru.

Henry Gunn les attendait près de l'embarcadère avec une incertitude terrible dans les yeux, comme s'il doutait de la réalité de l'air qu'il respirait et de la terre sur laquelle il se tenait.

« Le moteur est en panne, annonça-t-il d'une voix rauque. Je vais ramer. »

Pop acquiesça. Il demanda à Grace de l'aider à décharger la boîte d'explosifs et la renvoya gentiment à la maison. Lorsqu'elle fut partie, ils remontèrent la rivière depuis l'embarcadère jusqu'à la maison d'Henry, puis continuèrent pendant un bon kilomètre et demi avant de s'arrêter pour faire sauter la première charge. C'était l'une des nombreuses zones où deux enfants avaient pu tomber dans la rivière, se noyer et se retrouver coincés sous l'eau, piégés par des racines.

Pop lança la charge vers l'endroit où un énorme gommier des rivières penchait au-dessus de l'eau. Henry l'observait, recroquevillé au-dessus des rames comme un bossu, comme un homme abattu, son cou et ses épaules tendus de muscles durs. Pop fit détonner l'explosif, un bruit sourd retentit, et un épais geyser d'eau boueuse s'éleva dans les airs avant de retomber à la surface comme une fontaine. L'onde de choc agita le bateau. Une masse de feuilles et de branches noires saturées d'eau perça la surface puis s'enfonça de nouveau telle une bête vivante, et tous les détritus qui gisaient au fond de la rivière remontèrent – un amas de brindilles enveloppées d'algues vertes.

Ils continuèrent de remonter la rivière de la même manière jusqu'au crépuscule, Henry maniant les rames et manœuvrant le bateau, Pop balançant les explosifs comme des appâts. Ils attendaient après chaque détonation tout en espérant qu'un garçon noyé, gonflé et blême, avec des yeux morts et fixes, ne serait pas libéré des profondeurs. Parfois, le ventre pâle d'un poisson-chat assommé par l'explosion apparaissait trente centimètres sous la surface et pouvait être pris pour un bras ou une jambe d'enfant. Chaque fois que cela se produisait, leur cœur se serrait brièvement, et Pop regardait alors Henry en se demandant comment il pouvait endurer une torture aussi atroce. Lorsqu'il commença à faire sombre, Pop décida qu'il était temps de rentrer.

« Demain, on pourra aller en aval de l'embarcadère, dit-il. Le tronçon qui traverse la ferme de Steele. »

Henry acquiesça et se mit à ramer.

Deux jours plus tard, Pop Mather se prépara du thé avec beaucoup plus de soin que d'ordinaire – réchauffant la théière, réchauffant la tasse, versant le lait en premier – puis il se rendit sur la véranda qui courait à l'arrière de la maison, s'assit sur une chaise longue et regarda le soleil se coucher. L'un des chiens avait reniflé une piste dans l'après-midi, piste qu'il avait remontée loin vers l'est avant de finalement la perdre. Si c'était bien celle des garçons, Pop n'en revenait pas qu'ils soient allés si loin. Il passa en revue son plan d'action pour le lendemain matin puis ferma un moment les yeux. Il somnola quelques minutes, mais, lorsqu'il se réveilla, c'était comme si des heures s'étaient écoulées. Il faisait nuit, son dos était raide, et un violent vent du sud, fougueux et impétueux, s'était levé pendant qu'il ne regardait pas. Il supposait que les nuages qui l'accompagnaient et qui tourbillonnaient au-dessus de la ville déverseraient à peine assez de pluie pour plaquer la poussière au sol.

Au bout d'un quart d'heure qui lui sembla durer cinq minutes, il se leva et s'étira. Il entendit un son plaintif en provenance de la maison et regarda par la porte pour voir ce qui se passait. Grace se tenait sous l'ampoule du couloir dans sa nouvelle robe, et Lil, tenant des épingles entre ses lèvres, était accroupie à ses pieds en train d'ajuster son revers. Pop devina à l'expression de sa fille qu'elle n'était pas à la fête.

Le bal lui était complètement sorti de la tête. Il avait été repoussé depuis samedi, et si certains y étaient opposés, lui estimait qu'il était probablement temps qu'il ait lieu. Les habitants d'Angel Rock avaient bien besoin d'un peu de divertissement. Noël arriverait dans un peu plus d'une semaine, et il doutait que quiconque y soit vraiment préparé. Il jeta un dernier coup d'œil au ciel nocturne avant de retourner à l'intérieur. Il adressa un clin d'œil à sa fille qui faisait la grimace, puis gagna sa chambre pour se changer.

Grace ne s'attendait pas vraiment à voir Darcy lorsqu'elle pénétra dans la salle de bal avec sa mère et son père, et elle faillit s'arrêter net quand elle l'aperçut, assise sur une chaise au fond de la pièce. Par chance, ses parents s'étaient déjà éloignés pour aller parler à des gens, et ils ne remarquèrent pas sa surprise. Darcy leva la tête, croisa son regard, puis détourna les yeux. Grace hésita, puis elle alla s'asseoir sur le côté. Peu à peu, la salle s'emplissait, mais l'ambiance était morose, et rares étaient ceux qui élevaient la voix ou riaient à gorge déployée. Elle ne dansa pas lorsque la musique débuta et resta là à jeter de petits coups d'œil en direction de Darcy pour voir ce qu'elle faisait. Parfois, son frère Sonny était assis à côté d'elle, et parfois elle voyait Charlie Perry, qui travaillait sur la ferme des Steele, lui murmurer à l'oreille. Elle aimait bien Charlie et était un peu jalouse de voir Darcy assise à côté de lui, un peu vexée qu'il ait été le seul garçon à ne pas l'inviter à danser. Elle songeait à s'éclipser par la porte latérale pour rentrer à la maison lorsque son père vint s'asseoir près d'elle.

« Tu t'es brouillée avec Darcy ? » demanda-t-il.

Elle secoua la tête. Pop n'insista pas, se contenta de se pencher en arrière et de croiser les bras. Il resta ainsi cinq bonnes minutes, puis demanda finalement :

« Pourquoi tu ne vas pas lui dire bonjour ? Ça ne ferait pas de mal, si ? »

Grace secoua de nouveau la tête. Pop soupira et s'éloigna. Elle le regarda partir avec un sentiment de culpabilité teinté d'une légère irritation.

Elle attendit que Sonny et Charlie s'en aillent puis se leva et marcha en direction de Darcy. Lorsqu'elle fut à quelques mètres de son amie, elle s'arrêta. Darcy était pieds nus – ses chaussures gisaient sous la chaise à côté d'elle – et elle portait la robe couleur crème qu'elle avait empruntée à Grace plusieurs semaines auparavant. Elle était trop étroite au niveau du buste et Darcy semblait mal à l'aise et gauche. Un œillet à moitié fané était épinglé à son corsage, et la coquille de cauri que Grace lui avait rapportée de la plage l'été précédent était suspendue à son cou. Elles levèrent toutes deux les yeux au même moment, et leurs regards se croisèrent. Grace perçut la tristesse dans les yeux de son amie et se sentit aussitôt honteuse. Elle venait de faire un pas en avant lorsque toutes les lumières s'éteignirent soudain. Elle resta un moment plantée là, surprise, ses yeux s'accoutumant à l'obscurité pendant que des gens passaient en la bousculant, certains raillant le conseil municipal et son organisation désastreuse. Elle entendit des personnes ouvrir des tiroirs dans la cuisine qui se trouvait derrière la salle, puis des allumettes craquèrent, des bougies s'allumèrent, et la pièce réapparut, mais subtilement altérée, comme si l'obscurité avait modifié quelque chose, déplacé les objets, exercé un curieux tour de magie. Elle se tourna de nouveau vers Darcy qui se tordait désormais nerveusement les mains. Sans réfléchir, elle alla s'asseoir à côté d'elle, saisit l'une de ses mains sèches et froides, et la serra entre les siennes. Elles restèrent ainsi quelques minutes, silencieuses parmi l'agitation qui les entourait, puis Grace serra encore plus fort la main de Darcy, qui baissa la tête et la posa sur le bras de son amie. Grace regarda le sommet de son crâne et, malgré la confusion qui l'avait envahie, elle était sûre d'avoir fait ce qu'il fallait. Au bout d'un moment, elle baissa la tête jusqu'à ce que sa bouche soit juste au-dessus de l'oreille de Darcy.

« Comment veux-tu que je t'aide si tu ne me dis pas quel est le problème ? » murmura-t-elle.

Elle sentit son amie prendre une inspiration profonde, comme si elle s'apprêtait à parler, mais Darcy se contenta de soupirer, et Grace, au comble du désespoir, commença à se demander si elle lui répondrait un jour.

# 7

Tom fit quelques pas tremblants de plus, puis il s'arrêta. La route sous ses pieds était plate et dure, mais il avait plutôt la sensation de se tenir sur le pont d'un bateau qui tanguait. La route scintillait de rosée, et de la lumière se réfléchissait dessus. Il cligna des yeux et considéra ses pieds un moment, puis il releva la tête, regarda en direction de la source de lumière et se mit à marcher vers elle.

La source de lumière était beaucoup plus loin qu'il ne l'aurait cru possible, et à plus d'une reprise ses jambes faillirent se défiler sous lui, mais il continua d'avancer, poussé par une détermination purement instinctive. Un son se mit à croître et à tourbillonner autour de lui. Comme un essaim, une nuée d'abeilles. Il crut percevoir des paroles dans ce son, mais il était certain qu'elles n'avaient aucun sens et ne lui disaient rien. Il s'arrêta et reprit son souffle jusqu'à ce que le son s'évanouisse et qu'il n'entende plus que le bruissement des feuilles des arbres qui bordaient chaque côté de la route, agitées par la légère brume du soir. Il reprit sa marche, tête baissée, et atteignit le portail d'une maison. Il posa la main dessus et attendit quelques instants, puis il le poussa, marcha jusqu'à la porte et frappa. Une lumière dorée s'échappait des fenêtres. Il crut sentir une odeur de nourriture. Une femme visiblement irritée ouvrit et le fixa un moment du regard, ses yeux s'écarquillant lentement.

« Tom Ferry ! » murmura-t-elle dans un souffle.

Elle se signa comme si elle avait vu un fantôme puis elle l'attira vers elle et le serra entre ses gros bras. Il la regarda dans les yeux et y vit de l'inquiétude, une bonne grosse dose d'anxiété, et il fut bouleversé, incapable de prononcer ne serait-ce que le mot le plus simple. Les enfants de la femme arrivèrent alors, passant la tête entre le montant de la porte et leur mère pour observer avec incrédulité le garçon loqueteux qui se tenait sur le seuil de leur maison. Puis elle regarda derrière lui, par-dessus son épaule, cherchant déjà des yeux son petit frère, sa petite ombre.

« Où est ton frère, Tom ? Où est Flynn ? » demanda la femme – encore et encore – mais il ne répondit rien, incapable de parler.

Tout commença alors à chanceler autour de lui. L'un des enfants sortit en trombe, se mit à courir sur la route en direction de la ville, criant à pleins poumons. Tom recula et s'assit, remontant les jambes et étreignant ses genoux. La femme s'approcha et l'aida à se relever, et ils longèrent ensemble l'allée jusqu'à la route, où il s'assit de nouveau par terre. Quand il releva la tête, une foule de gens accourait vers lui. Il y avait des filles en robe de soirée, des garçons en costume, des hommes et des femmes qui les suivaient. Il vit la salle de bal au loin, les gens qui se tenaient sur les marches avec des bougies dans les mains, leurs ombres vacillantes s'étirant dans tous les sens.

Grace Mather fut l'une des premières à l'atteindre. Elle s'arrêta à quelques mètres, reprenant son souffle comme une sprinteuse, et resta là à le dévisager. Il vit

Sonny, sa sœur Darcy, et soudain tout le monde fut autour de lui, parlant en même temps dans une cacophonie incompréhensible. Le sergent Mather se fraya un chemin à travers la cohue et se pencha vers lui, posa une main sur son épaule et le regarda droit dans les yeux. On fit le silence lorsqu'il se mit à parler.

« C'est moi, le sergent Mather, fiston – Pop Mather, dit-il doucement. Est-ce que tu peux me dire ton nom ? »

Tom acquiesça.

« Thomas Ferry, répondit-il.

– C'est bien », dit Pop. Il poussa un soupir de soulagement et aida Tom à se relever. « Bon, reprit-il en se retournant, laissez-le passer, braves gens. Il faut qu'il voie le médecin. »

La foule s'écarta et Tom fit quelques pas, puis Pop le souleva et le porta jusqu'au commissariat. Lorsqu'ils arrivèrent, Pop le posa sur une chaise dans la cuisine, sous les regards ahuris des enfants qui les observaient par la porte ouverte. Pop la referma en agitant sèchement la tête, et ils se retrouvèrent tous les deux. Lil avait posé une bougie sur la table et Tom regardait fixement la flamme.

« On dirait que tu reviens de la guerre, Tom », observa Pop.

Tom acquiesça et fut au bord des larmes, mais il serra les dents et se retint.

« Je ne sais pas ce qui est arrivé à Flynn, dit-il. Je ne sais pas où il est.

– C'est bon, Tom. On verra ça plus tard. »

Pop examina le garçon. Il avait les traits tirés et était pâle, ses grands yeux verts semblaient sur le point de tomber de leurs orbites. Ses vêtements ne tenaient plus qu'à un fil, ses jambes nues étaient couvertes d'écorchures et de croûtes, et il avait une vilaine entaille sur le front. Il avait sérieusement besoin d'un bon repas, d'un bain chaud et d'un bon lit, mais paraissait cependant en relativement bonne forme.

« Attends ici une minute, fiston, et après on te ramènera à la maison. »

Après avoir appelé le docteur, il demanda à Lil de préparer à Tom deux œufs sur le plat. Entre de minuscules bouchées d'œuf et de pain, Tom raconta par bribes ce qui lui était arrivé. Un kangourou, Flynn qui avait pris la fuite, une histoire de fumée. Pop l'écoutait sans le presser. L'enfant semblait à bout de nerfs. Il avait perdu la notion du temps et n'était plus certain de l'enchaînement d'événements qui avait mené à leur disparition le samedi après-midi. Bientôt, les mots se tarirent. Pop alla dans sa chambre et en revint avec des vêtements.

« Voici une de mes chemises propres. Et un short. Ils seront trop grands, mais bon, c'est toujours mieux que ce que tu as sur le dos. Tu vas y arriver tout seul ?

– Oui. »

Pop lui tendit les vêtements et le laissa se changer. Grace le regardait à travers la porte de sa chambre entrouverte. Elle le vit se tenir un moment nu devant la table – plus vraiment un garçon, mais pas un homme non plus – puis enfiler les vêtements gigantesques de son père.

Le docteur arriva peu après, un peu essoufflé, pour examiner Tom. Il observa son front et pointa une lumière sur ses yeux.

« Comment t'es-tu fait cette bosse, petit bonhomme ? » demanda-t-il tandis qu'il nettoyait la plaie.

Tom ne répondit pas.

« Il s'est pris un bon coup, reprit-il à l'intention de Pop, mais rien de bien grave. Il a besoin de manger ; rien de trop lourd, un peu de pain ou quelque chose comme ça pour commencer.

– Est-ce qu'il peut rentrer chez lui ?

– Je dirais que oui. Mais j'aimerais le revoir demain, l'examiner à la lumière du jour.

– D'accord. Merci, docteur, répondit Pop en lui faisant signe de la tête qu'il pouvait partir.

– C'est une bonne chose qu'au moins l'un de vous deux soit revenu, Tom, dit le médecin. Ah !... enfin bon. »

Pop le ramena chez lui après le départ du médecin. Il évoqua le fait que des recherches avaient été organisées, mais Tom ne répondit rien. Lorsqu'ils atteignirent la maison, ils longèrent ensemble l'allée et entrèrent par la porte qui était ouverte. Pop cogna sur le montant.

« Henry ? »

Pop se tint dans l'entrebâillement, scrutant l'obscurité de la maison en plissant les yeux, sa grosse paume posée au milieu du dos de Tom. Rien ne bougeait, hormis la lueur vacillante de la télévision. Pop s'éclaircit la gorge, attendit jusqu'à ce qu'une ombre se détache du canapé, se lève et s'approche d'eux. Henry n'était pas aussi grand que Pop, mais les longues journées dans la forêt avaient développé sa carrure et il semblait deux fois plus large.

« Henry, répéta Pop. Personne n'est passé ? »

Henry dévisagea durement Tom, puis il secoua la tête comme s'il n'en croyait pas ses yeux.

« Il a frappé à la porte des Reilly il y a environ une demi-heure, expliqua Pop, puis il marqua une pause.

Je me disais que quelqu'un serait venu vous prévenir. »

Henry secoua une fois de plus la tête.

« Non. Personne n'est venu.

– Henry, continua Pop d'une voix douce. Flynn n'était pas avec lui. Je suis désolé. Il ne semble pas savoir… demain, nous… »

Ne sachant qu'ajouter, il poussa Tom en avant, doucement, comme si c'était un lot de consolation, même si ce n'était pas du tout son intention. Henry se tenait bras ballants, dévisageant Tom. Ne pouvant soutenir son regard, l'enfant baissa la tête et posa les yeux sur le ventre plat d'Henry, qui était couvert d'une chemise grise, élimée, boutonnée de travers. Il entendit Pop donner d'autres détails, mais ceux-ci ne semblaient pas le concerner, comme s'il avait été question d'un autre garçon nommé Tom. Soudain, un voile gris troubla sa vue, des étoiles rouges flottèrent devant ses yeux, puis ce fut le noir, sans aucune étoile, et il s'évanouit.

« Merci… de l'avoir ramené, dit Henry en se tenant au-dessus de son beau-fils après qu'ils lui eurent fait recouvrer une partie de ses esprits au moyen d'un chiffon humide.

– Où est Ellie ? Elle devrait…

– Elle est au lit. Le docteur lui a donné quelque chose pour dormir.

– Ah ! Bon. Je vois. Il veut revoir Tom demain. Je suppose qu'il arrivera dans la matinée. Je viendrai aussi.

– D'accord. Alors à demain.

– Il reste de l'espoir, Henry », ajouta doucement Pop.

Henry acquiesça, mais Pop voyait bien qu'il n'y croyait plus guère.

Tom se réveilla par terre, sur la moquette râpée du salon, crachotant. De l'eau lui avait été jetée au visage. Derrière lui, la porte de la maison était fermée, Pop n'était plus là, et Henry approchait depuis la cuisine en détachant sa ceinture. Son beau-père le souleva en l'attrapant par l'avant de sa chemise trop grande, lui coupant le souffle.

« Où est Flynn ? sanglota Henry. Où est mon garçon ?

– Je… »

Sans ajouter un mot, Henry le plaqua contre la porte et lui enfonça violemment le visage contre le bois. Puis la ceinture se mit à décrire des huit dans les airs et à s'abattre sur le dos de Tom, sur ses fesses, sur ses jambes, encore et encore, tandis qu'Henry, en larmes, poussait de petits gémissements aigus chaque fois que son bras se levait. La douleur était pire que de se cogner un orteil contre un pied de table, pire que de tomber de vélo et s'écorcher les genoux, pire que de se mordre très fort la langue, mais elle n'était pourtant rien comparée à celle qui avait envahi son cœur.

Lorsque Pop regagna sa maison, Lil était assoupie dans son fauteuil dans le salon. Il la regarda dormir un moment puis se rendit à la cuisine. Il fixa quelque temps le foyer du regard puis alluma un feu, non parce qu'il faisait froid, mais parce qu'il avait besoin de réfléchir, de se calmer, et que regarder les flammes l'aidait toujours à se concentrer. Grace entra dans la cuisine et s'adossa au mur.

« Pourquoi n'es-tu pas couchée ?

– Je n'arrive pas à dormir.

– Évidemment », fit Pop en opinant du chef.

Il tendit vers elle un bras sous lequel elle glissa ses épaules, et ils regardèrent le feu prendre vie dans un concert de crépitements et de chuintements.

« D'après toi, où ils sont allés ? demanda-t-elle.

– Je n'en sais rien. Les chiens ont repéré une piste hier, à près de treize kilomètres à l'ouest d'ici. » Il secoua la tête, incrédule. « Soit quelqu'un l'a trouvé et l'a ramené, soit il est revenu à pied…

– Il ne t'a rien dit ?

– Non. Rien qui fasse sens.

– Et Flynn ?

– Ma chérie, je ne sais pas. Un garçon vient de rentrer chez lui, et je remercie le bon Dieu pour ça, mais je ne peux pas m'empêcher de penser que je devrais comprendre ce qui s'est passé, que je devrais savoir ce qu'il faut faire.

– Tu fais toujours ce qu'il faut », répliqua Grace.

Elle passa les bras autour de son cou et plaça sa tête contre la sienne. Pop leva la main et la posa sur celle de sa fille.

« J'espère juste qu'il pourra nous en dire plus demain. »

Ils regardèrent le feu un peu plus longtemps, puis Pop repoussa doucement Grace en direction de la porte.

« Allez, ma fille, dit-il. Au lit maintenant. Essaie de dormir. »

Elle s'éloigna à contrecœur, sans toutefois oser protester. Pop continua d'observer le feu et soudain, juste après minuit, il entendit le vent se lever et les premières gouttes de pluie frapper le toit de tôle de la maison. Il leva les yeux vers les ombres vacillantes au plafond et écouta. Le vent soufflait de plus en plus fort, et bientôt tous les autres sons furent noyés sous son rugissement. Le lendemain matin, il pleuvait toujours, et il continua de pleuvoir presque sans interruption pendant les dix jours qui suivirent.

# Deuxième partie

# 8

Gibson était en train de rêver lorsque le téléphone sonna. Il rêvait qu'il était soûl, incapable d'aligner deux mots, et qu'il s'épuisait à essayer de convaincre les silhouettes qui grouillaient autour de lui qu'il n'était pas malade ni étranger, juste un type ordinaire qui avait bu un coup de trop. La sonnerie coupa court à ces chimères et le réveilla, mais il mit un moment à se rappeler où il était et ce qu'il était censé faire. Il se leva et une assiette pleine de nourriture froide alla se fracasser par terre. Il baissa les yeux vers la côte d'agneau, les pommes de terre et les petits pois. Il y avait un verre de bière à moitié vide sur la table basse, un écran de télé qui diffusait de la neige. Il marcha jusqu'au téléphone, éteignant la télé au passage.

« Allô ? » dit-il d'une voix rauque.

Il avait toujours l'impression d'avoir la bouche pleine de cendres bien qu'il eût roupillé la veille pendant l'essentiel de la journée. Il ne se rappelait plus avoir préparé le repas qui décorait désormais le sol. L'inspecteur au bout du fil lui communiqua une adresse et raccrocha vivement, comme s'il avait mieux à faire que de lui parler au téléphone. Il marcha jusqu'à la salle de bains et s'aspergea le visage d'eau, puis il enfila une chemise qu'il trouva accrochée derrière la porte. Il ne restait plus rien du rêve interrompu, mais il se sentait toujours déconnecté, comme s'il avait loupé le coche et s'était réveillé dans le corps d'un autre Gibson au lieu du sien.

Il regagna le salon et ramassa l'assiette brisée et le verre, les emporta dans la cuisine et les posa sur le comptoir. Il mit un moment à s'apercevoir que l'étrange lumière vacillante dans la cuisine provenait des brûleurs de la gazinière qui étaient ouverts.

« Merde », fit-il en les fermant.

Il vit un cafard qui se débattait dans l'évier. Il ouvrit l'eau chaude et la laissa couler, puis il remplit une tasse d'eau brûlante et la vida sur l'insecte. Celui-ci gigota quelques instants, chia un liquide noir, creva. Il sortit de la cuisine, s'engagea dans le couloir, arrachant au passage sa veste du portemanteau.

Une fois dehors, il se tint sur le perron et prit quelques profondes inspirations avant de refermer la porte derrière lui. C'était un matin frais. Le port, à un ou deux jets de pierre de là, était recouvert d'une brume argentée, et les feux des ferries au loin n'étaient guère plus que des petites taches rouges et vertes dans la grisaille. Il marcha jusqu'à sa voiture et se mit en route. À la lueur du soleil levant, il distinguait, chaque fois qu'il franchissait le sommet d'une colline, le patchwork de toits rouges des banlieues endormies au sud et à l'ouest, le fil doré des réverbères qui les reliait les unes aux autres. Dans son rétroviseur, il voyait son propre quartier apparaître et disparaître, les petites maisons fermement accrochées les unes aux autres comme des rangées de personnes se tenant par le bras. Peintures délavées, toits rouillés, rues qui descendaient vers le port, sentiments mêlés.

Il alluma une cigarette puis baissa sa vitre pour laisser la fumée s'échapper et se rafraîchir les idées. Pas beaucoup de circulation, songea-t-il, et il se souvint alors que c'était dimanche. Il alluma la radio et écouta le grésillement strident des interférences, le ton neutre de ses collègues. Il ne mit pas longtemps à se rendre à l'adresse indiquée. Smith Street. En plein cœur de Surry Hills. Lorsqu'il arriva, l'agent qui se tenait devant la porte lui indiqua de faire le tour du pâté de maisons et d'emprunter une petite allée à l'arrière.

« Elle est là-dedans », déclara le sergent qu'il trouva au bout de ladite allée.

Il n'y avait aucun signe de Swain, mais il habitait plus loin et n'arriverait pas avant un moment. Les voitures garées étaient couvertes d'une rosée argentée dans la fraîcheur du petit matin. Des mauvaises herbes poussaient dans la petite cour et une flaque scintillait d'arcs-en-ciel plats et huileux. Un entrepôt dominait l'allée et bloquait la lumière du soleil levant. La puanteur qui émanait d'une énorme pile de détritus dans la cour d'à côté lui pénétra les narines. Il soupira, se frotta les yeux et suivit l'homme en uniforme bleu. Au lieu de l'habituel tiraillement d'appréhension au creux de son ventre, il éprouva une soudaine envie de pivoter sur ses talons et de s'enfuir en courant. Sur les briques du mur arrière de la maison, quelqu'un avait inscrit au charbon les mots « folie » et « sadique » à côté d'un dessin schématique d'un personnage pendu à une potence. Une vieille partie de pendu. D'autres de morpion. Sur le sol, un cercle sombre où un feu avait été allumé. Des bouteilles de porto et de sherry vides gisaient dans l'herbe. Des hirondelles qui nichaient quelque part dans le bâtiment s'envolèrent en piaillant au-dessus de la tête de Gibson lorsqu'il franchit la porte brisée. L'intérieur était sombre et sentait le renfermé, mais il ne percevait pas encore l'odeur du corps. Ça pouvait attendre. Le sergent ôta son chapeau et bâilla.

« Qui l'a trouvée ?

– Le démolisseur. Il était venu faire un devis pour les propriétaires. Toutes les portes et les fenêtres sont condamnées depuis des années. Vous voulez lui parler ?

– À qui ?

– À vous de voir, répondit le sergent avec un haussement d'épaules.

– Oui, mais pas tout de suite. »

Il aimait si possible commencer par faire le tour des lieux seul, enregistrer quelques impressions personnelles avant que celles des autres ne viennent troubler sa pensée. Aujourd'hui, cependant, il y avait autre chose, quelque chose qui s'était clandestinement immiscé dans le bazar de sa vie et de ses habitudes. C'était comme si, en arrivant au travail, il avait découvert sa place occupée par un autre, et cette sensation continuait de le perturber.

Le sergent respira bruyamment, toussa et alluma une cigarette. Gibson le regarda. *À peine la trentaine et vous avez déjà tout vu, pas vrai ?* songea-t-il. *Et aussi vu trop de crétins au bout du rouleau comme moi, je parie, des types prématurément usés.*

« Restez ici, vous voulez bien ? »

Le sergent acquiesça et lui tendit sa lampe torche. Gibson traversa la cuisine et commença à gravir une petite volée de marches.

« Elle est dans la chambre du bas », lança le sergent.

Gibson leva la main pour lui signifier qu'il l'avait entendu. Il continua de monter les marches et pénétra dans la chambre de devant. Il faisait très sombre mais Gibson se retint d'allumer la lampe et laissa ses yeux s'habituer à la pénombre. De minces rais de lumière perçaient à travers les planches qui bouchaient les fenêtres. Il sentit l'odeur du plâtre qui pourrissait, et le plancher bougeait et craquait à chacun de ses pas. Il alluma la lampe torche. L'essentiel du papier peint s'était décollé comme une vieille peau malade. Aux endroits où il adhérait encore au mur, il était d'un jaune sale et couvert de taches ; peut-être de la fumée de cigarette, ou alors un plafond qui fuyait. Il y avait une ligne de poussière et de déchets le long d'une des plinthes, là où la dernière personne qui avait passé le balai, des années auparavant, les avait repoussés comme des détritus rejetés par la mer. Les dimensions de la pièce étaient très semblables à celles de sa propre chambre à Balmain, et il se demanda ce qu'étaient devenus les anciens habitants, pourquoi leur maison avait ainsi été abandonnée aux éléments. Il envisagea quelques hypothèses insolites, mais finit par conclure que les raisons étaient probablement bien plus banales. Il soupira et redescendit l'escalier, examina la cuisine plus attentivement. Il ouvrit le robinet, qui se mit à crachoter. Il passa le faisceau de sa lampe sur le sol. Il y avait des empreintes de corps dans la poussière, ainsi que des traces de pas. La personne qui avait allumé le feu dehors avait dormi ici. Sans doute récemment.

La chambre du bas était située sous le niveau de la rue, comme un puisard dans le sol, sans soleil ni chaleur. Il alla se poster devant la porte fermée, vit les blessures fraîches du bois là où le pied-de-biche de l'ouvrier avait forcé la serrure. Sa bouche s'assécha soudain et sa main se mit à trembler. Un rêve qu'il avait fait des années auparavant lui revint alors à l'esprit. Tandis qu'il traversait un désert, mourant de soif, il tombait sur une structure de pierres dotée d'une unique porte ; une porte en bois peinte en bleu. Il se tenait devant et entendait distinctement un bruit d'eau qui coulait à l'intérieur. Une fontaine. Un puits. Le salut était à portée de main, il n'aurait qu'à ouvrir cette porte, pénétrer dans la pièce fraîche, boire, mais, alors qu'il s'apprêtait à le faire, il voyait du sang frais s'écouler de l'intérieur, sous la porte, et il s'enfuyait en courant.

Il secoua la tête, serra les poings et en plaça un contre le bois. Les gonds grincèrent lorsqu'il poussa légèrement la porte. Il passa le bras à l'intérieur et trouva la clé qui était toujours dans la serrure, puis il ouvrit la porte en grand. Dans le silence qui suivit, il entendit une voiture passer dans la rue au-dessus, le ronronnement du ventilateur et de la courroie, le sifflement du monoxyde. Ses yeux s'ajustèrent. En hauteur, la lumière qui pénétrait par le soupirail crasseux éclairait à peine la pièce et son unique occupante.

Elle gisait en sous-vêtements sur le seul meuble de la chambre : un lit simple calé contre le mur. Un cadre en chrome rouillé. Un sommier bas fait d'un entrelacs de fils d'acier pour soutenir le matelas. Elle avait l'air d'être morte dans un sommeil paisible, ses doigts étaient croisés sur son sternum. Il vit alors les lignes sombres des entailles sur ses poignets, d'où le sang s'était écoulé en travers de son torse avant de goutter sur le sol. Par terre, à côté d'elle, reposait le couteau là où elle l'avait laissé tomber.

« Merde, ma puce, pourquoi t'as fait ça ? » murmura-t-il.

Elle n'était pas morte depuis très longtemps ; quelques jours au plus à vue de nez. Elle tenait quelque chose entre ses mains. Des photos. Retenant son souffle, il les tira de ses doigts morts aussi précautionneusement que possible. Il y jeta un bref coup d'œil avant de les enfoncer dans sa poche de chemise, puis il alluma sa lampe torche et éclaira autour de lui. Ses vêtements et ses affaires étaient empilés au pied du lit. Il inspira profondément et braqua le faisceau sur le cadavre, commençant par les pieds, puis remontant jusqu'aux cuisses. Très jeune, songea-t-il. Très jeune. Quinze ans. Seize. Doucement, il passa les doigts sur l'extérieur de la courbe des cuisses de la jeune fille, puis il continua de remonter le faisceau de sa lampe. Aisselles non rasées. Cheveux très sales. Propres, ils avaient dû être d'un blond cuivré sombre, peut-être blond vénitien. Il tendit la main et frotta une mèche entre son pouce et son index, comme pour en vérifier la qualité.

Il pointa la lampe directement sur son visage et l'observa, consterné. Celui-ci avait été défiguré, rongé par des rats ou quelque autre vermine. Ses lèvres avaient disparu – elles n'étaient plus qu'une tache difforme –, de même que son nez, une partie de ses joues, un bout de menton. Elle semblait dénaturée, profanée, comme si elle avait été conçue par une bande de farceurs déments qui l'auraient par la suite arrachée au monde des vivants ; cette pièce, le terminus de tous ses rêves, de tous ses désirs. Son cœur se mit à cogner douloureusement dans sa poitrine puis ses genoux commencèrent à fléchir.

« Bordel ! » marmonna-t-il d'une voix rauque.

Il resta agenouillé par terre pendant ce qui lui sembla plusieurs minutes. Lorsqu'il en fut capable, il éclaira le sol et les plinthes autour de lui, le faisceau tremblant en même temps que sa main, un courant d'air frais remontant par les interstices du plancher. Dans un coin, il vit un trou dont les bords avaient été rongés par les dents acérées de plusieurs générations de rats. Le sol était jonché de leurs excréments. Il se demanda combien de temps il leur aurait fallu pour ne laisser d'elle que des os. Il éteignit la lampe torche et se releva – ses genoux craquèrent. Il se retourna pour sortir, les crottes de rat crissant sous ses chaussures comme du riz noir. Il ramassa la pile d'affaires au pied du lit puis marqua une pause à la porte pour la regarder une dernière fois, de nouveau enveloppée, Dieu merci ! par l'obscurité.

Il les entendait presque. Les accords dissonants d'une calamité sanglante. Il perçut une odeur froide et âcre – pareille à de l'ammoniaque ou du vinaigre – et sa bouche s'assécha aussitôt, comme si elle avait été soudain remplie de sel. Du *sel*. Il pouvait presque voir les longues vagues turquoise sur le point de déferler. Il ferma les yeux. N'importe où sauf ici, n'importe où sauf ici, n'importe qui sauf *lui*. Puis la longue courbe blanche de la plage qu'il voyait dans son esprit se mit à ressembler un peu à une côte, à un sein. Il se sentit alors faible, nauséeux. Comme il s'éloignait de la chambre, la sueur commença à couler sur son front, dans son dos, sur son torse, et il dut réprimer une envie soudaine de vérifier qu'elle ne s'était pas relevée du lit pour le suivre.

« Sergent !

– Oui, m'sieur ! »

L'homme tenta de replier son journal mais la section du milieu tomba sur le sol couvert de boue. Gibson regarda les feuilles étalées par terre.

« Savez-vous ce qui s'est passé là-dedans ? » demanda Gibson, un peu essoufflé.

Le sergent acquiesça, haussa les épaules.

« Je crois. Je suis allé voir. »

Gibson était sur le point de l'engueuler, mais il vit à son regard que le sergent regrettait sincèrement d'avoir cédé à la curiosité.

« C'est pas joli à voir, hein ? » fit Gibson en secouant la tête.

Il poussa un soupir, balaya la cour du regard.

« Non, mais j'ai vu pire. Des accidents et tout. Mais quand c'est… intentionnel… si jeune… »

Le flic haussa de nouveau les épaules.

« Oui, dit Gibson. Je sais. »

Il se tenait avec une main sur la hanche, portant les pitoyables affaires de la fille dans le creux de son autre bras.

« Il y a quelqu'un qui dort là-bas, dit-il finalement en pointant le doigt vers l'une des voitures garées dans l'allée. N'oubliez pas de lui demander s'il sait qui a pieuté dans cette cuisine, d'accord ? Et s'il a vu la fille, évidemment.

– D'accord », répondit le sergent, un peu surpris, mais ravi d'avoir quelque chose à faire.

Gibson traversa la cour et se glissa par l'ouverture dans la clôture.

« Vous partez déjà ?

– Swain va bientôt arriver. Il s'occupera du reste. »

Gibson sauta dans sa voiture avant que le sergent puisse ajouter quoi que ce soit et démarra aussi sec. Le sergent le regarda s'éloigner, entendit le crissement des pneus lorsque Gibson freina brusquement au bout de l'allée, évitant de peu une petite vieille qui avait surgi devant sa voiture.

Il résista à la tentation des divers bars devant lesquels il passa tandis qu'il roulait sans but à travers la ville. Tout ce qu'il voulait, c'était effacer de son souvenir ce qu'il venait de voir, mais il savait aussi qu'une nouvelle journée et une nouvelle nuit de débauche risqueraient de le tuer. Il se dirigea vers la falaise du Gap et contempla pendant un long moment le Pacifique. Ce n'est que lorsqu'il porta la main à sa poche à la recherche d'allumettes qu'il se souvint des photos qui s'y trouvaient. Il les sortit. Il y en avait trois. Il les tint en éventail et les regarda attentivement à la lumière du jour. La première, floue et indistincte, représentait une fille à côté d'un homme à l'allure bizarre et à l'expression lugubre. « Moi et Billy », était-il inscrit au dos d'une écriture d'enfant. La deuxième était encore plus floue, et, malgré tous ses efforts, il ne parvint pas à distinguer ce qu'elle représentait. La lisière d'une forêt, quelque chose dans l'ombre, peut-être ? Un animal ? Impossible de savoir. Rien n'était écrit au dos. La troisième, avec sa lumière oblique et ses ombres marquées, paraissait avoir été prise au petit matin, ou alors tard dans la journée. Gibson la scruta. C'était la même fille que sur la première, mais un peu plus âgée. Ses longs cheveux étaient légèrement décoiffés, et plus clairs aux extrémités. Elle se tenait près d'un vieil homme en costume noir. Elle portait une robe qui semblait d'un bleu délavé, avec des marques plus sombres au niveau des coutures, là où elle avait été allongée. Ses yeux, bien que cachés dans l'ombre de sa main levée, étaient tout juste visibles. Elle regardait fixement l'objectif, elle le regardait, *lui*. Gibson battit des paupières, détourna le regard, puis le posa de nouveau sur la photo. Elle ressemblait à une sentinelle à l'œil vif, à la frontière entre deux mondes, le témoin avisé des ruses du temps ; l'ici et le maintenant, le jour – le monde extérieur – et le passé, la vérité, appelez ça comme vous voulez, saisis par l'appareil.

Il se frotta les yeux et examina de nouveau la photo. Rien qu'une gamine, une de plus. Maintenant, elle lui rappelait un peu sa propre mère quand elle était jeune, avant qu'elle ait le malheur de rencontrer son père, et c'est alors que quelque chose le frappa.

C'étaient ses yeux. Elle avait les mêmes yeux que Frances – le même regard triste et absent. Il s'essuya les lèvres et expira lentement. Il avait presque oublié le visage de sa sœur, mais pas ses yeux. Il retourna la photo d'une main de nouveau tremblante. « Moi et le père Carney ». Une espèce de prêtre, sans doute.

Il regarda par-dessus son épaule en direction du tas d'affaires qu'il avait balancées sur la banquette arrière et tendit la main. Il fouilla parmi les vêtements et tomba sur une coquille de cauri attachée à une ficelle de cuir. Un objet personnel. Il retourna le coquillage dans sa main avant de le suspendre au levier de clignotant et de continuer à chercher parmi les vêtements. Il crut un moment qu'il n'y avait rien d'autre d'intéressant, puis il sentit quelque chose de dur enveloppé dans un gilet bleu. C'était une bible, d'environ quinze centimètres sur dix, dans un coffret en carton. Il la tira du coffret et la feuilleta, puis examina la couverture intérieure, sur laquelle étaient inscrits les mots : « Darcy Steele, Angel Rock ».

« Darcy Steele », murmura-t-il.

Il recommença à feuilleter la bible. Des notes avaient été rédigées au crayon épais sur les pages imprimées. Il referma le livre, le rouvrit. L'écriture n'était pas visible à moins que le livre ne soit complètement ouvert. Il se demanda un moment pourquoi, puis se mit à lire.

Depuis la page de titre de la Genèse jusqu'à environ la moitié du livre, elle avait tenu une sorte de journal, et le texte original était recouvert d'une grosse écriture enfantine tracée avec un crayon à mine grasse. Parfois, il devinait les phrases solennelles du Pentateuque sous les lettres maladroites de la jeune fille, et le contraste le troublait étrangement, comme si ses mots à elle faisaient désormais partie de la Genèse, de l'Exode, du Lévitique et des Nombres, s'insinuant dans les textes anciens et en modifiant l'essence.

L'écriture semblait appartenir à une enfant beaucoup plus jeune que celle qui figurait sur la photo la plus récente. Les mots étaient souvent mal orthographiés, et les phrases, rudimentaires, mais elle parvenait néanmoins à s'exprimer de manière satisfaisante. Il sentit une intelligence frustrée par un manque d'habileté. Il n'y avait aucune date, mais Gibson supposait que le journal couvrait deux ou trois années. Elle rapportait des événements sans importance : ses travaux dans la ferme où elle vivait, ce qu'elle avait mangé, le temps qu'il faisait, la présence de vent, d'orage, d'arcs-en-ciel, d'avions dans le ciel, l'apparition d'animaux sauvages à la lisière du bush, la naissance de veaux et de chatons. Il parvenait presque à la visualiser mentalement, déambulant à travers la ferme, mais celle-ci était plongée dans une obscurité silencieuse. Les membres de sa famille n'apparaissaient que lorsqu'ils s'immisçaient d'une manière ou d'une autre dans son monde.

*Sonny* l'avait aidée à sauver un oisillon. Son père avait noyé des chatons. Il y avait aussi de nombreuses entrées sur le père Carney, et quelques-unes sur une certaine *Grace*. L'essentiel du journal, cependant, concernait *Billy*. Si Gibson ne l'avait pas vu en photo, il aurait cru à un ami imaginaire, car il semblait être un secret qu'elle gardait jalousement pour elle. Elle le voyait presque chaque semaine, et ensemble ils s'adonnaient à ce qu'on aurait pu appeler des « aventures » : expéditions jusqu'aux chutes d'eau, quête d'or dans des ruisseaux oubliés, escalades d'arbres gigantesques. Puis Billy avait peu à peu disparu des pages, sans que Darcy explique pourquoi. Il soupçonnait ensuite une pause d'environ un an, à en juger par l'évolution de son style. Il y avait de nouvelles entrées sur Grace, et alors une phrase attira son attention et lui glaça le sang.

*Quelque chose m'observe depuis les arbres.* Il referma la bible, la fixa du regard pendant quelques minutes, puis se répéta les paroles de Darcy.

*Quelque chose m'observe depuis les arbres.*

Il roula jusqu'au commissariat et gara sa voiture, puis il marcha jusqu'au café. Il était encore tôt. Les rues empestaient le vomi de la nuit précédente, comme pour annoncer l'arrivée d'une saison désagréable. Le Grand-Père était devant le Quality, occupé à nettoyer au jet d'eau le béton et créant un torrent d'eau infecte dans le caniveau. La puanteur pénétra les narines de Gibson et lui souleva l'estomac. Le Grand-Père lui fit un signe de la tête tandis qu'il passait à côté de lui comme s'il le connaissait à peine. Une fois à l'intérieur, Gibson commanda du café et quelque chose à manger bien qu'il n'eût guère d'appétit. Il alluma une cigarette. L'image miniature du ventilateur au plafond se reflétait dans la cuiller à sucre. L'horloge au mur produisait son éternel tic-tac. Le Grand-Père entra et se rendit en traînant des pieds derrière le comptoir, considéra avec une grimace les tasses vides et les assiettes sales, interprétant leur contenu tel un médium avant de les déposer sur le passe-plat d'où s'échappaient des tourbillons de vapeur. De l'autre côté, Peter le plongeur, planté devant un évier en inox, lavait déjà la vaisselle d'un premier service, une cigarette coincée entre les lèvres et une autre derrière l'oreille, prête à être allumée, les murs autour de lui tapissés d'un harem de femmes nues sur papier glacé qui donnaient l'impression d'être dans un garage plutôt qu'une cuisine. C'était l'endroit où Gibson préférait manger, et il sembla soudain apaisé. Parfois, le soir, après la fermeture du café, il s'asseyait à une table avec le Grand-Père et Peter, et ils dînaient et discutaient, ils jouaient à l'euchre, formant à eux trois un triangle de fumée plein de lamentations et de caprices.

La nourriture arriva. Le Grand-Père fit glisser les couverts sur la table tel un vieux joueur de cartes. Bacon, œufs, toast. Café. Gibson se mit à manger, soudain affamé, mais ses gencives lui faisaient mal quand il mâchait. Chaque dent de la fourchette paraissait avoir été taillée grossièrement et à la va-vite. Le métal, au dos duquel était poinçonnée la mention « Inox 18/10 », semblait trop léger et rugueux, et lui irritait l'intérieur de la bouche. Le Grand-Père vint se planter à côté de la table.

« Ça va, Gibson ?

– Pourquoi ? »

Il se demanda si ce qu'il venait de voir était inscrit sur son visage, s'il était pâle, si ses mains tremblaient.

« Sans raison. Juste une question. »

Le Grand-Père s'assit face à lui et attrapa l'une des cigarettes de Gibson, l'alluma et resta là à fumer tout en le regardant manger.

« Écoute, dit Gibson en s'essuyant la bouche. Qu'est-ce que tu ferais avec, disons… cent mille dollars. »

Le Grand-Père considéra la question, posant le menton sur sa main comme si réfléchir le fatiguait.

« Tu envisages de dévaliser une banque ?

– Non. Dis-moi, qu'est-ce que tu ferais avec une telle somme ?

– Je rembourserais ma maison. J'en achèterais une autre. L'immobilier, y a rien de mieux.

– Hum. Et Peter ? Va lui demander. »

Le Grand-Père arqua un sourcil mais s'exécuta. Il revint cinq minutes plus tard.

« Alors qu'est-ce qu'il a dit ?

– Il a dit qu'il prendrait le premier avion pour l'Inde pour aller s'asseoir aux pieds de son gourou et atteindre le nirvana, et qu'il donnerait le reste de l'argent aux mendiants.

– Il n'est pas sérieux, si ?

– Il avait l'air.

– Aussi sérieux que toi ?

– Pareil. »

Le Grand-Père esquissa l'ombre d'un sourire et retourna derrière le comptoir.

« Tu ne laisserais pas tomber ton boulot ? Tu ne quitterais pas la ville ? » insista Gibson.

Le Grand-Père secoua la tête.

« Abandonner tout ça ? » fit-il en désignant le café de la main.

Gibson sourit amèrement et acquiesça.

« Tu penses à vendre la maison ? demanda le Grand-Père d'un air interrogateur. Tu n'en tireras pas tant que ça. »

Gibson haussa les épaules avec indifférence.

« J'y songe. Peut-être quand ma mère mourra. »

Le Grand-Père lui lança un regard étrange.

« C'est partout pareil, où que tu ailles, dit-il en soulevant une pile d'assiettes et en les tendant à Peter.

– Peut-être », répondit Gibson, mais le Grand-Père ne l'entendit pas.

Au bout d'un moment, il rassembla son courage et tira la bible de Darcy de sa poche. Il recommença à la feuilleter depuis le début et découvrit avec un soulagement teinté de désarroi qu'il n'y avait pas grand-chose après l'entrée qui l'avait glacé. C'était décevant, il aurait aimé qu'elle écrive plus, mais le journal semblait remonter à quelques années – un souvenir de jours plus heureux – et il supposait que c'était la raison pour laquelle elle l'avait conservé.

Il resta assis là à fumer et boire du café. Il lut le journal une troisième fois et passa des heures à essayer de trouver un motif valable à son geste dans ces maigres pages. Au bout du compte, il n'y avait qu'une seule phrase qui offrait un indice, et il considéra les mots d'un œil vitreux, sa cigarette tombant sans qu'il s'en aperçoive sur la table. Dans l'après-midi, il bâilla, s'étira et alla s'asseoir au fond de la salle avec Peter et le Grand-Père. Le café était désormais fermé, et la table fut bientôt recouverte de cendriers et d'assiettes vides, de boîtes de tabac de marques Signet et Three Nuns. Le Grand-Père versa du Johnnie Walker dans trois petits verres pleins de glaçons et ils trinquèrent. Tant qu'ils avaient encore toute leur tête, ils jouèrent aux échecs et au backgammon, puis ils passèrent aux dames et aux cartes. Gibson aimait l'apaisement qu'apportait l'alcool, et bientôt il ne tarda pas à plaisanter aussi fort que les autres. Il était 22 heures passées quand le Grand-Père annonça qu'il était temps d'y aller. Gibson vida son verre d'un trait, et Peter et lui sortirent en titubant dans Elizabeth Street avant de héler un taxi et de prendre la direction de Kings Cross.

« Où tu t'étais barré hier, espèce d'abruti ? cracha Swain dès que Gibson eut franchi la porte du commissariat le lendemain matin.

– Ici et là, répondit-il timidement.

– J'ai dû rester là-bas à me tourner les pouces toute la matinée avant que le foutu légiste débarque !

– Ah ! heu… »

Erskine entra dans la pièce.

« Fermez-la, Swain, vous voulez bien ? lança-t-il. On est lundi, nom de Dieu !

– Elle s'appelle Darcy Steele, annonça Gibson. Elle vient d'une ville nommée Angel Rock.

– Angel Rock ? fit brusquement Swain en se penchant en avant sur sa chaise.

– Oui. Tu connais ?

– Où t'avais la tête, Gibson, espèce de tête de nœud ? Dans ton cul ? Ces deux gamins qui ont disparu, les frangins, c'est de là qu'ils venaient. On en a parlé dans tous les putains de journaux du pays.

– Oh !

– Gibson, intervint Erskine.

– Oui ?

– Venez. Je veux vous parler. »

Gibson soupira, mais suivit Erskine dans son bureau. Erskine referma la porte derrière eux.

« Je veux y aller », annonça Gibson, espérant le prendre de court en attaquant le premier.

Il avait mal à la tête à cause de la nuit précédente et son estomac commençait tout juste à lui accorder un peu de répit.

« Où ça ?

– À Angel Rock.

– Pour quoi faire ?

– Je… j'ai juste… j'ai juste besoin d'aller jeter un coup d'œil.

– Jeter un coup d'œil ? On dirait que vous avez besoin de vacances, Matthew, voilà ce qu'on dirait.

– Oui, peut-être.

– Et si je vous répondais que vous ne pouvez faire ni l'un ni l'autre ? »

Gibson haussa les épaules.

« Je suis prêt à démissionner. Sur-le-champ. Je m'en vais.

– D'accord, pas la peine de vous emballer.

– J'en ai juste… ma claque… du moins pour le moment.

– Vraiment ? Ça a quelque chose à voir avec cette fille ? »

Gibson s'agita sur sa chaise.

« Peut-être.

– Votre décision est irrévocable, n'est-ce pas ? Swain dit qu'elle s'est ouvert les veines. Que la porte était verrouillée de l'intérieur. »

Gibson tressaillit. Le visage d'Erskine changea soudain et il se pencha légèrement en avant avec une expression plus douce.

« Désolé, fiston. Parfois, j'oublie. Vous pouvez me le dire… ça a quelque chose à voir avec Frances ? »

Gibson détourna le regard mais ne répondit rien.

« Je le vois bien, reprit Erskine en opinant du chef. Mais vous avez déjà eu d'autres suicides, pourquoi celui-ci… ? »

Gibson haussa les épaules.

« Vous refuseriez de me le dire de toute manière, pas vrai ?

– Je ne saurais pas par où commencer. »

Erskine soupira et s'enfonça dans son fauteuil.

« Vous démissionneriez vraiment si je refusais ?

– Oui.

– Bon, je suppose qu'on ferait bien d'informer les parents, d'abréger leur supplice. Appelez le flic local avant de vous mettre en route, d'accord ? »

Gibson acquiesça et desserra les mâchoires. Il avait l'impression qu'un poids énorme venait d'être ôté de ses épaules.

« D'accord, répondit-il. Je vais l'appeler. »

Erskine s'enfonça encore plus profondément dans son fauteuil et joignit les doigts derrière sa tête.

« Les gamins de cet âge, Matty, allez savoir pourquoi ils font ce qu'ils font. J'ai failli avoir plusieurs attaques cardiaques à cause de ma fille, c'est moi qui vous le dis.

– Peut-être que c'est ce que j'aimerais découvrir – si c'était quelque chose… en elle, ou autre chose. Enfin quoi, c'était rien qu'une gamine, Bill, vous savez ? Encore plus jeune que Frances. »

Erskine acquiesça.

« Mais parfois les gamins… choisissent des solutions extrêmes, dit-il. Ils ne voient pas plus loin que ce qu'ils ont sous les yeux. Ils ne voient pas d'autre échappatoire.

– Je sais.

– Et vous ne pouvez pas revenir en arrière et changer quoi que ce soit, l'empêcher de faire ce qu'elle a fait, pas plus que vous ne pouvez revenir en arrière et empêcher…
– Non, dit Gibson, l'interrompant. Je sais. »

Swain lui lança un sale regard lorsqu'il sortit du bureau d'Erskine, mais Gibson n'y prêta aucune attention et lui demanda :
« Tu as trouvé qui que ce soit qui l'ait vue ?
– Non, personne sauf la vieille de la petite épicerie plus loin dans la rue. Elle y a fait quelques courses il y a deux jours. La vieille dit qu'elle était pieds nus, qu'elle avait l'air un peu paumée, mais qu'elle semblait plutôt heureuse. Ceci dit, elle ne l'a vue que cette fois-là. »
Gibson acquiesça et s'en alla. Dehors, il leva les yeux vers le ciel pour ce qui lui sembla être la première fois depuis des mois. Il était clair, d'un joli bleu, et l'air frais était agréablement dénué des particules de crasse qui paraissaient se déposer partout. Il avait l'impression d'avoir fait un pas hors du monde des morts et posé un pied dans celui des vivants. Il s'engagea dans la rue en sifflotant une mélodie improvisée, songeant à toutes les choses qu'il avait à faire.
Une fois chez lui, il examina attentivement son visage dans le miroir.
« Trente-sept ans », murmura-t-il.
Il n'avait, il devait bien l'admettre, jamais rien eu de physiquement remarquable. Yeux sombres, parfois verts, parfois gris ardoise, une touffe de cheveux grisonnants et en bataille. Pas d'une beauté saisissante, mais pas d'une laideur saisissante non plus, grand, mais pas excessivement, et pâle, très pâle, comme s'il

était depuis longtemps malade. Il n'était pas joli à voir ; même ses favoris commençaient à blanchir, et ses dents étaient d'un jaune déplaisant. Il secoua la tête. Avec une tronche comme ça, songea-t-il, il aurait peut-être droit à un nouveau départ, une nouvelle chance, mais ça demanderait quelques efforts.

Il fit un brin de toilette et se prépara quelque chose à manger, puis il se rendit en voiture à la maison de santé. Sa mère était assoupie lorsqu'il passa la tête entre les rideaux qui entouraient son lit. Elle avait la bouche ouverte et la tête surélevée par deux ou trois oreillers. Ses cheveux semblaient avoir été lavés et brossés, elle portait un rouge à lèvres rouge vif et avait les joues fardées. Il alla chercher une infirmière qu'il ramena jusqu'au lit en la tenant par le coude comme si elle était en état d'arrestation.

« Qu'est-ce que c'est que ça ? » demanda-t-il en pointant le doigt.

La femme regarda sa mère avec lassitude et sourit légèrement.

« Une femme du salon d'à côté vient de temps en temps, elle les coiffe, les maquille un peu. Elle s'est bien amusée. »

L'infirmière secoua le bras de sa mère. Il faillit l'en empêcher, mais sa mère n'ouvrit les yeux qu'un bref instant avant de les refermer.

« Vous devez être son fils.

– Oui.

– On ne vous voit pas souvent.

– Non, mais à quoi bon ? Elle ne me reconnaît même plus.

– Mais vous, vous savez qui elle est. »

Gibson cligna des yeux.

« Oui. Je suppose. »

L'infirmière remonta les draps et ajusta la couverture.

« Vous dites qu'elle s'est amusée ?

– Oui. Elle se regardait dans le miroir en poussant des *oh !* et des *ah !* »

L'infirmière lui sourit et s'éloigna lorsqu'il lui fit signe qu'elle pouvait y aller. Peut-être qu'elle ne voyait pas sa mère du même œil que lui, mais bon, elle ne l'avait jamais connue autrement que comme le sac d'os qu'elle était désormais.

Il s'assit auprès du lit et l'observa en se demandant pour la énième fois ce qu'elle savait réellement sur le suicide de sa sœur, ce qu'elle ne lui avait jamais dit et ne lui dirait jamais. Ça faisait maintenant si longtemps et il était bien trop tard, mais cette question le rongeait toujours, et il se demandait si elle cesserait jamais de le ronger. Ce qu'elle savait était perdu à jamais dans les ténèbres de sa mémoire en ruines. Il s'imagina sa sœur errant dans ces ténèbres, un morceau de bougie éclairant son chemin. Il n'apprendrait jamais plus rien sur elle, et elle ne serait jamais en mesure de lui dire quoi que ce soit elle-même. Il se pencha et embrassa le vieux front plissé de sa mère.

« Au revoir, maman, murmura-t-il. Merci. »

Dans la soirée, une fois ses préparatifs achevés, il grimpa sur le toit de sa maison et s'assit pour regarder la ville. Même s'il l'aimait, elle lui semblait parfois abriter trop d'âmes égarées, trop de sales types, trop de fantômes malheureux.

Au loin, près des quais, des lampes à arc illuminaient les mâts et la partie supérieure des navires marchands. Il aperçut le *South Steyne* qui tanguait sur la houle, et un gros nimbus vint alors voiler la lune et masquer son éclat. Des bateaux de plaisance, avec leurs jolies guirlandes de fanions et de loupiotes, traversaient tels des scarabées la nouvelle obscurité. Il entendait presque le tintement des verres des convives tandis qu'ils trinquaient à leur intelligence et à leur bonne fortune. Il se demanda s'ils seraient aussi joyeux s'ils pouvaient se voir depuis l'endroit où il se trouvait : quasi insignifiants entre le vide noir qui chatoyait au-dessus d'eux et la substance inquiétante qui glissait sous leurs pieds bien chaussés.

Il décida d'attendre le lendemain matin pour partir, mais ne parvint pas à trouver le sommeil. Peu après minuit, il renonça. Il ferma la maison à clé, vérifia une fois de plus sur la carte l'emplacement d'Angel Rock, et se mit en route à travers les rues silencieuses et désertes. Il pensait à Darcy Steele et décida de conduire toute la nuit, de ne pas rêver, d'attendre le petit matin, quand son énergie et sa détermination seraient au plus bas, pour voir s'il abandonnerait sa mission ou s'il irait jusqu'au bout de la promesse qu'il s'était faite et qu'il avait faite à Darcy et à Frances.

Tandis qu'il laissait Sydney derrière lui et fendait la nuit en direction du nord, il ressentait parfois un frémissement derrière son épaule, trop furtif pour qu'il y ait quoi que ce soit à voir quand il tournait la tête. Il pensa tout d'abord que c'était encore la jeune suicidée, qu'il aurait par la force de son esprit fatigué étrangement arrachée à son lit et à qui il aurait donné des ailes, mais alors, au beau milieu de la longue nuit et d'une large plaine, il s'arrêta au bord de la route, sous la multitude d'étoiles, et il sut que ce n'était rien d'autre que sa propre mort qui le suivait comme son ombre, le négatif noir du rouge de son sang.

# 9

Tom grimpa derrière les deux grosses scies canadiennes à l'avant de la scierie et commença à remplir de sciure les deux sacs en toile de jute du boucher. C'était comme dans l'histoire du Gâteau magique, il pouvait prélever autant qu'il voulait du tas de sciure, et celui-ci ne semblait jamais diminuer. Il se souvint alors qu'il lisait souvent cette histoire à Flynn, et sa douleur se réveilla soudain, le mordant sournoisement tel un chien indocile. Il jura puis s'assit dans la sciure et respira profondément.

Henry et lui s'étaient à peine dit un mot depuis la nuit où on l'avait retrouvé. Henry était retourné au travail peu après, et il n'avait pas tardé à passer de plus en plus de temps en forêt. Quand il le pouvait, Tom avait accompagné Pop dans les collines, cherchant la moindre trace de Flynn, tentant de se souvenir de ce qui s'était passé. Pop affirmait que c'était son choc à la tête qui lui avait fait tout oublier. Tom sentait que c'était sans espoir, et il ne comprenait pas vraiment pourquoi Pop continuait à l'aider. Et puis un jour le shérif avait ôté son chapeau, il s'était essuyé le front et avait regardé Tom. Et Tom avait compris la signification de ce regard. Ils avaient abandonné les recherches et étaient rentrés à la maison.

C'est alors qu'il avait commencé à rêver des jours où il avait été perdu – tout d'abord de façon sporadique, puis presque chaque nuit. Au début, il ne se rappelait pas grand-chose de ses rêves, hormis qu'il faisait noir et qu'une lumière jaune vacillante apparaissait de temps à autre. Mais bientôt il s'était souvenu d'une présence tapie dans l'ombre, quelque chose avec des dents – homme ou animal, il n'aurait su le dire – qui attendait, qui l'observait. Il avait raconté ses rêves à Pop – seulement à Pop – et même si ça l'avait soulagé, ça ne les avait pas fait cesser. Quelques personnes avaient alors commencé à murmurer qu'il en savait plus qu'il ne le prétendait sur la disparition de son frère ; qu'il cachait quelque secret terrible, quelque acte effroyable et idiot qui avait entraîné sa mort. On disait que toute cette histoire était vraiment trop étrange, et Pop avait eu beau rassembler quelques habitants dans la rue et leur passer un savon, les rumeurs n'avaient pas complètement cessé.

Jusqu'à ce que ses deux pneus soient crevés, il avait passé ses journées à parcourir à vélo les longues routes droites qui sillonnaient la vallée, et parfois, malgré la chaleur et la fatigue, il avait arpenté les collines à l'ouest de l'embranchement où Artie les avait déposés. Il s'arrêtait et regardait la ville en contrebas tout en époussetant ses vêtements, mais ne voyait jamais rien qui lui donnât espoir. Il avait alors commencé à passer de plus en plus de temps assis dans l'herbe haute qui bordait la rivière sur la rive opposée à sa maison, scrutant l'eau, une silhouette frêle et immobile sous les nuées d'insectes d'été.

Noël était passé. Une messe avait été dite en hommage à Flynn deux dimanches plus tôt, mais pour

Tom, tous les mots s'étaient emmêlés et n'avaient pas signifié grand-chose. Ils n'avaient pas vraiment apaisé sa mère non plus. Bien qu'elle eût un peu récupéré après son retour, son état avait fortement empiré par la suite, comme si le fait de le retrouver n'avait pas suffi. Après quelques tentatives infructueuses pour reprendre le travail, elle s'était claquemurée dans sa chambre obscure où elle dormait jusque tard le matin, et aussi l'après-midi. Une nonne de l'église de Laurence était venue pour la nourrir à la cuiller pendant toute une semaine.

Il se releva et reprit sa tâche. Comme il remplissait les sacs de sciure, il se rappela soudainement et distinctement les baisers que sa mère leur soufflait à Flynn et à lui quand ils allaient se coucher, et aussi la fois où il l'avait regardée debout dans le noir comme si elle attendait ou entendait quelque chose dans l'air chaud et lourd tandis qu'un orage grondait, que le vent se levait, que des éclairs scintillaient au loin. Elle était la douceur de sa vie, le pendant à la sévérité d'Henry, et il y avait désormais une douleur en elle qu'il était impuissant à apaiser. Il s'aperçut alors que c'était Flynn qui les avait maintenus tous ensemble. À cette idée, il se figea, sa bouche s'assécha, et il eut la nausée. Une sauterelle brune tomba lourdement sur le sol près de lui, telle la première goutte d'un orage lugubre, et se mit à ramper. Le soleil disparut derrière un nuage, et soudain la scierie lui sembla beaucoup plus sinistre. Il noua la ficelle autour du dernier sac et s'en alla.

Il tirait les sacs derrière lui comme il l'avait toujours fait. La route était longue, il avançait tête baissée, et il ne tarda pas à être en sueur. Il remarqua de l'agitation sur le champ de foire mais ne s'arrêta pas pour voir ce qui se passait. Il traversa la rivière par le bac, longea la rue principale, puis il se planta devant la vitrine de la boucherie et observa les morceaux de bœuf, de mouton et de porc qui avaient été découpés au moyen d'une scie à ruban ou de couteaux tranchants comme des rasoirs, et reposaient désormais dans des petits champs individuels, séparés les uns des autres par une bordure d'herbe en plastique vert. Le boucher sursauta lorsqu'il émergea de l'arrière-boutique et vit Tom qui regardait à l'intérieur.

« Tom ! lança-t-il lorsque le garçon entra.

– J'ai votre sciure, monsieur Riley.

– En effet, Tom. Je vois ça. Je ne… ah… je ne m'attendais pas vraiment à… ah…

– Vous ne la voulez plus ?

– Si, si. Bien sûr que si. Si tu veux qu'on continue comme avant, dit le boucher avec embarras, ça me va.

– Oui, ça me ferait plaisir. »

M. Riley acquiesça, puis il emporta les sacs dans l'arrière-boutique et Tom attendit son argent près de la caisse enregistreuse.

« Je vais te dire, déclara M. Riley lorsqu'il réapparut, un gars du cirque est venu ce matin. Il voulait de la viande pour ses animaux, mais il m'a aussi demandé de la sciure. Il me semble que tu pourrais remplir autant de sacs que tu veux et qu'il te les achèterait tous. » Il attrapa quelques pièces dans la caisse et les tendit à Tom. « Tu pourrais aller lui demander. Il s'appelle M. Newman.

– D'accord. J'irai peut-être. Merci.

– Très bien, Tom. Fais attention à toi.

– Merci. »

Tom marcha jusqu'au parc et regarda en direction du champ de foire. Il y avait des camions délabrés et des caravanes cabossées, et une douzaine d'hommes avaient commencé à dresser un chapiteau rafistolé et crasseux. Il les observa un petit moment puis retourna au bac et se glissa discrètement entre les rangées serrées de véhicules.

Il regarda les hommes planter de longues chevilles d'acier dans le sol, puis se servir d'un éléphant pour hisser à la verticale de longs mâts en bois. Des fanions rouges, bleus et verts, usés jusqu'à la trame, furent accrochés en zigzag au-dessus d'une allée de stands de tir et de clowns rieurs. C'était la première fois depuis des semaines qu'une chose retenait son attention suffisamment longtemps pour lui faire oublier Flynn et ses rêves, et, tandis que le chapiteau prenait forme, il se dirigea vers l'endroit où étaient garées les camionnettes, en proie à une soudaine curiosité. Certaines d'entre elles comportaient des cages au lieu de plateaux, et des bâches en toile – ornées de représentations délavées de clowns, de lions et de trapézistes – étaient suspendues au-dessus des cages pour protéger les animaux du soleil. Il déambula parmi les véhicules jusqu'à découvrir une cage à l'intérieur de laquelle un chimpanzé pelé tirait avidement sur une cigarette. L'animal le regarda sans la moindre curiosité et jeta son mégot dans l'herbe. Tom continua de déambuler jusqu'à ce qu'une odeur fétide et rance lui assaille le nez. Il s'arrêta et chercha du regard sa provenance. Il longea la structure auprès de laquelle il se trouvait et regarda à l'angle. Il ne vit tout d'abord qu'un rideau de mailles d'acier. Mais soudain, derrière, des barreaux verticaux – comme des arbres – apparurent dans l'obscurité. Il s'avança, lentement, mais ne distinguait toujours rien dans la pénombre. Il commençait à supposer que la cage était vide, lorsque l'un de ses occupants s'approcha brusquement, arpenta la cage de long en large, puis battit en retraite. Tom en eut le souffle coupé.

« Ouah ! » murmura-t-il.

Il resta parfaitement immobile et attendit, et bientôt la lionne réapparut. Tandis que ses yeux s'habituaient à l'obscurité, il repéra deux autres fauves qui dormaient sur la paille : une autre lionne et un mâle à la crinière dégarnie qui repoussait les mouches en agitant sa queue.

Alors qu'il fouillait l'obscurité du regard à la recherche d'autres fauves, la lionne s'approcha de nouveau et se figea, le regarda. Tom retint son souffle et lui retourna son regard, presque incapable de détourner les yeux. Elle le toisa longuement, intensément, et dans les profondeurs des yeux tristes et dorés de la bête il perçut beaucoup de choses sur elle, et aussi quelques-unes sur lui. Elle expulsa l'air de ses poumons lorsqu'elle détourna le regard et leva la tête pour respirer la brise infime en gonflant les naseaux. Elle ferma les yeux, retint un moment en elle l'effluve qu'elle venait d'inspirer, puis s'approcha de nouveau et recommença à marcher de long en large d'un pas triste et mélancolique.

Tom, le cœur cognant dans sa poitrine, se demanda ce qu'elle avait senti dans l'air. La cage était orientée vers l'est. Avait-elle perçu l'odeur salée de l'océan, ou quelque chose de bien plus proche ?

« Attention, gamin ! »

Tom, surpris, fit un bond en arrière pour éviter deux hommes aux bras épais qui portaient un long poteau.

« Heu, où puis-je trouver M. Newman, s'il vous plaît ? » demanda-t-il à celui qui fermait la marche, se rappelant soudain le motif de sa venue.

L'ouvrier agita le pouce, et Tom vit un petit vieux replet vêtu d'une salopette et d'un élégant Stetson. Il marcha jusqu'à lui, bien décidé à lui vendre de la sciure, mais toujours habité par le regard électrique de la lionne.

Après avoir parlé à Newman, il retraversa la rivière pour emprunter de nouveaux sacs à M. Riley. Grace Mather se tenait à l'autre bout de la rue principale lorsqu'il s'y engagea et, se rappelant combien il l'avait trouvée jolie le soir de son retour, il ne put réprimer une légère nervosité à son approche. Il baissa la tête, s'attendant presque à ce qu'elle disparaisse. Mais quand il releva la tête, elle était bien plus près, et elle regardait droit dans sa direction.

« Salut, lança-t-elle, lorsqu'ils furent à la même hauteur.

– Salut, fit Tom. Heu… comment ça va ?

– Bien. Et toi ? »

Il haussa les épaules.

« C'est censé aller bientôt mieux. C'est ce que tout le monde arrête pas de dire.

– Les adultes disent toujours ça », répondit-elle en écartant les cheveux de ses yeux.

Tom acquiesça.

« Qu'est-ce que tu fais ? demanda-t-elle.

– Je vais chercher des sacs chez M. Riley. »

Elle scruta chaque côté de la rue, mais Tom ne détacha pas les yeux de son visage.

« Écoute, dit-elle doucement. Sonny Steele dit des choses. Il dit qu'il va t'attraper, et qu'il se fiche de… »

Elle laissa sa phrase en suspens et regarda le sol. Tom baissa les yeux vers ses propres pieds.

« Tom ?

– Quoi ?

– Où étiez-vous ? Où êtes-vous allés ? »

Tom ne releva pas la tête.

« Tu ne te souviens toujours pas ?

– Non. »

Il posa les yeux sur elle. Difficile de savoir si elle le croyait vraiment, mais il espérait que oui.

« Je suis désolée, reprit-elle. Enfin, bref, essaie d'éviter Sonny.

– J'essaierai. Merci.

– Je voulais juste te prévenir. Sonny est tellement méchant.

– Oui. C'est vrai. »

Ils se tinrent là, gênés, quelques secondes de plus.

« À plus tard, finit par dire Tom. Merci.

– De rien. À bientôt. »

Il continua de longer la rue, mains dans les poches, et dut fournir un énorme effort pour se retenir de la regarder par-dessus son épaule.

# 10

Au lever du soleil, Gibson s'arrêta pour se dégourdir les jambes et prendre un petit déjeuner. Il était assis dans sa voiture avec le ventre plein et se croyait prêt à reprendre la route lorsque sa tête retomba contre le dossier et que ses yeux se fermèrent. Il dormit jusqu'au milieu de l'après-midi et se réveilla en sursaut, avec la nuque raide et la bouche sèche. Il lui fallut un petit moment pour se rappeler où il était et ce qu'il fabriquait là, puis il remit le contact et repartit aussitôt, pressé de rattraper le temps perdu. Il roula jusqu'au soir, franchissant plusieurs petites villes avant de distinguer au loin la faible lueur d'un éclair sous une bande de nuages sombres. Il immobilisa la voiture, sortit et porta la main à son oreille pour entendre le tonnerre, mais en vain.

« Il est loin », marmonna-t-il.

Il remonta vivement dans sa voiture et roula pied au plancher, fonçant sur la route à la poursuite de l'orage. Il savait que c'était une folie, il avait vu les panneaux et connaissait les dégâts qu'un kangourou pourrait occasionner s'il en percutait un, mais il ne ralentit pas. L'aiguille du compteur oscillait entre 110 et 130, le moteur rugissait, l'air du soir s'engouffrait par la vitre et venait claquer contre l'arrière de sa tête. Parfois, un virage l'éloignait de l'orage, parfois il semblait se glisser juste en dessous.

« Allez, fils de pute ! cria-t-il. Je te tiens ! »

Après une demi-heure, la route commença à grimper parmi des collines basses et il les prit d'assaut à toute vitesse, ne levant le pied que lorsqu'il atteignait le sommet de l'une d'elles et commençait à descendre les longues courbes de l'autre versant, les pneus hurlant sur le bitume. Il distingua une ville en contrebas devant lui, ses faibles lumières tremblotant comme une constellation avant que les nuages ne viennent les masquer. Un éclair fendit la nuit et illumina la végétation – des *paperbarks* au tronc pâle – de chaque côté de la route, puis un coup de tonnerre retentit directement au-dessus de sa tête. Après la déflagration, il coupa le moteur et continua en roue libre jusqu'à ce que la voiture s'immobilise. La foudre s'abattait désormais presque de manière continue, suivie de près par des coups de tonnerre qui claquaient et cognaient à en faire trembler la voiture sur ses amortisseurs. Il sortit et s'étendit sur le dos au milieu de la route, la chaleur qu'elle avait accumulée remontant à travers ses vêtements. De grosses gouttes de pluie commencèrent à tomber autour de lui. Un vent plus frais repoussa les nuages d'orage, et il frissonna malgré la chaleur sous son corps. Les gouttes se multiplièrent et se transformèrent en déluge. Il resta allongé sur le bitume, riant, tandis que la pluie s'abattait sur son visage et trempait ses vêtements, puis il leva les bras, ferma les yeux et resta là sans plus penser à rien.

La pluie diminua, puis cessa, l'orage s'achevant presque aussi vite qu'il avait commencé, les nuages s'éloignant et laissant de nouveau place à un monde infini au-dessus de lui. Il sentit que l'averse avait effacé les dernières faibles traces d'incertitude et d'hésitation en lui, et même s'il n'était pas sûr de ce qui l'attendait, il savait qu'il avait pris la bonne décision en venant, et aussi qu'il avait trouvé le but qu'il avait tant cherché.

Il était environ neuf heures et demie lorsque, après un nouvel examen de la carte, il prit vers l'ouest, vers l'intérieur des terres. Il ne voyait pas grand-chose du paysage dans l'obscurité, mais il se concentrait sur sa conduite tandis qu'il fonçait sur les paisibles routes de campagne, ses pneus dérapant sur les bordures gorgées d'eau. Il ralentit lorsqu'il franchit une crête et jeta un coup d'œil sur sa gauche. Le paysage qui s'étirait plus bas était presque uniformément noir, uniquement interrompu par l'occasionnelle lumière solitaire. À en croire la carte, il devait approcher, mais il n'avait encore vu aucune pancarte. La route s'enfonçait dans une vallée et il se demandait où Angel Rock pouvait bien se cacher lorsqu'il vit à un embranchement un panneau qui indiquait la direction de la ville. Il roulait si vite qu'il dut enfoncer violemment la pédale de frein, la voiture s'immobilisant finalement dans un rugissement strident une vingtaine de mètres trop loin, en travers de la route, la lumière des phares transperçant un champ vide. Il écouta quelques instants le moteur cliqueter avant de repartir en marche arrière et de prendre la bonne route. Il roula pendant une demi-heure au fond de la vallée, puis, à la sortie d'un virage, Angel Rock apparut, confortablement étalée sur une petite élévation juste à l'ouest d'une rivière large et sombre. Il y avait peut-être deux cents maisons, chacune avec un toit pointu en tôle ondulée, une véranda treillissée et une petite pelouse proprette à l'avant. Vers le nord-ouest s'élevait une chaîne de collines abruptes dont la silhouette noire se détachait sur le ciel illuminé par les étoiles, et un sommet rocheux se dressait au-dessus, dominant la vallée et la ville. Le rocher qui avait donné son nom à la ville, supposa Gibson.

Il pénétra à faible allure dans la ville et en fit le tour. Un quadrillage de rues dont la plupart aboutissaient à des clôtures de barbelés à l'ouest, et à la rivière à l'est. Ses phares illuminaient les yeux des occasionnels chats et chiens vaquant à leurs activités nocturnes. Il vit une ou deux personnes âgées qui s'éventaient sur leur véranda, mais, à part ça, la ville semblait déserte. La rue principale était divisée en deux sur sa longueur par une bande d'herbe à chaque extrémité de laquelle se dressait un gros figuier. Il y avait une table, des bancs, des parterres sans fleurs. Il y avait une banque, une boucherie, une boulangerie, une épicerie, une boutique de journaux avec une enseigne de barbier près de la porte, un pub. Quelque part, supposait-il, se trouvaient un dentiste acariâtre et un vieux médecin bienveillant qui faisait des visites à domicile. Il comprenait qu'on puisse vouloir quitter cet endroit et ne jamais y revenir. Quand il pensa à Darcy, son estomac se noua et il glissa la main jusqu'à la bible qui était posée sur le siège à côté de lui. Il la caressa comme si c'était un objet familier, jusqu'à avoir suffisamment recouvré son calme pour continuer.

Il trouva le commissariat sans trop de difficulté. Il tira sa valise du coffre, longea l'allée jusqu'à la porte et frappa. Un homme d'une cinquantaine d'années, grand avec une chevelure blanche, vêtu d'un débardeur et d'un pantalon de travail gris, lui ouvrit.

« Gibson ?

– Oui.

– Pop Mather. Nous nous sommes parlé au téléphone. »

Gibson tendit la main et le regretta presque aussitôt tant la poigne de l'homme était puissante. Il le suivit à l'intérieur, fatigué, l'œil vitreux, mais pas au point de ne pas remarquer une photo encadrée qui était posée sur un buffet dans le salon.

« Vous êtes venu par les collines ou par la côte ? demanda Pop.

– Par les collines.

– Bien. Je me disais que vous risquiez de manquer le bac si vous arriviez par la côte. J'ai oublié de vous prévenir. »

Gibson acquiesça, mais il continuait de regarder fixement la photo dont il reconnaissait l'un des deux visages. Darcy Steele et une autre jeune fille étaient assises sur la balustrade d'une véranda, avec chacune un bras autour des épaules de l'autre, jambes ballantes, pieds nus. La tête de Darcy était inclinée contre le poteau qui soutenait le toit. Ses lèvres étaient rouges, ses joues couleur pêche, ses cheveux voletaient devant son visage. Les traits plus sombres et le sourire plus timide de l'autre fille la faisaient paraître plus sérieuse, moins… radieuse, mais c'était peut-être une illusion. Il savait bien que les photos ne montraient jamais qu'un fragment de la vérité.

« Jolie comme un cœur, déclara Pop. Même pas besoin de maquillage.

– Votre fille ?

– Oui. C'est Grace.

– Vous l'avez informée ?

– Hier, après votre coup de fil.

– Et les parents ?

– Oui. Ils sont au courant. »

Gibson acquiesça. Il reposa la photo, et Pop lui prit sa valise des mains et le mena à la chambre d'amis. Il était à peine sorti de la salle de bains qu'il se déshabilla, posa la tête sur l'oreiller et s'endormit comme une masse.

Le lendemain matin, il observa la fille de Pop lorsque celle-ci entra dans la cuisine et s'assit sur une chaise. Ses yeux étaient très rouges et il était clair qu'elle avait à peine dormi.

« Ça va ? demanda Pop.

– Oui. »

Elle avait la gorge si serrée qu'elle avait du mal à parler, et sa voix n'était plus qu'un faible gémissement rauque.

« M. Gibson est policier, poursuivit Pop d'une voix douce. Il aimerait te poser quelques questions sur Darcy. »

Grace acquiesça, se moucha.

« Grace, ton père m'a dit que Darcy était une de tes amies. »

Elle opina du chef.

« C'était ma *meilleure* amie.

– Pop dit que tu ne l'avais pas vue depuis un moment, que ça remonte à avant Noël.

– Oui, c'est vrai. Je… je ne sais pas pourquoi. Mme Steele m'a dit qu'elle était malade quand je suis allée la voir. »

Gibson acquiesça.

« Sais-tu pourquoi elle a… fugué ?

– Non. Je n'en sais rien. Ses parents sont stricts.

– Dans quel sens ?

– Elle… n'a… n'avait pas le droit de sortir sauf le samedi. Et seulement pour me voir.

– Je comprends. Et quand l'as-tu vue pour la dernière fois ?

– Au bal. Le soir où Tom Ferry est revenu.

– Est-ce qu'elle semblait... malheureuse ?

– Oui, répondit Grace en essuyant une larme au coin de son œil. Mais elle n'a pas voulu me dire pourquoi.

– Est-ce qu'il lui arrivait de parler d'un certain Billy, ou du père Carney ?

– Elle parlait de Billy, répondit Grace en regardant tour à tour Gibson et son père. Il l'emmenait chercher des œufs d'oiseaux, ce genre de choses, quand elle était plus jeune, quand elle avait le droit de sortir.

– C'est tout ?

– Oui. Qu'est-ce qu'il a à voir avec... ?

– Et Carney ?

– Il lui a enseigné le catéchisme quand elle était petite. »

Gibson la regarda et perçut dans les yeux de la jeune fille une attitude férocement protectrice. Si Darcy était morte de la main d'un autre et que Grace avait dû juger l'assassin, il doutait qu'elle eût montré la moindre clémence. Elle lui rappelait l'un de ces anges de pierre à l'air triste qu'on voyait dans les cimetières, la tête inclinée, écoutant un chant céleste si aigu que seuls eux et les chiens pouvaient l'entendre. Ils étaient sensibles au frémissement des ailes des abeilles, aux battements de cœur des amoureux – mais ils étaient parfaitement sourds aux supplications des coupables. Mais qu'importait. Elle avait l'air d'une brave gamine et sa force d'âme le séduisit immédiatement.

« J'ignore s'ils ont quoi que ce soit à voir avec ce qui s'est passé, répondit-il d'une voix douce. Je voulais simplement savoir si elle avait... peur d'eux, ou de qui que ce soit d'autre d'ailleurs, c'est tout. »

Elle médita ses paroles.

« Non, répondit-elle. Elle ne m'a jamais rien dit de tel. Je ne crois pas qu'elle avait peur de quoi que ce soit. »

Il resta silencieux. Il devinait qu'elle avait une question à lui poser et attendit.

« Est-ce que c'est vous qui l'avez découverte ?

– Non, répondit-il, secouant lentement la tête, mais je suis allé sur les lieux. »

Elle le dévisagea avec une once d'effarement, comme s'il avait accès à des connaissances mystérieuses. Il devina qu'elle voulait lui poser une autre question – peut-être même plusieurs – mais il vit aussi qu'elle n'avait pas encore tout à fait trouvé le courage de le faire. Finalement, elle se contenta d'acquiescer, furtivement, tandis que les larmes lui venaient de nouveau.

« Merci, ma chérie », déclara Pop.

Elle se tourna vers son père en s'essuyant les yeux. Il lui fit un signe de la tête et elle repoussa sa chaise, quitta la pièce, jetant au passage un dernier coup d'œil à Gibson par-dessus son épaule. Il ne parvint pas à identifier avec certitude le mélange d'émotions contenu dans ce regard – de la tristesse, de la culpabilité, de la colère, certes, mais il était également clair qu'elle attendait plus de lui que ce qu'il lui avait donné.

« Désolé, dit-il à Pop lorsque Grace fut partie. Je pensais qu'elle pourrait peut-être… »

Pop le coupa en levant la main.

« Vous voulez voir la famille de Darcy maintenant ?

– Ah ! oui. C'est loin ?

– Non. »

Ils quittèrent la ville par une route non goudronnée, passant devant une grappe de remises en tôle rouillée, puis devant une casse automobile. Les vaches les regardaient passer, des filets de bave leur dégoulinant de la bouche.

« Que pouvez-vous me dire d'eux ?

– Ezra a la tête dure, et c'est un bosseur. Pas très sociable. Fay était la beauté du coin en son temps – croyez-le ou non. Ezra lui-même était un beau parti quand il était plus jeune. Son père avait de grands espoirs pour lui, mais il est mort jeune, et Ezra a dû s'occuper de la ferme au lieu de faire des études. Sonny – Johnny, de son vrai nom – est l'autre enfant. Pas le garçon le plus malin du monde. Un peu un bon à rien, à vrai dire, et une brute comme Ezra. C'est lui qui reprendra la ferme, je suppose. »

Ils roulèrent quelques minutes de plus, puis Pop ralentit et tourna dans une allée. Il désigna le haut de la pente et Gibson regarda à travers le pare-brise. Comme les autres fermes qu'il avait vues, celle-ci était bâtie bien à l'écart de la route, à laquelle elle était reliée par un petit chemin défoncé. Elle était encerclée par une haie et par plusieurs remises à divers stades de délabrement. Il descendit de voiture lorsque Pop le lui demanda et alla ouvrir le portail, puis le referma quand Pop fut passé. Plus ils approchaient de la maison, plus celle-ci semblait déserte. Des rideaux soulevés par la brise ondoyaient à travers les fenêtres ouvertes. Un chat qui prenait le soleil sur un rebord de fenêtre ouvrit un œil, nota leur approche, puis le referma.

« Ezra doit être à l'arrière. Je vais aller le chercher. Pourquoi n'allez-vous pas vous présenter à Fay ? »

Gibson acquiesça. Pop s'éloigna avec la sérénité et la décontraction que Gibson lui avait déjà remarquées. Il se tourna vers la maison et gravit prudemment les marches fortement usées. Il frappa à la porte, et après environ une minute Fay Steele apparut. Gibson la dévisagea attentivement tout en affichant un demi-sourire de façade. Toute ressemblance avec Darcy – hormis peut-être dans les yeux – s'était quasiment estompée. Ses cheveux, attachés en queue-de-cheval, étaient gris et rêches, et, lorsqu'elle franchit le pas de la porte et sortit dans la lumière, il vit que sa peau avait l'air grasse et abîmée, et qu'elle avait des demi-lunes de crasse sous les ongles. Elle portait une robe en coton délavé sous laquelle ses seins pendouillaient, ses mamelons pointant vers le sol comme des doigts tendus.

« Oui ? »

Ses yeux étaient larges et ternes. Si larges que Gibson y distingua sa silhouette sombre, et la cour lumineuse derrière lui.

« Mon nom est Gibson. Je viens à propos de votre fille. Darcy. Toutes mes condoléances…

– Ah ! Vous feriez mieux d'entrer. Mon mari est…

– Le sergent Mather est parti le chercher. J'aimerais vous parler à tous les deux.

– Oh ! Soit. Entrez. »

Il faisait sombre à l'intérieur, et l'odeur – puissante et rance – l'enveloppa immédiatement. Le salon qu'il traversa comportait un ensemble de fauteuils à haut dossier, presque tous couverts de hautes piles de magazines et de journaux, principalement des *Australian Post* et des *Woman's Weekly*, certains ornés de trognons de pommes racornis ou de spirales de peaux d'orange. Le plafond était tapissé de toiles d'araignées poussiéreuses et la moquette était usée jusqu'à sa trame de corde épaisse. Dans un coin, une énorme télévision au tube cathodique défaillant diffusait une lueur vacillante. Des amas de poils de chat adoucissaient les angles droits à l'intersection du sol et des murs. Des chats, d'abord deux, puis une demi-douzaine, arrivèrent en trottinant en silence pour lui jeter un coup d'œil, queue dressée, et commencèrent à se frotter à ses jambes. Il les repoussa doucement et poursuivit son inspection. Les murs étaient nus, à l'exception d'une estampe cireuse dans un cadre doré qui représentait une scène du bush, et d'un vieux portrait passé d'un jeune soldat portant l'insigne de l'armée australienne sur son large chapeau et sur son épaule. Une photo en couleurs dans un cadre chromé était posée sur la table du téléphone. Darcy jeune. Une photo d'école. Elle avait le teint hâlé, des taches de rousseur et les cheveux décolorés par le soleil comme de nombreux enfants de la campagne. Un joli visage ovale, l'esquisse d'un sourire – comme s'il n'avait pas eu le temps de se former complètement avant que le photographe la capture – et des yeux bleus dont le regard clair donna à Gibson l'impression que plus il le regarderait, plus il gagnerait en intensité. Il soupçonna que la photo avait été encadrée et placée là récemment.

Fay lui désigna une chaise à la table de la cuisine puis mit une bouilloire d'eau à chauffer. Le mur derrière la gazinière ainsi que la gazinière elle-même étaient si couverts d'éclaboussures d'huile figée qu'ils étaient presque uniformément jaunes, et par terre près du réfrigérateur il y avait une flaque d'un liquide brun et brillant qui provenait de Dieu sait où. Le ronronnement du réfrigérateur s'interrompit et il n'y eut plus que le bruit de l'eau qui chauffait dans la bouilloire.

Plantée devant la gazinière, Fay le regardait d'un air absent.

« Ça vous ennuie si je jette un coup d'œil à sa chambre ? »

Les yeux de Fay Steele s'élargirent et elle porta lentement la main à son menton d'un air incertain.

« Oh ! eh bien, j'aimerais mieux que...

– Je n'en ai que pour une minute. S'il vous plaît ! Rien qu'un rapide coup d'œil ? insista-t-il d'un ton rassurant, esquissant son sourire charmeur.

– Bon, d'accord, répondit-elle dans un souffle. La première sur la droite.

– Merci beaucoup. »

Dans la chambre, il découvrit un lit à sommier chromé sur lequel était étalé un couvre-lit en crochet, ainsi qu'une armoire dont le placage se décollait. Contre un mur se trouvait une petite coiffeuse blanche avec une brosse et un peigne posés dessus et une chaise glissée en dessous. Sous le miroir ovale de la coiffeuse, il vit une boîte à bijoux ornée de fioritures en tulle. Il l'ouvrit et la ballerine montée sur ressort se mit au garde-à-vous, mais il n'y eut pas de musique et elle ne tourna pas. À l'intérieur de la boîte s'entassaient quelques bracelets en plastique, une demi-douzaine de billes, quelques plumes, un œuf d'oiseau. Il tira une bille œil de chat et la plaça dans sa poche, puis il ouvrit les deux petits tiroirs de la coiffeuse. Ils étaient l'un comme l'autre vides. Il entendit la bouilloire se mettre à siffler et Fay s'affairer. Il ouvrit l'armoire et vit les robes de Darcy, toujours suspendues. Il passa la main dessus, sentit leur légère odeur féminine. Il y avait trois tiroirs encastrés dans l'armoire, et il ouvrit le premier, farfouilla parmi les sous-vêtements qu'il contenait. Il ne trouva rien d'intéressant dedans, ni dans le deuxième ou le troisième. Un pas lourd retentit alors à la porte de la maison. Il sortit promptement de la chambre et marcha jusqu'au salon.

Ezra Steele était un homme à la stature imposante, même après qu'il eut ôté ses lourdes bottes en caoutchouc et se fut assis. Il portait une salopette grise, une chemise à carreaux, et il dégageait une légère odeur de bouse de vache. Gibson se présenta, tendit une main que Steele ne serra pas, s'assit. Il attendit sans rien dire, jusqu'à ce que Pop et Fay reviennent de la cuisine avec un plateau de thé et de biscuits. Steele le fixait d'un œil mauvais sous ses sourcils noirs tout en tapotant l'accoudoir de son fauteuil. Soudain, Gibson se sentit si perdu et mal à l'aise qu'il se serait levé pour sortir si Steele ne l'avait pas déjà cloué sur place du regard. Il n'y avait rien d'autre à faire que continuer.

Lorsque Pop et Fay eurent servi le thé et se furent assis, il se lança. Il croisa le regard de Steele alors que celui-ci portait sa tasse à ses lèvres.

« Laissez-moi vous présenter toutes mes condoléances.

– Merci », murmura Fay.

Ezra ne répondit rien. Il se contenta de tourner vivement les yeux vers sa femme tandis que celle-ci baissait les siens vers la tasse qu'elle tenait entre ses mains.

« Je voudrais juste avoir quelques détails, éclaircir deux ou trois choses.

– D'accord, dit Fay.

– Le sergent Mather m'a dit que Darcy avait déjà fugué ?

– Oui, une demi-douzaine de fois.

– Savez-vous pourquoi elle faisait ça ? »

Fay secoua la tête, les lèvres soudain serrées.

« Avait-elle déjà… avait-elle déjà… essayé de se suicider ?

– Non. »

Gibson opina du chef tandis qu'Ezra Steele continuait de l'observer avec une moue renfrognée. Il laissa passer un silence, puis reprit.

« Vous n'avez pas immédiatement prévenu le sergent Mather de sa disparition. Pourquoi ? »

Ezra prit alors la parole, d'une voix basse, bourrue, chaque mot aussi tranchant qu'une lame de rasoir.

« Elle n'a pas *disparu*. Elle a *fugué*.

– Nous… nous… ah ! nous nous disions que ce serait peut-être mieux si elle fuguait, vous savez, pour de bon », ajouta Fay.

Gibson la regarda d'un air interrogateur. Pop s'enfonça dans son fauteuil en soupirant et se passa la main dans les cheveux. Gibson leur demanda pourquoi, mais ni le mari ni la femme ne répondirent.

« Quand, *exactement*, avez-vous vu votre fille pour la dernière fois ? »

Steele souffla par le nez et regarda longuement le plafond avant de répondre.

« Juste après Noël. »

Gibson vit Fay lancer un petit coup d'œil en direction de son mari, mais il avait déjà compris que celui-ci mentait et que la disparition de Darcy devait remonter à plus tôt. Il les considéra l'un après l'autre, mais n'insista pas et fit mine de noter la date dans son carnet. Fay Steele le regarda en se mordant la lèvre.

« Quand elle est partie, elle n'a pas laissé de mot ?

– Non, répondit la femme.

– Vous êtes sûrs ?

– Oui, dit Ezra.

– Y a-t-il eu une brouille ? Une dispute ?

– Non. »

Steele détacha les yeux de Gibson après avoir répondu et les baissa vers ses mains. Elles étaient énormes, et paraissaient avoir été assemblées à partir d'un matériau qui ressemblait à peine à de la chair. Gibson vit son torse se soulever et s'abaisser, et il commença à songer que le moment était venu de partir.

« Bon, ce sera tout. Merci beaucoup. »

Fay sembla sur le point de dire « de rien » mais se retint au dernier moment. Ezra Steele secoua la tête avec dédain. Les yeux de sa femme s'embuèrent et elle se mit à sangloter, des larmes nacrées roulant sur ses joues.

« Toutes mes condoléances », répéta Gibson.

Il regarda en direction de Pop, qui lui fit signe qu'il était temps d'y aller. Gibson se leva et marcha jusqu'à la porte, puis il se retourna après l'avoir franchie. Fay n'avait pas bougé, et elle ne leva pas les yeux quand son mari vint refermer la porte derrière eux. Ils regagnèrent la voiture, et, tandis qu'ils montaient dedans, Gibson vit un garçon qui se tenait à côté de l'une des remises et les observait. Pop le vit également.

« Sonny », murmura-t-il.

Il mesurait autour d'un mètre quatre-vingts et était déjà bedonnant pour un jeune homme de son âge. Il portait une salopette crasseuse ouverte à l'avant, et son torse pâle et glabre luisait de sueur. Il agita la tête sur le côté pour écarter une mèche de cheveux gras de ses yeux, puis se passa l'avant-bras sur la bouche. Pop leva la main pour le saluer, mais le garçon l'ignora, pivota sur ses talons et retourna à ses occupations.

# 11

Assis au bar de l'Angel Rock Hotel, Gibson et Pop Mather regardèrent en silence Hughie Bean remplir deux verres de Pilsner. Lorsqu'il eut fini, ils levèrent leurs verres à l'unisson, Gibson porta un toast, et ils burent chacun une longue gorgée.

« Ça fait du bien, soupira Gibson. Je crois que nous l'avons mérité. »

Ils restèrent un long moment sans rien dire, puis Gibson brisa le silence.

« Désolé pour le petit gars que vous avez perdu.

– Oui, merci, fit Pop, les yeux rivés sur la mousse de sa bière. Ces choses arrivent… mais cette ville ne sera plus la même pendant un bon bout de temps.

– Comment se porte celui qui est rentré ?

– Bien, étant donné les circonstances. Il ne se rappelle pas grand-chose – ce qui n'est peut-être pas plus mal – mais il fait des cauchemars. Qui n'en ferait pas ?

– Des cauchemars ? Sur quoi ?

– Il n'arrive pas vraiment à l'exprimer.

– Qu'est-ce que vous en pensez… quelqu'un a fait un mauvais coup ?

– Comment ça ?

– Quelqu'un, vous savez, qui les aurait enlevés, ou quelque chose ?

– Non, je ne crois pas, répondit Pop en lui jetant un regard étrange.

– Personne n'a de vieille rancune envers la famille, les parents ?

– Non.

– Vous êtes sûr ? demanda Gibson, pas convaincu.

– Eh bien… Henry et Ezra se chamaillent depuis longtemps – leurs fils s'y sont même mis à leur tour – mais ça n'a rien à voir avec ce qui s'est passé.

– C'est quoi, la raison du conflit ?

– Ça a débuté quand ils étaient amoureux de la même fille il y a des années. Ça se résume à peu près à ça.

– Qui était la fille ?

– Elle est morte maintenant – écoutez, Ezra n'a rien à voir avec tout ça. Il est venu chercher Flynn avec moi, pour l'amour de Dieu ! Il l'a cherché pendant des jours.

– Donc vous êtes en train de dire que vous lui faites confiance ?

– Je le *connais*. Je fais confiance aux gens, Gibson. Ici, si on n'a pas ça… »

Gibson acquiesça et but une gorgée de bière.

« Moi, je fais confiance aux preuves, et c'est à peu près tout. »

Pop se tourna vers lui.

« Qu'est-ce que vous fichez ici, Gibson ? » demanda-t-il d'un ton subitement inquisiteur.

Gibson souleva de nouveau son verre, lentement, et but une longue lampée.

« Qu'est-ce que vous voulez dire ? demanda-t-il innocemment en essuyant la mousse sur sa lèvre supérieure.

– Je veux dire que j'ai appelé Erskine après votre coup de fil. Je le connais depuis longtemps. Il a dit que, en théorie, vous étiez en vacances. Et il a ajouté que, officiellement, vous n'aviez rien à faire ici.

– C'est à peu près exact.

– Alors ?

– Alors… disons que j'en ai besoin.

– Ça ne me semble pas une raison suffisante pour aller fourrer votre nez là où vous n'avez rien à faire. Vous allez devoir me fournir une meilleure réponse que ça, Gibson. Sinon *personne* ne vous parlera, croyez-moi. J'y veillerai. Je ne veux pas en arriver là, mais je ne veux pas non plus que les gens soient contrariés. Ils ont déjà été suffisamment secoués par ce qui vient d'arriver. »

Gibson le regarda et vit qu'il était sérieux. Derrière le bar, Hughie les observait soudain d'un œil soupçonneux. Il poussa un soupir.

« Erskine, qu'est-ce qu'il a dit d'autre ?

– Rien. »

Gibson acquiesça, puis il regarda Pop et décida de vider son sac.

« Écoutez, commença-t-il, quand j'avais douze ans, ma sœur, Frances, s'est suicidée. Je ne me souviens de rien. J'ai fait un blocage, je suppose. Enfin, bref, nous étions très proches. C'était une sorte d'héroïne pour moi – ma meilleure amie, à vrai dire. Elle a pris la voiture de la famille et est allée dans le bush, et puis elle a avalé un flacon entier des somnifères de ma mère. Elle n'avait que dix-sept ans. Elle a laissé un mot pour expliquer son geste, mais il a fallu des mois avant qu'on retrouve la voiture, et à ce stade les insectes et les intempéries avaient transformé son mot en bouillie.

– Bon Dieu ! Gibson, je suis désolé.

– Oui, bon, vous savez, on a bien été forcé d'accepter. Mais ça a ôté toute la foi que j'avais en moi, je peux vous le dire. Je n'avais pas pensé à elle depuis des années, mais quand j'ai vu Darcy comme ça… tout a ressurgi. » Il s'interrompit et but une gorgée de bière. « Foutez-moi à la porte de votre ville si vous voulez, sergent, mais je suis bien décidé à élucider certaines choses. Le *comment* ne fait aucun mystère – c'est le *pourquoi* qui me trouble. Vous voyez, si je pouvais comprendre ça… Il est peut-être trop tard pour Frances, mais pas nécessairement pour Darcy. »

Pop attendit un moment avant de répondre.

« Ce qui s'est passé est affreux, commença-t-il, mais je ne vois pas ce que ça vous rapportera d'être ici. Vous ne connaissiez même pas cette fille.

– C'est vrai, je ne la connaissais pas. Mais j'espère y remédier. Je veux juste apprendre à la connaître un peu. C'est tout. Peut-être qu'alors j'y verrai un peu plus clair.

– Écoutez, Gibson, c'est juste que je ne veux plus de remous dans ma ville, déclara Pop avec un peu moins d'insistance que précédemment. Vous pouvez comprendre pourquoi. Les Steele ont besoin qu'on leur fiche la paix, Henry Gunn et sa famille aussi. Les choses doivent retomber. Il y a eu trop de chagrin ici. Si vous cherchez des choses qui ne sont pas là, alors je crains que, bonnes intentions ou non, vous fassiez souffrir d'autres gens.

– Eh bien, ce n'est pas pour ça que je suis venu. Je n'ai aucune intention de faire souffrir qui que ce soit. »

Ils sirotèrent leur bière en silence pendant un moment, puis Gibson posa une nouvelle question à Pop.

« Alors… d'après vous, pourquoi a-t-elle fait ça ? »

Pop le regarda et soupira.

« J'en sais rien. C'est juste un des mystères de la vie. Un des plus sinistres.

– Et s'il y avait quelque chose de concret ? Un mobile ?

– Alors il ressortira.

– Seulement si quelqu'un le cherche.

– Il ressortira, un jour », répéta Pop.

Gibson secoua la tête.

« Vous êtes croyant, n'est-ce pas, Pop ? Je le vois. Moi, je ne le suis pas. Pas vraiment. Je ne crois pas que la justice arrive toute seule.

– Moi non plus. Elle vient de Dieu.

– Bon, on est plus ou moins d'accord, alors. Peut-être que votre Dieu se sert de moi. Peut-être que je suis son émissaire ? Qu'est-ce qui vous prouve le contraire ? »

Pop fronça les sourcils et le scruta avec curiosité. Gibson eut alors l'impression que le sergent l'avait sous-estimé, juste un peu, et qu'il venait de s'apercevoir de son erreur.

« Peut-être qu'il y avait des… *mobiles*. Je me suis penché sur certaines possibilités.

– Comme quoi ?

– Toutes ces fugues. Qui sait ce qu'elle faisait, ou qui elle rencontrait.

– Je crois savoir où vous voulez en venir. Vous savez ce qu'a dit le légiste ?

– Quoi ?

– Il a dit qu'elle était vierge. »

Pop le dévisagea.

« Vous êtes sûr de vous ?

– Je suis sûr que le légiste était sûr de lui. Vous semblez surpris. »

Pop resta silencieux, frotta son menton mal rasé, puis acquiesça.

« Je le suis. Il y a eu des bruits depuis, des rumeurs, répondit-il.

– Des bruits, des rumeurs, répéta Gibson. Écoutez, si vous aviez eu le moindre… doute concernant Darcy, auriez-vous laissé votre fille traîner avec elle ?

– Probablement pas.

– Vous voyez. »

Gibson vida son verre et le reposa bruyamment sur le bar pour attirer l'attention de Hughie.

« Bon, fit-il, que pouvez-vous me dire sur un certain Billy et sur cet homme-ci ? Je les ai trouvées sur elle. »

Il tendit à Pop les photos qu'il avait découvertes entre les mains de Darcy. Pop mit ses lunettes, regarda les photos en clignant des yeux.

« Cet homme s'appelle Adam Carney, dit-il en désignant la photo du doigt. L'autre, c'est Billy Flood. Ezra m'a dit qu'il avait plusieurs fois surpris Billy à rôder autour de la ferme dernièrement. Il a l'air de penser qu'il venait espionner Darcy, mais bon, Grace affirme que Darce et lui étaient en bons termes. » Il posa les photos sur le bar et les tapota en secouant la tête. « Billy… eh bien… je… je ne sais pas… bon Dieu ! ça fait des années que je ne l'ai pas vu. Je sais qu'il débarquait à la porte des gens pour demander à manger, ce genre de choses.

– C'était quoi, un vagabond ? »

Pop attendit un long moment avant de répondre.

« Je ferais bien de vous parler de Billy, déclara-t-il finalement.

– Eh bien, oui, ça me semble une bonne idée. Vous avez votre tête des mauvais jours. »

Pop fit la grimace, puis commença.

« En 1951, quand il avait seize ou dix-sept ans, il y a eu un… accident, près d'ici. Annie, la sœur de Billy, s'est noyée.

– Comment c'est arrivé ?

– Personne ne sait vraiment.

– C'était elle, la raison de la querelle ?

– Oui, Ezra et elle étaient fiancés depuis un moment et ils devaient se marier, mais alors Henry est entré en scène et il a provoqué une rupture, ou une bêtise de ce genre. Bref, la rumeur affirmait qu'elle était enceinte soit de l'un, soit de l'autre, mais c'étaient des foutaises. Personne ne sait vraiment ce qui s'est passé. Billy a toujours été un garçon assez étrange, délicat, pourrait-on dire, mais pendant l'enterrement il a complètement déraillé. Son père a été forcé de le faire interner dans une institution. Je suis allé le voir à une ou deux reprises. J'ai le sentiment que la douleur qu'il avait éprouvée était si grande que son esprit s'est refermé, qu'il a tout oublié, jusqu'à son nom, pendant très longtemps. Je l'ai vu peu de temps après sa sortie d'hôpital, ça doit bien faire cinq ans maintenant. Il était d'une pâleur de mort, et faible, comme s'il revenait de la guerre, mais il était bien décidé à repartir de zéro. J'avoue que j'ai admiré sa détermination. D'après ce que je sais, il s'est tenu à l'écart des autres, il vivait dans le bush. Et quand je l'ai revu, c'était de nouveau un homme différent – il était lui-même – mais alors il s'est mis à boire. Peut-être que les souvenirs ont ressurgi comme ils l'ont fait avec vous. »

Gibson regarda Pop d'un air indifférent, puis il mit la main à sa poche, en tira son carnet et commença à prendre des notes.

« Ses parents sont toujours vivants ?

– Sa mère est morte. Horace est prédicateur. Un évangéliste. Son… son professeur, je suppose, était un vieux bonhomme nommé Adam Carney. Le père Adam, comme tout le monde l'appelait. Horace et ses deux gamins ont vécu avec lui jusqu'à la noyade d'Annie. Horace est alors parti, mais Adam a conservé la maison. Il y est resté jusqu'à il y a environ deux ans, et maintenant il est à la maison de retraite à Laurence, en assez mauvaise santé, je crois.

– Pouvez-vous me dire où se trouve cette maison ? »

Pop acquiesça et répondit à sa question, puis il n'ajouta rien pendant une minute ou deux. Il semblait réfléchir à des choses auxquelles il n'avait pas réfléchi depuis des années. Gibson faisait son possible pour garder patience. Le sergent du comté avait une façon de parler calme et mesurée, comme s'il avait l'habitude d'être écouté, l'habitude de donner des ordres, l'habitude qu'on lui obéisse. Gibson se disait qu'il en apprendrait sans doute plus s'il ne l'interrompait pas, s'il laissait ses paroles suivre leur cours de sorte à révéler l'homme et sa pensée.

« Quand j'étais jeune, Adam prêchait parfois dans le coin, en tant que simple laïc. C'était avant la guerre, quand presque chaque homme et chaque femme allaient à l'église et quand le salut des âmes donnait lieu à des luttes assez féroces. Il était obsédé par la colère divine, il ne parlait que d'enfer et de damnation, et pourtant il était tout jeune, il n'avait même pas quarante ans. Au bout du compte, il est devenu si véhément, si… pittoresque, que le pasteur a dû lui demander de ne plus venir. Du coup, il a commencé à se poster sur le monument aux morts, ou dans le parc près de la rivière, et il a continué de prêcher, jusqu'à ce que les gens viennent depuis des kilomètres à la ronde pour l'entendre. Ils apportaient leur pique-nique et ils s'asseyaient dans l'herbe pour écouter ce prêcheur enflammé. »

Ils restèrent un long moment silencieux, puis Pop adressa à Gibson un sourire amer.

« Vous avez raison quand vous dites que je suis croyant, Gibson. À ma manière, je le suis, mais je me suis toujours senti assez minable à côté du vieil Adam. Ce vieux bonhomme avait vraiment été touché par Dieu. Mais soudain les choses ont changé. La guerre a éclaté. Les gens ne voulaient plus entendre parler des feux de l'enfer ni du châtiment. Ils voulaient… de l'espoir. Des arcs-en-ciel. Alors Adam a complètement cessé de prêcher. Ça a pris du temps, mais il a fini par se calmer, et il est devenu le vieillard le plus doux et le plus gentil qu'on puisse imaginer. Et je vais vous dire, Horace était un dur quand il est arrivé dans cette ville : un bagarreur, un joueur, un escroc, un buveur… tout ce que vous voulez. Mais ça a changé le jour où il a écouté Adam. Et je sais de source sûre que Billy a continué de rendre visite à Adam jusqu'à ce qu'il parte en maison de retraite. C'est Adam lui-même qui me l'a dit.

– Tout ça pour en venir où ?

– Au fait qu'Adam avait foi en ce garçon. Si vous croyez, à cause de cette photo, qu'il a eu quoi que ce soit à voir avec ce que Darcy a fait… alors je pense que vous faites fausse route, c'est tout. »

Gibson alluma une cigarette. Il fuma quelque temps en silence puis posa à Pop une nouvelle question à laquelle celui-ci mit un moment à répondre.

« À votre avis, qu'est-ce qui se passait chez les Steele, sergent ?

– Je ne sais pas, Gibson. Vraiment pas. Ezra a tendance à être tyrannique, mais bon, vous l'avez vu, il montre les dents dès qu'il s'agit de protéger les siens. »

Pop se leva, posa les mains à plat sur le bar et baissa les yeux vers elles.

« Écoutez, Gibson, dit-il, faut que j'y aille. Le corps de Darcy arrive par le train de ce matin. Je préfère y aller moi-même, m'assurer que tout se passe sans accrocs.

– Quand a lieu l'enterrement ?

– Demain. »

Gibson referma son carnet et le glissa dans sa poche.

« Comment était-elle ?

– Darcy ? Darcy était… c'était vraiment une brave gamine. Un peu tout feu tout flammes, une imagination débordante, mais j'ai toujours estimé qu'elle faisait du bien à Grace. Grace a toujours été du genre discrète, voyez-vous. »

Gibson acquiesça.

« Alors, d'après vous, où pourrais-je commencer à chercher ce Billy Flood ? »

Pop soupira et secoua légèrement la tête.

« Aucune idée. Peut-être que vous pourriez essayer leur ancienne maison. À part ça… je sais que Billy travaillait dans les exploitations de canne à sucre il y a deux ou trois ans. Il buvait à l'époque. J'ai entendu dire qu'il s'est retrouvé plusieurs fois en cellule. Vous pourriez demander au flic local. La dernière fois que j'ai entendu parler de son paternel, il était dans un endroit nommé Mount Wright. C'est là qu'il vit maintenant, et c'est là qu'il a enterré sa femme et sa fille. Il sait peut-être où est Billy, mais j'en doute fort. Je crains que ce soit tout ce que je puisse faire pour vous. »

Pop termina son verre et se pencha légèrement vers Gibson.

« Mais si vous le trouvez, allez-y mollo. Croyez-moi, il n'est pas aussi méchant qu'il en a l'air. Demandez-lui de venir me voir. Il me connaît. »

Il attrapa son chapeau et marcha jusqu'à la porte.

« Vous m'autorisez donc à rester ? » demanda Gibson.

Pop esquissa un sourire ironique.

« Je vous le ferai savoir.

– Hé ! lança Gibson tandis que Pop lui tournait le dos pour s'éloigner. J'ai bien cherché hier soir, mais je n'ai pas vu d'ange sur le Rocher.

– Non ? Eh bien, il y a une astuce. Il faut que la lumière l'atteigne pile au bon angle. Et même alors c'est un peu tiré par les cheveux. On dit que celui qui l'a baptisé Angel Rock devait avoir un bon coup dans le nez. »

Gibson sourit. Pop partit. Gibson leva le bras et le petit doigt en direction d'Hughie Bean, et commanda une autre bière. Il prit son temps pour la boire, puis il sortit d'un pas traînant, et regarda en plissant les yeux la journée lumineuse et vide qu'il trouva dehors.

Après un moment, il marcha jusqu'à l'épicerie et acheta un paquet de cigarettes à la grosse femme bavarde derrière le comptoir. Il jeta un rapide coup d'œil aux autres boutiques qu'il avait vues la nuit précédente, puis se dirigea vers la rivière et le parc qui enserrait sa courbe douce. Il passa devant le monument aux morts, parcourant des yeux les noms inconnus gravés dans le marbre, et continua le long de la rivière jusqu'aux piliers à moitié pourris de l'ancien pont, tout près de l'embarcadère du bac. Il décrivit une longue boucle autour de la ville et atteignit une petite élévation d'où il put voir toute la ville étalée devant lui, la vallée qui s'étirait vers le nord-ouest, et la rivière – une jolie rivière – qui scintillait dans la lumière brutale de midi. Un chien aboyait. Il trouva la scène très plaisante, très paisible, et l'eau suscita en lui la même émotion que le port de Sydney autrefois, avant qu'il n'y repêche trop de cadavres. Il sortit de sa poche la photo de Darcy et l'observa. Une fois encore, il se sentit un peu vide, un peu seul, un peu hors de son élément. Il ne pouvait pas vraiment reprocher à Pop son dévouement aux vivants d'Angel Rock et son ambivalence à l'égard des morts, et il savait qu'il ne pouvait pas trop compter sur son aide. Comme Pop l'avait observé à sa manière bourrue mais juste, il n'avait pas vraiment de raison d'être ici. Il soupira, jeta sa cigarette et tenta de se représenter Darcy, à la fois meurtrière et victime, arpentant les rues en contrebas, mais il n'y parvint pas.

Il se rendit au café pour manger un morceau avant de prendre la direction de l'ancienne maison des Flood. Il était le seul client. Il s'assit près de la fenêtre et observa les insectes morts dans l'interstice qui courait entre la vitre et son montant. Il commanda un café imbuvable. Il attira l'attention de la propriétaire souriante et commanda du thé. Il n'avait guère d'espoir quant à ce qu'il avait commandé à manger, même s'il estimait que, avec le temps qu'ils avaient dans le coin, la moindre des choses aurait été de préparer un repas correct. Mais quand son assiette arriva, il ne put s'empêcher de la contempler un moment avec de grands yeux, agréablement surpris. Il y avait un steak de plus de deux centimètres d'épaisseur, deux œufs dont les jaunes étaient les plus jaunes qu'il eût jamais vus, une montagne de légumes et deux belles tranches de pain blanc frais.

« Avalez-moi tout ça, dit la femme avec un sourire.

– Merci », répondit-il, et il attaqua son plat.

Lorsqu'il eut fini, il paya la femme, la complimenta sur ses talents de cuisinière et sortit. Il marcha jusqu'à sa voiture et consulta le plan qu'il avait tracé à partir des indications de Pop, puis il se mit en route.

Il perdit la moitié de l'après-midi à trouver la maison. Les collines au-dessus de la ville étaient sillonnées d'un réseau de chemins sans noms ni pancartes qui semblaient bien décidés à l'éloigner de sa destination. Lorsqu'il trouva enfin celui qu'il cherchait, il se rendit compte qu'il était déjà passé au moins deux fois devant. Il immobilisa la voiture dans un nuage de poussière et claqua la portière derrière lui. Il aperçut un bâtiment au loin parmi les arbres et se dirigea dans sa direction.

Il regretta bientôt d'avoir claqué la portière si fort lorsque le silence l'enveloppa et qu'il prit conscience de ce qu'il avait troublé. Il n'y avait presque pas de vent et les arbres alentour étaient immobiles et paisibles. Il n'y avait aucun signe de mouvement dans la maison, ni rien qui indiquait qu'elle était occupée. Certaines des planches qui recouvraient sa façade étaient en train de pourrir et se détachaient, et son toit triangulaire était rougi par la rouille. Derrière, il vit d'autres remises et appentis, tous dans un état similaire. Il atteignit la porte d'entrée. Il y avait une sorte de tache sombre sur le linteau qui la surmontait, et il leva le bras pour la toucher. De petits flocons brunâtres se détachèrent. Il s'essuya la main sur son pantalon et fut parcouru malgré lui par un petit frémissement.

« Bonjour ? appela-t-il. Y a quelqu'un ? »

Silence.

Il tourna la poignée, poussa la porte et regarda dans le couloir, ses yeux s'accoutumant à l'obscurité.

« Y a quelqu'un ? »

La maison sentait le renfermé et n'avait manifestement pas été ouverte depuis un bon moment, mais l'atmosphère y semblait néanmoins plus fraîche qu'au-dehors. Il attendit, tendant l'oreille, mais n'entendit rien que sa propre respiration. Il pénétra dans le couloir, examinant au passage les pièces qui le bordaient. Elles étaient parfaitement vides si l'on exceptait la poussière et les volets hors d'âge, mais au dos de l'une des portes il découvrit des marques qui retinrent son attention. Elles avaient été tracées au crayon et indiquaient la croissance de deux enfants sur une période de près de douze ans. *Billy et Annie*. Gibson passa un doigt sur les marques, puis continua de longer le couloir et pénétra dans le salon. L'une des fenêtres était ouverte, et un rideau taché et effiloché était suspendu à une tringle en bois tordue. Le sol devant la fenêtre était presque pourri à cause de la pluie qui s'était engouffrée à l'intérieur au fil des années. La pièce lui rappela quelque chose, mais il eut beau chercher, impossible de se remémorer quoi. Il saisit le rideau entre ses doigts, et l'étoffe s'effrita. Il resta un moment immobile, fronçant les sourcils, puis se rendit dans la cuisine. Elle aussi était vide, mais semblait un peu moins à l'abandon. Il ouvrit le foyer du poêle et renifla. Les cendres étaient froides, impossible d'en déduire quoi que ce soit. Pop avait raison. Personne n'avait vécu ici depuis longtemps.

Après un rapide tour de la maison, il reprit la direction d'Angel Rock. Il était si distrait par ses pensées qu'il ne tarda pas à se perdre de nouveau. Lorsqu'il retrouva son chemin et regagna le commissariat, le jour commençait à tomber. Il regarda en direction des collines, vers l'endroit où devait se trouver la maison. Le soleil couchant avait transformé les nuages en une barbe à papa rose. Plus tard, après le dîner, il retourna dehors et regarda dans la même direction. Les étoiles étaient de sortie, le vent s'était levé à l'est, et la nuit était claire et d'une beauté à pleurer.

Il prit la direction de la rivière, puis emprunta la route qui passait devant le bac. Lil Mather s'était montrée très utile lorsqu'il lui avait demandé où vivait Henry Gunn – il doutait que Pop eût été aussi coopératif. Il était intrigué par cette querelle entre Henry et Ezra Steele que Pop avait évoquée. Il avait déjà vu des querelles dégénérer au point de toucher des innocents, il devait donc en avoir le cœur net.

Il lui fallut quinze minutes pour atteindre la maison. Il gravit les marches et regarda par la porte ouverte avant de frapper. Il vit Henry Gunn endormi sur le canapé. Il portait toujours sa tenue de travail : débardeur et short bleus, bottes gainées de guêtres. La chanson « Cold, Cold Heart » grésillait d'une paire de haut-parleurs cabossés, et, tandis qu'il se tenait là, l'aiguille du tourne-disque rencontra une rayure et recula de quelques mesures. Lorsque son regard se posa de nouveau sur Henry, celui-ci avait ouvert les yeux.

« Qui êtes-vous ?

– Mon nom est Gibson. Je suis inspecteur.

– Ah oui ? Vous ressemblez pas à un inspecteur.

– C'est ce qu'on me dit souvent.

– Qu'est-ce que vous voulez ? Vous êtes venu à propos de mon fils ?

– Non. Je… ah… je voulais juste vous demander quelque chose.

– Quoi ?

– Pop Mather me parlait de Billy Flood, du fait que sa sœur s'est noyée. »

Henry reposa sa tête sur l'accoudoir du canapé.

« Et ?

– Il m'a dit qu'Ezra et vous ne vous entendiez plus depuis. »

Henry marmonna quelque chose dans sa barbe.

« Écoutez, est-ce que ça a quelque chose à voir avec mon fils, parce que…

– Peut-être.

– Peut-être ? Qu'est-ce que c'est censé vouloir dire ?

– Ça veut dire que j'essaie simplement d'élucider certains détails, de me faire une meilleure idée. »

Henry le toisa d'un air soupçonneux, mais il se leva finalement, se rendit dans la cuisine et en rapporta deux bouteilles de bière.

« Vous en voulez une ?

– Non, pas maintenant. »

Henry haussa les épaules puis lui fit signe de s'asseoir. Gibson obéit.

« Vous logez chez Pop ?

– Oui.

– C'est lui qui vous envoie ?

– Non. »

Henry acquiesça. Le disque s'arrêta et, dans le silence qui suivit, Gibson entendit les criquets striduler dehors. Henry jeta un coup d'œil par-dessus son épaule puis se pencha en avant.

« Je crois savoir où vous voulez en venir, dit-il, doucement. N'allez pas croire que je n'y aie pas pensé moi-même. Mais Ezra Steele n'a rien à voir avec la disparition des garçons… ou avec le fait que seul Tom soit revenu. Son problème, Gibson, c'est que c'est un foutu lâche. Tout comme son fils. Ezra sait que si jamais il touche à *quoi que ce soit* qui m'appartient, je vais chez lui et je le tue de mes mains… »

Gibson acquiesça. Il était difficile de ne pas le croire.

« Et Sonny ?

– Pareil.

– Et si vous me parliez d'Annie Flood ? Pop dit que personne ne l'a vue se noyer. »

Henry alluma une cigarette entre ses doigts calleux et tachés de nicotine puis tendit le paquet. Gibson en saisit une, l'alluma. Henry se pencha en arrière et inhala. Il semblait détendu, comme s'il était heureux de parler d'autre chose que de la disparition de son fils.

« Non, personne ne l'a vue couler, mais c'est… enfin, c'était une fille bizarre. Elle aimait se tirer et faire des trucs toute seule. Parfois, elle faussait compagnie à Smith.

– Smith ? Qui est-ce ?

– Smith était un pote d'Horace Flood. Son bras droit. Ils se connaissaient avant de plonger dans la religion, depuis l'orphelinat, je crois.

– Pourquoi Annie devait-elle lui fausser compagnie ?

– Oh ! c'était comme si elle et Billy lui appartenaient. Il les menait à la baguette et leur faisait faire tout un tas de trucs. Horace était trop occupé avec sa satanée église pour s'en apercevoir. C'est Smith qui les a pour ainsi dire élevés après le décès de Mrs. Flood. Il leur fourrait tout un tas d'idées bizarres dans le crâne, poursuivit Henry avec un petit rire. Certaines étaient idiotes, d'autres, tout simplement… cruelles.

– Comme quoi ?

– Oh ! il disait tout le temps à Billy qu'il était lent, et que les attardés comme lui étaient des bons à rien et ne devaient pas être autorisés à approcher des femmes parce que leur semence était malsaine. Et il disait tout le temps à Annie qu'il l'épouserait un jour. Qu'elle ne pourrait rien faire pour l'en empêcher, parce que son père avait déjà donné son accord.

– Je croyais qu'elle était fiancée à Ezra ?

– Ouais, c'est exact. Il lui a demandé sa main. Je suppose qu'elle a accepté. Je sais pas ce qui s'est passé mais ça a rien donné. Et alors j'ai commencé à sortir avec elle. Ezra s'en est toujours pas remis. Il me déteste encore aujourd'hui. Enfin, bref, Smith nous en a voulu à Billy et à moi après ce qui est arrivé à Annie. Voilà le genre de type que c'était.

– Il vous en a voulu ? Pourquoi ?

– J'en sais rien – parce qu'on a pas fait attention à elle, ou un truc du genre ? Dieu sait ce que ce connard attendait qu'on fasse – Dieu sait que, Billy et moi, on l'aurait sauvée si on avait pu.

– Où est Smith maintenant ?

– Aucune idée. Vingt ans que j'ai plus de nouvelles de ce salopard. »

Gibson fit tomber la cendre de sa cigarette dans le cendrier et se frotta le menton.

« Et Billy ?

– Pareil. Des années que je l'ai pas vu. »

À cet instant, retentit un son que Gibson prit tout d'abord pour le cri d'un animal en détresse. Le hurlement continua de croître puis se noya dans le silence. Un garçon brun, bel enfant, mais avec un regard inquiet, apparut dans le couloir. Il s'arrêta en voyant Gibson assis là et regarda Henry en fronçant les sourcils.

« C'est bon, Tom. J'arrive. Gibson…
– J'y vais. Je suis… ah, désolé », marmonna-t-il.
Il longea l'allée avec la sensation d'être un intrus, et, tandis qu'il reprenait le chemin de la ville, il regarda par-dessus son épaule en direction des fenêtres sombres de la maison et frissonna.

# 12

À trois heures de l'après-midi, alors qu'ils venaient de rentrer de l'enterrement, le téléphone sonna. Grace, qui se tenait devant la bouilloire, leva ses yeux rougis et embués de larmes. Pop entendit le pas doux de Lil qui sortait de sa chambre et longeait le couloir vers le téléphone accroché au mur, puis le murmure de sa voix, puis de nouveau ses pas.

« C'est Reg Pope, annonça-t-elle en passant la tête par la porte.

– Qu'est-ce qu'il veut, celui-là ?

– Il ne l'a pas précisé, il a juste dit que c'était important. »

Pop soupira et se leva avec effort, puis il tapota l'épaule de Grace en passant à côté d'elle.

« Allô, Reg, qu'est-ce que je peux faire pour vous ? »

La voix du vieil homme était faible, il y avait de la friture sur la ligne, et Pop ne comprit pas sa réponse.

« Parlez plus fort, vous voulez bien, Reg ? Je vous entends à peine.

– J'ai besoin de vous voir, Mather !

– À quel sujet ?

– À propos de cette fille.

– Qui, Darcy Steele ?

– Oui. Vous pouvez venir ?

– Vous ne pouvez pas me parler maintenant ?

– Non, pas dans ce foutu appareil ! »

Pop replaça le combiné, son oreille sifflant à cause du craquement qui avait retenti quand Reg avait raccroché. Il se frotta le menton et se demanda ce que le vieux chnoque pouvait bien avoir à lui dire. Il attrapa son chapeau sur la patère à côté de la porte de derrière et regagna la cuisine.

« Le dîner va devoir attendre, ma chérie. J'ai quelqu'un à aller voir. Ça ira jusqu'à mon retour ? »

Grace acquiesça.

« Merci », dit-il, et il sortit.

Il quitta Angel Rock et roula en direction de la maison des Pope, essuyant du dos de la main la condensation qui se formait sur le pare-brise. Le ciel bas déversait une bruine continue et les collines alentour étaient enveloppées d'un voile irrégulier de nuages gris. D'habitude, il aimait ce genre de journée – l'odeur fraîche de la pluie, la terre qui la buvait avidement, les ruisseaux gonflés et pleins – mais aujourd'hui, à cause de l'enterrement, l'atmosphère était aussi oppressante que pendant une vague de chaleur.

Il atteignit l'embranchement où Artie McKinnon avait déposé les garçons, ralentit et s'engagea sur la route qui menait chez les Pope. Bientôt, celle-ci se transforma en un chemin argileux qui se fit de plus en plus glissant à mesure qu'il avançait. La voûte de nuages flottait juste au-dessus des arbres, en adoucissant les contours. Les gouttes d'eau qui tombaient des branches au-dessus de la route martelaient le toit de la voiture comme autant de doigts. L'arrière de la Falcon dérapait sur le chemin défoncé, et Pop se demanda comment les frères faisaient avec leur grosse Rolls, même par temps sec. Il passa devant l'ancienne maison des Flood, franchit l'embranchement qui menait au barrage et, après quinze minutes de plus à patiner dans la gadoue, il repéra à la sortie d'un virage la maison des Pope. Lorsqu'il atteignit le portail, il coupa le moteur et scruta la maison. Faute d'héritiers, les frères l'avaient laissée tomber dans un état de délabrement général. Elle n'avait pas vu une couche de peinture depuis plus de vingt ans, et les murs étaient tout gondolés à cause de l'humidité et, plus que probablement, des termites. Il descendit de voiture et se traîna jusqu'au portail, puis longea l'allée graveleuse jusqu'à la maison. Reg l'attendait juste derrière la porte ouverte.

« Entrez », dit celui-ci en s'enfonçant dans le couloir.

Pop ôta son chapeau, le secoua, et le suivit. Il voyait, malgré l'obscurité, les coulées brillantes sur les murs aux endroits où le toit fuyait. Il entendait de l'eau qui gouttait dans des seaux et des casseroles, et il flottait une odeur bizarre, pas désagréable – plutôt une odeur de cave humide ou de terre fraîchement retournée –, que bientôt il ne remarqua plus.

Reg clopina jusqu'à la cuisine en s'appuyant lourdement sur sa canne et en soufflant comme un bœuf. Jamais il n'avait paru si vieux à Pop. Il avait bossé comme un chien toute sa vie, mais, depuis cinq ans qu'il était à la retraite et était censé se reposer, son état semblait avoir empiré.

« Bon, Reg, c'est une journée pourrie et ça ne m'arrangeait pas de venir…

– Épargnez-moi vos jérémiades, fiston, je veux pas les entendre, coupa Reg d'un ton moins hargneux que celui qu'il avait eu au téléphone. Pas à mon âge. »

Il traîna des pieds jusqu'à la paillasse et s'y appuya, puis il regarda Pop par-dessus son épaule.

« J'ai jamais tourné autour du pot. Et j'ai quelque chose à vous dire. Alors asseyez-vous. Vous prendrez une tasse de thé, j'imagine ?

– Seulement si vous en prenez une, Reg.

– Un peu que j'en prends une », grommela Reg.

Pop sourit intérieurement. Il regarda sans rien dire le vieux fermier préparer le thé. Son frère Robert ne semblait pas être dans les parages. Lorsqu'il eut fini, Reg tendit la tasse à Pop d'une main tremblante et balança de l'autre une cuiller sur la table.

« Bon, je veux vous dire ce que j'ai sur le cœur, dit-il en tirant sa chaise.

– Ça ressemble à une confession, observa Pop en mélangeant du sucre à son thé.

– C'en est une. Dans un sens. Quelque chose que j'ai besoin de dire.

– Et le pasteur ? ne put se retenir de demander Pop. Pourquoi ne pas lui parler à lui ?

– Je ne crois pas à ces foutaises ! » répliqua Reg d'un ton cassant.

Pop reconnut le vieux grincheux qu'il avait toujours été, et il se détendit un peu.

« Mais ça fait des années que vous allez à l'église.

– Ouais. Exact – très observateur de votre part, jeune homme ! Mais j'ai changé d'avis à propos de bien des choses récemment. Et j'ai décidé que vous étiez le seul gars du coin à qui je pouvais dire ça.

– Moi ?

– Oui ! Ne me faites pas revenir sur ma décision !

– D'accord. Désolé. Continuez.

– Bon, j'ai réfléchi à beaucoup de choses. Beaucoup de choses. Notamment à la jeune Steele.

– Darcy.
– Oui, fit Reg.
– Vous savez quelque chose sur… son suicide ?
– Attendez un moment et laissez-moi finir. Je suis en train de vous expliquer, non ?
– Si. Allez-y. Je ne vous interromprai plus.
– Robert et moi, on s'est jamais mariés. Vous le savez. Toute la vallée le sait. Me demandez pas pourquoi on a laissé passer notre chance parce que j'en sais rien. Mais le fait qu'on était pas mariés voulait pas dire qu'on avait pas… vous savez… des *besoins*. Vous me suivez, mon vieux ? demanda-t-il d'un ton bourru.
– Oui, répondit Pop avec une pointe d'appréhension.
– Bon, Robert, c'était le plus effacé de nous deux, mais il a pris le taureau par les cornes et il a cherché des femmes qui seraient… gentilles avec lui, vous voyez ?
– Oui.
– Moi, j'ai jamais pu m'y résoudre, ajouta le vieil homme en secouant la tête. Bon Dieu, jamais ! Enfin, bref, il y a quelques années de ça, on était en voiture, quand on voit cette gamine qui marche au bord de la route en tendant la main comme si elle faisait du stop. Nom d'une pipe ! qu'on s'est dit. Une jeunette comme ça. Qu'est-ce qu'elle fichait là toute seule ? Alors on s'est arrêtés et on l'a fait monter. Je suis sûr que les intentions de Robert étaient parfaitement honorables, mais, quand il a vu à quel point elle était jeune, il s'est tenu à carreau. Elle a commencé à nous raconter tout un tas de bobards, mais je savais qui elle était. Robert la connaissait pas, mais moi, si. Je l'avais déjà vue, avec sa mère. Je savais que c'était la fille d'Ezra Steele. Bref, elle s'est plus ou moins invitée chez nous, vu que

Robert se comportait en gentleman et que moi je la bouclais, et puis en plus c'était une futée, elle nous faisait rigoler avec ses histoires.

– Et qu'est-ce qui s'est passé ?

– Elle est restée quelques jours. Elle nous faisait la cuisine. C'est la vérité. Le soir, elle nous récitait la Bible. Elle avait ce don, vous savez. Des passages entiers. Rien d'autre, juste la Bible. Elle en avait dans le crâne.

– Et qu'est-ce qui s'est passé ? » répéta Pop, doucement.

Reg se tut, s'essuya la bouche avec un mouchoir. Sa grosse main tremblait, deux de ses doigts étaient raides et quasi inutilisables.

« Je la regardais prendre ses bains, répondit-il enfin d'une voix mal assurée. Voilà. C'est ce qui s'est passé. Trois soirs d'affilée. Et en plus, fiston, je crois qu'elle savait que je la regardais. J'en suis presque certain. Mais elle a jamais bronché.

– C'est tout ? Vous n'avez jamais rien fait... d'autre ?

– Non. Rien d'autre. Je l'ai juste regardée.

– Et Robert ?

– Non, comme j'ai dit, il assouvissait ses besoins ailleurs. Je connais mon frère. Il n'aurait jamais... pas comme moi.

– Combien de fois est-elle venue ici ? Et pour combien de temps ?

– Après ça... une demi-douzaine de fois. Parfois, elle restait quelques jours, parfois une semaine ou deux.

– Vous ne vous disiez pas que ses parents la cherchaient ? Qu'ils s'inquiétaient pour elle ?

– Si, bien sûr, mon vieux ! Mais je pouvais pas m'en empêcher, vous voyez ! Maintenant, vous pouvez m'emmener au poste, Mather, et me foutre au trou ! »

Pop soupira, regarda le vieil homme, soupesa le pour et le contre avant de poursuivre.

« Et juste avant Noël ? Est-ce que vous l'avez vue ? »

Reg ne répondit pas.

« Reg ?

– Oui, nom de Dieu ! J'y viens. Quelques soirs après que ce jeune Tom est réapparu en ville. Je dors plus beaucoup ces temps-ci, vous voyez. Alors parfois je vais me balader en voiture le soir. Je me disais que je pourrais essayer de retrouver l'autre môme. Enfin, bref, elle était au bord de la route, comme la première fois. Je comptais la ramener chez elle, Mather, je le jure, mais il y avait quelque chose en elle. Tout ce qu'elle voulait, on le faisait, et…

– Où l'avez-vous emmenée ?

– Là-bas, à Sydney. »

Pop jura à voix basse et secoua la tête.

« Bon, ce qui est fait est fait, je suppose. Comment était-elle ? Est-ce qu'elle semblait… malheureuse ?

– Non. J'ai pas eu l'impression. Une ou deux fois, j'ai eu le sentiment que quelque chose clochait, mais elle a pas dit quoi.

– Est-ce qu'elle a dit *quoi que ce soit* qui vous ait alarmé ?

– Non. On a discuté de plein de choses. Des choses agréables, principalement. Elle m'a demandé ce que je croyais qu'il y avait après la mort.

– Qu'avez-vous répondu ?

– J'ai dit que j'en savais rien, mais que certains croyaient au paradis, et que j'espérais pour moi-même quelque chose dans ce goût-là. Et on s'est demandé à quoi ça pouvait ressembler, et je crois qu'elle avait sa propre idée de la chose. Je n'ai jamais imaginé que…

– Et où exactement l'avez-vous déposée ?

– On s'est perdus. Je sais pas où on était, mais elle est sortie d'un bond, elle m'a remercié et elle est partie.

– Comme ça ?

– Comme ça. »

Pop soupira.

« J'aurais apprécié que vous me racontiez ça plus tôt, Reg.

– Je sais.

– C'est tout ? »

Reg acquiesça.

« Bon, je crois que vous n'avez rien à craindre de la justice.

– Vous allez pas m'arrêter ?

– Quelle loi avez-vous enfreint ?

– C'est vous le bon Dieu de flic, mon vieux ! À vous de me le dire !

– Je vous le dis. Elle est morte maintenant. Je ne crois pas que ce que vous venez de me raconter ait grand-chose à voir avec ce qui lui est arrivé.

– Vous croyez ?

– Oui. »

L'inquiétude de Reg sembla s'atténuer un peu, mais sa lèvre inférieure se mit alors à trembler. Pop ne savait pas s'il éprouvait de la pitié ou du mépris.

« Mais si j'étais vous, je garderais ça pour moi, Reg. N'en parlez à personne. Vous ne voulez pas qu'Ezra l'apprenne ? Ça ne serait bon pour personne.

– Non. »

Pop termina son thé et se leva.

« Faut que j'y aille. Moi aussi, j'ai une fille dont je dois m'occuper. »

Reg acquiesça.

« Elle adorait Gracie, vous savez. Pensez à lui dire un jour, si elle le sait pas déjà.

– Je le ferai. »

Pop regarda ostensiblement autour de lui.

« La maison est dans un sale état, Reg, déclara-t-il.

– Oui, en effet, convint Reg d'un ton presque joyeux, laissant désormais paraître son soulagement. Elle est en train de tomber en ruine. Je veux pas que quiconque y vive après nous, donc elle mourra avec nous. C'est mieux comme ça. »

Pop s'arrêta à la porte pour mettre son chapeau, puis il regarda la pluie dehors.

« Au fait, où est Robert ?

– En ville. Il rentrera avant la tombée de la nuit. Il n'y voit pas grand-chose dans le noir. »

Pop esquissa un infime sourire et secoua la tête.

« Bon, à la prochaine.

– À la prochaine. »

Il était sur le point de sortir lorsqu'une pensée lui vint à l'esprit.

« Reg, dit-il.

– Oui ?

– Vous vous souvenez de la fois où vous avez vu un fauve ?

– Oh ! me parlez pas de ça, fiston. J'ai entendu plus de blagues à ce sujet que j'ai eu de repas chauds.

– Racontez-moi de nouveau. Je ne me moquerai pas. »

Reg le regarda avec lassitude, puis haussa les épaules.

« Je m'en fiche maintenant de ce que les gens pensent. Je sais ce que j'ai vu. J'ai vu un fauve. Un gris. Un lion, je dirais – gros comme ça en tout cas. Jamais vu de ma vie une bête à l'air aussi mauvais. Je l'ai vue. Je le sais. Si on ne peut plus faire confiance à ses yeux, qu'est-ce qui nous reste ? Ça s'arrête où ? Est-ce que ça signifie que je ne peux plus être sûr du ciel ? Des arbres ? Cette foutue bestiole m'a lancé un regard qui m'a glacé le sang. »

Il regarda Pop d'un œil perçant à la recherche de la moindre trace d'amusement, mais n'en trouva pas.

« Pourquoi vous voulez savoir ?

– Je ne sais pas… Je me disais que peut-être…

– Un fauve qui aurait tué le garçon ? Non, fit Reg en secouant la tête. Ils ne touchent pas aux humains. Ils s'en tiennent au bétail et aux kangourous, et c'est tout. »

Pop acquiesça, puis tapa sur l'épaule du vieil homme et se retourna pour s'en aller. Lorsqu'il fut à mi-chemin de la voiture, il regarda en arrière. Reg se tenait toujours sur le seuil de la maison, une main sur la hanche, l'autre plaquée sur le montant de la porte, sa poitrine se soulevant comme s'il venait de courir un cent mètres. Pop songea qu'il n'en avait plus pour longtemps. Il leva la main, et le vieux lui rendit son geste avant de retourner à l'intérieur en traînant des pieds et de refermer la porte.

Comme il roulait vers Angel Rock, la couverture de nuages commença à se percer. Des puits de lumière s'engouffraient par les brèches et illuminaient certaines zones de la vallée aussi nettement que des projecteurs. Il ne savait pas trop quoi penser de l'histoire de Reg ni de la réaction qu'il avait eue en l'entendant. Il était troublé, mais également plein d'une étrange allégresse, comme s'il lui avait été donné d'apercevoir l'essence de la jeune fille, quelque chose qui compenserait le souvenir de son enterrement sinistre et sans âme ; le débit monotone du prêtre, la torpeur de Fay et Ezra, la mine lugubre et renfrognée de Sonny. Alors qu'il se tenait devant la tombe, un bras passé autour de Grace, un parapluie dans l'autre main, il s'était dit que Darcy méritait beaucoup mieux. Et il avait repensé à l'enterrement d'Annie Flood, des années auparavant, juste après la guerre, alors qu'il venait de rentrer de l'armée et n'était encore qu'un flic sans expérience. Ça avait été une célébration plus qu'autre chose, l'un des moments les plus émouvants de sa vie.

Il roulait vers la ville, l'histoire de Reg se mêlant dans sa tête à des souvenirs d'enterrements et à des visions de fauves fantomatiques, lorsque, à la sortie d'un virage, il vit une fillette au bord de la route. À ses pieds, gambadaient trois chiots brun clair, leur ventre rendu plus sombre par l'herbe humide. Il s'arrêta, coupa le moteur et descendit de voiture. L'odeur fraîche de la pluie flottait toujours dans l'air. La fillette se tenait devant un portail fermé et une boîte aux lettres montée sur un poteau. Il distingua une maison plus loin sur la colline. Un écriteau était suspendu à la boîte aux lettres. « Chiots à donner », disait-il.

Il s'approcha de la fillette et vit qu'elle avait rassemblé les chiots en tirant sur la ficelle qui les reliait par le cou. Il supposa qu'elle avait six ou sept ans. Elle avait les pieds nus et ses bras étaient minces et très hâlés. Elle tenait la ficelle à deux mains et les chiots se tortillaient les uns contre les autres, s'étranglant tandis qu'ils essayaient de s'avancer vers lui.

« Bonjour, dit-il.

– Bonjour.

– Ils sont à toi, ces chiots ?

– Oui, répondit-elle avec un hochement de tête timide.

– Ce sont des quoi ?

– On appelle ça des “corniauds”. »

Pop s'esclaffa.

« C'est comme ça que ton papa les appelle ? »

Elle acquiesça.

« Et ma maman aussi. »

Elle le regarda à travers sa frange, il lui fit un sourire, elle baissa les yeux vers le sol.

« Celui-ci, c'est un garçon, et ces deux-là, ce sont des filles », dit-elle en désignant les animaux, puis elle se fourra le doigt dans la bouche comme si elle y avait perdu quelque chose.

Les chiots léchèrent les mains de Pop, mais celui qu'elle avait désigné comme le mâle s'écarta et s'enfonça dans l'herbe humide au bord de la route.

« Il est un peu plus calme que ses sœurs, n'est-ce pas ?

– Oui.

– Il me plaît. »

Il souleva le chiot et l'inspecta. L'animal avait la fourrure brun clair, avec des taches plus sombres sur les oreilles, les épaules et la queue. Il lécha le visage de Pop avec sa langue rose et chaude. Pop reposa le chiot, sortit son portefeuille et en tira un billet de cinq dollars tout neuf qu'il tendit à la fillette.

Elle secoua la tête.

« Ils sont gratuits.

– Je sais. Mais c'est pour toi. »

Elle lui sourit en le regardant avec de grands yeux. Il vit qu'il lui manquait deux incisives et se rappela

Grace au même âge. Elle saisit le billet et le tint par le coin comme si c'était un drapeau ou un fanion.

« Merci-beau-coup, dit-elle, se souvenant des bonnes manières.

– Y a pas de quoi. »

Ils restèrent quelques instants silencieux, regardant les chiots qui jouaient. La fillette tenait distraitement le billet. Tout était paisible, le soir approchait, et il distingua au loin des fantômes de lavande et des nuages de pluie bordés d'or. Une silhouette bougea derrière la porte grillagée de la maison et se figea pour les observer.

« Tu aimerais bien les garder tous, pas vrai ? »

La fillette acquiesça.

« Je connais quelqu'un qui s'occupera très bien de lui. Je te le promets. »

Elle acquiesça de nouveau.

« Il sera aimé. »

Elle ne voulait pas les donner mais savait qu'elle n'avait pas le choix, qu'il ne pouvait pas y avoir autant de chiens dans une ferme. Elle le regardait avec résignation, mais il savait que ses paroles n'adouciraient en rien sa tristesse lorsqu'il serait parti. Elle avait les mains dans le dos, donnait de petits coups de pied dans le gravier, telle une jeune fille timide face à un terne courtisan.

« Bon, au revoir.

– Au revoir », répondit-elle doucement.

Avant de changer d'avis, il souleva le chiot et le posa sur le sol de la voiture. Presque aussitôt, l'animal se mit à gémir. Lorsqu'il agita la main en direction de la fillette, les deux chiots restants se cabrèrent contre ses jambes tels deux chevaux miniatures. Elle voulut lui retourner son geste, mais sa main resta figée en l'air, et Pop la regarda dans le rétroviseur jusqu'à ce qu'elle disparaisse du miroir au premier virage.

# 13

Grace était assise derrière le mur ouest du vieil hangar à bateau, les derniers rayons de soleil de la journée pénétrant par les trous dans le métal rouillé et tombant sur elle comme si elle s'était trouvée dans une boîte de magicien percée de sabres. À travers ses larmes, elle regardait la rivière s'écouler, les jambes relevées contre son buste et le menton posé dans le creux de ses genoux. Elle regardait droit devant elle, les yeux dans le vide, lorsqu'elle prit conscience qu'un jeune homme marchait dans sa direction. Au début, le temps que sa vue s'ajuste, il lui sembla plus proche qu'il ne l'était vraiment, et elle sursauta, irritée par cette intrusion. Mais elle s'aperçut alors qu'il était de l'autre côté de la rivière. Et elle le reconnut. Charlie Perry. Il portait un chapeau de fermier, un jean, un débardeur bleu, et ses bras bronzés étaient couverts de tatouages. Elle le vit ôter son chapeau, puis son jean et ses bottes, puis son débardeur, mais ce n'est que lorsqu'il fut sur la jetée, prêt à sauter dans l'eau, qu'il la vit assise dans l'ombre du hangar. Il se figea, regarda dans sa direction et se fendit d'un grand sourire. Elle fit comme si elle ne l'avait pas vu, tourna légèrement la tête en faisant mine de regarder ailleurs, et, lorsqu'il plongea dans la rivière, elle comprit que c'était sans doute parce qu'il avait vu sa culotte qu'il avait souri. Avant qu'il ait refait surface, elle se leva d'un bond et s'enfuit en courant sans regarder derrière elle. Lorsqu'elle regagna la maison, elle trouva Pop à quatre pattes dans la cuisine devant la porte ouverte du garde-manger, un bout de viande entre les doigts.

« Qu'est-ce que tu fabriques ? »

Pop leva les yeux, tentant de ne pas rire.

« J'ai un chiot têtu sur les bras… tu ne vas pas t'y mettre à ton tour.

– Un chiot ? Il est à qui ? »

Elle s'agenouilla et regarda par-dessus l'épaule de son père.

« À moi. Je l'ai acheté cet après-midi. Et puis je me suis souvenu que ta mère n'aimait pas les chiens, et que tu…

– Si, je les aime bien quand ils sont petits, l'interrompit Grace. Laisse-moi essayer.

– Si tu veux, mais il a déjà dédaigné mon morceau de filet. »

Ils échangèrent leurs places et Grace s'avança sur les genoux. Le garde-manger était sombre et frais, et il y flottait une odeur de pomme de terre et d'oignon.

« Il est dans le placard, là, dit Pop. Je crois qu'il se cache derrière cette grosse casserole. »

Grace dut presque poser la tête par terre pour apercevoir le chiot. Ses petits yeux sombres brillaient au fond du placard.

« Tu as dû lui faire peur.

– Sans doute le trajet en voiture.

– Sans doute. »

Elle essaya d'amadouer l'animal en produisant de petits sons doux. Pop, ravi, se releva et s'assit à la table. Au bout d'une dizaine de minutes, elle ressortit du garde-manger avec le chiot tremblant dans ses bras.

« Il va mieux maintenant. Il a probablement faim, ou alors c'est sa mère qui lui manque. »

Elle continua de caresser le petit animal pendant quelques minutes. Pop la regardait, le menton appuyé dans la paume de sa main. Grace marcha jusqu'au réfrigérateur et versa du lait dans une soucoupe qu'elle posa devant le chiot – qui se mit à boire promptement.

« Le cirque se produit ce soir, déclara doucement Pop. J'ai pensé que nous pourrions y aller tous les deux.

– Je n'en ai pas vraiment envie, répondit-elle sans lever les yeux.

– Bon, soit », fit Pop. Il laissa passer un moment. « Darce aimait bien le cirque, non ? demanda-t-il d'un ton aussi détaché que possible.

– Oui. Elle adorait ça. Elle voulait y travailler. Être acrobate, ou quelque chose comme ça.

– Alors elle irait probablement si elle était ici.

– Oui.

– Pourquoi tu n'y réfléchis pas ? Je crois que ça nous ferait du bien. »

Grace acquiesça, mais il voyait bien qu'elle n'était pas totalement convaincue.

« Papa ?

– Oui.

– J'ai entendu une histoire l'autre jour.

– Quel genre d'histoire ? »

Elle prit une profonde inspiration et répéta presque mot pour mot une histoire que Hughie avait déjà racontée à Pop la semaine précédente autour d'une bière. Elle faisait partie d'une série de rumeurs qui circulaient en ville. Une fille répondant à la description de Darcy avait débarqué dans une lointaine ville de l'ouest un samedi soir, il n'y avait pas longtemps de ça, et s'était donnée à chaque client du pub local sur un matelas posé parmi les hautes herbes derrière l'établissement. Noir, blanc, jeune, vieux, gros, maigre, laid et plus laid encore ; en échange de ce qu'ils avaient, de la menue monnaie au fond de leur poche, elle s'était donnée à chacun, et après, quand il n'y avait plus eu preneur, elle était repartie dans la nuit telle une mendiante, tenant dans sa main un bocal en verre tout poisseux plein d'argent coupable.

« Qu'est-ce que tu en penses ? demanda Grace. Pourquoi les gens racontent-ils ce genre d'histoire à son sujet ? »

Pop regarda sa fille. Il ne savait que répondre. Elle soutint son regard sans ciller. Et lorsqu'il prit brutalement conscience qu'elle n'était plus une enfant, il eut la sensation désagréable d'avoir manqué à son devoir de père, de ne pas lui avoir dit tout ce qu'il savait du monde, tout ce qu'elle devait savoir.

« Tu la connaissais mieux que ça, ma petite. C'était ton amie.

– C'était ma seule amie.

– Je ne crois pas que ce soit vrai.

– C'était tout comme.

– Quoi qu'il en soit, tu connaissais ses qualités, et tu connaissais ses défauts, n'est-ce pas ? »

Grace acquiesça.

« Elle se comportait parfois comme une véritable andouille, dit-elle.

– Exactement. Être un bon ami, c'est connaître les défauts de quelqu'un, mais l'apprécier – l'aimer – quand même. Tu étais une bonne amie pour elle. Rien ne changera jamais ça. Personne ne peut te le prendre.

Les gens veulent raconter des histoires ? Laisse-les faire. Ça ne change rien. »

Grace réfléchit à ses paroles et opina du chef.

« Gracie…

– Quoi ?

– Est-ce que tu es déjà allée avec Darcy chez les Pope ?

– Non.

– Est-ce que Darcy t'a déjà dit qu'elle y était allée ?

– Non, répondit Grace avec une mine perplexe. Pourquoi ?

– Oh ! pour rien. Le vieux Reg croyait que… il croyait l'avoir vue, c'est tout.

– Oh ! »

Ils regardèrent le chiot poursuivre la soucoupe vide à travers la pièce tout en lapant les dernières gouttes de lait qui s'y trouvaient.

« Tu ne veux pas le garder ?

– Non. Il va grandir. »

Pop acquiesça.

« Je me disais qu'il ferait peut-être plaisir à Tom. Ça pourrait l'aider à se changer les idées. Le boucher pourrait lui donner des restes pour le nourrir. Qu'est-ce que tu en penses ?

– Peut-être, répondit Grace avec un haussement d'épaules.

– Ça t'ennuierait de le lui porter ? »

Elle leva les yeux.

« Pourquoi moi ?

– Parce que je te le demande. Parce que j'ai autre chose à faire. »

Elle fronça les sourcils et poussa un soupir, mais finit par accepter.

« Merci, dit-il. À tout à l'heure. Et si Tom ne veut pas du chiot, ramène-le. Je suis sûr que je peux trouver quelqu'un qui le voudra. Mais s'il le veut, dis-lui de lui cracher dans la gueule, comme ça il lui sera fidèle pour toujours.

– Beurk ! fit Grace.

– Oh ! et demande-lui s'il veut aller au cirque ce soir. Dis-lui que je l'invite.

– D'accord. »

Elle souleva le chiot et le cala dans le creux de son bras, puis elle ouvrit la porte de derrière et s'éloigna dans l'allée. Elle traversa la ville sans se presser et prit la route qui menait chez Tom, sentant la chaleur du chiot contre sa peau, les battements de son petit cœur. Lorsqu'elle atteignit la maison, elle marcha jusqu'à la porte ouverte, frappa et attendit trente bonnes secondes, mais personne ne répondit. Elle frappa de nouveau, plus fort, puis lança :

« Y a quelqu'un ? »

Une porte grinça sur sa droite, et la mère de Tom passa la tête dans le couloir et la regarda. Ses cheveux étaient plaqués sur son crâne, son visage était très pâle et des cernes sombres soulignaient ses yeux.

« Oui ? Qui est-ce ? demanda-t-elle dans un souffle.

– Je suis désolée, madame Gunn. Je ne voulais pas vous réveiller. »

Ellie Gunn resserra son peignoir autour d'elle et sortit dans le couloir. Elle scruta Grace de la tête aux pieds en plissant les yeux.

« Je… heu… je cherche Tom.

– Comment tu t'appelles, ma chérie ?

– Grace. Grace Mather.

– Tu es la fille de Pop ?

– Oui.

– Bien sûr. Je savais que je te connaissais. »

Elle tendit le bras et caressa la tête de Grace avec le revers de sa main.

« Et tu es une amie de Tom ?

– Heu… oui.

– C'est un bon garçon. Et il sera beau quand il sera grand. Son père était bel homme. Un salaud, mais bel homme.

– Oh… vraiment ?

– Oui. Écoute. Les hommes voudront mettre leur machin dans une jolie fille comme toi. Ne les laisse pas faire. Les enfants te… briseront le cœur. »

Des larmes se mirent à ruisseler sur ses joues et elle recula dans sa chambre.

« Je ne sais pas où est Tom, dit-elle d'une voix qui était à peine un murmure. Peut-être qu'il est… peut-être qu'il est derrière la maison. »

Et elle referma la porte sur le monde.

Grace cligna des yeux, se ressaisit, puis elle traversa la maison et descendit les marches à l'arrière. Ne voyant Tom nulle part, elle était sur le point de rentrer chez elle lorsqu'elle entendit quelqu'un appeler son nom. Elle finit par repérer Tom perché dans le frangipanier.

« Bonjour, dit-il lorsqu'il fut redescendu de l'arbre.

– Salut.

– Qu'est-ce que tu tiens ?

– Un chiot. Papa voulait savoir si t'en avais envie d'un. »

Tom ne répondit pas. Grace lui tendit le chiot. Il scruta l'animal comme si c'était une énigme à résoudre.

« Papa dit que tu n'es pas forcé de le prendre si tu n'en veux pas. »

Tom posa les yeux sur Grace, puis de nouveau sur le chien.

« Mais il dit que si tu le veux, il faut que tu lui craches dans la gueule. »

Le front de Tom se plissa.

« Pourquoi ?

– Je ne sais pas. Il a dit qu'il te serait fidèle pour toujours si tu le faisais.

– Oh ! Je vois.

– Alors… tu le veux ? »

Tom acquiesça.

« Oui.

– Bien. Il boit du lait, mais tu peux essayer de la viande et tout. Papa dit que le boucher te donnera des restes. »

Elle se retourna et s'éloigna, mais, lorsqu'elle fut à l'angle de la maison, elle s'arrêta.

« Ah ! au fait. Papa veut savoir si tu veux aller au cirque. Il a dit qu'il paierait si tu n'as pas d'argent.

– J'y vais déjà. M. Newman m'a donné un ticket en échange de la sciure.

– Oh ! Bon, très bien.

– Et toi, tu y vas ?

– Je ne sais pas encore. Je… ne crois pas.

– Il y a des lions là-bas, tu sais. Tu devrais les voir. »

Grace acquiesça, attendit un moment, mais Tom n'ajouta rien. Il était de nouveau absorbé par le chiot et elle ressentit un pincement de jalousie à l'idée qu'elle avait dû s'en séparer. Elle se retourna et s'en alla.

Tom la regarda partir. Il observa ses pieds nus sur la route et remarqua les cicatrices sur son mollet gauche, une série de longues lignes irrégulières dont la couleur crème se détachait sur sa peau légèrement plus sombre.

Tout le monde en ville savait qu'un chien l'avait mordue quand elle était petite et qu'elle en avait depuis une peur bleue, mais Tom prit soudain conscience qu'il ne voulait pas savoir ce que tout le monde savait déjà. Il voulait en savoir plus. Il voulait lui parler de Darcy Steele, mais il ne savait ni quoi dire ni comment le dire. Tandis qu'elle s'engageait sur la route, il songea que ses cicatrices faisaient paraître son autre mollet encore plus parfait.

« Dis merci à M… dis merci à ton père ! lança-t-il. Dis-lui merci beaucoup ! »

Elle se retourna à demi, le gratifiant à peine d'un regard.

« Je le ferai. »

Il prit la direction de la ville peu après le départ de Grace. De l'autre côté de la rivière, on se préparait pour le spectacle. Il hâta le pas, serrant son chiot entre ses bras. Il descendit Gibbs Street jusqu'à l'épicerie Coop's Universal et s'arrêta soudain. L'herbe qui poussait à travers les fissures du trottoir était très haute et il se souvint, quelque peu horrifié, qu'il avait promis à Mme Coop de l'arracher. Il vit aussi que l'une des vitrines de la boutique était brisée et avait été recouverte de planches. Il entra. Mme Coop s'affairait avec une serpillière et un seau.

« Bonjour, madame Coop, dit-il.

– Bonjour ! répondit-elle sans lever les yeux. Qui est-ce ?

– Thomas Ferry.

– Thomas Ferry… Thomas Ferry… » Elle porta la main à son front comme si elle essayait de se rappeler un message qu'on lui aurait confié pour lui. « Tom ! s'écria-t-elle finalement.

– Voici l'argent que je vous dois, dit-il. Avec un peu d'intérêts. » Il lui tendit une pièce de vingt cents. « Désolé d'avoir oublié.

– Je suis bien certaine que tu ne me dois rien, Thomas. Ton père, en revanche, c'est une autre histoire !

– Oh ! dans ce cas déduisez ça de ses dettes. »

Il posa la pièce sur le comptoir à côté de la caisse enregistreuse, et c'est alors qu'il remarqua l'odeur. Dans la vitrine frigorifique, il vit deux jambons rances couverts d'une moisissure grise. Le réfrigérateur qui renfermait le lait et les sodas était silencieux. Il posa la main sur la vitre – elle était chaude.

« Les réfrigérateurs sont en panne ?

– Ces imbéciles m'ont coupé l'électricité ! Je ne sais pas ce qui est arrivé à la facture. Ça devrait être bientôt rétabli, j'espère.

– Oh ! » fit Tom.

Elle se laissa tomber sur son tabouret et sembla sur le point de pleurer.

« Tenez, je vais vous aider, madame Coop. Vous pouvez le tenir pour moi ? »

Mme Coop saisit le chiot et, tout en continuant de retenir ses larmes, le tint en l'air pour l'examiner.

« Comment il s'appelle ?

– Il n'a pas encore de nom. Je viens de l'avoir. »

Il parvint à retirer les jambons sans faire trop de saletés en les recouvrant de papier journal. Il alla les jeter dans la poubelle dehors.

« Qu'est-ce qui est arrivé à la fenêtre ?

– Quelqu'un a lancé une pierre il y a quinze jours. Des vandales, que le sergent Mather a dit. Je lui en foutrais, moi, des vandales… »

Tom l'aida à finir de nettoyer le sol, puis il alla arracher les mauvaises herbes et les jeta dans la poubelle. Lorsqu'il eut fini, il retourna dans la boutique et parcourut du regard les présentoirs poussiéreux.

« Est-ce que vous avez des boîtes de nourriture pour chiens, madame Coop ?

– Là, à côté de ta tête. Un gars est venu en acheter tout un tas la semaine dernière, mais il en reste quelques-unes. Prends-en autant que tu veux.

– Il ne m'en faut qu'une ou deux. J'ai de l'argent.

– Non. Prends tout ce que tu veux. Je n'en vends quasiment jamais de toute manière. Et tu es un garçon si gentil… et ton petit… »

Elle sembla de nouveau au bord des larmes. Le chiot était secoué par sa poitrine qui se soulevait. Tom marcha jusqu'à elle et tapota sa grosse épaule.

« Je suis désolée, Tom, dit-elle. Une vieille idiote, voilà ce que je suis.

– Mais non. »

Il s'assit et passa un quart d'heure à discuter avec elle. Ils parlèrent d'Angel Rock, de M. Coop, du monde – sans pour autant s'apitoyer sur leur sort – puis Mme Coop resta un moment silencieuse. Finalement, elle leva les yeux vers Tom et sourit.

« Tu sais, Tom, dit-elle, je crois que j'en ai assez de tenir une épicerie.

– Vraiment ?

– Oui. Plus qu'assez. À partir de maintenant, je crois que je vais vendre autre chose.

– Ah oui ? Quoi ?

– Eh bien, tu sais que ça fait trente-cinq ans que je suis assise là à coudre en attendant le client. Des napperons principalement. J'en ai des montagnes dans l'arrière-boutique. Je vais les vendre, et aussi d'autres choses.

– C'est une bonne idée.

– Oui, n'est-ce pas ? fit-elle en clignant des yeux. Les gens ont toujours besoin d'un bon napperon. Qu'est-ce qu'un gâteau sans un napperon, une assiette de sandwichs ?

– Rien, répondit Tom d'une voix grave, secouant lentement la tête. On viendra de toute l'Australie pour les acheter.

– Peut-être bien !

– Vous pourriez les appeler "les napperons d'Angel Rock".

– Oui, dit-elle. Ou "les napperons célestes". Oui, c'est comme ça que je vais les appeler ! »

Tom crut qu'elle allait le serrer dans ses bras, mais elle était tellement plongée dans ses réflexions qu'elle ne le fit pas et se contenta de lui donner une petite tape dans le dos. Le chiot se mit à gémir, et Tom demanda à Mme Coop s'il pouvait lui emprunter un ouvre-boîte et une gamelle. Elle se leva sans un mot et se rendit dans l'arrière-boutique avant de revenir quelques instants plus tard avec les objets demandés.

« Merci », dit Tom.

Il ouvrit la conserve, versa un peu de nourriture dans la gamelle, la posa par terre, puis plaça le chiot devant.

« Il mange ! s'écria-t-il, soudain rempli d'une joie inexplicable.

– Ma parole, c'est vrai ! Et on dirait aussi qu'il a besoin d'un nom. »

Tom acquiesça.

« Des idées ? demanda-t-il.

– Oh ! non. Je ne suis pas douée pour ça. Mais tu trouveras quelque chose, j'en suis certaine. »

Tom réfléchit, mais, quand le moment fut venu pour lui de partir, il n'avait toujours rien trouvé. Il salua Mme Coop et se dirigea vers le bac. C'était l'heure du dîner, mais l'idée de rentrer à la maison avec le chiot l'angoissait un peu car il craignait la réaction d'Henry. Il s'assit en attendant le bac et décida qu'il mangerait plus tard, après le cirque, et qu'il cacherait le chiot quelque part dans la cour.

Quand le bac arriva, il grimpa à bord en même temps qu'un bon nombre d'autres habitants de la ville qui traversaient la rivière pour aller s'essayer aux attractions installées autour du cirque. Quelques adultes le saluèrent, mais la plupart des enfants le dévisagèrent avec de grands yeux. Il fut le premier à descendre du bac lorsque celui-ci atteignit la rive opposée, sautant avant même l'ouverture des portes tandis que le passeur grommelait une réprimande dans son dos. Il ne se rendit pas directement aux tentes qui occupaient le centre du champ de foire, mais les contourna dans l'obscurité pour aller à la cage aux lions. Il était presque arrivé lorsqu'il tomba sur trois garçons qui fumaient des cigarettes assis sur une clôture. Il s'arrêta net. Le premier était un inconnu. Le deuxième, qu'il connaissait de vue, était beaucoup plus âgé que lui. Le troisième était Leonard. En le voyant, Leonard murmura quelque chose aux autres puis se laissa glisser de la clôture, et s'enfonça à la hâte parmi les caravanes et les remorques.

« Tu es Tom Ferry ? demanda celui qu'il connaissait de vue.

– Oui.

– C'est toi qui as perdu ton petit frère, pas vrai ?

– Je ne l'ai pas perdu. »

Le garçon haussa les épaules comme si Tom jouait sur les mots.

« Comment s'appelle ton chien ? »

Tom baissa les yeux vers le chiot et un nom lui vint soudain, sans qu'il ait besoin de réfléchir.

« Ham, répondit-il.

– Ham ?

– Oui. Ham.

– Ham, comme du jambon ? Tu peux le manger en cas de besoin ? »

Son copain éclata de rire et se tourna vers lui en agitant la tête.

« Non. Il tient son nom d'un chimpanzé volant.

– Un singe qui vole ? »

Les deux garçons le regardèrent comme s'il avait perdu la boule.

« Oui. Il a volé dans l'espace.

– Ah oui ? Tu m'en diras tant. C'était pas plutôt un chien ?

– Il y a aussi eu un chien.

– Alors pourquoi t'as pas donné à ton chien un nom de chien ? Ce truc, dit-il en désignant du doigt l'animal d'un air sérieux, c'est pas un foutu singe. »

Tom haussa les épaules.

« Je n'aimais pas le nom du chien. C'était un chien russe. »

Il posa le chiot dans l'herbe, mais celui-ci ne semblait pas vouloir s'aventurer trop loin.

« Ah ! fit le garçon. Un chien russe. Un chien communiste. Moi non plus, je voudrais pas d'un nom de coco.

– Il a un peu de kelpie, déclara l'autre garçon.

– Ouais. Du kelpie », répéta le premier.

Tom se rappela soudain son nom. Charlie Perry. Il l'avait vu une ou deux fois travailler avec les équipes de bûcherons.

« Et aussi quelque chose de plus gros. Du lévrier australien, poursuivit Charlie.

– Un labrador. Regarde comme il est costaud.

– Peut-être que c'est un croisement des trois, avec une cervelle de dingo.

– Oui, fit l'autre garçon en acquiesçant d'un air grave.

– Je plaisante, tête de nœud.

– Je sais.

– Tu ferais bien de faire gaffe, mon petit pote, déclara Charlie. Les fermiers descendront ce corniaud dès qu'ils le verront.

– Je ne crois pas. »

Charlie attrapa une cigarette derrière son oreille et l'alluma.

« Comme tu le sens, dit-il.

– D'accord, je ferai attention. »

Ils regardèrent le chien se faire les dents sur le revers effiloché du jean de Charlie. Bientôt, Leonard réapparut, accompagné de Sonny. Ils s'arrêtèrent au niveau d'un camion à une vingtaine de mètres de Tom et l'observèrent. Sonny tira sur sa cigarette puis la jeta par terre. Tom attrapa Ham.

« À plus tard, dit-il aux deux garçons.

– Oui, à plus », répondit Charlie.

Tom se dirigea vers la zone éclairée au milieu du champ de foire, là où était dressé le chapiteau et où des guirlandes lumineuses étaient suspendues entre des poteaux. Il ne se retourna pas pour voir si Sonny et Leonard le suivaient. Il se fraya un chemin parmi la foule de plus en plus dense jusqu'à la cage aux lions.

Une bâche avait été tendue devant pour abriter les bêtes des regards, mais Tom n'eut aucune peine à se glisser derrière. Il s'assit dans l'herbe dans la pénombre et croisa les jambes, serrant Ham contre ses cuisses. L'odeur des lions semblait palpable. Une lampe de mécanicien fixée aux barreaux illuminait le sol et les parois de la cage, et Tom fut surpris de remarquer à quel point celle-ci était peu profonde. Les trois lions qui tournaient en rond ne prêtèrent d'abord aucune attention à lui, se contentant de marquer une pause à peine perceptible et de lancer un regard furtif dans sa direction. Puis, lorsqu'ils perçurent la présence du chiot, ils se mirent à renifler l'air en dilatant les narines, le toisèrent du regard, avant de finalement détourner les yeux d'un air indifférent.

Il les observa avec ravissement pendant près de dix minutes. Les lions se frottaient les uns aux autres et se grattaient contre la planche de bois qui était fixée aux barreaux au fond de la cage. Ils bâillaient et montraient leurs crocs immenses, et parfois l'un d'eux sortait son épaisse langue rose et léchait la gueule d'un autre. Tom avait l'impression qu'ils se réconfortaient mutuellement, qu'ils se donnaient du courage, et il les regardait, envoûté.

« J'aimerais que tu puisses voir ça, mon petit Flynn », murmura-t-il.

L'un des lions produisit soudain un bruit semblable à une profonde quinte de toux et Tom sentit Ham frémir sous sa main. Il jeta un coup d'œil au chiot. Ses oreilles étaient dressées et ses yeux sombres étaient braqués sur la cage. Tom songea que ce n'était pas la peur qui le paralysait, mais autre chose, un instinct animal qu'il ne connaîtrait jamais. Il observa le chiot un peu plus longtemps puis le retourna sur le dos, lui ouvrit la gueule et y laissa tomber un peu de salive. Le chiot fit la grimace et se lécha les babines.

« Tu es coincé avec moi maintenant, mon vieux, prononça doucement Tom.

– Il y avait des créatures comme celles-ci dans ce pays, tu sais, il y a longtemps », déclara soudain une voix.

Tom, un peu surpris, se retourna et chercha des yeux la personne qui avait prononcé ces mots. Un homme était accroupi juste à sa droite. Tom était certain qu'il n'était pas là quand il était arrivé. Il portait une chemise blanche aux manches retroussées jusqu'aux coudes et une cravate noire. Une veste était enroulée sur son avant-bras. Un chapeau à large bord projetait une ombre profonde sur son visage. Tom ne distinguait vraiment que la partie inférieure de sa mâchoire et la lumière de la cage qui se reflétait sur ses yeux.

« Ah, vous croyez ? demanda Tom lorsqu'il fut remis de sa surprise.

– Oh ! oui. Leur esprit est toujours là, si on a les yeux pour le voir. Ils viennent quand on les appelle, si on a la voix qu'il faut. »

Tom dévisagea l'homme, se demandant s'il était sérieux ou s'il se payait sa tête.

« Je ne sais pas si j'aimerais en voir un, répondit-il. Pas vraiment.

– Tu sais, dans leur pays, poursuivit l'homme sans prêter attention aux paroles de Tom, ces fauves savent où ils sont grâce au courant des rivières souterraines. Ils les sentent à travers leurs pattes, ils les sentent au plus profond d'eux, ils perçoivent leur odeur.

– Vraiment ? » fit Tom en le regardant fixement.

L'homme acquiesça lentement, et Tom vit le blanc de ses dents lorsqu'il sourit.

« En Afrique, les garçons de ton âge les tuent, ils leur arrachent le cœur et ils le mangent. Pour le courage. Pour le courage ! »

L'homme partit à rire, mais c'était un rire sans humour qui mit Tom mal à l'aise.

« Des garçons de ton âge ! » répéta-t-il en riant de plus belle.

Tom baissa les yeux vers l'herbe.

« Tu veux voir leurs tours ? Ce que le dompteur leur a appris ? »

Tom s'apprêtait à répondre lorsqu'une autre voix, beaucoup plus forte, retentit.

« Tu ne les excites pas, j'espère, petit ! »

Tom leva la tête et vit l'un des ouvriers costauds du cirque qui se tenait juste devant la bâche.

« N-non, je les regarde juste.

– Eh bien, tu peux payer comme tout le monde. Allez, décampe ! »

Tom se leva d'un bond et s'enfuit en courant, ses oreilles et ses joues brûlant d'humiliation. Il ne chercha même pas à savoir ce qu'il était advenu de l'autre homme. Tandis qu'il courait, la sono crépita et la voix tonitruante de M. Newman annonça que le spectacle allait débuter. Tom ravala ses larmes, fouilla dans sa poche et se précipita vers le chapiteau, tenant son ticket durement gagné dans une main, et Ham dans l'autre.

La sciure qu'il avait livrée était étalée sur la piste circulaire qui était illuminée par des projecteurs. L'odeur de bois de rose, de térébenthine et de copeaux de pin se mêlait au relent de moisi que dégageait la toile humide au-dessus des spectateurs ainsi qu'au parfum des femmes, lui faisant tourner la tête. Il trouva son siège au milieu de l'un des petits gradins et s'assit. Il posa Ham sur ses genoux, regarda autour de lui. De l'autre côté de la piste, il repéra le sergent Mather assis au premier rang, bras croisés, Grace placée près de lui. Il ne vit ni Charlie, ni Leonard, ni Sonny, et ce n'est que lorsque M. Newman pénétra au milieu de la piste avec un micro à la main qu'il les repéra, affalés dans l'obscurité entre deux gradins, tellement en retrait qu'ils étaient presque contre la paroi de la tente. Puis les lumières autour du chapiteau s'éteignirent et il ne vit plus que la piste. M. Newman, d'une voix tonitruante, étirant ridiculement chaque mot, présenta alors le premier numéro, et tout le reste s'évanouit.

Il y eut tout d'abord des jongleurs, puis une fillette qui accomplit des tours montée sur un poney à courtes pattes, des clowns qui firent semblant d'être ivres et de se battre, une jeune femme vêtue d'un costume à paillettes qui prit des poses alors qu'elle était suspendue par les pieds à un trapèze. Il y eut un homme en tenue de mage qui fit jaillir une corde d'un pot, corde à laquelle le singe qui lui faisait office d'assistant grimpa promptement, si haut qu'il se perdit presque dans l'obscurité au sommet de la tente. Puis les clowns revinrent habillés en matadors et entreprirent de combattre deux chiens déguisés en taureaux. Après les clowns, M. Newman réapparut dans le cercle monté sur l'éléphant que Tom avait vu la veille. Il descendit de l'animal puis lui tapa sur une patte avec un long bâton. L'éléphant se dressa sur ses pattes arrière sur une estrade rouge et bleu, attendit dix secondes, aspira de l'eau dans un seau avec sa trompe et la recracha sur l'un des clowns, l'aspergeant par surprise. Le public éclata de rire et l'éléphant s'en alla. Arriva alors un rapide comme l'éclair, fit claquer son fouet et arracha la cigarette des lèvres peintes du clown.

Puis vint le tour de Grace. L'homme au fouet la fit venir au centre de la piste, plaça une cigarette éteinte entre ses lèvres, puis recula, très lentement. Le cœur de Tom se mit à cogner encore plus fort. Même si l'adresse de l'homme était indéniable, il craignait qu'il n'y ait un truc, un truc que Grace ne pouvait pas connaître. Il se leva, malgré lui, d'un bond. Il n'entendit tout d'abord pas les spectateurs derrière lui qui lui demandaient de se rasseoir, puis prit lentement conscience des voix qui murmuraient son nom tout autour de lui. *Tom Ferry. Tom Ferry.*

En entendant toute cette agitation, l'homme au fouet regarda dans sa direction. Rouge de honte, les jambes cotonneuses, Tom se rassit, heureux de retrouver la pénombre. L'homme se tourna de nouveau vers Grace. Elle était debout, la cigarette entre les lèvres, menton relevé, fusillant l'homme du regard pour bien lui faire comprendre qu'il avait tout intérêt à ne pas louper son coup. Tom fut alors frappé par sa beauté – sidéré de ne l'avoir jamais vraiment remarquée auparavant – et par sa bravoure, surtout après la manière dont elle avait été choisie, comme si elle avait transformé sa peur et son angoisse en force.

L'homme au fouet visa longuement, puis il arma son bras. L'assistance devint silencieuse. Tom retint son souffle et ferma presque les yeux. D'un petit geste rapide du poignet accompagné d'un claquement sonore, l'homme fit voler le bout de la cigarette. Grace ne recula pas d'un pouce, mais elle tressaillit et ses yeux se fermèrent par réflexe. Lorsqu'elle les rouvrit, elle ôta le bout de cigarette qui restait entre ses lèvres et le regarda, puis elle sourit, soulagée.

sait d'une parfaite liberté depuis quinze jours. Il se pencha, ramassa les cigarettes d'Henry et en tira deux du paquet. Il repéra une boîte d'allumettes et la plaça dans sa poche avec les cigarettes, puis il sortit, alla récupérer Ham dans la buanderie et l'emmena dans sa chambre.

Il resta longtemps allongé sans dormir, perdu dans ses pensées. Peu avant 23 heures, il entendit Henry remuer, grommeler quelque chose et jurer, puis l'un de ses disques d'Hank Williams se mit à jouer. Après environ trois chansons, l'aiguille sauta et glissa sur le vinyle en produisant un bruit strident. Henry proféra un chapelet d'obscénités et Tom l'entendit sortir furieusement de la maison. Il se glissa doucement hors de son lit et passa la tête par la porte, juste à temps pour voir Henry, debout sur le perron, balancer le disque de toutes ses forces en direction de la route. Le disque vola jusqu'à la rivière, puis retomba en décrivant un arc et s'enfonça dans l'eau avec un petit claquement humide. Henry resta planté là un moment, oscillant légèrement, puis il marcha jusqu'au portail et prit la direction de la ville. Tom ne voulut pas savoir où il allait, et il se recoucha.

Lorsqu'il s'endormit finalement, les rêves revinrent. Il se tenait dans un champ dégagé devant une pente fortement boisée. Il était seul et il faisait très sombre, mais la lune s'élevait alors au-dessus des arbres et illuminait tout de son éclat argenté. Soudain, un homme torse nu apparaissait à la lisière du bois et s'approchait, ses longs muscles à vif le faisant avancer d'une démarche saccadée, telle une marionnette sanguinolente. Dans le creux de son bras, il portait un petit enfant pâle, et, dans son autre main, un énorme fusil de chasse noir. Une bande de gaze sombre et effilochée lui enveloppait la tête, et recouvrait son nez et sa bouche. À travers l'étoffe, Tom devinait ses longues dents acérées, et, malgré ses jambes cotonneuses, il se retournait lentement et se mettait à courir… à courir pour sauver sa peau.

# 14

Gibson s'était levé de très bonne heure ce matin-là et il quitta la maison de Pop dans la lueur pâle de l'aube au son du gazouillement des pies, tandis qu'une teinte délicatement dorée commençait juste à colorer les cimes des collines à l'ouest de la ville. Il arriva sur le perron du commissariat d'une ville nommée Woodburn peu après huit heures et demie. Le flic local avait la gueule de bois et ronchonnait constamment, mais il lui décrivit Billy ainsi que la camionnette qu'il était censé conduire, une Bedford verte.

« Il passe la plus grande partie de l'année à couper du bois de chauffage dans la forêt. Vous le trouverez peut-être, avec un peu de chance, mais s'il ne veut pas être trouvé, alors vous n'avez aucune chance. Voilà comment je vois les choses. »

Sur ce, il tira un bout de papier et un crayon du tiroir de son bureau. Il dessina un plan grossier et le lui tendit. Gibson le remercia puis alla s'acheter un café qu'il but à une table de pique-nique couverte au bord de la rivière. Il fuma une cigarette tandis qu'une averse passait.

Lorsqu'il reprit sa route vers l'ouest, une couverture ininterrompue de nuages gris et bas vint obscurcir le paysage et il dut allumer ses phares.

« Temps pourri, grommela-t-il. Putain de temps pourri. »

Il continua de rouler vers l'ouest, et ce n'est que lorsqu'il monta dans les collines que les nuages se raréfièrent et que le ciel s'éclaircit. Il atteignit bientôt une zone qui ne semblait jamais avoir connu la pluie. Il s'arrêta à Tenterfield pour manger un morceau, et, lorsqu'il parla de la pluie sur la côte à la jeune serveuse du café de la station-service, celle-ci répliqua qu'il n'avait pas plu ici depuis plusieurs mois. Elle dit ça en ouvrant de grands yeux, comme s'il parlait du second avènement du Christ ou de la visitation des anges, et ajouta qu'il y avait des feux de brousse à l'ouest de la ville. Il exprima une incrédulité convenue face aux caprices de la météo, puis lorgna son derrière engoncé dans un uniforme bleu tandis qu'elle regagnait la cuisine, soudain aussi excité qu'un gamin de dix-huit ans. Il se demanda si c'était la faute à tout ce bon air de la campagne.

Il examina le bout de papier que lui avait donné le policier, puis sa propre carte. La forêt que l'homme avait dessinée était sillonnée de routes, de sentiers pour l'exploitation du bois et de chemins pare-feu. Même si Flood était là, il pourrait le chercher pendant des semaines sans le trouver.

Il reprit néanmoins sa route. Comme il n'y avait presque pas de vent pour la disperser, la fumée des feux de brousse voilait l'horizon dans toutes les directions. Il ne vit pas de Bedford verte aux environs et, lorsqu'il atteignit la forêt, il décida d'inspecter chaque chemin qui figurait sur sa carte. Certains d'entre eux étaient envahis par la végétation, les arbustes et l'herbe haute glissant sous les roues de la voiture, et d'autres ne menaient nulle part. À mesure qu'il arpentait les collines recouvertes d'une forêt dense, le ciel pâle apparaissait et disparaissait. Il longea des chemins pare-feu où la terre était calcinée et noire d'un côté, et pleine de vie de l'autre. Des corbeaux perchés sur des arbres morts observaient sa progression.

Il s'arrêtait pour demander à chaque personne qu'il croisait si elle avait vu Billy ou sa Bedford verte. Certaines répondaient qu'elles ne l'avaient pas vu depuis quelques semaines ou un mois. D'autres lui demandaient s'il était flic et ce qu'il voulait à Billy, à quoi il répondait qu'il était simplement un parent avec une nouvelle importante à lui annoncer. Et peut-être parce qu'il n'avait pas vraiment une tête de flic, on le croyait. Suivant les indications de certains, il s'approcha d'une zone que Billy était censé fréquenter. Il tomba sur un vieux bonhomme au bord de l'un des chemins et l'interrogea. L'homme répondit qu'il n'avait pas vu Billy, mais évoqua un endroit précis. Gibson lui demanda de le lui désigner sur sa carte, et le vieux se pencha dans la voiture et lui indiqua le chemin en question d'un doigt crasseux. Gibson lui demanda s'il voulait savoir pourquoi il recherchait Billy, mais l'homme répondit par la négative et s'éloigna.

Il trouva le chemin environ une heure plus tard et s'engagea dessus. Il chercha jusqu'au milieu de l'après-midi, et, lorsque la jauge de carburant indiqua que son réservoir était à moitié vide, il immobilisa la voiture et examina sa carte en se demandant combien de temps il lui faudrait pour regagner la ville. Lorsqu'il releva la tête, il aperçut quelque chose de vert à travers le pare-brise. Il cligna des yeux à deux reprises et distingua la silhouette arrondie d'un véhicule au milieu des arbres. Son cœur se mit à cogner dans sa poitrine. Il tira son Smith & Wesson de la boîte à gants et le glissa au creux de ses reins, sous sa ceinture, puis il ouvrit la portière aussi doucement que possible et sortit furtivement.

Ses oreilles sifflaient toujours à cause du bruit de la voiture, mais il ne tarda pas à percevoir le chant des oiseaux et le vrombissement d'un moteur quelque part dans la ravine en contrebas de la camionnette. Il s'avança, ses chaussures craquant sur la terre caillouteuse. Des verdiers minuscules voletaient autour de lui. Lorsqu'il atteignit la Bedford, il posa la main sur le capot, délicatement, comme si elle n'était pas tout à fait réelle et risquait de se désintégrer sous ses doigts. Il se passa la langue sur les lèvres et s'essuya immédiatement la bouche avec l'avant-bras, surpris par sa nervosité. Il marcha jusqu'à la portière et regarda à l'intérieur. Rien qui sortît de l'ordinaire. Une boîte en carton, des bouts de papier. Le siège, le volant et le levier de vitesses avaient été lustrés par de longues heures d'utilisation intensive. Il distingua alors sur le sol la silhouette noire d'un fusil à la crosse éraflée et cabossée. Il essaya d'ouvrir la portière, mais elle était verrouillée. Il essaya celle de l'autre côté. Verrouillée également. Il marcha jusqu'à l'arrière de la camionnette. Son plateau était à moitié rempli de bois méticuleusement empilé.

Il se passa une fois de plus la langue sur les lèvres et marcha en direction du bruit, qui provenait d'une sorte de petit moteur. Les arbres autour de lui étaient des eucalyptus aux troncs rugueux, noirs, lugubres. À mesure qu'il avançait, des volutes de fumée s'étiraient parmi les branches au-dessus de lui. Hormis le bruit du moteur, tout semblait silencieux. Soudain, les oiseaux cessèrent de chanter, et le moteur toussota et se tut à son tour. Gibson se figea, leva les yeux, tendit l'oreille, reprit sa marche. Au bout de quelques mètres, la fumée l'enveloppa bientôt comme une brume. On aurait dit qu'une vague gigantesque s'était abattue sur la région, transformant la lumière en un jaune irréel et sinistre. Son ombre jusqu'alors épaisse et nette devint soudain faible et floue. Il secoua la tête, se racla la gorge et appela :

« Billy Flood ! »

Pas de réponse. Sa voix semblait chétive et étrangère. Il descendit dans la petite ravine et trouva une scie dont la lame était à moitié enfoncée dans un tronc abattu. À côté de la scie, se trouvait une petite pile de bois fraîchement fendu, et à côté de la pile, un billot profondément usé. Non loin de là, un feu était réduit à l'état de braises, et près de celles-ci reposaient un sac de jute informe et un petit wallaby en partie dépouillé et sans tête dont la viande rouge commençait à sécher sur les bords. Des fourmis noires au corps allongé escaladaient le sac et le cadavre de l'animal.

« Billy Flood ! » lança-t-il de nouveau.

La fumée se fit plus épaisse, la brise qui s'était levée quelques minutes plus tôt devint plus fraîche, et Gibson repensa à ce que la serveuse avait dit à propos des feux de brousse. Il attendit deux minutes de plus, appela à quelques reprises, et alors un homme jaillit, d'un pas décontracté, de derrière un arbre.

« Oui ? » dit celui-ci.

Il avait le front large et de grosses veines sur les tempes, des pommettes épaisses et hautes, une barbe noire broussailleuse. Son crâne semblait trop gros, et les cheveux longs et raides qui lui descendaient jusqu'aux épaules auraient pu être blonds s'ils avaient été propres. Ses vêtements étaient rapiécés et sales, et il portait sur la tête un feutre défoncé, recousu et rafistolé au moyen d'une cordelette brune. Gibson aurait eu du mal à lui donner un âge s'il n'avait su qu'ils étaient à peu près de la même génération. Il était de taille moyenne, mais très musclé, et il portait une fendeuse de bûche acérée sur son épaule. Dans son autre main se trouvait un fusil. Gibson sentit ses tripes se serrer un peu. Il avait dû retourner à sa camionnette pour le récupérer – à moins qu'il n'en ait eu deux.

« Oui ? répéta l'homme.

– Votre nom est Billy Flood ?

– Oui. »

D'un geste très mesuré, Flood cala le fusil contre un arbre, puis il souleva la fendeuse de son épaule et en appuya la tête sur le sol, croisant les mains sur l'extrémité du manche. Son visage était sans expression, mais Gibson devina le soupçon dans ses yeux.

« Le fils d'Horace Flood ?

– Possible. Qui êtes-vous ?

– Gibson. Police. »

Gibson vit une ombre furtive traverser le visage de l'homme.

« Qu'est-ce que vous voulez ?

– Vous parler. »

Flood s'avança jusqu'à n'être qu'à trente centimètres de Gibson. Gibson se raidit, sa main glissant lentement vers son pistolet.

« Me parler de quoi ?

– De Darcy Steele. »

Flood le toisa du regard en fronçant les sourcils, puis il recula.

« Thé ? »

Gibson, pris de court, battit plusieurs fois des paupières avant de répondre.

« Oui… si vous en préparez. »

Sa réponse lui sembla étrange et bien trop formelle, comme si elle eût mieux convenu à un autre moment et à un autre lieu, et il faillit rire de lui-même. Flood, cependant, ne parut pas s'en rendre compte. Il posa la fendeuse à côté du fusil et ramassa une poignée de brindilles. Gibson s'assit lentement sur le tronc abattu et regarda Billy ranimer le feu puis récupérer une casserole à moitié remplie d'eau qui était posée par terre.

« Qu'est-ce que vous voulez savoir sur Darcy ? » demanda Flood tandis qu'il plaçait la casserole parmi les flammes.

Gibson remarqua que l'un de ses doigts n'était plus qu'un moignon. Il vit aussi de longues cicatrices remonter sur son bras depuis son poignet.

« Vous la connaissez ?

– Oui.

– Vous l'avez vue dernièrement ?

– Non.

– Vous êtes sûr ? Vous n'êtes pas allé à la ferme récemment ?

– Non. Pas à la ferme. À cause des chiens. »

Billy tira la langue et haleta pour illustrer son propos.

« Alors quand l'avez-vous vue pour la dernière fois ?

– Ça fait un bout de temps. Le vieux Ezra m'a repéré et il a lâché un chien à mes trousses. J'ai dû détaler.

– Darcy vous a-t-elle vu ?

– Non, mais moi je l'ai vue, depuis les arbres. »

Gibson acquiesça, ravala sa salive.

« Billy, il y a combien de temps de cela ?

– J'en sais rien, répondit Billy en secouant la tête. L'année dernière ? »

Gibson baissa les yeux vers le feu. Lorsqu'il les releva, Billy le dévisageait fixement.

« Quel est le problème avec Darcy, monsieur ? demanda-t-il. Il lui est arrivé quelque chose ?

– Oui, répondit doucement Gibson. Elle est morte. Elle s'est… suicidée. Elle s'est suicidée. »

Il retint son souffle et observa la réaction de Billy, mais celle-ci n'avait rien de factice – absolument rien.

« Suicidée ? »

Deux larmes se mirent à couler sur ses joues.

« Oui. Un suicide. Elle s'est donné la mort. »

Billy se figea, manifestement incapable de faire un geste de plus. Une expression d'incrédulité totale s'empara de son visage.

« Pourquoi elle a fait ça ?

– Aucune idée. J'avais une sœur. Elle a fait la même chose.

– Vous essayez de découvrir pourquoi ?

– Oui, quelque chose comme ça. Préparez le thé, Billy. Ça vous fera du bien. »

Billy resta un moment silencieux, puis il acquiesça, de façon presque imperceptible. Quand l'eau commença finalement à bouillir, il jeta les feuilles de thé dedans, et, lorsqu'elles eurent infusé, il versa une partie de la concoction dans une tasse en étain et y ajouta du sucre tiré d'un sac en papier qu'il avait sorti de sa poche. Puis il saisit une brindille par terre et remua le thé avec, avant de tendre la tasse à Gibson. Il fit tournoyer le reste du thé pour qu'il refroidisse un peu, y versa une bonne dose de sucre, puis but directement à la casserole.

Gibson l'observa pendant qu'il buvait. Ses avant-bras étaient couverts d'écorchures, elles-mêmes couvertes d'une fine pellicule de sciure. Il avait de grandes mains – dont la peau cireuse sous la crasse semblait indiquer une déficience alimentaire – et des ongles épais, jaunes, longs. Il éprouva alors de la peine pour lui – une peine sincère – sans raison précise.

« Vous êtes ici depuis longtemps, Billy. Vous devez parfois vous sentir seul. »

Il crut que Billy ne l'avait pas entendu, mais il le vit alors agiter légèrement la tête d'un air absent.

« Non, répondit-il d'une voix douce. J'aime ça.

– Vous savez, Darcy tenait un journal. Elle y a noté beaucoup de choses que vous avez faites ensemble.

– Elle les a notées ?

– Oui. Elles comptaient pour elle. »

Billy acquiesça.

« Pour moi aussi. »

La brise redoubla, charriant encore plus de fumée parmi les arbres.

« Le feu ne se rapproche-t-il pas trop ? demanda Gibson en levant les yeux, un peu inquiet.

– Non, il est encore loin. »

Billy, les yeux braqués sur le sol, ne répondit pas aux questions suivantes, ne sembla même pas les entendre. Puis Gibson lui demanda s'il avait vu les garçons, mais Billy se contenta de secouer lentement la tête.

« Elle n'est pas vraiment morte, n'est-ce pas, monsieur Gibson ? demanda-t-il d'un ton suppliant. Vous me faites marcher ?

– Non, Billy.

– Mais est-ce que vous l'avez vue ? Est-ce que vous l'avez vue morte ?

– Oui. Je l'ai vue. »

Il se mit alors à pleurer. Il paraissait enfin pleinement comprendre ce qui était arrivé, et tout s'embrouillait dans sa pauvre tête confuse. Gibson tendit la main et lui tapota l'épaule.

« Billy… si vous avez fait quoi que ce soit… de mal, vous devriez me le dire. Je peux vous aider. »

Flood sembla réfléchir à sa proposition, mais il le fusilla alors de ses yeux verts et Gibson ôta instinctivement sa main.

« Monsieur, j'ai peut-être mal agi quand j'étais jeune. Je ne m'en souviens plus. J'ai une araignée au plafond, la cervelle qui débloque. Je le sais, mais je ne suis pas débile. Je sais ce que je sais et je sais que j'ai jamais fait de mal à cette fille. Elle est l'un des anges de Dieu et Il enverrait en enfer quiconque lèverait la main sur elle. Vous dites qu'elle est morte, mais je… »

Soudain, il leva les yeux vers les arbres comme s'il entendait des voix. Gibson l'observa en se demandant quelles paroles elles lui avaient déjà murmuré à l'oreille, quels chemins elles lui avaient fait prendre, quelles choses elles lui avaient montrées.

« J'ai expié mes péchés, reprit Billy. Comme lui sur la croix. Comme Jésus. Vous voyez ?

– À l'hôpital ?

– Oui, murmura Flood. Là-*bas*. Partout. Je pourrais rien faire de mal après ça. Jamais. »

Alors même qu'il posait sa dernière question, Gibson entendit le faible crépitement du feu de brousse.

« Billy, vous vous souvenez d'un homme nommé Smith ? »

Les yeux de Billy s'ouvrirent en grand et son torse se mit à balancer très doucement d'avant en arrière. Sans ajouter un mot, il se leva, ramassa son fusil et sa fendeuse, et quitta la clairière. Gibson se leva d'un bond pour le suivre, mais, lorsqu'il atteignit l'endroit où il avait vu Billy quelques secondes plus tôt, il se figea. Il regarda tout autour de lui, mais ne parvint pas à déterminer de quel côté il était parti.

« Billy ! » cria-t-il.

Il scruta le bush enfumé mais ne vit aucune silhouette humaine. Le vent qui portait la fumée s'était encore renforcé – suffisamment pour faire s'envoler les minuscules fleurs des eucalyptus. Blanches et rose pâle, elles tournoyaient autour de lui comme des flocons de neige. Si l'on exceptait le crépitement faible du feu, il régnait un silence sinistre. Il eut alors l'impression d'être dans une cathédrale, observant les espaces consacrés au-dessus de l'autel, devant la croix, là où le vin pouvait se transformer en sang, et le pain en chair, attendant que quelque chose se produise, espérant découvrir le mystère qui était au cœur de tout. Il resta quelques minutes immobile, la fumée tourbillonnant parmi les arbres, jusqu'à remarquer que de minuscules créatures s'enfuyaient dans les broussailles dans le sens inverse du feu. Il s'aperçut alors que les fleurs n'étaient plus des fleurs, mais des particules de cendre en suspension, et que les flammes étaient très proches, peut-être juste derrière la crête de la petite colline adjacente.

Mais son instinct de flic était trop fort pour qu'il tourne le dos et prenne la fuite. Il se maudit de ne pas avoir suivi le conseil de Pop, d'avoir été si brutal, de ne pas avoir compris l'étendue du trouble de Billy. Il retourna à l'endroit où la camionnette était toujours garée et regarda dans la cabine. Il crut alors entendre un éclat de rire, mais fut bientôt certain que c'était son imagination qui lui jouait des tours. Les crépitements et les chuintements du feu n'étaient en revanche pas le fruit de son imagination. À environ cent mètres, les flammes jaunes se dirigeaient droit vers lui, dressées vers le ciel, la fumée masquant le soleil. Il courut jusqu'à sa voiture, fit demi-tour et prit la fuite.

Il continua de rouler vers l'est jusqu'à ce qu'il fasse presque nuit, retrouvant la pluie, se demandant si Billy avait été rattrapé par les flammes. Curieusement, il était sûr que non. Ses paupières commencèrent à être lourdes, et, après un quart d'heure sans rencontrer la moindre ville, il quitta la route pour se diriger vers un bâtiment qu'il avait aperçu à travers les arbres. C'était une vieille scierie faite de tôle ondulée. Des scies circulaires rouillées étaient alignées le long de la paroi telles des munitions pour quelque arme sinistre. Il descendit de voiture, s'étira et profita des derniers rayons de soleil pour inspecter la scierie en ruine. Il trouva quelques vieux outils déformés par la rouille dont il parvint à peine à deviner l'utilisation. Il songea qu'il pourrait essayer d'allumer un feu, mais décida que ça n'en valait pas la peine. À la place, il s'étendit du mieux qu'il put sur la banquette arrière de la voiture et baissa un peu la vitre, puis il regarda les étoiles lumineuses et les galaxies entières qui apparaissaient dans les interstices entre les nuages. Il se laissa bercer par le spectacle, s'endormit, et il se mit à rêver.

Il rêva qu'il était assis sous un ciel à la clarté de cristal, un ciel bordé d'une légère brume blanche, sans le moindre nuage à l'horizon. Juste derrière ses épaules, se trouvaient les grilles d'acier d'un cimetière. Derrière les grilles, il y avait des tombes fraîchement creusées à côté desquelles s'élevaient des amas de terre, et d'autres tombes que des hommes étaient en train de remplir à coups de pelle. Il y avait des pierres tombales fissurées et brisées, et des croix de bois vert dont la sève ressemblait à des gouttes de pluie pétrifiées sous le badigeon bleu ou blanc. Un cheval tirant une charrette conduite par un petit garçon franchissait le portail, et il se levait. La charrette transportait un cercueil sous un drap blanc, et il la suivait jusqu'à un endroit où était massée une foule nombreuse.

« Qui est mort ? demandait-il à l'homme qui se tenait à côté de lui.

– Je ne sais pas, répondait celui-ci. Mais ça devait être quelqu'un de très apprécié. Ou de très important. Peut-être les deux. »

L'homme était appuyé sur une pelle et Gibson s'apercevait que c'était le fossoyeur qui avait creusé la tombe devant laquelle ils se trouvaient. Il était torse nu, et sa peau était couverte d'une fine couche de poussière pâle.

Le drap blanc était brusquement arraché et un cercueil sans couvercle apparaissait. Gibson rejoignait la file qui s'était formée, puis il avançait lentement jusqu'à arriver au niveau de la charrette. À l'intérieur du cercueil, une belle jeune femme gisait sur un lit de guirlandes, les mains croisées sur sa poitrine, ses longs cheveux bruns encadrant son visage. Elle portait une robe de mariée en soie blanche avec un fin liseré de dentelle et de rubans, du rouge à lèvres lie de vin, et ses joues étaient fardées. Ses yeux étaient fermés et elle avait un collier en héliotrope autour du cou. Une fois la file passée, quatre hommes soulevaient le cercueil de la charrette et le plaçaient sur un brancard en bois. Ils portaient le brancard jusqu'à la tombe et s'apprêtaient à le laisser tomber dedans lorsque Gibson hurlait.

« Arrêtez ! Personne ne va-t-il donc prononcer quelques mots ? Où est le foutu prêtre ? »

Le fossoyeur au visage rouge vif et en sueur s'approchait du bord de la tombe et se préparait à la remplir de terre.

« Le prêtre ne vient pas, déclarait-il. C'est une pécheresse qu'on enterre.

– Quel est son péché ?

– Suicidée. »

Il regardait fixement, abasourdi, la jeune femme dans le cercueil.

« Dites quelque chose si vous voulez, poursuivait l'homme.

– Je ne sais pas…

– Dépêchez-vous, intervenait un autre. Elle commence à être lourde. »

C'est alors, tandis qu'il regardait autour de lui en quête d'inspiration, d'un allié, qu'il voyait son père. Celui-ci se tenait à la limite du cercle et l'observait. Son visage dans l'ombre de son chapeau lui semblait tout d'abord totalement dénué d'expression, mais Gibson percevait à ce moment-là dans ses yeux noirs comme la nuit une lueur qui ressemblait à de l'amusement, et il reconnaissait la courbure familière de sa lèvre supérieure. Il lui faisait signe, repliant son index comme un ver, encore et encore, comme s'il s'adressait à un élève désobéissant.

Dans un geste de défi, mû par une colère soudaine, il détachait les yeux de son père et s'approchait du bord de la tombe. Mais alors, tandis que les mots lui venaient, tandis qu'il se passait la langue sur les lèvres avant de les prononcer, les quatre hommes qui portaient le brancard le lâchaient brusquement. Un nuage de poussière s'élevait. Gibson tombait à genoux et levait les yeux vers le ciel – peut-être s'était-il évanoui, peut-être priait-il –, et il voyait une légion d'anges aux ailes légères comme de la gaze, translucides comme des rayons de soleil. Ils semblaient indifférents. Il les injuriait. Puis le rêve se rembobinait comme un film sur une bobine rouillée et il voyait de nouveau les hommes qui portaient le brancard postés au bord de la tombe, et cette fois il bondissait en avant pour arrêter sa chute – mais il se réveilla en sursaut avant d'y parvenir, une sueur froide recouvrant sa peau, l'écho de son dernier cri résonnant toujours dans ses oreilles.

# 15

Tom se réveilla en entendant le chiot gémir. C'étaient des gémissements très faibles et dans son demi-sommeil il mit un moment à s'apercevoir que Ham avait rampé sous le lit, et que c'était de là que provenait le bruit. Il baissa la main pour le faire sortir et le petit chien lui lécha les doigts avant de se mettre à courir en dérapant sur le plancher. Tom joua un instant avec lui, puis il l'emmena dehors et le laissa cavaler dans l'herbe couverte de rosée. Une idée lui vint tandis qu'il regardait le chiot gambader librement après une nuit passée entre quatre murs, et l'idée se transforma en intention.

Il n'y avait aucun signe d'Henry dans la maison. Tom se demanda brièvement où il pouvait bien être, puis n'y pensa plus. Il se doucha et enfila quelques vêtements, puis il alla ouvrir la porte de la chambre de sa mère et jeta un coup d'œil à l'intérieur. Elle n'était qu'une masse informe sous les couvertures, mais il entendit son souffle et vit le léger mouvement de sa poitrine qui se soulevait.

« Maman ?

– Hmmm ?

– Tu veux que je te ramène quelque chose ? Tu as besoin de quelque chose ?

– Non. »

Elle se retourna sans rien ajouter, et Tom s'en alla, refermant doucement la porte derrière lui.

Dehors, le soleil essayait de percer, mais il faisait toujours suffisamment frais pour qu'une brume s'élève au-dessus de la rivière sombre. Il longea la route en direction de la ville, du bac, presque aussi excité que le chiot à ses côtés. Juste avant d'atteindre l'embarcadère, il scruta la rive opposée et s'aperçut avec désarroi que, à l'exception de quelques caravanes entre lesquelles étaient tendues des cordes à linge, le cirque était déjà parti. Il s'assit sur l'un des poteaux bas à proximité de l'embarcadère et observa le champ de foire déserté, aussi désemparé qu'un voyageur qui aurait manqué son train. Il souleva Ham et le tint tout près de son visage.

« J'allais les libérer, murmura-t-il. Peut-être que ça aurait été une bêtise. Peut-être qu'on les aurait pourchassés et abattus ou autre chose, mais peut-être qu'ils auraient trouvé leur chemin jusqu'à la mer et essayé de rentrer chez eux à la nage. T'en penses quoi ? »

Le chiot se tortilla mais ne lui répondit pas.

Il resta assis un long moment puis décida qu'il irait tout de même de l'autre côté et chercherait leur trace. C'était un plan dérisoire comparé à son intention initiale, et son excitation était totalement retombée.

Le bac était stationné à l'embarcadère d'en face. Aucune voiture n'arrivait, et il ne bougeait pas. Il ne distinguait même pas le passeur dans sa cabine ni la fumée de sa pipe. Il songea à traverser à la nage, mais se rappela qu'il devait désormais penser à Ham. Il ne pouvait pas risquer ça. Il ne pouvait pas risquer… le mot « mort » lui vint sombrement à l'esprit. Il ne le prononça pas, le repoussa, mais son cœur se serra néanmoins.

Il attendit une demi-heure de plus, donnant des coups de pied dans les cailloux au bord de la route, puis un camion chargé de troncs d'arbres approcha depuis les collines. Le bac se réveilla et traversa la rivière. Lorsqu'il arriva, Tom marcha jusqu'à l'embarcadère et regarda le camion grimper en rugissant sur le pont, une fumée noire se déversant de ses tuyaux d'échappement. Le passeur l'observa à travers les volutes de fumée de sa pipe, sa longue barbe agitée comme un drapeau par la brise du matin, puis il referma la barrière derrière le camion. Tom fit le tour du véhicule, inspirant l'odeur de sève que dégageaient les troncs fraîchement coupés, passant les doigts sur leur écorce rugueuse. Le chauffeur s'adossa à la portière de la cabine et ferma les yeux. Tom alla s'asseoir sur le garde-corps à l'avant du bac. Il serra fermement Ham entre ses bras lorsque le ferry se mit en branle, mais le chiot était trop intéressé par les odeurs nouvelles qui l'entouraient pour se mettre à courir et sauter dans l'eau, et Tom se détendit un peu. Lorsqu'ils atteignirent le milieu de la rivière, les vibrations du petit moteur du bac cessèrent. Tom sentit l'embarcation commencer à dériver dans le courant, puis les câbles d'acier qui guidaient sa course la retinrent en poussant un craquement plaintif. Il se retourna pour identifier le problème et fut surpris de voir le vieux passeur aux sourcils broussailleux marcher vers lui, sa pipe à la bouche. L'homme s'arrêta juste devant lui et le toisa d'un air renfrogné, l'odeur du tabac fort faisant tourner la tête de Tom.

« Tu es Tom Ferry, pas vrai ? dit-il d'une voix profonde et rauque.

– Oui.

– Pourquoi tu m'écoutes pas quand je te dis de rester tranquille, quand je te dis d'attendre ? »

Tom ne répondit rien.

« Je veux pas que quelqu'un tombe à l'eau ou glisse, ou se blesse. C'est tout. C'est trop te demander ?

– Non.

– Non. Très bien. Je veux pas que quelqu'un se blesse, c'est tout. Il s'agit pas juste de toi. T'es pas différent des autres. C'est valable pour tout le monde. »

Tom acquiesça.

« Tu feras attention à partir de maintenant ?

– Je ferai attention.

– Tu attendras jusqu'à ce que je te dise que tu peux descendre ? Jusqu'à ce que j'ouvre la barrière ?

– Oui.

– Bon, c'est bien. »

Le passeur le dévisagea un moment en tirant sur sa pipe avant de s'éloigner. Bientôt, le bac s'ébranla de nouveau.

Lorsqu'ils furent arrivés, Tom attendit que le vieil homme ouvre la barrière. Une fois sur la rive, il jeta un coup d'œil en arrière, mais le passeur regagnait déjà sa cabine. Tom l'observa un moment d'un air perplexe, et le camion démarra alors et passa devant lui. Un tourbillon de sciure et de poussière s'éleva dans son sillage et il plissa les yeux. Lorsque le véhicule eut disparu, il se mit à marcher en direction du champ de foire. Il trouva l'endroit où le chapiteau s'était dressé ; un cercle d'herbe piétinée et de sciure détrempée. Il déambula, vit les cicatrices laissées dans le sol par les piquets de tente et les poteaux. Il trouva également beaucoup de détritus, une bouse d'éléphant, mais c'était à peu près tout.

Il grimpa dans la tribune du champ de foire et observa les vestiges du cirque. Il aurait voulu parler des lions à quelqu'un, répéter ce que lui avait dit l'étrange homme au chapeau, mais, tandis que le soleil s'élevait dans le ciel, les dernières voitures et caravanes s'en allèrent. Un employé municipal arriva peu après dans une camionnette pour ramasser les déchets. Tom l'observa un moment, puis s'enfonça parmi les bâtiments du champ de foire et prit la direction de la scierie. Il devait être 10 ou 11 heures et il commençait à avoir faim, mais il n'était pas encore disposé à rentrer à la maison. Il flâna près des berges de la rivière, puis pénétra dans l'enceinte de la scierie. La cour était remplie de tas de bois, de machines rouillées, et de remorques, de débusqueurs et de camions hors d'état de marche qu'il ne se lassait jamais d'explorer. Aujourd'hui, cependant, tout cela lui paraissait sans grand intérêt. Il errait depuis un quart d'heure, donnant des coups de pied dans ce qui se trouvait sur son chemin, Ham gambadant derrière lui, lorsqu'il perçut, porté par la brise, un bruit étrange qui cessa aussi vite qu'il était arrivé. Il avait semblé provenir d'un endroit près de la clôture, là où le bois était entassé en longues piles oblongues pour sécher. Il souleva Ham et se mit à marcher rapidement dans cette direction. Le bruit devint plus fort lorsqu'il s'approcha de l'une des piles, et il s'arrêta à l'angle et regarda prudemment derrière.

Sonny était à quatre pattes dans l'herbe, son pantalon autour des genoux. Charlie Perry était agenouillé derrière lui, poussant des grognements saccadés. Il avait posé une sorte de magazine sur le dos de Sonny et scrutait les pages ouvertes tandis que ses hanches allaient d'avant en arrière. Le front de Sonny était plissé, comme s'il était à l'école en train d'essayer de résoudre une longue addition au tableau. Tom voyait son sexe dur battre contre son ventre pâle et mou.

Tom, qui en croyait à peine ses yeux, était sur le point de battre en retraite lorsque Charlie se relâcha soudain, son torse s'arquant en arrière. Il secoua la tête, puis frissonna et s'écarta de Sonny. Tom vit un filet de fluide scintiller brièvement à la lumière du soleil avant de retomber sur le sol. Sonny attrapa le magazine qui était tombé par terre et saisit son pénis dans sa main. Tom l'observa un moment, puis Sonny releva la tête et, l'espace d'un effroyable instant, le regarda droit dans les yeux. Tom s'enfuit. Mais après avoir couru cinq minutes, il ralentit et chercha à voir s'ils le suivaient. Il ne les vit pas, ne les entendit pas. Il continua néanmoins de courir en direction du bac, regardant régulièrement par-dessus son épaule. Le bac ne tarda pas à arriver, et le passeur, par chance, ne lui adressa pas la parole et lui jeta à peine un coup d'œil lorsqu'il monta à bord. Soulagé, il s'assit et commença à s'interroger sur ce qu'il avait vu. La scène avait eu quelque chose de très troublant, mais aussi quelque chose de légèrement comique et ridicule. Il comprit qu'il savait bien peu de choses du monde et de ses mystères, et cette idée l'exaspéra autant qu'elle le vexa.

Il regagna la ville tête baissée, mâchoire serrée. Il songea à aller voir Mme Coop, mais se ravisa. À la place, il marcha jusqu'à l'église catholique et, comme il l'avait déjà fait à de nombreuses reprises, la longea jusqu'à atteindre le jardin envahi d'herbes du couvent. Pendant que Ham explorait les lieux, il alla s'asseoir sur la jetée au pied du jardin. Il regarda le chiot apparaître et disparaître dans les broussailles tel un minuscule animal de la jungle, puis il tira une des cigarettes d'Henry de sa poche, craqua une allumette et inhala aussi profondément qu'il put. Il scruta l'eau, observant les remous du courant au bord de la rive et autour des piliers de la jetée. Il tira une nouvelle bouffée et baissa la tête entre ses genoux quand elle se mit à tourner. Lorsqu'il releva les yeux après environ une minute, il vit Flynn devant lui, debout sur l'eau, qui se frottait les yeux à cause de la fumée.

« Désolé, vieux », parvint à prononcer Tom, mais la légère silhouette s'était déjà évaporée, et il ne restait rien que le scintillement de la lumière sur l'eau et une vieille promesse qui résonnait dans ses oreilles, aussi fort qu'une cloche d'église, une promesse trahie.

*Je te promets, Flynn. Je te promets de te ramener à la maison.*

Il resta assis un long moment, puis reprit le chemin de la maison, son cœur comme une pierre dans sa poitrine. Il trouva Pop Mather assis sur le perron les yeux baissés vers ses mains et son cœur se serra encore plus.

« Qu'est-ce qui se passe ? C'est Flynn ?

– Non. Non, fiston. Désolé. Je suis ici à cause d'Henry. Il s'est attiré quelques ennuis hier soir. Ma femme et moi, on a réfléchi, et on s'est dit que ce serait mieux si ta mère et toi restiez chez nous quelque temps. Jusqu'à ce qu'Henry… se ressaisisse.

– Qu'est-ce qu'il a fait ?

– Il a un peu trop bu. Il a fait des siennes. J'ai dû le placer en cellule… pour son propre bien. »

Tom acquiesça. Pop vit le soulagement traverser brièvement son visage, puis autre chose – de la fierté peut-être – s'en emparer. Il semblait sur le point de protester et Pop ressentit une affection si soudaine pour l'enfant qu'il en fut surpris.

« Mais, et…

– Et quoi ? Je ne veux rien entendre, coupa Pop en agitant l'index. Pas un mot. J'ai déjà prévenu Henry. »

Tom acquiesça.

« Tu es un bon garçon. Tu veux bien me donner un coup de main avec ta mère maintenant ? »

La maison de Pop lui plut dès qu'il y arriva – elle lui plut beaucoup. Il aimait son odeur de renfermé, comme dans une église, et il aimait son plancher de bois et son plafond incroyablement haut. Il aimait qu'elle soit en briques. Les murs semblaient beaucoup plus solides et sûrs que les planches de sa propre maison, et il aimait se dire que sa mère allait dormir là. Il poursuivit son exploration, jetant un coup d'œil dans chaque pièce dont la porte était ouverte et faisant courir son doigt sur celles qui étaient fermées, dont celle de la chambre de Grace. Douze pièces en tout, sans compter la buanderie à l'arrière ou les couloirs. Beaucoup trop, songea-t-il avec une pointe de tristesse, pour la petite famille de Pop.

La maison était reliée au commissariat par une véranda, et, juste avant la porte qui y menait, il trouva une grande bibliothèque couverte de livres. Il passa le doigt sur le dos des livres jusqu'à trouver un lourd dictionnaire. Il le tira, s'assit en tailleur sur le plancher et l'ouvrit. Il chercha le mot « lion ». *Grand animal brun-gris originaire d'Afrique et d'Asie du Sud-Est.* Il se demanda à quelle distance de l'Australie se trouvait l'Asie du Sud-Est. Il feuilleta quelques pages. « Perdre » : *Ne plus posséder un objet sans savoir où celui-ci se trouve.* Il examina longuement la définition, puis chercha de nouveau le mot de Sonny. « Putain » : *Prostituée*, était-il écrit. Il chercha « prostituée ». *Personne, surtout une femme, qui propose des relations sexuelles contre de l'argent en guise de gagne-pain.* Il chercha « relations sexuelles » et « gagne-pain », puis referma le dictionnaire, songea à sa mère et à ce qu'il savait sur elle, puis à ce qu'il savait sur Sonny Steele, et il tira finalement un certain soulagement de la comparaison. Il chercha un dernier mot, un mot qui s'était immiscé dans sa tête plus tôt dans la journée alors qu'il était sur la jetée et qui ne le quittait pas. « Fantôme » : *Esprit désincarné et imaginaire d'une personne morte qui erre parmi, ou hante, les vivants.* « Imaginaire », disait le dictionnaire. Il se demanda s'il avait aussi imaginé ce qu'il avait vu Sonny et Charlie faire. Il baissa les yeux vers le dictionnaire, le referma et le replaça dans la bibliothèque. Des mystères. Le monde en était plein.

Il pensait toujours à tout ça lorsqu'il alla se coucher ce soir-là. Grace lui avait à peine adressé la parole de toute la soirée, ce qui ajoutait à son trouble. Même s'il aimait la maison de Pop, il ne voulait pas y rester si elle ne voulait pas de lui.

Vers minuit, lorsqu'il s'endormit finalement, il fit de nouveau le même rêve. La silhouette sans visage jaillissait des arbres et venait vers lui. Il courait et courait et courait – jusqu'à se demander comment il faisait pour continuer.

# 16

Gibson se glissa hors de la voiture et se massa le cou. Il était très tôt. Il avait continué de pleuvoir pendant la nuit et des flaques s'étaient formées aux endroits où elle avait ruisselé du toit de la scierie. Il but à l'une d'elles puis alla pisser au pied d'un arbre. En contrebas de la pente, un petit groupe de kangourous avançait parmi les arbres en broutant l'herbe. Il était si près d'eux qu'il entendait le battement doux de leurs pattes postérieures et de leur queue sur le sol, le bruit de leurs dents qui mâchaient l'herbe, mais sa pisse heurta alors une feuille, et ils levèrent tous en chœur leur tête grise et dévalèrent la colline en bondissant avant de disparaître dans la brume de la vallée.

Plus tard dans la matinée, lorsqu'il vit la pancarte indiquant qu'il entrait dans Laurence, il se souvint de ce que Pop lui avait dit d'Adam Carney. Il s'arrêta, demanda son chemin, et quelques minutes après il se garait devant la maison de retraite.

L'endroit était sombre et silencieux, et pendant un long moment il n'entendit rien que des lointaines voix d'infirmières en provenance d'un lieu invisible. Puis les gémissements et les appels des pensionnaires commencèrent alors à filtrer à travers les portes fermées et à envahir les couloirs déserts. La maison de retraite ressemblait beaucoup à celle où se trouvait sa mère, et un terrible sentiment de culpabilité le gagna soudain. Il se ressaisit, continua de marcher, et, lorsqu'il atteignit le poste des infirmières, il avait suffisamment recouvré ses esprits pour leur montrer sa plaque et leur demander où se trouvait Adam Carney. L'une des infirmières les plus jeunes l'entraîna dans un long couloir jusqu'à une aile éloignée, et il marmonna des réponses maladroites à ses questions inquisitrices.

L'infirmière le laissa devant une porte, qu'il ouvrit lorsqu'elle se fut éloignée. Il entendit un juron prononcé d'une voix râpeuse et chevrotante flotter dans l'air comme un chant d'oiseau brisé, puis inspira une bouffée d'air fétide qui sentait le vieux, la maladie, la merde. Il fronça le nez et regarda dans la chambre, ses yeux s'accoutumant lentement à l'obscurité. Un lit vide et un autre sur lequel gisait un vieil homme décharné. Il entra, referma la porte derrière lui, se dirigea vers le lit. Le vieil homme aux yeux fermés semblait être allongé là depuis des années. Sa peau était pâle et aussi fine que du papier – comme celle d'un cadavre –, et les veines sur ses tempes étaient d'un bleu profond. Ses bras émaciés étaient couverts de bandages et sanglés aux barreaux qui bordaient le lit.

« Monsieur Carney ? Adam Carney ? » demanda-t-il doucement.

Rien.

« *Adam Carney* », répéta-t-il, un peu plus fort, mais l'homme ne parut toujours pas l'entendre.

Gibson attendit. Il se demandait quoi faire lorsque le vieil homme se remit à jurer. Quand il cessa peu de temps après, il sembla sentir une présence dans la chambre.

« Père… Adam ? Vous m'entendez ? »

Les paupières du vieil homme s'ouvrirent et il posa sur Gibson un regard trouble et enfantin. Gibson le vit brièvement comme sa mère avait dû le voir autrefois : un bébé que l'on couchait le soir dans son lit minuscule, un bébé avec la vie devant lui et une petite constellation d'espoirs et de promesses qui tournoyait au-dessus de sa tête – des espoirs et des promesses qui seraient finalement à des années-lumière de son destin.

Il s'était déjà retrouvé au chevet de mourants, tel un vieux prêtre accordant l'ultime onction aux incroyants. En tant que représentant de la loi, il avait entendu les dernières confessions de criminels – quelque vieux péché ou méfait qu'il aurait mieux valu oublier – ou les dernières suppliques de victimes implorant que justice soit rendue. Parfois, il n'avait été qu'une oreille dans laquelle on s'épanchait en quête de compassion ou de justification. Parfois, certains avaient espéré qu'à leur dernière heure, malgré leur état de disgrâce, un vieux juge du monde réel arriverait, en robe, et se prononcerait en leur faveur, promettant justice, paix et consolation, mais tout ce qu'ils avaient eu, c'était lui, un homme fatigué dans un costume bon marché.

Adam Carney ne semblait rien attendre de lui. Ses paupières tremblantes se refermèrent, et sa poitrine creusée se souleva et retomba comme s'il dormait. Gibson attrapa une chaise poussiéreuse sous la fenêtre et vint s'asseoir auprès de lui. Il n'y avait rien sur la petite commode en inox à côté du lit, hormis un pichet d'eau en plastique et un réveil arrêté. Il posa la main sur la poignée du tiroir supérieur et l'ouvrit. À l'intérieur, parmi les chaussettes et les sous-vêtements, il trouva une vieille paire de lunettes et une montre au cadran jauni et cabossé. Le deuxième tiroir ne renfermait rien qu'un pyjama de rechange, mais dans le troisième il découvrit une boîte en bois trapue ornée du logo de quelque compagnie pétrolière depuis longtemps défunte. Il la saisit, la posa sur ses genoux et en souleva le couvercle. À l'intérieur, parmi divers papiers et babioles, il trouva un appareil photo Brownie Hawkeye ouvert, ses délicates entrailles noires couvertes de poussière et de vieilles toiles d'araignées. À côté, se trouvait une pile de photos de près de huit centimètres d'épaisseur, retenues par un élastique qui rompit lorsqu'il voulut l'ôter. Il tint la première photo à la lumière, puis la deuxième, et poussa un petit sifflement. Parmi les vieilles photos de paroissiens endimanchés, il y en avait de nombreuses de Darcy Steele. Elles avaient été prises sous des arbres, dans des clairières, au bord de ruisseaux. Il y avait une série de clichés pris dans une vieille église en bois sur lesquels Darcy semblait enveloppée d'une sorte de drap blanc. L'un d'eux était flou, et le côté du visage de la jeune fille était aussi pâle et diaphane que sa tenue de fortune. Au bas de la pile, il y en avait un certain nombre qui la représentaient nageant dans un ruisseau, souriant et riant, sa robe mouillée remontée autour de ses hanches. Il y en avait aussi d'autres qui ressemblaient à l'une des photos qu'il avait trouvées entre ses mains – une silhouette indistincte entourée de feuillage – mais ils ne permettaient pas plus d'identifier cette silhouette.

Il baissa les yeux vers Adam Carney, posa la main sur son épaule et le secoua – d'abord doucement, puis beaucoup plus fort. Le vieux prédicateur produisit une sorte de gargouillement, et son torse couvert de poils gris et de taches de vieillesse se souleva, trembla, s'affaissa. Ses paupières s'ouvrirent de nouveau et sa bouche commença à former un mot. Gibson attendit, retenant son souffle.

« De l'eau », murmura-t-il finalement d'une voix rauque.

Gibson souleva le pichet et chercha un verre du regard. N'en trouvant pas, il approcha le pichet du visage du vieil homme et fit couler un mince filet d'eau entre ses lèvres sèches. Lorsqu'il eut avalé, sa tête retomba en arrière sur l'oreiller taché, puis, au bout de quelques minutes, il rouvrit les yeux et les posa sur Gibson.

« Père Adam ? »

Les lèvres de l'homme tremblèrent.

« Oui ? dit-il d'une voix faible et chevrotante. Êtes-vous un homme véritable, doté d'une âme… ou un autre esprit impur… venu me tourmenter ?

– Je suis un homme, répondit Gibson. Pas un esprit.

– Pas l'un de Ses anges venus me chercher ?

– Non. Pas un ange. Mon nom est Gibson. Je suis inspecteur. J'ai quelques questions à vous poser.

– Oui ?

– Darcy Steele. Ces photos que vous avez prises d'elle… »

Le front du vieux prédicateur se plissa et il opina légèrement. Il ferma de nouveau les yeux et sembla mettre une éternité à les rouvrir.

« Oui, Darcy. Je voyais en elle… quelque chose qui avait depuis longtemps disparu du monde… dans l'immobilité… dans ses yeux… j'y ai vu Dieu… j'ai vu Son visage… comme il était dans l'Éden… quand le monde était très jeune.

– Vous avez essayé de capturer ça ? Avec un appareil photo ? »

Carney ne répondit rien, mais son souffle devint râpeux, comme si la question l'avait troublé. Gibson savait qu'il n'avait pas beaucoup de temps. Il leva l'une des photos sur lesquelles apparaissait la silhouette floue.

« Et ça… c'est quoi ? Ça représente quoi ? »

Carney leva péniblement la tête pour voir le cliché, puis la laissa retomber en arrière.

« Il ne se laissait pas prendre en photo… il était toujours autour d'elle… un ange… un protecteur… un dévoreur de temps… Dieu lui-même… je ne sais pas.

– Vous avez donné une de ces photos à Darcy ?

– Elle est venue me voir… elle voulait une preuve que ce que je lui avais enseigné était vrai. Qu'il y avait autre chose dans le monde que ce qu'on pouvait voir de nos yeux. C'était tout ce que j'avais.

– Mais qu'est-ce que c'est ? »

Le vieil homme respira de nouveau bruyamment et une quinte de toux humide jaillit de sa poitrine, puis une autre, et encore une autre. Lorsqu'il cessa de tousser, Gibson crut apercevoir le fantôme d'un sourire sur le visage de Carney.

« Vous savez, reprit-il d'une voix qui était à peine plus qu'un murmure, je l'ai trouvée un matin dans un cageot de pêches… près d'un ruisseau… où j'avais campé après un prêche. C'était loin vers l'ouest. Une journée magnifique… ses yeux étaient de la couleur du ciel. Un véritable ange. Je l'ai portée jusqu'à Angel Rock… mais elle n'a jamais pleuré… pas une seule fois. Je l'ai amenée à Fay. Fay l'a acceptée. C'était la femme qu'il fallait pour l'élever. »

Une nouvelle quinte de toux s'empara du vieil homme. Gibson se pencha en avant.

« Je vais aller chercher une infirmière.

– Non. Non. Il sera bientôt ici.
– Qui ça ?
– Le Tout-Puissant.
– Oh ! D'accord.
– Et vous, mon fils ? Je vois que vous avez quelque chose sur le cœur. Quelque chose à confesser.
– Non. Je n'ai rien à confesser.
– Si. Je le vois sur votre visage. Clairement.
– Non, répéta Gibson, secouant catégoriquement la tête. Rien. »

Les yeux du vieil homme s'embuèrent et ses lèvres se mirent à frémir. Il leva le doigt tel un vieux prophète sur le point de faire une révélation au monde. Gibson attendit mais la révélation ne vint pas, et le vieillard ferma les yeux et sombra de nouveau dans le sommeil que Gibson avait troublé. Les années, les saisons, le soleil, le vent et la pluie, les paroles qu'il avait prononcées, tout cela semblait gravé sur son visage, au vu et au su de tous. Il ne lui restait plus longtemps à vivre. Le cœur de Gibson se serra un peu et il éprouva le besoin soudain de sortir d'ici avant d'être lui aussi emporté par l'esprit qui viendrait chercher le vieil homme.

Comme il passait devant le bureau des infirmières, une sœur en sortit et se mit en travers de son chemin.

« De quoi s'agit-il ? demanda-t-elle.
– Comment ça ?
– Ne faites pas le malin. Pourquoi M. Carney est-il soudain si intéressant ? Vous êtes la deuxième personne à lui rendre visite en peu de temps.
– La deuxième ? Quand est venue la première ?
– Il y a environ un mois.
– Un homme ?
– Oui.

– À quoi ressemblait-il ?

– Oh ! vraiment débraillé. J'ai failli ne pas le laisser entrer, mais il a prétendu que M. Carney avait sauvé son âme, alors je l'ai laissé. »

Gibson enfonça la main dans sa poche et en tira la photo de Billy et Darcy.

« C'est lui ? L'homme qui est venu ? »

L'infirmière scruta la photo pendant de longues secondes, puis elle secoua la tête.

« Non, répondit-elle. Il était beaucoup plus âgé. »

Sur le chemin du retour, il se demanda de qui il pouvait s'agir. Peut-être Smith, peut-être Horace Flood – ou alors quelqu'un d'autre. Il se repassa mentalement les paroles de Carney, jetant de temps à autre un coup d'œil aux photos désormais étalées sur le siège du côté passager. Que Darcy ait été une enfant trouvée lui paraissait possible, mais les photos étranges et les explications que Carney avait données à leur sujet semblaient jeter le doute sur tout. Elles prouvaient quelque chose, c'était certain, mais quoi, il n'en savait rien. Il tenta de se rappeler le nom de la ville où, selon Pop, Horace avait déménagé après la noyade d'Annie, et, quand le nom lui revint, il tira son carnet, le posa sur le volant et le nota d'une main légèrement tremblante.

Lorsqu'il atteignit Angel Rock, il se gara dans la rue principale et se dirigea vers le commissariat. Pop, qui s'apprêtait à aller quelque part, était en train de fermer la porte à clé.

« Vous empestez le feu de brousse et vous avez une sale tête, déclara Pop en le voyant.

– Merci, répondit Gibson.

– Vous avez trouvé Billy ?

– Oui, je l'ai trouvé.

– Vraiment ? Et alors ? Vous l'avez questionné sur les garçons ?

– Oui. Il ne les a pas vus. »

Pop soupira et acquiesça.

« Et Darcy ? Il savait quelque chose ?

– Ah ! non, mais il a été… salement secoué quand je lui ai annoncé la nouvelle. Le pauvre vieux. »

Pop acquiesça de nouveau.

« Enfin, bref, et comment… heu… comment s'est passé l'enterrement ? demanda Gibson.

– Oh ! bien. Je m'attendais à vous y voir. »

Gibson ne répondit rien. Pop glissa ses clés dans sa poche et se racla la gorge.

« Écoutez, Gibson, si vous devez rester ici quelques jours de plus…

– Ne vous en faites pas, je vais aller loger ailleurs.

– Laissez-moi finir. C'est juste que Grace a besoin de calme, de retrouver une routine. Si elle vous voit…

– Je comprends.

– Bien. Merci, Gibson. J'apprécie. J'ai une idée de logement pour vous, si ça vous intéresse.

– Dites toujours.

– Le couvent derrière l'église est vide. Il y a une cuisine, tout ce dont vous avez besoin. Pourquoi n'allez-vous pas y jeter un coup d'œil ? Je parlerai au père Tuckey si vous êtes intéressé. Qu'est-ce que vous en dites ?

– Merci. Ça m'a l'air parfait.

– Très bien. »

Pop avait déjà commencé à s'éloigner lorsque Gibson posa brusquement la question qui le turlupinait.

« Attendez ! lança-t-il. Connaissez-vous un homme nommé Smith ? »

Pop s'arrêta net et se retourna.

« J'en connais quelques-uns.

– Celui-ci était… est… un associé d'Horace Flood.

– Oh ! oui. Je le connais. Il est parti en même temps qu'Horace. Pourquoi ?

– Henry m'a parlé de lui. Apparemment, il jugeait Henry et Billy responsables de la noyade d'Annie Flood. Quand j'ai mentionné ce nom à Billy, vous auriez dû voir sa tête.

– Où voulez-vous en venir, Gibson ? »

Gibson prit une profonde inspiration.

« Je crois qu'il est revenu. Je crois qu'il tient le petit garçon.

– Vous croyez *quoi* ?

– Je crois qu'il les a trouvés, qu'il a réussi à échapper aux équipes de recherches et qu'il a relâché l'aîné parce que ce n'était pas l'enfant d'Henry. »

Pop regarda autour de lui, comme pour s'assurer qu'il ne rêvait pas.

« Le garçon est mort, Gibson, répliqua-t-il d'une voix sourde et puissante. Vous n'êtes pas allé raconter ces foutaises à son père, si ?

– Dites-moi une chose : s'il est mort, alors pourquoi n'avez-vous pas retrouvé son corps ?

– Pourquoi ? Parce que ces vallées sont truffées de vieux puits de mine. Et s'il n'est pas tombé dans l'un d'eux, des renards et des chiens ont pu l'emporter. S'il s'est noyé dans la rivière, il a pu être entraîné jusqu'à la mer. *Voilà* pourquoi on ne l'a pas retrouvé.

– Mais que…

– Vous prétendez qu'il est venu ici, qu'il a trouvé les garçons alors que nous autres, qui étions des centaines, en avons été incapables, simplement pour se venger d'Henry ? C'est la plus grosse ânerie que j'aie entendue depuis un bon bout de temps. Pourquoi ne serait-il pas directement allé voir Henry, pour l'affronter d'homme à homme ?

– Parce qu'il veut lui infliger la pire douleur qui soit – la perte d'un être aimé.

– Mais que lui a fait Henry ?

– Je vous l'ai dit. Il le juge responsable de la mort d'Annie. Saviez-vous que Smith rabâchait à Annie qu'il l'épouserait ? »

Pop ne répondit rien, mais Gibson vit qu'il ignorait ce détail.

« Gibson, écoutez, dit Pop en se penchant tout près de lui, vous ne croyez pas que je serais au courant si un type de ce genre était dans les parages ? Vous ne croyez pas que quelqu'un l'aurait vu et m'aurait averti ?

– Pas nécessairement.

– Pas nécessairement ? Bon Dieu de bois ! Gibson, tout ce que je peux vous dire, c'est que vous perdez votre temps !

– Non. Et si j'avais raison, si c'était ce qui s'est réellement passé ? Ça signifierait qu'il y a… qu'il y a une chance que le gamin soit toujours vivant. »

Pop acquiesça avec lassitude.

« Alors trouvez des preuves, Gibson. Et on en reparlera.

– Darcy tenait un journal. Elle a écrit dedans que quelqu'un l'observait depuis les arbres. C'était Smith. Je le sens.

– Un journal ? Pourquoi vous ne me l'avez pas dit plus tôt ? Où est-il ? »

Gibson le tira de sa poche et le tendit à Pop. Il lui montra les passages en question.

« Elle a écrit autre chose ? demanda sèchement Pop après les avoir lus.

– Pas vraiment.

– Ça ne prouve rien, Gibson. Vous le savez pertinemment. Les seuls monstres à se balader dans cette vallée sont dans votre tête.

– Soit. »

Gibson pivotait sur ses talons lorsqu'il se souvint des photos qu'il avait prises dans le tiroir d'Adam Carney. Il y en avait plusieurs qui représentaient Carney jeune, entouré de ses disciples. Il en trouva une qui était bien nette et l'agita sous le nez de Pop.

« Tenez. Dites-moi lequel est Smith, sergent. C'est tout ce que je vous demande. S'il est là, montrez-le-moi. »

Pop chercha ses lunettes dans sa poche et les chaussa. Il sembla mettre une éternité à inspecter chaque visage sur la photo, mais il en désigna finalement un.

« Voici Smith, dit-il. Ici. »

Gibson regarda, puis acquiesça.

« Merci. Merci beaucoup. »

Pop lui lança un regard sévère, le prévint qu'il ferait bien de garder ses théories pour lui, puis s'éloigna dans l'allée et grimpa dans sa voiture. Gibson le regarda démarrer avant de prendre la direction du café pour manger un morceau. En passant devant les boutiques, il remarqua que les vitrines d'au moins trois d'entre elles avaient été brisées. Intrigué, il s'arrêta chez le boucher et passa la tête par la porte, inspirant l'étrange odeur de sang et de sciure qui flottait dans la boutique.

« Quelqu'un vous a cassé votre vitrine ?

– Oui. Henry Gunn. Ivre mort. On peut pas vraiment lui en vouloir. Il a besoin de se défouler. Le sergent s'est occupé de lui.

– Oh ! je vois.

– Je vous sers quelque chose ?

– Heu, oui, d'accord. Ces steaks sont tentants. Je vais en prendre un. »

Le boucher saisit l'un des steaks, le pesa, puis l'enveloppa. Gibson paya et ressortit.

Il continua le long de la rue jusqu'au café et acheta un sandwich, puis il prit la direction du couvent dont Pop lui avait parlé. Il ne tarda pas à atteindre le joli petit complexe qui s'étirait entre l'église et la rivière. Il essaya la porte du bâtiment principal et s'aperçut qu'elle n'était pas verrouillée. Il entra et fit le tour des lieux. Il trouva une chapelle, une bibliothèque, divers bureaux. Les deux ailes du bâtiment abritaient la cuisine, le réfectoire et les petites cellules où devaient dormir les nonnes. La blanchisserie et les toilettes se trouvaient dans une annexe, juste derrière le bâtiment principal et reliées à celui-ci par une allée faite de pavés usés enfoncés dans la terre. Dans la cour formée par les deux ailes, se trouvait un abreuvoir en granit équipé d'un mécanisme à flotteur pour qu'il reste plein, mais la pelouse qui l'avait autrefois entouré était désormais envahie par les chardons et les mauvaises herbes. Derrière la blanchisserie s'étirait un triangle de terre qui avait jadis dû être un jardin. Il était bordé de pêchers et d'orangers, mais l'espace entre les arbres était infesté de mauvaises herbes et d'épaisses vignes de citrouille et de cristophine. Il marcha jusqu'à la petite jetée au bout du jardin, s'assit et mangea son sandwich, puis il alluma une cigarette. La rivière, large à cet endroit, ressemblait à un lac. Une échelle d'acier rouillé était fixée à l'un des piliers. Malgré tous ses efforts, il ne parvint pas à s'imaginer les nonnes la descendant pour aller se baigner dans la rivière.

Il retourna à la cuisine, brancha le réfrigérateur et plaça le steak dedans. Après avoir trouvé une boîte pleine de sachets de thé dans un tiroir et une bouilloire poussiéreuse, il se prépara du thé. Puis il monta le large escalier central du couvent et s'assit au bureau de la mère supérieure pour le boire. La pièce était chaude, lumineuse et silencieuse. Des volutes de vapeur s'élevèrent de sa tasse et se joignirent brièvement à la lente valse des particules de poussière dans la lumière du soleil. Par la fenêtre, il distinguait les toits de la ville, le Rocher qui jaillissait du bush, Jack's Mountain qui s'élevait derrière, puis le long escarpement qui bordait la vallée à l'ouest. Contre le mur qui lui faisait face, une bibliothèque se dressait du sol au plafond, mais tous les livres avaient été enlevés, toute la connaissance avait disparu, tous les mystères, le passé, les explications, envolés. Les marques laissées par les livres dans la poussière étaient cependant toujours visibles.

Il sortit la photo qu'il avait montrée à Pop et examina une fois de plus l'homme que celui-ci avait désigné. Il était grand, sombre, portait un costume noir, mais, à part ça, n'avait rien de remarquable. Peut-être parce que son rêve de la nuit précédente était encore frais dans son esprit, l'homme lui évoqua son père. Il semblait partager avec lui un profond mépris d'autrui. Ça se voyait à ses yeux, à sa façon de regarder droit devant lui, presque comme s'il avait oublié l'appareil photo.

De plus, un espace presque imperceptible paraissait le séparer des autres. Et à cet égard, il différait de son père, qui avait toujours été le point de mire, le centre d'attention, l'âme de la fête.

Il posa la photo et se frotta les yeux, puis il passa les mains sur le bureau devant lui. Il n'y avait pas de graffitis gravés dans le bois ou dans les panneaux de cuir. Il ouvrit le premier tiroir, mais il était vide. Les autres contenaient des bouts de papier, des crayons brisés, des taches d'encre. Du tiroir du bas, il tira un lourd téléphone noir. Il regarda derrière lui et trouva une prise juste au-dessus de la plinthe. Il brancha le cordon, posa le téléphone sur le bureau et le regarda un moment comme si, à la première occasion, il allait se mettre à sonner. Puis il souleva le combiné et le porta à son oreille, comme s'il risquait tout de même d'y avoir quelqu'un au bout du fil ; quelque nonne d'un rang élevé, Dieu en personne. Mais tout ce qu'il entendit, ce fut le sang qui battait dans ses oreilles, un bruit d'océan semblable à celui que sa mère lui avait fait entendre dans un coquillage à la plage, il y avait si longtemps de cela. Il reposa le combiné et arracha le cordon de la prise.

Dans l'après-midi, il alla récupérer ses affaires chez Pop et s'installa dans l'une des cellules du couvent. Puis, en début de soirée, il retourna s'asseoir sur la jetée. Un parfum de plante nocturne flottait dans l'air et la rivière était parfaitement paisible. Une brise très légère soufflait parmi les arbres dont les feuilles bruissaient et murmuraient comme des acteurs costumés dans les coulisses d'un grand théâtre. Il fuma une autre cigarette puis retourna dans la cuisine et mit une poêle à chauffer sur la flamme bleue de la gazinière. Après quoi il tira du réfrigérateur le gros steak qu'il avait acheté chez le boucher et déposa la viande sur le métal brûlant. Tandis que l'odeur alléchante emplissait la cuisine, il s'assit à la table et chercha Mount Wright sur sa carte de la Nouvelle-Galles du Sud.

# 17

Le rêve arracha une fois de plus Tom à son sommeil, sans toutefois l'effrayer autant qu'au début. Il regarda autour de lui. Il était très tôt et la chambre était plongée dans l'obscurité. La fenêtre luisait faiblement d'un éclat argenté et il distinguait tout juste les contours des meubles : l'extrémité du lit, la penderie, la commode. Il tenta de se rendormir mais n'y parvint pas. Il ouvrit les yeux, les referma et entendit alors un petit hurlement étouffé dans la chambre au bout du couloir. Il se leva d'un bond, courut jusqu'à la chambre de Grace et ouvrit la porte. Elle était assise sur son lit, le visage baigné de larmes.

« Qu'est-ce qui se passe ? Qu'est-ce qui t'arrive ?

– Il y avait… quelqu'un… dehors, bafouilla-t-elle.

– Où ?

– Dehors ! Sous le figuier ! »

Tom marcha jusqu'à la fenêtre et regarda à l'extérieur.

« Il n'y a rien, dit-il en se tournant vers elle, d'une voix dénuée d'ironie. Tu as dû rêver.

– Non, je n'ai pas rêvé ! Il était là ! Il était là, nu, et il avait des yeux *morts* ! »

Tom ne sut que répondre. Le souvenir de Grace au cirque, attendant courageusement que le fouet claque, le menton relevé, les mains derrière le dos, lui revint. Il n'aimait pas la voir effrayée.

« Est-ce que… est-ce que tu veux que j'aille chercher tes parents ?

– Non, murmura-t-elle en s'adossant à la tête de lit et en s'essuyant les yeux. Non. Peut-être que tu as raison. Peut-être que c'était un rêve. »

Leurs regards se croisèrent brièvement, puis Tom pivota sur lui-même et se dirigea vers la porte.

« Où tu vas ?

– Dehors.

– Non ! Ne fais pas… » commença-t-elle, mais il était déjà sorti.

Il entendit Grace le suivre dans le couloir jusqu'à la cuisine, puis dehors. Bientôt, ils se tinrent pieds nus sur l'herbe humide devant la maison. La pelouse qui s'étirait jusqu'au tronc du figuier était comme une vallée immaculée couverte d'une rosée argentée.

« Il n'y a rien, déclara Tom en secouant la tête.

– Mais il y avait bel et bien quelqu'un, murmura Grace. Tu ne sens pas… quelque chose ? »

Ils se tinrent tous deux immobiles et silencieux et, soit parce qu'il voulait la croire, soit parce qu'il y avait *vraiment* quelque chose, il eut brièvement la sensation que des yeux étaient posés sur lui, qu'on le regardait, qu'on l'*observait*. Au-dessus des collines derrière la ville, là où des figuiers sauvages étaient blottis les uns contre les autres, la nuit semblait impénétrable. Il pouvait y avoir n'importe quoi *là-bas*. Les poils se dressèrent sur la nuque de Tom et un frisson lui parcourut la colonne vertébrale. Peut-être y avait-il eu quelqu'un là-bas, mais certainement pas sous le figuier.

« Je rentre », murmura Grace en claquant des dents.

Tom jeta un nouveau coup d'œil en direction du figuier puis lui emboîta le pas. De retour dans la maison, il hésita quelques secondes devant la porte de sa chambre avant de retourner à celle de Grace. La porte n'était pas fermée et il passa la tête dans l'entrebâillement. Grace s'était recouchée, la couverture tirée jusqu'au menton. Elle se mordillait la lèvre mais regardait en direction de la porte comme si elle attendait que Tom revienne. Il resta un moment immobile, puis marcha jusqu'à la fenêtre et tira le store. Après quoi il se tint près du lit et posa la main sur la colonne du lit.

« Pop dit que les rêves peuvent sembler très réels, déclara-t-il doucement après quelques instants. Mais ils… ils ne peuvent pas te faire de mal.

– Ce n'était pas un rêve, répliqua Grace d'une voix sifflante. Je l'ai déjà vu !

– Quand ?

– Quand on vous cherchait, toi et Flynn. »

Tom fronça les sourcils. Comme Grace n'ajoutait rien, il reprit la direction de sa chambre.

« Tom ?

– Oui ?

– Pop va te demander si tu veux venir à la pêche avec nous. Tu n'es pas forcé d'accepter si tu ne veux pas. J'ai essayé de lui faire comprendre que ça ne te dirait peut-être rien.

– Où ? Dans… le bush ?

– Oui. Vers l'ouest.

– Oh !

– Tu n'es pas obligé de venir. »

Tom acquiesça, puis il quitta la chambre.

« Tom ? l'entendit-il appeler.

– Quoi ?

– Ferme la porte.
– Oh ! oui, excuse-moi. »

Quelques heures plus tard, alors que le soleil était levé, il la vit dans le couloir, toute décoiffée. La lumière vive du matin qui s'engouffrait par la fenêtre l'illumina alors qu'elle se tournait vers lui, et il devina les ronds sombres de ses mamelons à travers l'étoffe fine de sa chemise de nuit. Ce n'est que lorsqu'elle croisa les bras sur sa poitrine et se hâta vers la salle de bains qu'il s'aperçut qu'il la regardait fixement, et qu'elle s'en était rendu compte. Honteux, les joues brûlantes, il alla s'asseoir à la table de la cuisine et tenta de sourire à Mme Mather.

« Je veux vous emmener en balade, les enfants, annonça Pop un peu plus tard, alors qu'il se tenait près du grille-pain. On pourra pêcher. Prendre un peu l'air. Qu'est-ce que vous en dites ? »

Grace mordit dans sa tartine sans répondre. Elle n'avait pas adressé la parole à Tom depuis qu'elle était entrée dans la pièce, moyennant quoi Tom préférait décliner la proposition de Pop. Il était sur le point de le lui faire savoir lorsque Grace le regarda droit dans les yeux. Il se figea un moment, déchiré, incapable d'interpréter son expression, son front légèrement plissé.

« Je… j'aimerais bien, bégaya-t-il finalement.
– Très bien. Et toi, gamine ?
– Je ne suis pas une gamine !
– Oh ! excuse-moi. La *jeune dame* daignerait-elle se joindre à nous ? »

Grace lança un nouveau coup d'œil en direction de Tom, qui baissa les yeux vers le gros morceau de beurre jaune qui se trouvait dans l'assiette devant lui.

« Bon, soit. Pourquoi pas ?

– Très bien. Nous partirons cet après-midi. » Pop porta son assiette à l'évier. « Oh ! ajouta-t-il en regardant Grace d'un air sévère, surveillez votre langage, jeune dame.

– Désolée », répondit Grace, doucement.

Pop sourit, fit un clin d'œil à Tom, puis sortit.

Tom se tourna vers Grace. Elle ne semblait plus aussi furieuse qu'avant, même s'il était difficile de savoir ce qu'elle pensait ou ressentait. Certes, ses joues étaient un peu rouges, mais c'est avec un visage impassible qu'elle examinait le journal que Pop avait laissé ouvert sur la table.

« Désolé pour… *tout à l'heure* », déclara-t-il.

Grace esquissa un haussement d'épaules, mordit de nouveau dans sa tartine et mâcha d'un air indifférent. Tom poussa un soupir de soulagement. Il crut voir les joues de Grace s'empourprer un peu mais n'aurait pu le jurer. Ils restèrent silencieux, gênés, jusqu'à ce que Mme Mather revienne de la chambre d'Ellie. Grace termina sa tartine, essuya les miettes sur ses doigts et s'apprêta à se lever alors que Mme Mather quittait de nouveau la pièce, mais, avant qu'elle ait le temps de le faire, Tom déclara :

« J'ai vu un homme près du couvent hier. »

Grace leva les yeux.

« Je le connais.

– Oh ! Tu sais qui c'est ?

– Oui. M. Gibson. C'est un policier.

– Qu'est-ce qu'il fait là-bas ?

– Il… il est venu pour Darcy.

– Vraiment ? »

Elle lécha une petite tache de confiture sur un de ses doigts et se leva.

« Oui.

– Tu crois qu'il pourrait m'aider à chercher Flynn ? »

Grace se figea, le dévisageant.

« Tu ne crois pas qu'il est toujours… vivant, si ?

– J'en sais rien. C'est possible. Je vais peut-être aller demander à cet homme ce qu'il en pense.

– Tu ferais mieux de ne pas le faire.

– Pourquoi ? »

Leurs regards se croisèrent au-dessus de la table, la question en suspens. Grace détourna finalement les yeux.

« Je lui demanderai, déclara-t-elle à voix basse. J'irai lui demander pour toi. »

Tom passa la matinée à aider Mme Mather et à tenir compagnie à sa mère, lui parlant quand elle était éveillée, la veillant quand elle dormait. Mme Mather allait et venait dans la chambre, et, chaque fois qu'elle s'amusait d'une chose ou d'une autre, sa mère esquissait un petit sourire triste. La lumière du jour pénétrait par la fenêtre ouverte, et, quand Tom fermait les yeux, ses paupières devenaient rouges. De temps à autre, sa mère faisait un commentaire sur ce qu'elle voyait dehors, comme si elle découvrait le monde pour la première fois, et, comprenant qu'il se passait quelque chose, ils l'encourageaient avec des mots simples.

Grace alla voir M. Gibson comme elle l'avait promis, mais expliqua à son retour qu'elle ne l'avait pas trouvé et que sa voiture n'était pas là. Dans l'après-midi, Tom aida Pop et Grace à charger le break de matériel et de nourriture, puis ils se mirent en route. Ils roulèrent dans les collines pendant une heure avant de laisser la voiture au bord de la route et de continuer à pied. Ils marchèrent une heure de plus avant d'atteindre, à la sortie d'un bosquet d'eucalyptus, une vallée verte au fond de laquelle sinuait une rivière étroite et sombre. Pop s'arrêta, retourna à la lisière du bosquet et laissa tomber son balluchon.

« Et tu croyais que j'avais oublié comment venir ici ! » lança-t-il à Grace qui était partie devant.

Grace sourit, tira une casserole de son sac et se dirigea vers la rivière pour la remplir, Ham bondissant derrière elle. Tom regarda autour de lui. Le ciel était dégagé et tout était silencieux, à l'exception de quelques cris de corbeaux et de la rafale de vent occasionnelle qui faisait bruisser les feuilles des arbres.

« Je suis déjà venu ici, dit-il.

– Vraiment ?

– Oui. Henry nous a amenés ici un jour. Flynn était encore petit. »

Pop acquiesça et tapota l'épaule de Tom.

Lorsque Grace revint avec la casserole, Pop, avec l'aide de Tom, avait ramassé suffisamment de bois pour le feu, et était en train d'approcher une allumette de la pyramide de brindilles et de feuilles. Quand le feu fut allumé, Grace posa la casserole en son centre et ils s'assirent tous à l'ombre d'un arbre en attendant que l'eau bouille. Puis Pop déballa le cake aux fruits fait maison par sa femme et le découpa avant de préparer du thé pour aller avec.

Ils partirent peu après avec leurs cannes à pêche, remontant la rivière jusqu'à un endroit où elle formait de larges mares. Ils pêchèrent pendant le restant de l'après-midi mais n'attrapèrent rien. À la fin de la journée, ils regagnèrent leur campement en traînant les pieds et regardèrent la lumière décliner. Pop ralluma le feu et Grace posa dessus la casserole fraîchement remplie, puis elle s'endormit aussitôt. Lorsqu'elle se réveilla, Pop et Tom avaient déjà préparé le thé, en avaient bu la plus grande partie, et étaient retournés chercher de l'eau à la rivière. L'odeur du thé et de la fumée l'enveloppait, et le feu n'était plus qu'une petite masse de braises rouges. Plus tard, lorsqu'ils eurent mangé et que le soleil eut disparu, ils s'allongèrent dans leurs sacs de couchage et écoutèrent les bruits de la nuit. Au bout d'un moment, Pop se souleva sur un coude et se pencha vers Tom.

« Je suis désolé, fiston, dit-il doucement. Je n'avais pas songé que ça pourrait être dur pour toi de venir ici.

– Ça va. Vraiment.

– Tu es sûr ?

– Oui.

– Bien. »

Tom attendit. Pop semblait vouloir ajouter quelque chose sans savoir par où commencer.

« Tu sais, dit-il finalement, j'ai eu une bonne discussion avec Henry l'autre jour. Il regrette d'avoir fait ce qu'il a fait, d'avoir autant bu. Ce n'est pas un mauvais bougre, Tom, juste un homme qui souffre. »

Tom acquiesça.

« Tu dois comprendre ce que Flynn représentait pour lui. Et pour ta mère aussi. Le petit gars… les maintenait ensemble. Mme Mather et moi, eh bien, on n'est pas toujours d'accord, mais on adore Grace plus que tout. S'il devait lui arriver quelque chose, je crois qu'on encaisserait encore plus mal le coup que ta mère et Henry. »

Tom se tourna vers la silhouette assoupie de Grace et acquiesça une fois de plus.

« Mais c'était aussi mon frère.

– Oui. Je sais. Je sais. Écoute, un jour, quand ta mère… ira mieux, elle sera là pour toi. En attendant… j'ai dit à Henry que tu étais vraiment un bon garçon. Je lui ai dit qu'il devrait faire un peu plus attention.

– Vous avez dit ça ?

– Oui. »

Tom regarda un moment ses doigts avant de déclarer :

« Je ne crois pas qu'Henry… je ne crois pas qu'il… je ne crois pas qu'il ait *jamais* voulu être mon père.

– Je pense que tu te trompes, Tom, répliqua Pop d'une voix grave. Mais si c'est le cas… alors c'est un imbécile. »

Pop s'étendit de nouveau et ferma les yeux.

« Bonne nuit, Tom, dit-il. Je tombe de sommeil. Nous discuterons un peu plus demain… quand nous aurons attrapé un énorme poisson… d'accord ?

– D'accord. Bonne nuit.

– Bonne nuit. »

Le ciel parfaitement dégagé était illuminé par l'éclat de la lune. Tom le regarda un moment puis sombra dans le sommeil, un sommeil sans rêves.

# 18

Nichée au bord de la rivière, la petite ville d'Angel Rock semblait toujours profondément endormie lorsque Gibson la quitta aux premières lueurs du matin, mais elle semblait aussi, peut-être, sur le point de produire l'impossible, de révéler une beauté véritable, ou quelque chose s'en rapprochant. Il leva les yeux vers le Rocher. Comme l'avait dit Pop, avec la lumière telle qu'elle était, il comprit pourquoi il avait été baptisé Angel Rock. Il comprit pourquoi le morceau de roche en forme de voile à l'arrière avait pu être pris pour une aile, et celui d'en dessous pour une sorte de tête. Mais les rayons du soleil changèrent d'angle et le Rocher se métamorphosa sous ses yeux. Il voyait toujours un visage, mais si c'était celui d'un ange, ce devait être l'ange le plus difforme et laid de tous les temps – ou alors peut-être qu'il cachait son visage et avait le front posé sur son bras. Cette vision lui rappela autre chose, quelque chose qu'il avait vu par le passé, mais il n'arriva pas à se rappeler quoi ni où, et, tandis qu'il quittait la ville à faible allure, la lumière changea de nouveau et l'illusion disparut, le Rocher redevint un morceau de pierre quelconque.

Il roula sans encombre jusqu'au moment où il atteignit les collines. La Holden commença alors à chauffer, le forçant à s'arrêter à plusieurs reprises pour laisser refroidir le moteur. La troisième fois que cela se produisit, il descendit dans une ravine et découvrit un magnifique ruisseau dont les rives étaient envahies de fougères et de rochers couverts de mousse. Il remplit sa bouteille d'eau, but, puis resta assis quelques minutes à regarder l'eau claire s'écouler par-dessus les pierres et les algues vertes au fond du ruisseau. Il trempa la main dans l'eau pour sentir sa caresse fraîche et se demanda si Angel Rock et le monde entier n'étaient pas dans un sens similaires : il suffisait de briser la surface pour révéler en dessous la machine sombre de l'existence, le cœur froid, mystérieux et sale de la vie. Son rêve du cimetière lui revint et il se demanda si cet endroit, ce cimetière, existait également, quelque part. Il regarda autour de lui, puis leva les yeux. Rien que des arbres, et le ciel qui semblait si paisible et si vide, et qui pourtant ne l'était pas. Absolument pas. Il agita la main pour la sécher et retourna à sa voiture.

Une fois les collines franchies, il descendit la pente en roue libre et la surchauffe du moteur cessa. L'après-midi passa en un clin d'œil tandis qu'il roulait pied au plancher, ne s'arrêtant qu'une fois à 17 heures pour se soulager au bord de la route. Ça faisait désormais une heure qu'il n'avait pas croisé la moindre voiture ni le moindre camion, et les seuls bruits qu'il entendait étaient celui de son urine heurtant le sol et le cliquètement lent du moteur qui refroidissait. Devant lui, se dressait une petite chaîne de collines tapissées d'eucalyptus à feuilles sombres au-dessus desquels une couche de brume bleuâtre flottait comme de la fumée, comme si les arbres brûlaient sans se consumer. Lorsqu'il s'engagea dans la forêt, il découvrit un sous-bois d'arbustes ternes et une terre cendrée, et, lorsqu'il franchit la colline suivante, il distingua une ville dans la vallée en contrebas. Derrière la ville, s'étirait un paysage aux teintes pêche, ocre, olive et rouille ; le ciel d'un bleu éclatant était comme une chape électrique.

Il pénétra dans la ville plate qui ne comportait que deux rues, se gara dans un parking et s'endormit sur la banquette arrière, épuisé.

En rêve, il vit Darcy qui marchait devant lui, hors de sa portée, sous des arbres, puis à travers les rues désertes d'Angel Rock. Il la suivait, certain que s'il parvenait à la rattraper, la toucher serait une expérience unique, une expérience qui le soulèverait comme une vague bleue, qui l'engloutirait, qui lui couperait le souffle – peut-être à jamais – mais qui vaudrait assurément la peine.

Il se réveilla avec un sourire sur le visage et se demanda comment son esprit avait pu la ressusciter aussi précisément alors qu'il ne l'avait jamais rencontrée. À travers la vitre, il vit une myriade d'étoiles, étincelantes dans le vide noir de la nuit. Il songea qu'il aurait dû se sentir seul, mais il n'en était rien. Il referma les yeux, espérant que le rêve reviendrait.

Il reprit conscience lorsqu'un petit aborigène se mit à taper contre la vitre juste au-dessus de sa tête. L'œil trouble, à moitié endormi, il enfonça la main dans sa poche et tendit au garçon un billet d'un dollar à travers l'interstice qu'il avait laissé au-dessus de la vitre. Le garçon saisit le billet et détala, riant et poussant des cris de joie. Dix minutes plus tard, Gibson s'extirpa de la voiture et se lava du mieux qu'il put au petit lavabo des toilettes publiques qu'il trouva au fond du parking. Après quoi il marcha jusqu'à l'hôtel voisin et commanda des œufs, des côtelettes d'agneau et du bacon, qu'il dut manger en écoutant les jérémiades du propriétaire des lieux comme s'il était une sorte de confesseur itinérant. Lorsqu'il regagna le parking, le garçon se tenait à côté de sa voiture tandis que deux de ses petits copains l'observaient à bonne distance.

« Votre pneu est à plat, mon pote, lança le garçon en désignant l'objet incriminé. C'est ce que j'essayais de vous dire. »

Il tendit la main et le gratifia d'un sourire tout en dents.

Gibson lui retourna son sourire.

« Ce ne serait pas toi qui l'aurais dégonflé, par hasard ?

– Nan, mon pote.

– Tu le jures ?

– Je le jure. Croix de bois, croix de fer, si je mens, je vais en enfer. »

Le garçon cracha dans sa paume et tendit la main pour que Gibson la serre.

« C'est bon, dit Gibson. Je te crois. » Il tira un autre billet d'un dollar de son portefeuille et le lui tendit. « Tiens, et ne dépense pas tout d'un coup. »

Les trois garçons le regardèrent changer son pneu, puis ils le saluèrent de la main lorsqu'il repartit. Il roula quelques heures avant d'atteindre une nouvelle petite ville qui s'étirait le long d'une rivière brune. Comme il longeait la rue principale, un cortège funèbre sortit de l'église. La plupart des habitants semblaient être présents. Gibson s'arrêta devant l'hôtel et attendit que le cortège passe.

Un vieil ivrogne sortit de l'hôtel, s'appuya à la rambarde de la véranda et le lorgna. Gibson n'aurait pas pu trouver un plus bel exemple de pochetron. L'homme descendit trois marches et s'arrêta au niveau de la vitre de sa voiture.

« Un enterrement, déclara l'homme. Ce sera pas long.

– Oui, soupira Gibson. Je les collectionne en ce moment.

– Vous collectionnez les enterrements ?

– Oui.

– Mince, c'est pas bon, ça !

– Non. C'est encore loin, Mount Wright ?

– Mount Wright ?

– Oui.

– Aaah ! vous y êtes presque, mon gars, répondit l'homme en lui faisant un clin d'œil. Venez boire un coup. Ça vous fera du bien. On a organisé une petite veillée. »

Gibson désigna le cortège de la tête.

« Qui est mort ?

– Un vieux chnoque… du nom de Spratt… je le croyais mort depuis des années, à vrai dire. »

Le vieil homme fit la grimace, ricana comme un cinglé à sa propre plaisanterie, puis regrimpa les marches en titubant pour retrouver la fraîcheur du bar. Gibson secoua la tête, presque un peu envieux.

Le cortège quitta la rue et s'engagea sur un pont en direction de la rive opposée. Il le suivit à bonne distance jusqu'à ce que le corbillard et les voitures qui l'accompagnaient s'engagent dans une allée au bout de laquelle il distingua un cimetière. Il s'imagina les âmes des anciens habitants du coin flottant dans l'éther, attendant la résurrection, leurs yeux s'ouvrant après un sommeil interminable, comme s'il ne s'était écoulé qu'un bref instant. Il enfonça l'accélérateur, laissant tout ça dans son sillage poussiéreux.

Après avoir roulé quelques kilomètres hors de la ville, il vit une pancarte de l'autre côté de la route.

« Mount Wright », lut-il à l'envers dans son rétroviseur lorsqu'il l'eut dépassée. Il secoua la tête, fit demi-tour et regagna la ville. Quand il s'arrêta de nouveau devant l'hôtel, l'ivrogne le vit et se mit à rire comme une baleine.

« Je vous avais dit que vous y étiez presque ! bredouilla-t-il.

– Crétin », marmonna Gibson. Il descendit de voiture et s'approcha de lui. « Je cherche un type nommé Smi… nommé Horace Flood, dit-il.

– Horace Flood ? » L'homme se retourna et cria en direction du bar. « Hé, bande d'idiots, y en a un de vous qui connaîtrait un Horace Flood ? »

De l'obscurité jaillirent quelques réponses murmurées :

« Oui. Mais ça fait un bout de temps qu'il est parti.

– Il vit à Sapphire, d'après ce que j'ai entendu dire. Près de la frontière.

– C'est le prédicateur. »

L'ivrogne répéta ces paroles à Gibson comme s'il était dur d'oreille.

« Il n'habite plus ici ?

– Il habite plus ici ? cria l'ivrogne.

– Non. Des années qu'il est parti, répondit une voix à l'intérieur.

– Non, mon vieux, parti depuis des années, à en croire ces gens, répéta l'ivrogne.

– Sa femme et sa fille sont au cimetière, ajouta un autre client de l'hôtel.

– Sa femme et…

– Oui, j'ai entendu, coupa Gibson. Tenez. » Il tendit à l'homme un billet de dix dollars. « C'est ma tournée. »

L'ivrogne lorgna le billet, puis le tint à la lumière.

« Aah, magnifique ! s'exclama-t-il finalement, manifestement ravi. C'est gentil de votre part, mon vieux. »

Gibson se rendit au cimetière, et déambula parmi les anges de pierre et les fleurs en plastique jusqu'à trouver les tombes qu'il cherchait. Il les examina un moment, puis leva les yeux vers la clôture du cimetière et les champs vides qui s'étiraient derrière. Personne ne l'observait, personne n'était agenouillé devant une autre tombe avec des fleurs de pacotille et des larmes de crocodile. Les proches du vieil homme qu'on enterrait étaient toujours rassemblés autour de sa tombe ouverte. Il laissait derrière lui une grande famille. Enfants, petits-enfants, arrière-petits-enfants à en croire leur âge. Une ou deux personnes jetèrent un coup d'œil dans sa direction, mais elles avaient d'autres chats à fouetter et ne firent bientôt plus attention à lui. Il se concentra de nouveau sur les tombes.

La mère était morte bien des années avant sa fille. *Noyée*, lut-il sur la pierre tombale de cette dernière. *Annie Flood. Noyée*. Qui n'avait pas rêvé de partir ainsi, qui ne s'était imaginé sombrant dans les profondeurs ? La vie d'Annie semblait se résumer à ce mot gravé dans la pierre à côté de son nom. Il effaçait tout ce qui s'était passé avant. Tout ce qu'elle avait été, pensé et vu au cours de sa brève existence. Il ne restait que ça : noyée.

Lorsqu'il sortit de sa rêverie, il vit le cortège s'éloigner, la poussière s'élevant paresseusement sur son passage puis retombant mollement. Il essuya la sueur sur son front et agita son doigt humide vers la terre poussiéreuse, puis il se retourna et abandonna les deux femmes à leur repos, espérant que l'autre monde leur avait réservé un sort un peu meilleur.

Au-delà de la ville, le paysage consistait en de larges plaines arides parsemées d'arbustes mornes jouxtant de vastes étendues de néant. Gibson n'avait jamais été aussi loin de tout ce qu'il connaissait. Des mirages chatoyaient au bout des longues lignes droites comme si le ciel se mêlait à la terre dans une illusion d'optique. Des corbeaux dansaient autour de charognes au milieu de la route, enfonçant leurs becs durs dans la viande jusqu'à presque finir sous les roues de la Holden, comme s'ils se disaient que Gibson s'arrêterait peut-être pour déguster lui aussi un peu de chair en décomposition. À deux heures moins le quart, il vit une vieille pancarte indiquant qu'il approchait de Sapphire. Il s'arrêta au bord de la route. Il était au sommet d'une élévation et voyait, à des dizaines de kilomètres à la ronde, le ciel bleu s'étirant sans interruption d'un horizon à l'autre. Vers le sud-ouest, se trouvait un plateau long et bas. À part ça, la seule chose visible était une colonne de poussière qui s'élevait en tourbillonnant dans les airs. Il la regarda serpenter à travers le paysage, puis s'évanouir au loin. S'il y avait une ville quelque part, il ne la voyait pas. Pas de Damas ni de Jérusalem. Du désert, oui, mais pas de tentations : pas d'étalages de chair dénudée, pas de palais regorgeant d'or, pas de fontaines de parfum, pas de cités à piller. Il remonta dans sa voiture et roula au milieu du néant pendant une heure de plus avant que Sapphire ne se révèle lentement à lui. Dans un léger repli du paysage, il vit la lumière du soleil se refléter sur une construction humaine, mais il mit un quart d'heure de plus à atteindre la source de ce reflet. La route s'achevait brutalement, et elle était bordée sur les cinquante derniers mètres par une douzaine de baraques en tôle. Gibson coupa le moteur et regarda autour de lui, fatigué et assoiffé. Le village était entouré d'un paysage rocailleux brûlé par le soleil et parsemé de touffes d'herbe épineuses qui montaient à hauteur de genou. De petites fleurs jaunes dont les tiges tremblaient dans la brise chaude jaillissaient de la terre rouge jonchée de pierres. Il descendit de voiture et s'étira, puis il marcha jusqu'à la baraque la plus proche et frappa à la porte. Pas de réponse. *Idem* aux maisons suivantes. Une ville fantôme et un silence de mort. Il hésita entre soulagement et déception.

Il commença à examiner chaque baraque plus attentivement. La plupart ne renfermaient que de la poussière et des toiles d'araignées. Quand l'une d'elles semblait avoir été occupée récemment, il recherchait des indices sur son propriétaire, mais ne trouva aucune trace ni de Flood ni de Smith. Il atteignit finalement la dernière baraque du côté ouest de la rue. Celle-ci se dressait un peu à l'écart des autres. Sa porte était verrouillée, ses fenêtres obscurcies par de lourds rideaux. Il en fit le tour. Quelques vieux outils étaient posés contre le mur, mais, à part ça, il n'y avait rien. Il brisa le cadenas de la porte de derrière à l'aide d'une vieille pelle puis s'agenouilla dans l'entrebâillement et scruta la fine pellicule de poussière sur le sol. Elle était parfaitement uniforme. Ça faisait au moins des mois, peut-être des années, que personne n'était entré ici. Il pénétra à l'intérieur et ouvrit les rideaux pour avoir un peu de lumière. Il n'y avait qu'une seule pièce : une cheminée, une table et un coin cuisine d'un côté, un lit de l'autre. Une vieille couchette de train posée sur deux barres de métal rouillé formait un dessus de cheminée. Sur sa surface de bois rugueux étaient posées une pipe, une boîte de tabac Capstan et une boîte d'allumettes.

La boîte de tabac était vide. Il souleva la pipe. Elle était lisse et froide sous ses doigts. Il éprouva une vague déception, comme s'il s'était attendu à trouver une petite braise brûlant dans le fourneau.

La pipe était la seule chose qui trahissait un vice, le seul élément qui venait tempérer l'impression d'austérité absolue du lieu. Il s'avança pour examiner le coin cuisine. Les assiettes et les bols qui y étaient empilés étaient soit en étain cabossé, soit en bois tourné, et les couverts étaient des reliques usées, vieilles de plusieurs décennies. Dans le minuscule garde-manger, il trouva des bocaux de farine, de thé, de sucre et de sel presque vides. Il s'approcha du lit sur lequel étaient étalées des couvertures grises provenant d'un surplus militaire. À côté, sur une petite table poussiéreuse, un bout de chandelle était posé sur un couvercle de boîte de conserve. Il s'assit sur le lit et passa la main sous l'oreiller, mais il ne trouva rien. Il ouvrit le tiroir de la table et en tira une épaisse bible reliée de cuir, ainsi qu'une vieille boîte à biscuits métallique dont le motif écossais était quasiment effacé. Il ouvrit la bible. En haut de la couverture intérieure, il découvrit le nom de son propriétaire écrit en épaisses majuscules : SMITH.

Il poussa un long soupir, et se mit à feuilleter les pages fines et sales d'une main légèrement tremblante. Il tomba sur un passage souligné. Puis il en trouva bientôt de nombreux autres, avec des renvois à d'autres ouvrages, d'autres chapitres, d'autres versets, certains portant des annotations, des points d'exclamation ou d'interrogation. Le livre des Proverbes était abondamment souligné. De même que le livre de Job et le livre des Lamentations. Smith semblait le genre d'homme qui aimait entretenir soigneusement sa noirceur.

Il posa la bible sur le lit et souleva le couvercle de la boîte métallique. À l'intérieur, se trouvait une liasse de feuilles de papier d'environ cinq centimètres d'épaisseur, entourée d'une ficelle brune. Il vit que les feuilles étaient recouvertes d'une écriture serrée. Il dénoua la ficelle et lut la première page, puis la deuxième. C'était une sorte de traité, mais il prenait manifestement l'argumentation en cours et son sujet lui échappait. Les notes de bas de page et les annotations étaient encore plus nombreuses que dans la bible. Il y avait une quantité de passages biffés et de références interminables à d'autres ouvrages, mais c'étaient les longues circonlocutions à peine lisibles qui le déconcertaient. Il feuilleta les pages, vit un nom commencer à apparaître de plus en plus souvent, parfois souligné d'un furieux trait rouge. Horace Flood. Chaque fois qu'il apparaissait, c'étaient de violentes harangues, des condamnations, du vitriol. Un grand schisme semblait s'être creusé entre les deux hommes. Mais malgré tous ses efforts, il ne parvenait pas à identifier le motif de leur désaccord, jusqu'au moment où il tourna une page et tomba sur le début du texte, qui avait été coupé en deux comme un jeu de cartes.

Annie Flood était l'unique sujet de la première moitié du manuscrit – Annie et personne d'autre. Page après page, la dévotion absolue de Smith pour elle y était étalée, à tel point que Gibson commença à avoir la nausée. C'était pire qu'une obsession. Il continua de feuilleter le texte jusqu'à tomber sur une page à laquelle était épinglée une photo d'Annie. Elle était jaunie par l'âge, un peu moisie, mais Gibson parvint à discerner ses traits. Il crut percevoir un air de famille avec Billy, mais c'est sa ressemblance avec Darcy Steele qui le stupéfia immédiatement.

Tandis qu'il scrutait la photo, une feuille de papier glissa de la liasse et tomba sur ses cuisses. Il la souleva, toujours un peu troublé, et l'examina. Un passage de la bible avait été recopié sur la page à l'encre noire :

> Tandis qu'il parlait encore, survinrent de chez le chef de la synagogue des gens qui dirent : « Ta fille est morte ; pourquoi importuner davantage le maître ? » Dès qu'il entendit ces paroles, Jésus dit au chef de la synagogue : « N'aie pas peur, crois seulement. » Et il ne permit à personne de l'accompagner, si ce n'est à Pierre, à Jacques, et à Jean, le frère de Jacques. Ils arrivèrent à la maison du chef de la synagogue, où Jésus vit une foule bruyante et des gens qui pleuraient et poussaient de grands cris. Il entra, et leur dit : « Pourquoi tant d'agitation, et pourquoi pleurez-vous ? L'enfant n'est pas morte, elle dort. » Et eux se moquèrent de lui. Mais lorsqu'il eut fait sortir tout le monde, il prit avec lui le père et la mère de l'enfant, et ceux qui l'avaient accompagné, et il entra dans la pièce où gisait l'enfant. Il la saisit par la main, et lui dit : « *Talitha koumi* », ce qui signifie : « Jeune fille, je te dis de te lever. » Aussitôt, la jeune fille se leva, et se mit à marcher ; car elle avait douze ans. Tous furent pris d'un grand étonnement. Et Jésus les prévint que nul homme ne devait savoir la chose ; puis il ordonna qu'on lui donnât à manger.

Gibson observa successivement le texte et la photo. Il se demandait si Smith était retourné à Angel Rock, s'il avait vu les photos de Darcy que possédait Adam Carney, avant de la voir en chair et en os, et de basculer dans une sorte de folie. Avait-il voulu faire payer Henry pour la mort d'Annie ? Il ne comprenait pas vraiment comment Darcy s'était retrouvée à ce point mêlée à la vendetta diabolique de Smith, mais il était évident que le fait d'être ainsi épiée avait dû la perturber.

Il savait qu'il avait vu juste à propos de Smith, il était intimement persuadé que celui-ci était lié à la disparition des enfants, et il se mit à examiner les pages encore plus attentivement dans l'espoir d'y découvrir ce qu'il avait pu faire de Flynn ; où il avait pu l'emmener. Un nom qu'il avait rencontré dans la première moitié du texte réapparut. *New Eden*. New Eden. D'après ce qu'il comprenait, c'était là qu'Horace Flood était allé après avoir quitté Mount Wright et Sapphire. Il poursuivit sa lecture jusqu'à finalement trouver une description du lieu, et suffisamment d'informations pour s'y rendre. Il renoua la ficelle autour des feuilles et sortit.

Il déposa la liasse dans sa voiture et se mit à examiner les alentours du village à la recherche d'une petite tombe dans laquelle on aurait pu enterrer un enfant. Lorsqu'il eut fini son inspection sans avoir rien trouvé, il poussa un soupir de soulagement, puis décida d'aller faire un tour dans les petites collines à l'ouest, histoire de s'éclaircir les idées et d'observer le paysage. Au nord, il distingua confusément la barrière à dingos[1] qui longeait la frontière, mais, à part ça, c'était comme si aucun homme n'avait jamais foulé le sol de cette région. Les baraques en tôle qui constituaient Sapphire ressemblaient à des jouets depuis les hauteurs, comme si le simple fait d'avoir gravi la colline avait fait de lui un géant. Peut-être était-ce ce qui avait attiré Smith et

1. Barrière érigée entre 1880 et 1885 autour du Sud-Est de l'Australie pour protéger les cultures de la région des invasions de dingos. Avec ses 5 614 kilomètres, c'est la plus longue barrière du monde. (N.d.T.)

Flood dans ce désert magnifique et brutal ; l'espoir qu'en venant ici ils seraient supérieurs aux autres hommes, plus grands, plus proches de Dieu. Il se les imagina alors, accompagnés de leurs disciples, agenouillés dans la poussière sur la crête de la colline, parfaitement pieux, levant leurs bibles vers le ciel vide comme s'ils attendaient que des explosions de feu sacré y ajoutent de nouvelles paroles. Peut-être la tentation existait-elle ici après tout.

Il regagna le village fantôme et s'assit sur le capot de la Holden, observant la rue principale et les lézards qui cavalaient tandis que le jour déclinait lentement. De petits oiseaux surgissaient de leurs perchoirs dans les avant-toits des baraques abandonnées. Les collines qu'il avait arpentées une heure plus tôt prirent des tons lavande et magenta. Le soleil baissait, et les objets les plus infimes projetaient sur la plaine une ombre immense. Puis, telle une teinture jetée sur des choses invisibles, la lumière du soleil couchant dessina le contour de structures immenses qui filaient à travers le ciel. Il aperçut des montagnes et des ruines gigantesques, des galions avec des hectares de voile. Il les vit apparaître lentement, puis s'estomper sous le linceul gris perle du ciel de plus en plus sombre avant d'être réduites à néant.

Malgré sa hâte de se rendre à New Eden, il était trop tard et Gibson était trop fatigué pour faire la route de nuit. Comme il ne voulait pas dormir une fois de plus dans sa voiture, il se mit en quête d'un endroit où passer la nuit. Il trouva un matelas convenable dans une baraque et le porta jusqu'à une autre qui abritait un petit poêle en fonte. Il alluma un feu et mit une conserve de haricots à chauffer sur la plaque, et, une fois son repas achevé, il bloqua la porte avec un morceau de fil de fer et s'étendit, écoutant le crépitement faible et rassurant du poêle. Il pensa à sa mère, à sa sœur, à Darcy, et il murmura dans le noir :

« Je crois que nous touchons au but, les filles. »

Il entendit le hurlement plaintif d'un dingo au loin, mais celui-ci resta sans réponse, et il s'endormit finalement. Soudain, en pleine nuit, la porte s'ouvrit brusquement et vint heurter le mur de la baraque. Il se réveilla en sursaut, fixa des yeux la porte ouverte pendant près d'une minute, désorienté, l'estomac noué par une angoisse irrationnelle. Une rafale de vent souleva quelque chose dehors, un bout de métal peut-être, et le projeta contre le flanc de la baraque. Le fracas l'arracha à sa stupeur et il se leva, marcha jusqu'à la porte et la bloqua de nouveau avec le bout de fil de fer. Puis il tira son revolver de son sac, ainsi que sa boîte de munitions. Il se recoucha, chargea l'arme et plaça son doigt sur l'acier froid de la détente. Il resta étendu ainsi pendant ce qui lui sembla des heures, serrant le revolver contre sa poitrine, le chargeant et le déchargeant dans le noir jusqu'à ce que ses doigts s'engourdissent. Puis le clic, clic, clic des balles fut remplacé par un bruit de griffes sur le toit de tôle qu'une créature arpentait de long en large, attendant que Gibson sorte.

# 19

À leur réveil, la vallée était inondée d'une rosée argentée, comme si une étrange mer intérieure avait surgi pendant qu'ils dormaient. Ils allèrent à tour de rôle faire un brin de toilette à la rivière avant d'avaler du porridge agrémenté de lait et de sirop sucré. Bientôt, le soleil apparut au-dessus des collines à l'est, faisant naître des arcs-en-ciel dans la vapeur qui s'élevait de leurs tasses de thé. Ils remballèrent leur matériel et se mirent à longer la rivière dans le sens du courant, tandis que la brume se dissipait et que la lumière chaude du soleil commençait à inonder le sentier. Ils marchèrent pendant vingt minutes avant d'atteindre un autre endroit que Pop jugea prometteur. Ils s'arrêtèrent et pêchèrent, mais toujours sans succès. Pop posa sa canne en poussant un soupir, puis il se roula une cigarette et trouva un coin agréable où la fumer. Grace vint s'asseoir près de lui.

« On dirait qu'il va pleuvoir cet après-midi, ou ce soir », déclara-t-il.

Grace acquiesça. Ça semblait une prévision raisonnable même s'il n'y avait pas de nuages, et, tandis qu'elle scrutait le ciel autour d'elle en opinant du chef, elle remarqua qu'il était amusé par son assentiment aveugle.

« Là-bas », ajouta-t-il en tendant la main en direction d'un long escarpement qui se détachait sur une ligne de collines grises un peu plus loin.

Juste derrière les collines, il y avait de la brume, et derrière la brume, ou à l'intérieur, elle distingua à peine un petit amoncellement de nuages blancs et floconneux. Elle acquiesça une fois de plus et se tourna vers Tom. Il était assis près d'un arbre avec Ham à ses pieds, sa ligne retombant mollement dans l'eau. Il fixait d'un œil absent l'autre côté de la rivière, et elle se demanda ce qui se passait dans sa tête.

Après un moment, ils se remirent en route. Tandis qu'ils marchaient, Grace gardait un œil sur les nuages et l'autre sur Tom. Vers le milieu de l'après-midi, les nuages avaient gonflé comme de la pâte à pain, voilant l'escarpement et menaçant de bloquer la lumière du soleil. Tom semblait toujours aussi absent. Une rafale souleva les cheveux de Grace et elle inspira profondément l'air frais.

« L'orage approche, annonça Pop. Je crois qu'on va devoir le laisser passer. »

Ils se dirigèrent vers le flanc de la colline la plus proche à la recherche d'un abri. Pop désigna une grappe d'affleurements rocheux. Ils s'en approchèrent, et Grace trouva une saillie suffisamment grande pour les protéger du gros de la pluie et des branches qui risquaient de tomber. Ils s'assirent, tous trois enveloppés dans le ciré de Pop, et attendirent pendant que l'orage couvait au-dessus d'eux et que l'air se chargeait d'électricité. Tom serra Ham contre sa poitrine et, sentant son cœur qui battait à toute allure, tenta de le calmer. Le ciel s'assombrit soudainement, un éclair brilla, accompagné d'un violent coup de tonnerre, et le nuage énorme fonça droit sur eux. Grace se tourna anxieusement vers Pop, mais il regardait droit devant lui, subjugué, aussi immobile qu'un roc, avec un petit sourire sur les lèvres. Il la regarda, lui fit un clin d'œil, et elle parvint à esquisser un faible sourire en retour. Un vent puissant s'engouffra dans la vallée, leur projetant des feuilles et de la poussière dans les yeux tandis que les oiseaux filaient vers leurs abris. Ils entendirent le rugissement de la tempête qui approchait, puis tout à coup elle les enveloppa dans un déferlement de pluie, de coups de tonnerre et d'éclairs. Pop s'amusa de tout ce bruit – presque aussi pittoresque qu'un chant d'oiseau, que le frémissement d'un ruisseau sur des galets – mais il passa un bras autour des épaules de sa fille pour la rassurer. Un claquement assourdissant retentit tandis qu'une décharge électrique tentait de fendre la terre. Grace, éblouie par l'éclair, serra fort les yeux, mais la ligne bleue irrégulière continua de palpiter derrière ses paupières. Puis, après un bref orage d'une dizaine de minutes, la tempête s'éloigna. La pluie cessa, et seules quelques grosses gouttes tombées des arbres continuèrent de bombarder le ciré de Pop.

« C'est bon ? Tout le monde est en un seul morceau ?

– Oui.

– Oui. »

Ils se levèrent, respirèrent l'air frais et regardèrent le nuage orageux s'éloigner, les longs roulements du tonnerre résonnant à travers la vallée.

« Si ça ne réveille pas les foutus poissons, je ne sais pas ce qui le fera », déclara Pop.

Ils regagnèrent la rivière et la longèrent un moment puis atteignirent enfin un endroit où elle formait un torrent entre deux saillies rocheuses avant de s'ouvrir sur une zone plus paisible. Le soleil réapparut derrière les nuages et de fines volutes de vapeur s'élevèrent au-dessus des flaques qui jonchaient la rive caillouteuse. Ils posèrent leur chargement et examinèrent les lieux.

« Si j'étais un poisson, c'est ici que j'habiterais », déclara Tom.

Pop s'esclaffa et fut d'accord avec lui. Il fouilla dans son balluchon et en tira une bouteille de bière.

« Mets-la dans l'eau, tu veux bien, Tom ? demanda-t-il en la lui tendant. Mais ne va pas effrayer les poissons !

– D'accord. »

Grace dénicha un endroit ombragé sur la rive. Au-dessous d'elle, un grand rocher en saillie entravait le courant de la rivière, et le soleil étincelait sur l'eau agitée. Elle planta un morceau de pain sur son hameçon et le lança dans l'eau, puis elle vit Pop assembler sa canne à mouche et lancer sa ligne au loin. Elle attendit, se laissant bercer par le bruit du vent dans les joncs et par le murmure de l'eau au point d'avoir envie de dormir. Elle regarda Tom qui marchait le long de la rive. Il avait une allure un peu gauche. Même s'il grandissait vite, il était toujours un enfant, un enfant doux et attentionné, pas comme Sonny ou Charlie, ou tous les garçons qu'elle connaissait d'ailleurs. Le simple fait de le regarder la rendait triste. Elle aurait voulu l'aider, mais ne savait pas comment.

« Ça mord ? lança-t-elle.

– Non », répondit Tom.

Il sembla un instant sur le point d'ajouter quelque chose, puis il continua de s'éloigner en suivant le courant avec son chien sur ses talons.

L'après-midi touchait à sa fin, l'ombre s'était déplacée et les bras de Grace commençaient à rosir au soleil.

Pop n'avait toujours rien pris – pas une seule touche – et Tom non plus.

« Les bons pêcheurs ne sont pas en veine ! » lança-t-il, et il abandonna.

Il marcha jusqu'à Grace et s'assit à côté d'elle. Le soleil commençait à décliner derrière les collines, et la rivière, avec sa surface noire comme un sol ciré, ressemblait à une scène au-dessus de laquelle les oiseaux virevoltants se donnaient en spectacle. La brise cessa et plus rien ne bougea, hormis la rivière et les oiseaux. Grace lança une fois de plus sa ligne. Soudain, une forme lumineuse transperça la surface et la silhouette arquée d'une perche dorée jaillit de l'eau. Grace éclata de rire et commença à tirer. Pendant un moment, la perche résista vaillamment, puis elle se fatigua, et Grace la sortit et la tint en l'air pour que Pop l'admire. Tandis que le poisson suffoquant balançait au bout de la ligne comme un pendule, le motif parfait de ses écailles opalescentes scintilla dans la lueur déclinante.

« Tu as passé un marché avec saint Pierre ? » demanda Pop en arquant les sourcils.

Grace secoua la tête, souriant d'un air narquois.

« Non. »

Elle posa la perche par terre et arracha l'hameçon de sa bouche, puis elle sortit le couteau de pêche de Pop de l'étui de cuir dans lequel il était enveloppé. Elle tint le poisson et lui enfonça le couteau entre les yeux jusqu'au cerveau pour le tuer avant d'effectuer une incision sur toute sa longueur, de la bouche à la queue. Dans leur enveloppe de peau pâle et argentée, les entrailles semblaient délicates, miraculeuses. Elle les arracha et les jeta dans la rivière, puis descendit au bord de l'eau et lava le sang de ses mains. Pop avait déjà commencé à ramasser du bois pour le feu et Tom s'approcha pour voir ce qui se passait. Grace marcha jusqu'à l'endroit où son père était penché au-dessus des brindilles et lui tendit le poisson.

« Tu peux l'écailler, dit-elle, pendant que j'essaie d'en attraper un autre pour toi.

– Merci, fit Pop en secouant la tête avec un grand sourire. Et prends-en un pour Tom, tant que tu y es. »

Tom vint s'asseoir près du feu et ils regardèrent Grace en silence tandis qu'elle essayait d'attraper un autre poisson. Elle se tenait debout dans la lueur dorée de l'après-midi, cernée d'insectes qui tournoyaient autour d'elle, tellement concentrée sur sa tâche qu'elle en avait oublié la présence de son père et de Tom.

« Regarde-moi ça, murmura Pop en secouant la tête. C'est une sorte de miracle. Il n'y a pas de mots pour le décrire. »

Tom comprenait ce qu'il voulait dire. Ils continuèrent d'observer Grace et, à leur stupéfaction, elle attrapa un autre poisson au bout de cinq minutes, celui-ci encore plus gros que le premier. Mais après ça, en dépit de tous ses efforts, elle ne parvint pas à en attraper un troisième.

« Deux suffiront, ma fille, déclara Pop. Viens t'asseoir. »

Lorsque le soleil fut couché, ils firent griller les poissons et les mangèrent. Puis ils restèrent là, repus, à contempler le feu. Pop tendit une boîte en métal à sa fille.

« Roule-moi quelques cigarettes, tu veux bien, Grace ?

– Fines ou épaisses, les clopes ? »

Pop ne répondit rien, se contenta de la regarder d'un air peiné.

« Tu veux bien aller chercher cette bouteille de bière, Tom ? »

Tom alla jusqu'à la rivière et tira la bouteille de l'eau où elle avait passé l'après-midi. Il la tendit à Pop, qui l'ouvrit et remplit sa tasse.

« Souviens-toi d'une chose, dit-il en désignant la bouteille. Ce n'est pas ça, le problème d'Henry. Le problème d'Henry, c'est Henry lui-même. La bière est une boisson honnête, et rien ne vaut une bonne bière après une dure journée. Tiens, goûte. »

Pop tendit la bouteille à Tom, qui but une gorgée.

« Qu'est-ce que tu en penses ? »

Tom s'essuya la bouche.

« C'est pas très bon ! »

Pop éclata de rire.

« Gracie dit la même chose ! »

Celle-ci lui tendit les cigarettes qu'elle avait roulées.

« Merci, chérie. »

Pop vit à l'expression de sa fille qu'il l'avait embarrassée devant Tom. Il fuma une cigarette en sirotant sa bière. Grace se glissa dans son sac de couchage et posa la tête sur la cuisse de son père. Bientôt, ses yeux se fermèrent, sa bouche s'ouvrit, puis ses jambes commencèrent à remuer et son front se plissa tandis qu'un rêve s'emparait d'elle.

« Elle a toujours été comme ça, dit doucement Pop. Quand elle était gamine, elle était toujours à courir, bien déterminée à faire chaque chose jusqu'au bout. Je la retrouvais endormie en toutes sortes d'endroits, complètement vidée. »

Tom se tourna vers Grace, gêné que Pop parle d'elle pendant qu'elle dormait.

« C'est son grand-père – mon père – qui lui a appris à pêcher. Moi, je n'ai jamais été doué, mais au moins il m'a montré les meilleurs endroits qu'il connaissait.

– Il est toujours vivant ?

– Non, il est mort il y a quelques années.

– Oh ! »

Pop regarda le garçon. Celui-ci semblait soudain troublé.

« Qu'est-ce qui se passe ? Tu as recommencé à faire ces cauchemars ?

– Parfois. Je rêve aussi de lions.

– De lions ?

– Oui.

– Des rêves agréables ?

– Oui. En général. Je marche dans le bush et ils m'accompagnent. C'est rassurant, comme s'ils me protégeaient des dangers.

– Ça a l'air bien.

– Je… je voulais les libérer.

– Qui ça ?

– Les lions du cirque.

– Oh ! eh bien, ça n'aurait pas été une si bonne idée. Je suis content que tu ne l'aies pas fait. Leur place n'est pas ici. Ils seraient probablement morts. »

Tom repensa au kangourou que Flynn et lui avaient découvert au bord de la route et à la blessure qu'il avait à l'épaule. Il le revit prenant la fuite de peur, telle une vache poursuivie par un chien.

« Mais ils auraient pu manger des kangourous, non ?

– Certes, mais je pense que le bétail aurait été une meilleure option pour eux, et je ne crois pas que les fermiers les auraient laissés faire bien longtemps. »

Tom acquiesça. Pop attendit.

« Vous le… voyez toujours… parfois ? demanda finalement le garçon.

– Qui ? Mon père ?

– Oui, enfin, est-ce qu'il vous arrive de croire que vous le voyez, dans la rue ou ailleurs ?

– Tu me demandes si je vois des fantômes, Tom ?

– En quelque sorte.

– Et toi, tu en vois ?

– Juste un.

– Je comprends. Je ne crois pas qu'on les *voie* vraiment. Je crois que c'est plutôt notre esprit… qui projette des choses que nous sommes les seuls à voir. Certains appellent ça des “fantômes”, moi, j'appelle ça des “anges”, parce qu'ils veillent sur moi et qu'ils me parlent. Certaines personnes prétendent que les enfants voient des choses que les adultes ne voient pas, mais je n'en suis pas trop sûr.

– Qu'est-ce qu'ils vous disent ? »

Pop sourit.

« “N'aie pas peur”, voilà ce qu'ils disent généralement. “N'aie pas peur.” »

Tom réfléchit à ce qu'il venait d'entendre.

« Donc ce ne sont pas des gens qui sont morts et qui n'ont pas trouvé le repos ?

– Non. Je ne crois pas. Je crois que ce sont ceux qui restent qui souvent ne trouvent pas le repos. C'est pour ça que nous avons besoin de les voir. »

Pop alluma une autre cigarette et tira longuement dessus pendant que Tom réfléchissait.

« Écoute, dit-il après un moment, quand je suis revenu de la guerre, je voyais beaucoup de mes camarades qui ne sont pas revenus.

– Parlez-moi d'eux.

– Eh bien, je n'avais que vingt et un ans quand je me suis enrôlé – je n'étais encore qu'un gamin dans ma tête. Juste avant de commencer mes classes, je suis allé voir des parents à Sydney. Bon, je les ai vus, et le soir je me suis retrouvé tout seul. Je me suis donc dégoté une chambre près de la gare centrale et j'y ai passé la dernière nuit. Et c'est là que j'ai vraiment compris ce que j'étais sur le point de faire, et où j'allais. Je contemplais les murs de cette chambre et je me disais : si je suis tué, je ne serai plus jamais capable de faire ça, de réfléchir allongé sur un lit, ou alors de sortir pour manger quelque chose, de parler à des gens. Ça a vraiment été une révélation. Alors je me suis agenouillé et j'ai prié. Je n'étais qu'un gamin, tout seul, et je voulais une sorte de… réconfort. Que quelqu'un me dise que, quoi qu'il arrive, tout se passerait bien. Que quelqu'un me dise de ne pas avoir peur.

– Et vous l'avez eu ? »

Pop alluma une cigarette, le rougeoiement illuminant son visage.

« Oui. Je crois que j'ai eu plus que ce à quoi je m'attendais. Quelque chose m'a rendu visite. Je ne voyais rien, mais je le sentais.

– Comment c'était ? demanda Tom dans un souffle.

– C'était… c'était… eh bien, tu sais, ces lions de l'autre soir, c'était un peu comme si tu étais entré dans la cage avec eux – sans rien connaître au dressage des lions – et en sachant que, quoi qu'ils décident de faire, tu ne pourrais pas les en empêcher. Tu me suis ?

– Oui, je crois.

– Mais cette chose n'a rien *fait*. Elle a juste été *là*. Je n'ai pas fermé l'œil de la nuit après ça, je suis resté allongé sur ce lit cabossé avec mon cœur qui cognait si fort que ça me faisait mal. Et puis j'ai compris que ça se passerait bien. J'en étais certain. Je *savais* que la guerre ne me tuerait pas.

– Et elle ne vous a pas tué.

– Non, répondit Pop avec un sourire. Elle ne m'a pas tué. Mais elle a essayé, et plus elle essayait, plus je devenais effronté. À la fin, j'étais le plus vieux de mon unité. C'est là qu'ils ont commencé à m'appeler Pop et que j'ai commencé à m'en faire pour eux. Ils étaient jeunes – rien que des gamins, comme moi au début – mais ils se prenaient pour des hommes. Je voulais que tous ces garçons vivent. Je voulais qu'ils vivent, mais je savais, de la même manière que je savais que je m'en sortirais, que certains d'entre eux mourraient. Je le savais. Tu vois, c'était ça le problème – j'en ai trop vu se faire descendre, se faire tuer. Je n'avais pas demandé ça, de la même façon que tu n'as pas demandé à disparaître, mais ça s'est tout de même produit.

– Vous ne voyez plus ces garçons ? »

Pop plissa les yeux, puis il jeta sa cigarette au loin dans l'obscurité.

« Non, pas comme avant. Mais grâce à eux, je sais que je ne vis pas simplement pour moi.

– Comment ça ?

– Eh bien, ces gars ne sont jamais rentrés, ils n'ont jamais revu leurs fiancées, ne se sont jamais mariés, ils n'ont jamais eu d'enfants. J'y pense souvent, surtout quand je suis en rogne après quelque chose.

– Et votre père ? demanda Tom.

– Quoi, mon père ?

– Vous n'avez pas dit si vous le voyiez. »

Grace changea de position et sa tête glissa de la cuisse de son père. Pop enroula son pull et le glissa sous sa tête.

« Non, je ne le vois pas, reprit-il d'une voix douce, mais je le… *sens* parfois. Surtout dans ce genre d'endroit, où j'avais l'habitude de venir avec lui. »

Tom acquiesça, puis caressa le ventre de Ham tandis que le chiot s'étirait pour absorber la chaleur du feu.

« Parfois, j'aimerais que mon père soit toujours avec nous, déclara Tom.

– Oui, eh bien, tu le reverras peut-être un jour.

– Et votre mère, elle est toujours en vie ?

– Non. Elle est morte alors que j'étais à peine plus âgé que toi. Je me souviens bien d'elle. Mon père est venu dans ces collines, dans un coin un peu plus isolé, juste avant de mourir. Il disait toujours que c'était ce qu'il ferait quand son heure viendrait, mais je n'y croyais pas vraiment. Je l'ai retrouvé recroquevillé autour d'un feu éteint, couvert de neige. Il avait neigé ici pour la première fois depuis des années. Au début, ça m'a… brisé le cœur qu'il soit mort seul, mais alors je me suis souvenu de ce qu'il disait tout le temps. Il disait qu'il ne voulait pas devenir un fardeau, et il disait que tant que sa femme – ma mère – serait présente dans son esprit, aussi fraîche et jeune que le jour où il l'avait rencontrée, il continuerait de vivre, mais qu'à l'instant où le souvenir commencerait à se dissiper il saurait que le temps était venu de partir. Il ne supportait pas l'idée qu'il risquait de l'oublier. Alors j'ai su qu'il n'était pas mort seul ici, mais qu'elle avait été avec lui. Ça m'a réconforté. Ça m'a fait comprendre qu'un tel souvenir, le souvenir de quelqu'un qui est parti, peut t'aider pour le restant de tes jours. C'est ce que je dis à Gracie à propos de Darcy, et c'est ce que je veux que tu gardes toi aussi à l'esprit. »

Lorsqu'il releva les yeux, Pop vit sur les joues de Tom deux coulées de larmes qui brillaient à la lueur du feu.

« Désolé, Tom, dit-il en tirant son mouchoir de sa poche et en le lui tendant. Je ne voulais pas te rendre triste. »

Tom marmonna quelque chose et s'essuya les yeux, puis il scruta longuement le feu. Pop l'observa et attendit. Au bout de cinq minutes, il vit Tom rassembler son courage.

« Est-ce qu'il est vraiment mort, monsieur Mather ?

– Je le crois, Tom, répondit doucement Pop. Je crois qu'il doit l'être.

– Les gens croyaient que Jésus était mort, mais il est revenu.

– Certes.

– Et les astronautes, quand ils étaient sur la lune, personne ne savait s'ils reviendraient. Ils auraient pu être morts.

– Exact.

– Mais ils sont revenus.

– Oui, ils sont revenus.

– Il est trop petit pour être où que ce soit sans moi… » bredouilla Tom.

Il se détourna du feu et se mit à pleurer à chaudes larmes. Pop songea que c'était ce qu'il avait de mieux à faire. Que mieux valait qu'il accepte les choses, au plus profond de son cœur. C'était le seul moyen pour lui de commencer à aller mieux.

Il resta étendu là pendant un long moment, à réfléchir tout en regardant sa fille dormir, puis Tom se tourna de telle sorte que Pop put distinguer son visage. L'enfant lui sembla moins tendu, moins soucieux, mais il savait aussi qu'il prenait peut-être ses désirs pour des réalités. Ils restèrent tous deux un instant silencieux, allongés sur le dos, regardant la lune et les étoiles. Pop entreprit alors de montrer à Tom les constellations sur la gigantesque bande que formait la Voie lactée, depuis le Grand Chien jusqu'au Sagittaire. Puis, les constellations lui évoquant la mer et la navigation astronomique, il se mit à parler à Tom d'Ulysse et de son errance. Au bout d'un moment, il regarda le garçon, pensant qu'il s'était endormi, mais celui-ci avait les yeux ouverts, il l'écoutait, et sa tête était pleine des choses qu'il venait d'entendre.

« Continuez, dit-il. S'il vous plaît ?

– D'accord. »

Il lui raconta Thésée et le Minotaure, comment Ariane l'avait aidé à retrouver la sortie du labyrinthe. Il lui parla de Dédale et d'Icare, et aussi d'Œdipe, lui expliquant que son père l'avait abandonné à la mort avec les pieds transpercés et ligotés, mais il s'interrompit alors, songeant que cette histoire n'était probablement pas la plus appropriée, vu les circonstances.

« C'est cruel, observa Tom, brisant le silence.

– Ces vieux conteurs n'y allaient pas de main morte.

– Continuez. Qu'est-il arrivé à Œdipe ?

– Tu es sûr ?

– Oui.

– Eh bien, Œdipe s'est rendu dans cette ville qui avait des problèmes avec un sphinx.

– Qu'est-ce que c'est, un sphinx ?

– Une bête avec un corps de lion. Et une tête et, heu, une poitrine de femme. Et des ailes.

– Une bête imaginaire.

– Oui. Imaginaire. Enfin bref, ce sphinx errait à la périphérie de la ville et il posait une énigme à toutes les personnes qu'il croisait, et si elles ne pouvaient pas la résoudre, il les dévorait.

– Quelle était l'énigme ?

– Voyons voir. Attends que je m'en souvienne. *Qu'est-ce qui a quatre pattes le matin, deux à midi, et trois le soir ?*

– C'est tout ?

– Oui. »

Tom réfléchit un moment, puis il dit :

« Je ne trouve pas.

– La nuit te portera peut-être conseil.

– Non. Je ne trouverai jamais.

– Tu es sûr ?

– Oui.

– Un homme. Voilà la réponse. Quand nous sommes petits, nous rampons à quatre pattes, quand nous sommes adultes nous marchons debout, et quand nous sommes vieux nous utilisons une canne – trois jambes. »

Tom acquiesça lentement.

« Et Œdipe l'a résolue ?

– Oui.

– Et qu'a fait le Sphinx ?

– Il, heu… il a sauté d'une falaise. Ce qui n'était pas une bonne chose pour lui, mais une très bonne pour Œdipe, car ça lui a permis de continuer.

– Peut-être que c'est ce qui est arrivé à Flynn. Il n'aurait pas non plus trouvé la réponse.

– Peut-être. »

Après un moment, Pop regarda en direction de Tom et s'aperçut que ses yeux s'étaient enfin fermés. Ne trouvant pas le sommeil, il s'assit et regarda la surface noire de la rivière, et la lune qui se reflétait dessus. Lorsque le feu commença à s'éteindre vers minuit, il y jeta un peu plus de bois et les flammes repoussèrent un peu plus longtemps l'obscurité et ce qu'elle renfermait. Grace poussa un petit gémissement plaintif alors que son rêve recommençait. Il n'eut pas le cœur de la réveiller et resta là à la regarder dormir, à regarder la lumière du feu danser sur son beau visage agité.

# 20

Gibson quitta Sapphire alors que le soleil commençait à poindre à l'est. Il était ravi de laisser cet endroit derrière lui. La communauté d'Horace Flood était installée à l'ouest de la Cordillère australienne, plus au sud, et il espérait y arriver à l'heure du déjeuner. Mais le trajet prit beaucoup plus longtemps que prévu, et, lorsqu'il atteignit la petite ville de Deepwater, c'était déjà le milieu de l'après-midi. Il acheta une carte plus détaillée dans une station-service et l'étudia attentivement. La communauté se trouvait à quelques kilomètres de la route goudronnée la plus proche, et il semblait impossible d'y accéder en voiture. Il quitta la ville par la route qui s'en approchait le plus et, lorsqu'il estima être suffisamment près, gara la Holden sous un arbre et poursuivit à pied.

Le sol était aride, caillouteux, et couvert d'eucalyptus et d'*agonis* à feuilles grises. Il fut bientôt trempé de sueur. Après une heure de marche difficile, il atteignit un sentier de terre qui grimpait en sinuant à travers les collines. Il le longea pendant une demi-heure puis, à la sortie d'une courbe, découvrit le campement de Flood qui s'étirait en contrebas. New Eden. Il s'accroupit et but au goulot de sa bouteille d'eau. Sous lui, entre deux petites collines, se dressaient une série de tentes multicolores mais bien ordonnées, ainsi que des logements de fortune. L'une des tentes était un vieux chapiteau de cirque qui avait conservé ses décorations, et il ne put réprimer un sourire. Des collines descendait un ruisseau dont chaque rive avait été débroussaillée et transformée en potager. Il vit aussi quelques têtes de bétail efflanquées dans des enclos et quelques moutons qui auraient bien eu besoin d'être tondus.

Il resta quelques minutes accroupi, observant le campement et sirotant son eau jusqu'à ce que sa bouteille soit vide. Puis il descendit vers le ruisseau, mais eut à peine le temps de s'asperger le visage et d'y boire que le soleil s'était couché et que la lune, pleine et majestueuse, luisait déjà au sud-est. Tout était si calme et clair en ce début de soirée qu'il distinguait parfaitement chaque rocher même dans les zones ombrageuses. Vers le sud, la Voie lactée était une île de diamants dans une mer noire et magnifique, et loin à l'est, à l'horizon, il aperçut un éclair faible et silencieux.

Il longea le ruisseau en direction du campement, et, lorsqu'il ne fut plus qu'à quelques dizaines de mètres, il sentit une odeur de viande qui cuisait et entendit des rires d'enfants. Des lanternes étaient accrochées aux arbres. Des feux brûlaient, et il aperçut des gamins qui se couraient après à la lueur des flammes. Puis il vit des femmes vêtues de longues robes, certaines portant un bébé sur leur hanche. Il avait rarement observé une scène aussi paisible, et rien n'avait jamais suscité, au plus profond de lui, un désir si féroce de se joindre à un groupe, d'en faire partie.

Il traversa le ruisseau à un endroit où il était peu profond, ses chaussures se remplissant d'eau et son pantalon devenant bientôt trempé. Il continua d'avancer, puis s'arrêta près d'un arbre et regarda les femmes commencer à découper la viande d'une bête embrochée avec de longs couteaux, fermant les yeux à cause de la fumée qui s'élevait du lit de braises ardentes. Elles empilèrent les tranches fumantes sur des assiettes, puis les portèrent jusqu'à des tables à tréteaux couvertes de draps en toile. Les hommes sortirent alors de la tente principale, chacun vêtu d'une chemise blanche, d'une cravate noire, d'un pantalon sombre et de chaussures cirées. Il ne vit pas Smith, et il n'avait aucun moyen de savoir lequel était Horace Flood. Ce n'est qu'alors que Gibson s'aperçut qu'il avait perdu la notion des jours. C'était dimanche.

Ils s'assirent aux tables et tout le monde fit le silence tandis qu'on chantait le bénédicité. Le chant parvint jusqu'à Gibson et lui rappela les déjeuners du dimanche de son enfance, avec les parents de sa mère, après la messe. Son estomac se mit à gronder tandis qu'il les regardait manger et il se demanda pourquoi il ne s'invitait pas tout simplement à l'une des tables.

Une fois le repas fini, les hommes retournèrent sous la tente et les femmes entreprirent de faire la vaisselle et de s'occuper des enfants. Gibson s'assit pour soulager ses jambes douloureuses et réfléchir à ce qu'il convenait de faire. Il alluma une cigarette en la dissimulant entre ses mains, puis sortit son revolver de son sac, le déchargea et laissa tomber les balles dans sa poche. Il avait presque terminé sa cigarette lorsque deux filles contournèrent l'arbre auquel il était adossé et le virent assis là, le pistolet posé sur sa cuisse. Entre les filles, se tenait un petit enfant, et l'espace d'un bref instant il eut la certitude que c'était Flynn Gunn. Mais en y regardant à deux fois, il s'aperçut que c'était également une fille. Elle portait une salopette, et ses cheveux blonds étaient coupés très court. Les enfants s'arrêtèrent net. La plus âgée des trois devait avoir treize ou quatorze ans et était svelte avec des yeux sombres. Celle du milieu avait environ huit ans, les cheveux plus clairs, un visage rond et angélique, et des lèvres vermeilles. Toutes deux revêtaient la même tenue que les femmes adultes, mais leurs pieds étaient nus et poussiéreux.

« Bonjour, dit-il après une longue pause, faisant glisser le pistolet par terre hors de leur vue. Heu… qu'est-ce que vous faites ?

– On se cache », répondit la fillette au visage angélique en lui lançant un regard pétillant.

La plus grande, sans détacher les yeux de Gibson, lâcha immédiatement la main de la plus petite et couvrit de sa propre main la bouche de celle qui venait de parler.

« Je vois. »

La fillette écarta la main de sa sœur.

« Et vous, qu'est-ce que vous faites ici ?

– Je… heu… j'attends de voir le révérend Flood.

– Oh ! »

Elles le regardèrent un moment en plissant les yeux, puis le virent avec inquiétude se lever et jeter sa cigarette par terre. Le mégot produisit un chuintement dans l'herbe mouillée, s'éteignit.

« Nous devons y aller, déclara la plus grande, entraînant les deux autres à sa suite et se hâtant vers le campement.

– Au revoir.

– Au revoir », répondit la plus petite en se retournant.

Gibson jura à voix basse. Il n'avait plus d'autre solution que d'y aller. La plus grande irait certainement raconter qu'elle avait rencontré quelqu'un. Il enfonça le pistolet dans son sac et marcha rapidement vers le vieux chapiteau de cirque, content de passer enfin à l'action. Il se glissa sans hésiter à travers les deux battants de toile. L'intérieur de la tente était faiblement éclairé par une lanterne à gaz installée près de l'entrée, il y faisait chaud. Il vit un banc vide devant lui et s'assit comme s'il arrivait simplement en retard à un mariage ou à un enterrement. Il retint son souffle pendant quelques instants, mais personne dans l'assemblée ne semblait avoir remarqué son entrée, et au bout d'un moment il se détendit un peu. Il leva la tête et observa ce qui se passait au fond de la tente. Un homme debout était en train de parler en agitant les bras. Ses manches étaient retroussées, laissant paraître des tatouages bleutés. Gibson se demanda si c'était Horace Flood. Avec la couperose qui lui sillonnait le nez et les joues, il aurait pu passer pour un gros buveur. Il n'était pas très grand et conserva une mine de chien battu tout le temps que Gibson l'observa. Il se déplaçait autour du pupitre avec lassitude, et Gibson avait presque acquis la certitude qu'il s'agissait bien de Flood lorsque l'homme regarda dans sa direction et croisa son regard. Ses yeux étaient sombres dans la lumière faible, mais aussi légèrement troublants, comme s'il *savait* des choses – comme s'il connaissait ses péchés et n'aurait aucun scrupule à les exposer, ici et maintenant. Malgré lui, Gibson détourna le regard en premier.

Les femmes commencèrent à entrer, seules ou deux par deux. Sa présence ne tarda pas à être remarquée à mesure que les bancs autour de lui se remplissaient. Il vit des femmes murmurer à l'oreille des hommes. Certains se retournèrent pour le regarder, lui adressant un geste de la tête quand il les saluait en silence. On chanta des hymnes. « Le Pain du paradis ». « Reste avec moi ». Gibson regrettait presque de ne pas savoir chanter. Soudain, l'un des hommes vint s'asseoir à côté de lui.

« Je peux vous aider ? Voulez-vous quelque chose à manger ? » murmura-t-il.

Quelque chose dans les manières de l'homme le mit aussitôt mal à l'aise.

« Non, répondit-il, d'un ton bien trop belliqueux.

– Eh bien, je crois que vous feriez mieux de partir, alors.

– Et si je n'en ai pas envie ?

– Nous pensons que ça vaudrait mieux.

– Et si je cherchais le salut ? Si je…

– Vous avez fait peur à des jeunes filles.

– Peur ? Elles ne m'ont pas semblé effrayées.

– S'il vous plaît, insista l'homme après une pause.

– Je suis ici pour parler au révérend Horace Flood. Je suis policier. »

L'homme changea d'attitude : il paraissait le croire sur parole, comme si c'était son habitude de faire confiance aux autres. Gibson se sentit un peu idiot. Après un moment, l'homme s'éloigna en se glissant le long du banc. L'atmosphère dans la tente changea immédiatement. Les femmes commencèrent à sortir et la cérémonie ne tarda pas à prendre fin. L'homme qui lui avait parlé alla murmurer quelque chose au prédicateur, qui regarda en direction de Gibson avant de s'éclipser à travers deux battants situés derrière le pupitre. Gibson se leva et sortit par où il était entré, puis il contourna le chapiteau pour rattraper le prédicateur. Il le vit qui se dirigeait vers une tente plus petite, épaules voûtées, et se lança à sa poursuite. Comme il marchait vite pour un homme de son âge, Gibson ne gagnait pas de terrain, et ses chaussures humides qui couinaient de façon comique n'arrangeaient rien. Quand il le rattrapa enfin, il remarqua que le costume du vieil homme avait des pièces aux coudes, les manches raccommodées.

« Flood ? Horace Flood ? »

L'homme se retourna.

« Oui ?

– Mon nom est Gibson. J'aurais souhaité échanger quelques mots avec vous.

– Bien entendu », répondit calmement Flood avant de pénétrer dans la tente et de lui faire signe de s'asseoir.

Gibson obéit.

« Que puis-je pour vous, monsieur Gibson ?

– Je cherche cet homme. » Il tira la photo de sa poche. « Je crois que c'est un de vos amis. »

Flood saisit la photo et l'examina à la lueur vacillante de la lanterne. Après un moment, il la reposa, et attrapa une pipe et une boîte de tabac sur une petite table. Il bourra sa pipe, l'alluma et se mit à tirer dessus. Gibson éternua, mais Flood ne sembla pas le remarquer.

« Que voulez-vous à M. Smith ?

– Le questionner à propos d'une ville nommée Angel Rock, répondit Gibson tandis que son pouls commençait à s'emballer. Et aussi sur certains événements qui s'y sont produits récemment. Vous pourriez simplement me dire s'il est ici.

– Vous perdez votre temps, monsieur Gibson.

– À moi d'en juger.

– Vous perdez votre temps car M. Smith est décédé, depuis près d'un an. »

Gibson mit quelques instants à bien saisir ce que Flood venait de dire, puis il rejeta absolument cette possibilité.

« M. Smith est mort, répéta Flood, comme s'il lisait dans ses pensées.

– C'est… c'est impossible.

– C'est la vérité. Je vous assure. Je vous donne ma parole. »

Gibson le dévisagea. Il scruta ses yeux gris et calmes, et sa certitude commença à fondre comme neige au soleil.

« Mais je croyais… j'étais persuadé qu'il était revenu à Angel Rock. J'étais persuadé qu'il avait enlevé Flynn.

– Flynn ?

– Le fils d'Henry Gunn. Henry m'a dit que Smith le jugeait responsable du décès de votre fille. Je croyais qu'il était revenu… pour la venger. »

Flood tira sur sa pipe et regarda autour de lui comme s'il inspectait la tente, puis il acquiesça.

« Après la noyade d'Annie, commença-t-il, Henry est en effet venu me voir. Il m'a raconté la fascination de Smith pour ma fille. J'ai eu du mal à le croire, et quand il a affirmé que Smith pouvait avoir quelque chose à voir avec sa mort… eh bien, laissez-moi vous dire, monsieur Gibson, il adorait cette enfant comme si c'était la sienne – il ne lui aurait jamais fait de mal. Personne ne sait ce qui s'est passé ce jour-là, mais tant de choses ont changé que je ne puis qu'arriver à la conclusion que le Seigneur l'a rappelée à lui pour une raison précise. De nombreuses choses bénéfiques – comme cet endroit, peut-être – n'auraient jamais vu le jour sans ça.

– Donc vous n'avez pas cru Henry ?

– Pas immédiatement, non. Il m'a fallu quelques années. C'est le temps que j'ai mis à m'apercevoir que Smith n'avait pas vu ce que j'avais vu le jour où nous avions décidé de consacrer notre vie au Christ, le jour où Adam Carney nous a baptisés. J'ignorais que son cœur n'avait pas été changé comme le mien.

– Qu'avez-vous vu ? »

Flood ignora la question et poursuivit.

« M. Smith était toujours l'esclave de ses désirs les plus vils. Ça a pris du temps, mais ses obsessions ont fini par être dévoilées.

– Que s'est-il passé ?

– Je l'ai banni.

– Non, je veux dire, qu'a-t-il fait ?

– Il a essayé de profiter d'une jeune fille de façon… inappropriée.

– C'est tout ?

– Il l'a prise de force.

– Et pour ça vous vous êtes contenté de le renvoyer ?

– Non, vous devez comprendre. Il faisait partie de cette famille. J'avais une confiance absolue en lui. J'ai entendu sa version des faits et je l'ai presque cru lui aussi, mais je l'ai tout de même renvoyé ; je l'ai banni de New Eden, pour le bien de ma communauté, même si je n'étais pas absolument sûr, et je lui ai dit qu'il ne pourrait jamais revenir. C'était la pire sentence pour lui, voyez-vous. M. Smith n'avait jamais eu de parents, et pour certains d'entre nous, appartenir à cette communauté est la seule chose qui compte, être lié par la foi, par la loyauté ou par le sang. Mais le prix à payer pour ce lien est que le crime le plus infime entraîne une souffrance bien plus grande.

– Qu'êtes-vous en train de dire ?

– Vous me comprenez, je crois.

– Je ne suis pas sûr de voir où vous voulez en venir.

– Alors que faites-vous ici, monsieur Gibson ? Pourquoi avez-vous parcouru tout ce chemin ? Êtes-vous un parent de ce garçon ? »

Gibson secoua la tête.

« Dites-moi comment Smith est mort, et où, demanda-t-il d'un ton brusque.

– À Melbourne. Dans une pension. Comme j'étais la personne la plus proche de lui, on m'a demandé de venir. Il y avait eu un incendie. Deux autres personnes ont également péri.

– Avez-vous vu le corps ?

– Je l'ai enterré. »

Gibson secoua une fois de plus la tête. Il n'arrivait pas à le croire.

« Maintenant, monsieur Gibson, j'ai des obligations… »

Gibson sentit que tout lui glissait des mains. Il aurait voulu l'interroger sur Billy, mais, au bout du compte, Flood avait raison : c'était pour sa propre sœur qu'il était venu jusqu'ici.

« Écoutez, vous venez de faire un prêche sur le paradis – c'est là que vous espérez tous aller, n'est-ce pas ?

– Certainement.

– Pourtant le suicide est un péché ?

– Un grave péché.

– Mais si on promet à un enfant malheureux un sort aussi glorieux, ne peut-il être tenté de l'atteindre plus vite ? »

Flood secoua la tête.

« La vie est faite pour être endurée, monsieur Gibson.

– Mais comment les enfants sont-ils censés le savoir ? »

La plus âgée des filles qui l'avaient vu près de l'arbre entra en courant sans laisser à Flood le temps de répondre. Elle se figea à la vue de Gibson et le dévisagea. Le prédicateur tendit le bras vers elle.

« Monsieur Gibson, je vous présente ma fille, Evangeline.

– Nous nous sommes déjà rencontrés. »

Gibson scruta ses grands yeux lumineux et intrépides – des yeux qui n'avaient jamais vu autre chose que cette vallée et la paix qui l'habitait –, et il eut envie de pleurer. Il sentit la confiance qu'elle avait en son père, et il sut alors que l'homme avait dit la vérité – Smith était mort.

« Vous êtes-vous remarié ? parvint-il à demander, reprenant ses esprits.

– Oui. »

Après un moment de silence, il se leva brusquement.

« Il est temps pour moi de partir.

– Je suis sûr que nous pourrions vous trouver un lit pour la nuit.

– Non. Il faut vraiment que j'y aille. »

Il se retourna et quitta la tente, mais il s'arrêta au bout de quelques mètres et regarda en arrière. Flood se tenait à l'entrée, un bras passé autour des épaules de sa fille.

« Prenez soin d'eux, révérend, lança-t-il, ne trouvant rien de mieux à dire.

– Je n'y manquerai pas, monsieur Gibson. Je n'y manquerai pas. »

Il quitta la vallée, suivant le sentier à la lueur de la lune, et retrouva sa voiture là où il l'avait laissée. Il était huit heures du soir. Une fois sur la route, le désespoir commença à envahir ses pensées, se propageant comme une goutte d'encre dans de l'eau au point qu'il finit presque par sentir sa présence dans la voiture. Il s'était trompé au sujet de Smith, et se tromper était comme recevoir un terrible coup de poing dans le bide. Le petit Flynn gisait bel et bien mort au fond d'un puits de mine comme l'avait affirmé Pop, et Darcy… eh bien, Darcy partagerait le même destin que sa sœur, et il ne pourrait rien y faire.

Il se courba au-dessus du volant et observa la route déserte, et les traits blancs de la ligne discontinue qui défilaient à côté de la voiture. De New Eden à Angel Rock. Ces deux endroits étaient comme deux ports solitaires sans rien entre eux qu'une mer noire et vide.

Il descendit dans la vallée peu avant l'aube et la trouva couverte d'un brouillard épais. Il se rappelait avoir traversé le pont de Sydney un matin alors qu'il était enfant, et avoir vu toute la ville inondée d'un voile similaire dont seuls ressortaient l'arche du pont et quelques immeubles tandis que le reste de la ville était noyé sous un sinistre linceul argenté. Il jeta un coup d'œil en direction de la sombre masse des montagnes à l'ouest, puis s'enfonça dans la brume.

Les phares de la voiture éclairaient à peine la route et il ralentit. Dans son rétroviseur, il voyait le brouillard teinté de rouge tourbillonnant et se tortillant dans le sillage du véhicule comme une robe de danseuse, comme une chose vivante. Il baissa la vitre et passa la tête dehors. Rien qu'une blancheur douce et humide. Malgré le bruit du moteur, il devinait que tout était désert autour de lui et qu'il était le seul à troubler le silence.

Il continua de rouler. Parfois, les branches d'arbres fantomatiques pointaient vers lui, et à un moment, à travers une brèche dans la brume, il aperçut la lune jaunâtre qui semblait glisser dans le ciel, comme si elle le suivait. Le brouillard commença à changer d'aspect, dessinant des formes compactes qui se dressaient comme des obstacles au milieu de la route et dans les champs de chaque côté. Certaines paraissaient assez solides pour endommager la voiture, et il serrait les dents quand il les atteignait, les pénétrait, ressortait de l'autre côté. D'autres étaient légères et spectrales, et il lui arrivait d'y reconnaître une silhouette ou un visage. Avec toutes ces formes qui filaient l'une après l'autre autour de lui comme des nuages, il avait l'impression de voler. Soudain, le brouillard se dissipa et la terre, grise et immobile, reprit possession des zones qu'il avait occupées. Il poussa un soupir de soulagement et accéléra, songeant au lit qui l'attendait, imaginant déjà l'oreiller sous sa tête. Il franchit une petite colline et vit le contour du Rocher se détacher sur le ciel gris de l'aube. Il appuya sur l'accélérateur et dévala l'autre versant à toute allure. La route s'enfonçait au milieu d'un bosquet de grands eucalyptus puis formait un large virage sur la gauche tandis qu'elle gravissait une autre petite élévation. La voiture ballotta sur ses amortisseurs lorsqu'il la franchit. Puis il tourna violemment le volant pour négocier le virage suivant vers la droite, et il vit alors, droit devant lui, toute une armée de minuscules lueurs tremblotantes qui flottaient au-dessus du sol au bord de la route. Il mit un moment à comprendre de quoi il s'agissait et, lorsqu'il comprit enfin, il était presque à leur hauteur. Des kangourous, une douzaine ou plus, se tenaient aussi immobiles que des totems sur l'herbe du bas-côté, et certains étaient même sur la route. Tous avaient la tête tournée dans sa direction, comme s'ils attendaient depuis longtemps que quelqu'un arrive, peut-être en particulier un homme nommé Gibson, prêts à le transpercer de leurs yeux lumineux. Il freina, fit un écart. Lorsque la voiture passa à côté d'eux, il jeta un coup d'œil sur la gauche et aperçut leurs dos courbés tandis que les animaux s'enfuyaient en bondissant dans l'obscurité. Il s'imagina son propre visage blême se détachant sur la vitre de sa voiture rugissante et songea qu'ils avaient dû être tout aussi effrayés que lui. Il se tourna de nouveau vers la route, mais une forme grise surgit alors dans le faisceau de ses phares et sembla occuper tout le pare-brise. Presque simultanément, il ferma les yeux, se recourba sur lui-même et braqua violemment sur la droite. Il entendit un bruit d'impact tandis que le pare-chocs heurtait un poteau réfléchissant, et serra fort les yeux alors que des morceaux de bois peint en blanc se fracassaient sur le pare-brise et sur le toit. Lorsqu'il les rouvrit une seconde plus tard, la voiture était sur le bas-côté, glissant sur l'herbe et le gravier qui bordaient la route. Le poteau suivant passa à quelques centimètres de sa voiture, son réflecteur prenant une teinte d'un rouge rageur dans la lumière de ses phares. Doucement, il ramena la voiture sur la chaussée et ralentit, jusqu'à ce que les traits blancs au milieu de la route défilent sous sa voiture, chacun parfaitement distinct. Il regarda dans le rétroviseur, mais il n'y avait rien derrière lui qu'une route déserte. Tout s'était passé si vite qu'il n'avait eu le temps ni de jurer ni de réfléchir, et son cœur mit longtemps à retrouver un rythme normal et à cesser de cogner contre ses côtes pour qu'on le laisse sortir.

# 21

Grace fixait du regard la fenêtre voilée par des rideaux. C'était le matin, mais il faisait toujours sombre dans sa chambre, et l'atmosphère était étouffante. Ils étaient rentrés de la pêche la veille au soir, et si pendant leur excursion elle avait à peine pensé à l'homme qu'elle avait vu dehors, depuis qu'elle avait regagné sa chambre son image lui apparaissait clairement chaque fois qu'elle essayait de trouver le sommeil. Ses yeux sombres et fixes, sa peau pâle et glabre. Contrariée, elle tenta de penser à quelque chose d'agréable pour chasser son image. Elle ferma les yeux et s'imagina dansant avec Charlie Perry, l'embrassant tandis qu'il la serrait entre ses bras. Ça sembla fonctionner, et après un moment elle se retourna sur le ventre, s'entortilla autour de ses draps défaits jusqu'à ce que le bord épais de la couverture soit pile au bon endroit, puis elle commença à remuer les hanches d'avant en arrière en se frottant contre le bord de la couverture jusqu'à sentir une chaleur frémissante croître en elle. Fronçant les sourcils, elle s'imagina Charlie lui caressant les fesses, la touchant, puis se concentra sur les sensations délicieuses qui commençaient à monter dans son ventre tandis que son souffle s'accélérait de plus en plus. Elle sentit la sueur poindre sur ses sourcils et crut qu'elle allait être obligée de se mordre la langue pour se retenir de gémir lorsqu'un bruit soudain la fit se figer. Elle resta parfaitement immobile, sans respirer, son cœur battant à tout rompre. Le bruit avait été si fort que c'était comme si on avait frappé à sa porte. Mais il n'y avait rien eu d'autre après – pas de voix appelant son nom, pas de nouveau coup à la porte – juste le faible grincement métallique du lit qui tremblait sous elle. Elle se leva d'un bond, ouvrit la porte et se tint là, respirant bruyamment, écoutant. Elle perçut alors des sons étouffés en provenance du commissariat. Elle longea le couloir et ouvrit la porte du passage qui reliait les deux parties du bâtiment.

Lorsqu'elle passa la tête par la porte du commissariat, la première chose qu'elle vit fut le dos de son père. Il se tenait dans la pièce qui abritait les deux cellules, ses épaules se soulevant comme s'il venait d'accomplir une tâche ardue, sa main tendue appuyée contre l'un des barreaux. Il regardait vers le bas. Il ne l'avait pas entendue venir, et ce n'est que lorsqu'elle fut à ses côtés et poussa un petit cri de stupeur qu'il remarqua sa présence.

« Qui est-ce ? demanda-t-elle.

– C'est Billy. Billy Flood », répondit Pop.

Il lui expliqua brièvement pourquoi il l'avait arrêté puis fit signe à Grace de retourner à la maison, mais elle avait déjà pivoté sur ses talons et déguerpi.

« Tom !

– Qu… ? »

Elle le secoua par l'épaule.

« Réveille-toi !

– Quoi ? Qu'est-ce qui se passe ?

– Viens voir ! C'est l'homme que j'ai vu. C'est l'homme que j'ai vu quand on te cherchait. C'est Billy Flood.

– Hein ? » Il se redressa sur son lit et se frotta les yeux. « Qui ?

– Viens voir ! »

Lorsqu'il se leva, elle alla se poster derrière lui et le poussa le long du couloir jusqu'au commissariat. Pop était assis à son bureau.

« Juste un coup d'œil », dit-il d'un ton sévère, principalement à l'intention de Grace.

Elle poussa de nouveau Tom en avant. Au début, il ne vit rien. Bien que le soleil fût levé, il faisait très sombre dans la cellule. Tout ce qu'il distinguait, c'était une espèce d'enchevêtrement de couvertures et de vêtements, mais alors, tandis que ses yeux s'habituaient à l'obscurité, il vit le visage d'un homme. Il avait la tête rejetée en arrière, la bouche ouverte, et il ronflait bruyamment.

« C'est lui, murmura Grace qui se tenait à côté de lui. Il était chez les Steele. Il est entré dans la chambre de Darcy en passant par la fenêtre et il a mis ses vêtements. Regarde, il a encore sa robe autour de lui. » Elle pointa le doigt. « Papa dit qu'il est très soûl. Il dit qu'il s'est débattu comme un diable pendant tout le trajet jusqu'ici. »

Ils le scrutèrent un peu plus longtemps, observant sa longue crinière terne, ses dents jaunes, sa peau cireuse, et Pop se racla alors la gorge pour attirer leur attention et leur fit signe de décamper.

Tandis que Pop prenait son petit déjeuner, ils décidèrent de retourner en douce aux cellules pour jeter un coup d'œil à Billy.

« Dépêche-toi, dit Grace d'un ton pressant. Mon père va revenir d'une minute à l'autre. »

Ils s'attendaient à le trouver toujours endormi, mais, lorsqu'ils passèrent la tête par la porte, ils virent qu'il était parfaitement éveillé. Ils se figèrent, le regardant fixement, et il leur retourna leur regard jusqu'à ce qu'une cendre de près de deux centimètres de long se détache de la cigarette qu'il fumait et lui tombe sur la poitrine. Grace et Tom échangèrent un coup d'œil, puis Grace s'avança.

« Vous m'avez fait peur ! lança-t-elle. Pourquoi avez-vous fait ça ?

– J'en avais pas l'intention.

– Qu'est-ce que vous faisiez ?

– J'avais entendu dire que des garçons avaient disparu. Je pensais pouvoir aider à les retrouver.

– Pourquoi n'avez-vous pas pris part aux recherches comme tout le monde ?

– Je préfère travailler seul. »

Tom fit un pas en avant.

« Billy, murmura-t-il.

– Oui ?

– Avez-vous trouvé… quelque chose ? »

Billy le regarda en plissant les yeux à travers la fumée, mais il ne répondit rien.

« Tom était l'un des deux garçons disparus », précisa Grace.

Billy se redressa pour mieux l'examiner.

« Mon petit frère. Il n'a toujours pas été retrouvé.

– Ouais, je sais. Le truc, c'est que je sais peut-être où le chercher. »

Tom lança un coup d'œil à Grace.

« Vraiment ? Où ça ? demanda-t-il.

– Dites-nous, ordonna Grace d'une voix sifflante, ou je vais chercher mon père ! »

Billy les regarda tour à tour puis secoua la tête.

« Non, s'il vient, je dirai rien. »

Tom le dévisagea, atterré.

« Pourquoi ?

– Je dirai rien, un point c'est tout.

– Mais vous devez lui dire !

– Je dois rien du tout si j'en ai pas envie… mais…

– Mais quoi ?

– Mais je veux bien te montrer à *toi.* » Il pointa le doigt en direction de Tom, puis se tapota le front. « Tout est là. Clair comme de l'eau de roche.

– Vous allez me montrer ?

– Ne l'écoute pas, Tom ! Mon père le fera parler ! »

Billy se leva brusquement, s'approcha des barreaux et les agrippa. Tom et Grace firent un bond en arrière.

« Si tu me fais sortir, dit-il doucement à Tom, je t'y emmènerai. Tout de suite. Sinon, je dirai rien. Jamais. Ni à Pop ni à qui que ce soit. Je déteste être dans une cage.

– Ne l'écoute pas, Tom ! Ne l'écoute pas ! Mon père le fera parler ! » Grace lui saisit le bras et commença à l'entraîner vers la porte. « Viens ! »

Billy lui jeta un regard noir.

« Tu es la petite copine de Darcy », dit-il.

Grace se figea et le dévisagea.

« Oui, répondit-elle.

– Pourquoi tu nous laisses pas tous les deux ? »

Tom la regarda. Il ne savait pas si elle était sur le point de pleurer ou de piquer une colère. Il dégagea son bras, lui saisit la main et la força à se tourner vers lui.

« Où sont les clés ?

– Tom, non ! Tu ne peux pas faire ça ! »

Billy sourit, et de l'espace entre ses incisives jaillit un serpent de fumée bleue qui ondula et se dissipa à quelques centimètres de sa bouche.

« Sur le mur là-bas, gamin », dit-il.

Tom se retourna. Derrière le bureau de Pop, était accroché un gros anneau de cuivre auquel étaient attachées de lourdes clés. Il alla les chercher.

« Tom !

– Je dois le faire ! Tu l'as entendu. Il ne dira rien à ton père. »

Grace le regarda décrocher les clés et revenir vers la cellule.

« Vous promettez de me montrer ?

– Ouais. »

Tom tendit les clés à Billy qui s'en empara et les essaya l'une après l'autre.

« Je te rejoindrai sous le Rocher, dit-il. D'abord, faut que j'aille récupérer ma camionnette.

– Quand ?

– Dans environ une heure. »

Une clé tourna dans la serrure, Billy ouvrit la cellule et en sortit. Grace recula. Tom alla se poster près de la porte.

« N'oubliez pas, vous avez promis.

– Ouais », fit Billy.

Ils le regardèrent s'éloigner le long de l'allée puis tourner à droite dans la rue. Il ne se retourna pas. Ils restèrent un moment immobiles, puis Tom s'adressa à Grace.

« Tu viens avec moi ?

– Je ne peux pas rester ici. Mon père va me tuer.

– Mais non. Je lui dirai que c'est moi qui ai libéré Billy. Il comprendra.

– Je n'en suis pas sûre, répliqua Grace en secouant la tête avant de se tourner vers la partie habitée du bâtiment. Vite, nous devons partir avant qu'il revienne.

– Je dois aller chercher Ham. »

Grace roula les yeux tandis que Tom se dirigeait vers la cour. Ne pouvant rester là plus longtemps, elle alla l'attendre dans la rue, jetant des coups d'œil nerveux en direction des quelques personnes qui étaient dans les parages. Dès que Tom revint avec Ham dans le creux de son bras, ils se mirent en route.

Ils traversèrent le cimetière puis longèrent la longue clôture qui séparait le bush des enclos. Après quelques centaines de mètres, ils escaladèrent la clôture et se glissèrent dans la forêt. Lorsqu'ils atteignirent l'amas de pierre à la base du Rocher, ils s'arrêtèrent pour reprendre leur souffle.

« Tu crois qu'il voulait dire ici ?

– Sans doute », répondit Grace d'une voix haletante.

Ils attendirent une heure, puis une autre, mais Billy n'arrivait pas. Tom avait l'estomac noué et, quand il regardait Grace, il devinait qu'elle aussi.

« Il ne va pas venir », déclara-t-elle finalement, et il ne protesta pas.

Elle se leva et commença à marcher en direction de la ville. Il se leva à son tour, mais resta un moment immobile pour tendre une dernière fois l'oreille. Il n'entendit rien, à part le vent dans les arbres et le pépiement d'un petit oiseau proche. Rien d'autre. Il suivit Grace qui avait pris les devants puis s'arrêta de nouveau et regarda autour de lui. Rien derrière. Rien sur le flanc de la colline. Il souleva Ham, le plaça dans le creux de son bras et reprit sa marche. Mais il avait de temps à autre l'impression que quelque chose le suivait, comme un fantôme qui se faufilait parmi les arbres sur sa droite, et il s'arrêtait alors pour écouter et scruter l'enchevêtrement de vert, de brun et de gris.

Il entendit un bruissement dans les broussailles devant lui et s'arrêta. Un serpent noir à collier rouge ondula à travers le sentier et disparut dans l'herbe de l'autre côté. Quelque part au loin, un dacelo ricanait comme un cinglé. Il ferma les yeux et écouta. Il sentait presque la terre tourner sous ses pieds. Étourdi, il écarta les bras pour conserver son équilibre, mais son sang se glaça et ses cheveux se dressèrent sur sa tête lorsque quelque chose l'effleura. Il rouvrit les yeux et pivota sur lui-même, mais il n'y avait rien. Il secoua la tête. Grace l'appelait. Il perçut l'agacement dans sa voix et, découragé, la rejoignit.

Lorsqu'ils atteignirent le cimetière, ils regardèrent en direction de la ville puis se tournèrent l'un vers l'autre.

« Nous devons dire à mon père ce que nous avons fait, déclara Grace.

– C'est moi qui l'ai fait, pas toi.

– Mais il va quand même me tuer.

– Je dirai que tu étais ailleurs.

– Il saura que tu mens. Il est policier, tu te souviens ? Il le saura. »

Tom acquiesça. Il se sentait vide et n'avait plus les idées claires. Il attendit que Grace se remette en marche pour la suivre.

« Je ne suis pas encore prête à lui faire face, annonça-t-elle, livide.

– Qu'est-ce que tu veux faire ? demanda-t-il, un peu surpris.

– Je connais un endroit. On pourra boire. Tu as soif ?

– Oui. »

Tom la suivit le long de la clôture du cimetière. Ils contournèrent la ville avant de couper par une allée jusqu'à Springline Road. Ils longèrent la route sur huit cents mètres avant de se glisser sous la clôture de barbelés qui la bordait. Il la suivit à travers les arbres jusqu'à ce qu'ils atteignent un ruisseau. Grace s'approcha du bord et but. Puis elle s'assit, s'essuya la bouche du bras, et elle se mit à ramasser de petits cailloux par terre et à les lancer dans l'eau. Tom se tint un moment dans l'ombre, écoutant l'eau qui s'écoulait sur les rochers et le bruissement des feuilles au-dessus de lui. Des fougères penchaient légèrement sous la brise et de petites taches de lumière mouchetaient la clairière dans laquelle ils se trouvaient. Près d'un arbre, il vit quelques planches et un cercle de pierres, et, lorsqu'il alla boire au ruisseau, il se demanda qui les avait placées là et dans quel but.

Ils restèrent là une bonne heure, Grace lançant des cailloux de plus en plus fort dans le ruisseau. Un nuage arriva et répandit une ombre lugubre, telle une promesse de pluie. Tom s'approcha tout doucement de l'endroit où se trouvait Grace, mais, lorsqu'il fut tout près d'elle, elle ne sembla pas remarquer sa présence et ne leva pas la tête.

« Est-ce que… est-ce que tu venais ici avec Darcy ? bafouilla-t-il en agitant la main en direction des planches. C'était votre cabane ? »

Elle releva la tête et le fusilla du regard.

« Oui ! »

Elle se leva et s'éloigna de quelques pas, et alors, avant qu'il ait pu prononcer un mot, elle se retourna vers lui.

« Je t'en veux vraiment de l'avoir laissé sortir ! cria-t-elle d'une voix féroce. Je t'en veux vraiment ! »

Elle fit volte-face et se mit à courir. Un peu abasourdi, Tom hésita un moment avant de la suivre. Il ne voulait pas ça. Il ne voulait pas qu'elle aussi soit furieuse après lui. Il avait besoin d'elle, besoin de quelqu'un à ses côtés, et, en la voyant disparaître parmi les arbres, il se sentit encore plus malade, encore plus vide qu'avant. Des larmes troublèrent sa vue, et il s'arrêta et tomba à genoux. Ses entrailles se tordirent, et l'eau qu'il avait bue ainsi que les restes amers et brûlants de son petit déjeuner jaillirent de sa bouche. Il continua de vomir jusqu'à ne plus rien avoir en lui, et c'est alors qu'il la sentit près de lui. Mais il avait trop honte pour relever la tête.

« Qu'est-ce qui se passe ? » demanda-t-elle.

Elle semblait toujours un peu en colère.

« Je ne sais pas. »

Elle le tira par le bras et l'aida à marcher jusqu'à l'eau.

« Bois », dit-elle.

Il obéit. Elle attendit qu'il ait un peu récupéré puis lui posa la main sur l'épaule.

« Viens, dit-elle, d'un ton à la fois ferme et doux. Il faut rentrer maintenant. Il faut vraiment rentrer. »

Il acquiesça.

Alors qu'il la suivait depuis une dizaine de minutes parmi les arbres, il vit quelque chose bouger devant eux, sur la droite. Il crut tout d'abord que c'était Billy qui était tapi dans l'ombre, mais, après s'être approché de quelques pas, il s'aperçut qu'il s'était trompé.

« Grace, murmura-t-il.

– Quoi ?

– Arrête-toi !

– Qu'est-ce qui se passe encore ? » demanda-t-elle sèchement en se retournant.

Leper, l'un des chiens de Sonny Steele, se tenait dans l'herbe haute de l'autre côté du ruisseau. C'était un animal imposant ; un bâtard principalement noir avec des épaules très musclées et une tête carrée. Il paraissait avoir été assemblé à partir des parties les plus effrayantes d'une demi-douzaine d'autres chiens. Tandis que Tom le regardait, les oreilles de Leper se dressèrent et sa langue décrivit un cercle autour de sa truffe.

« Continue de marcher, lentement », chuchota-t-il à Grace.

Tom songea qu'elle semblait plutôt calme pour une personne qui était censée avoir peur des chiens, mais elle se mit soudain à reculer, trébuchant sur les buissons et les touffes d'herbe. Il voulut la suivre, mais Leper repéra alors Ham, qui n'avait pas senti sa présence, et il traversa le ruisseau. Tom, le cœur cognant à tout rompre dans sa poitrine, ouvrit la bouche et hurla : « Ham ! »

Il se représenta soudain Leper avalant le chiot tout entier, comme un gigantesque haricot. Il s'imagina éventrant l'animal juste à temps pour donner à Ham une seconde naissance sanglante. Puis il se souvint qu'il n'avait pas de couteau et que Leper n'avalerait pas Ham tout entier, mais qu'il le broierait entre ses mâchoires monstrueuses.

Ham perçut la présence de Leper et se mit à glapir comme s'il avait reçu un coup de pied avant de détaler vers un buisson de lantana proche. Lorsque le gros chien passa à côté de lui, Tom se jeta sur son dos, enfonçant les doigts dans sa fourrure pour essayer de le retenir. Il battit les bras, sentit le crâne pointu du chien sous la peau lâche de sa tête, mais Leper se dégagea de son emprise et se retourna pour voir qui avait eu l'audace de se mettre en travers de son chemin. Le chien grondant vit Tom étalé par terre. Tom sentit sa fourrure humide, son haleine chaude et animale, il entendit l'air siffler à travers ses narines étroites, mais le chien releva alors la tête et bondit après Ham. Tom se hissa sur ses pieds. Il distinguait tout juste Ham qui se tortillait dans l'enchevêtrement de lantanas, mais il vit aussi que le gros chien n'était pas décidé à laisser échapper sa proie.

« Grace ! Aide-moi ! » hurla-t-il, mais Grace avait la tête entre les bras et ne l'entendit pas, elle ne leva même pas les yeux.

Il regarda autour de lui. Les seules armes à sa disposition étaient les pierres au fond du ruisseau. Les jambes tremblantes, il alla en ramasser une et la porta jusqu'à l'endroit où Leper enfonçait la tête et les épaules dans les broussailles. Ham n'était tapi qu'à une trentaine de centimètres des mâchoires de l'animal, et il était si immobile que Tom crut un instant qu'il était déjà mort.

« Non, tu ne l'auras pas, salopard ! » hurla-t-il.

Il abattit la pierre de toutes ses forces sur le dos de Leper. Le chien poussa un aboiement strident, mais, à part ça, le coup ne sembla produire aucun effet, comme s'il avait affaire à un chien mécanique et non à une bête faite de chair et d'os. Leper se mit alors à gronder et commença à se dégager des broussailles. Tom savait qu'il était furieux et que le temps était compté – peut-être n'aurait-il qu'une seule chance. Il alla ramasser une autre pierre dans le ruisseau et la lança en direction du chien. Ses pattes arrière fléchirent, puis elles se redressèrent. L'animal se retourna, se releva difficilement, et s'éloigna en traînant la patte et en oscillant de droite à gauche. Tom le suivit. Il saisit la pierre la plus lourde qu'il trouva et l'abattit une fois de plus sur le chien qui grondait férocement. La pierre l'atteignit à la tête et le fit taire. Il resta un moment là à se lécher les babines, les pattes arrière tremblantes. Tom ramassa de nouveau la pierre et la lança sur le chien tandis qu'il tentait de s'enfuir. Leper s'arrêta alors, et Tom saisit cette opportunité pour s'approcher de lui et viser plus précisément. Il souleva la pierre et la laissa retomber de toutes ses forces sur la tête du chien. Il entendit un craquement humide. Il recommença. Cette fois, le tranchant de la pierre fit céder une veine dans la tête du chien et du sang se mit à gicler sur la berge. Tom ramassa la pierre, l'abattit encore et encore jusqu'à ce que la fourrure du chien soit trempée de sang. Finalement, à bout de souffle, il s'arrêta et lâcha la pierre. Ses bras et ses jambes étaient couverts de sang. Leper roula brusquement sur son dos, ses mâchoires remuant en silence, et il montra son ventre comme s'il attendait qu'on le gratte. Puis il devint immobile. Un arc d'urine jaune jaillit et ses pattes battirent brièvement l'air. Une merde sortit de son derrière et tomba dans l'herbe.

Tom regarda le chien mort et le poussa du bout du pied. La pierre lui avait arraché un lambeau de chair près de la gueule et Leper semblait sourire. Tom se retourna et alla rejoindre Grace.

« Grace, dit-il. C'est fini. Il est mort. Je l'ai tué. »

Grace leva la tête, lentement, jusqu'à distinguer le cadavre du chien.

« Tu vois ?

– Oui, murmura-t-elle. Je vois. »

Il la laissa et marcha jusqu'à l'endroit où il avait vu Ham pour la dernière fois. À quatre pattes, il farfouilla dans le lantana puis le saisit par les pattes arrière et le tira des broussailles. Le chiot tremblait violemment et son cœur battait furieusement. Tom se leva, le serrant entre ses bras comme un bébé, et retourna auprès de Grace.

« Il va bien. Ham va bien.

– Bien. Tant mieux. »

Il reposa le chiot et marcha jusqu'au ruisseau. Pendant que Ham reniflait le cadavre immobile de Leper depuis la pointe de sa queue jusqu'à son museau humide, Tom se lava les mains et les bras. Après quoi il aida Grace à se relever.

« Viens, dit-il. On ferait mieux de partir. Sonny risque d'arriver.

– Oui. D'accord. »

# 22

Une pluie fine tombait dans la cour tandis que Gibson se dirigeait vers les douches en traînant les pieds. Il consulta sa montre. Il était 15 heures passées. Il avait dormi une bonne partie de la journée mais n'avait pourtant qu'une seule envie : se recoucher et reposer la tête sur son oreiller. Il bâilla et se regarda dans le miroir. Il songea qu'il paraissait cinq ans de plus que la dernière fois qu'il s'était inspecté. Il secoua la tête, attrapa son blaireau et son savon à raser. Au moment d'appliquer le savon sur ses joues, il se figea et regarda fixement l'homme barbu devant lui. Une minute s'écoula avant qu'il sorte de sa torpeur. Il secoua la tête une fois de plus, se rasa et se rinça le visage, puis appliqua de l'après-rasage sur sa peau irritée, les vapeurs d'alcool le faisant éternuer.

Il se rendit en ville à pied et, en atteignant la rue principale, il vit Pop assis sur le perron du commissariat, fumant une cigarette d'un air morose. Il traversa la rue et remonta l'allée. En arrivant au niveau de Pop, il aperçut à l'intérieur Grace et Tom assis dos au mur sur des chaises en bois. Ils levèrent les yeux en remarquant sa présence et il vit leurs épaules bouger tandis qu'ils se lâchaient la main. Grace baissa de nouveau les yeux vers le sol. Tom lui lança un regard franc et direct, puis, après un moment, détourna les yeux comme s'il en avait assez vu.

« Gibson, dit Pop. Je ne pensais plus vous revoir.

– Eh non. Toujours ici. »

Il désigna le bureau de Pop.

« Vos prisonniers n'ont pas l'air trop heureux. »

Pop ne se retourna pas.

« Je ne les ai pas à la bonne aujourd'hui.

– Pourquoi ? Qu'est-ce qu'ils ont fait ?

– Billy Flood a débarqué chez Ezra tôt ce matin. Ivre. Je l'ai mis en cellule pour qu'il dessoûle. Mais ces deux-là, dit-il en agitant le pouce par-dessus son épaule, l'ont libéré ! »

Gibson leva les yeux vers les deux enfants. Grace détourna les siens, honteuse, tandis que Tom regardait fixement ses mains. Gibson poussa un long sifflement incrédule.

« Il a dit au jeune Tom qu'il lui montrerait où trouver Flynn, poursuivit Pop, mais que pour ça, il devait le libérer. Je ne doute pas que Billy soit un petit malin, mais, à défaut d'autre chose, je suis sûr, ces deux-là se souviendront de ce que ça fait de rester assis sur une chaise bien dure. »

Gibson faillit sourire.

« Depuis combien de temps sont-ils là ?

– Deux heures.

– Vous êtes vache, sergent », plaisanta faiblement Gibson.

Pop le regarda froidement.

« Non, je ne suis pas vache. Je n'ai jamais été aussi furieux de ma vie. Je crois qu'ils s'en tirent à bon compte. »

Gibson acquiesça.

« Vous avez essayé de le retrouver ?

– Pas la peine. Il sera retourné dans le bush. »

Gibson s'assit à côté de lui.

« Je peux vous prendre une cigarette ? demanda-t-il.

– Tenez, dit Pop en lui tendant sa boîte de tabac. Servez-vous. »

Ils regardèrent les voitures passer dans la rue tandis que le jour commençait à décliner. De temps à autre, quelqu'un voyait Pop assis là et lui adressait un signe de la main, et Pop opinait légèrement du chef en retour. Gibson fuma sa cigarette, observant, réfléchissant.

« Vous avez l'air claqué, Gibson, déclara Pop après un moment. Vous avez faim ?

– Non, pas vraiment.

– Moi, si. Bientôt l'heure de manger. Vous voulez vous joindre à nous ? Ces deux-là sont privés de dîner ce soir.

– Non. Mais merci quand même. »

Le soleil couchant éclairait les toiles d'araignées dans les arbres de l'autre côté de la rue, leur conférant une teinte dorée. Il illuminait les petits insectes qui tournoyaient en tous sens. Le ventre d'un nuage qui passait prit des tons rouges, orange et pourpres, et les ampoules des réverbères s'allumèrent alors dans leurs écrins de verre. Une pie posée sur un poteau électrique se mit à chanter à l'intention de ses congénères à travers la vallée, et une bande de gamins crasseux surgit d'une allée. Des filles qui jouaient à la marelle lançaient des cailloux sur le trottoir et se regardaient sauter à tour de rôle, ignorant tout ce qui les entourait.

« C'est une ville agréable, n'est-ce pas ? dit Gibson.

– Autant qu'une autre.

– Vous pensez la quitter un jour ?

– Non. Pourquoi ? Vous songez à venir vivre ici ? »

Gibson secoua la tête.

« Non. Curieusement, je ne crois pas que j'y trouverais ma place. »

Pop acquiesça et scruta pendant un moment le visage de Gibson.

« Quel est le problème, fiston ? Qu'est-ce qui s'est passé ? Vous semblez complètement vidé.

– J'ai essayé de retrouver Smith, répondit Gibson après une longue pause.

– Et ?

– Il est mort. C'est Horace Flood qui me l'a dit.

– Oh ! Je vois.

– Vous savez, je suis venu ici parce que je pensais que si je découvrais pourquoi Darcy s'est suicidée, ça m'aiderait à comprendre pourquoi ma sœur a fait la même chose. Et puis je croyais avoir compris pourquoi quelqu'un avait pu vouloir enlever Flynn. J'ai tout d'abord soupçonné Ezra Steele, mais même Henry n'était pas d'accord. Je me disais que s'il était capable de ça, peut-être qu'il était capable de… tout.

– Vous parlez de Darcy.

– Bien sûr, mais je me suis retrouvé sans rien.

– C'est pas la fin du monde, Gibson, dit Pop en lui posant brièvement la main sur l'épaule. Vous avez aperçu un espoir et vous l'avez poursuivi.

– Exact.

– Regardez Billy. Regardez ce qu'il a fait ce matin. Peut-être qu'il a vu en Darcy les mêmes choses que vous. Nous ne sommes que des humains. Nous voyons ce que nous voulons voir.

– Oui, peut-être. Mais quand je l'ai vue à Sydney, je croyais que ce serait la chose la plus importante au monde pour moi. Vous comprenez ? Mais pourquoi ai-je cru ça ? Pourquoi ?

– Pourquoi ? Vous voulez dire, pourquoi *vous* ? Pourquoi ici ? Vous parlez d'un plan qui dépasse notre entendement.

– Et vous, vous parlez encore de Dieu.

– Peut-être, mais vous cherchez une raison, et c'est la seule que je trouve.

– Mais ce n'est pas demander beaucoup, si ? Savoir pourquoi ? Trouver un peu de paix ?

– Non, bien sûr que non. Mais vous avez essayé, Gibson, que pouvez-vous faire de plus ? Je suis désolé pour votre sœur, mais peut-être qu'il y a des questions sans réponses. Peut-être que…

– Quoi ?

– Peut-être que vous cherchez depuis le début au mauvais endroit.

– Alors où devrais-je chercher, d'après vous ?

– Je ne crois même pas que vous y ayez jamais mis les pieds.

– Où ça ?

– Le territoire de l'esprit, Gibson, dit Pop en le regardant dans les yeux. Le territoire du moi. »

Gibson secoua la tête et tenta de lui jeter un regard mauvais, mais son cœur n'y était pas.

« Je me perdrais », répondit-il.

Pop sourit.

« Oh ! je ne suis pas sûr. Vraiment pas. Mais écoutez, un jour, le petit Tom se souviendra de ce qui s'est passé pendant qu'il était perdu. Je le sais. Peut-être qu'il vous arrivera la même chose. »

Gibson acquiesça et regarda les fillettes jouer à la marelle jusqu'à ce que Pop reprenne la parole.

« Qu'allez-vous faire maintenant ? demanda-t-il doucement.

– Rentrer chez moi.

– Bien. On n'est nulle part mieux que chez soi. »

Ils restèrent assis un peu plus longtemps, puis Pop lui donna un petit coup de coude et désigna un homme qui approchait dans la rue. Il était très grand avec des bras lourds, des épaules voûtées et un début de bosse dans le dos. Il marchait d'une foulée longue, mais très lente, comme si ses jambes étaient raides. Ezra Steele.

En les voyant, Steele s'arrêta net et les regarda fixement. Gibson lui retourna son regard jusqu'à ce que l'homme imposant pivote sur ses talons d'un air impassible et regagne sa voiture. Ils le virent démarrer et s'éloigner, les yeux braqués droit devant lui.

« Tenez, Gibson, voici un homme qui a quelque chose à cacher, déclara Pop. Un jour, je découvrirai quoi, croyez-moi, car même si je ne suis pas un saint, j'ai une patience infinie. »

# 23

Une heure après avoir pris son petit déjeuner, Tom marcha jusqu'au couvent avec Ham et s'assit sur la jetée, ses jambes balançant au-dessus de la rivière. Il faisait chaud et lourd, et il y avait à peine âme qui vive à l'horizon. Alors qu'il était là depuis un moment, il entendit un petit coup frappé derrière lui et il se retourna. À travers les arbres, il vit Pop Mather qui se tenait devant la porte latérale du couvent. L'homme qui était passé au commissariat la veille vint finalement ouvrir la porte. Pop lui parla brièvement, puis il repartit. Tom se tourna de nouveau vers la rivière.

Un peu plus tard, il entendit une voiture démarrer en gémissant et emprunter en marche arrière l'allée du couvent. Curieux, il se leva, épousseta ses mains et marcha vers le bâtiment. Comme l'homme avait laissé la porte ouverte, Tom jeta un coup d'œil à l'intérieur. Puis il parcourut du regard le jardin désert avant d'entrer, Ham sur ses talons. Tout était silencieux et paisible dans le couvent, mais Tom ne vit rien d'intéressant, jusqu'au moment où il pénétra dans la cuisine et trouva les photos de Gibson étalées sur la table comme une partie de solitaire inachevée.

Il reconnut Darcy Steele et une veine se mit à palpiter sur sa tempe. Il tendit la main, hésita quelques instants, souleva l'une des photos. Il la regarda une seconde puis la glissa dans sa poche de chemise et retourna vers la sortie. Il alla se rasseoir sur la jetée et examina la photo à la lumière du jour. Le cliché était à la fois triste et beau, et il avait quelque chose d'envoûtant. Il songeait à retourner à l'intérieur pour en dérober un autre lorsqu'il entendit quelqu'un appeler son nom. Il regarda à travers le feuillage et vit Grace qui se dirigeait vers lui avec Ham entre ses bras. Il jura dans sa barbe, enfonça la photo dans sa poche et, les joues soudain brûlantes, se leva et marcha à sa rencontre.

« Tom, dit-elle en le voyant, mon père te cherche.

– Comment tu savais que j'étais ici ?

– J'ai pensé que tu étais peut-être venu voir M. Gibson.

– Qu'est-ce qu'il me veut ?

– Comment veux-tu que je le sache ?

– Est-ce qu'il veut me renvoyer chez Henry ?

– Tu ne veux pas y retourner ?

– Pas sans ma mère.

– Il a dit que tu pouvais rester aussi longtemps que tu voulais », déclara Grace d'un ton plus doux.

Tom se retourna et reprit la direction de la jetée.

« Tu ne viens pas ? demanda-t-elle.

– Dans un moment. Pas tout de suite. »

Au lieu de s'en aller comme il espérait plus ou moins qu'elle le ferait, elle vint s'asseoir à côté de lui.

« Je suis désolé pour hier, dit-il.

– Ce n'était pas ta faute.

– Est-ce que… est-ce que tu crois qu'ils ont trouvé Leper ?

– Je n'en sais rien, répondit Grace d'une voix triste. Peut-être.

– Peut-être qu'on devrait l'enterrer ? »

Grace ne répondit pas.

« Au fond, ce n'était pas un mauvais chien. Je l'ai vu un jour avec Darcy. Il faisait tout ce qu'elle lui ordonnait. Absolument tout. »

Grace continua de garder le silence.

« Je sais que Darcy était ton amie, poursuivit-il d'un ton hésitant. Je suis désolé pour ce qui s'est passé. Je suis désolé qu'elle soit morte. »

Grace haussa les épaules.

« Tu penses beaucoup à elle ?

– Oui, évidemment, répondit-elle avec irritation. Mais je n'ai pas vraiment envie de parler d'elle, d'accord ? Tu devrais comprendre ça.

– Oui, dit Tom, je comprends. »

Ils étaient assis là depuis un moment lorsque Tom entendit une mélodie jouée à l'harmonica portée par le vent. Il secoua la tête et elle disparut, mais, au bout de quelques minutes, il l'entendit de nouveau, de petites bribes aériennes qui provenaient de pas très loin. Il tenta de l'ignorer, serra les dents, mais finit par se tourner vers Grace.

« Tu entends ça ?

– Oui, répondit-elle.

– C'est un harmonica. »

Lorsqu'ils l'entendirent de nouveau, ils eurent l'impression que la mélodie provenait du couvent derrière eux, puis décidèrent que non, elle provenait de plus loin. Ils longèrent la rivière un moment jusqu'à être stoppés par une petite clôture. Ici, la musique était plus forte. Ils rampèrent sous le grillage et traversèrent un champ, puis un autre qui abritait un petit poney. L'animal s'approcha et renifla la trace de Ham.

« Je venais parfois ici avec Darcy, murmura Grace. Il y a une maison plus loin. C'est celle du passeur. »

Tom acquiesça et ils continuèrent de marcher. Ils empruntèrent un vieux sentier qui serpentait parmi des broussailles et d'énormes mûriers, et atteignirent une clairière baignée de soleil. Dans l'herbe haute, ils virent les os blanchis et éparpillés d'au moins une douzaine de têtes de bétail mortes depuis longtemps.

« C'est sinistre », chuchota Grace.

Tout était silencieux et ils s'aperçurent qu'ils n'entendaient plus la musique. Ni l'un ni l'autre n'aurait pu dire s'ils s'étaient éloignés de sa source ou si elle avait tout simplement cessé.

« De quel côté est la maison ? demanda Tom.

– Par là, je crois. »

Ils se remirent en route, mais, juste avant de quitter la clairière, ils virent un petit chaton fauve émerger d'un amas d'os sur ses pattes tremblantes, ses yeux à peine ouverts. Ham s'en approcha et le lécha, et le chaton ouvrit grand la gueule et poussa un miaulement haut perché.

« Viens, sa mère doit être dans les parages, dit Grace d'une voix nerveuse. Il ne faut jamais se mettre entre une chatte et ses petits. »

Tom souleva Ham et ils continuèrent de marcher jusqu'à apercevoir la maison parmi les broussailles. Elle était à moitié couverte de vigne grimpante et protégée par de hauts plants de tabac. Certaines de ses fenêtres étaient condamnées. Ils traversèrent la zone dégagée qui se trouvait juste devant puis gravirent les marches qui menaient à la porte. Tom frappa.

« Y a quelqu'un ? » lança-t-il, mais personne ne répondit.

Ils redescendirent les marches, contournèrent la maison jusqu'à l'arrière et découvrirent Billy Flood assis en tailleur, pieds nus, devant les braises d'un petit feu. Il avait une poignée de brindilles et de feuilles dans la main. Il les déposa sur les braises et souffla dessus, comme s'il était le découvreur du feu, comme s'ils étaient retournés à la préhistoire. Le feu se réveilla, et ils le virent placer d'autres brindilles d'un geste rapide et assuré autour des flammes, mais soudain, alors qu'ils n'avaient pas fait un bruit, avaient à peine respiré, Billy leva vers eux ses yeux sombres. Il se leva. Grace sursauta.

Il portait une veste de smoking en pas trop mauvais état, un pantalon assorti et un vieux chapeau. À sa boutonnière était accrochée une fleur, séchée et brune, comme s'il venait d'assister à un mariage interminable. C'était une rose, aussi fragile que du vieux papier. Elle était fermée, mais le bord des pétales extérieurs s'écartait légèrement, telles des lèvres formant un baiser. Une ficelle usée barrait sa poitrine en diagonale, à laquelle était accrochée, au niveau de sa taille, une petite sacoche cabossée. Lentement et posément, il en sortit une pipe et une boîte ronde. Il remplit le fourneau de tabac prélevé dans la boîte, le tassa avec l'ongle long de son index, puis il se pencha au-dessus du feu, saisit une brindille enflammée et alluma précautionneusement sa pipe. Il tira longuement dessus, regardant Tom et Grace d'un air indifférent à travers les volutes de fumée bleue.

Tom posa Ham par terre et vint se poster face à Billy, de l'autre côté du feu.

« Pourquoi vous n'êtes pas venu à notre rendez-vous ? » demanda-t-il.

Billy haussa les épaules d'un air presque repentant.

« Nous avons eu plein de problèmes à cause de vous », ajouta Tom.

Cette information ne produisit aucun effet sur Billy. Il attrapa une casserole d'eau dans l'herbe et la posa sur le feu.

« Le passeur sait-il que vous êtes ici ?

– Évidemment. Il m'aide souvent. C'est lui qui m'a filé ce falzar, précisa Billy en désignant son pantalon, et cette bouffarde. »

Il tapota la pipe du doigt et se fendit d'un sourire édenté. Il était plus comique qu'autre chose et Tom dut se mordre la lèvre pour ne pas éclater de rire.

« Cette quoi ? demanda-t-il en faisant un pas en avant.

– Cette pipe. Cette bouffarde. »

Ils se fixèrent du regard et Billy tira sur sa pipe, clignant des yeux à cause de la fumée. Tom crut percevoir une bonne dose de tristesse en lui. Malgré son sourire idiot, ça crevait les yeux, et il se demanda si la tristesse que lui aussi éprouvait était à tel point visible.

« C'est vous qui jouiez de la musique ?

– Possible. »

Tom se mordilla la lèvre et lança un regard dur à Billy qui, ne pouvant le soutenir, baissa la tête.

« Billy, si vous ne voulez pas me *montrer* où je dois chercher, pouvez-vous au moins me le *dire* ? »

Billy considéra la requête pendant quelques instants puis répondit :

« Oui, c'est faisable. »

Tom attendit avec impatience, mais Billy n'ajoutait rien.

« Alors où ? » demanda-t-il finalement, exaspéré.

Le front de Billy se plissa tandis qu'il baissait les yeux vers le feu et y jetait quelques brindilles supplémentaires.

« Près d'un gros bosquet de gommiers jaunes. Difficile à atteindre.
– Montrez-moi. Dessinez-moi un plan dans la terre.
– Nan, trop compliqué. Trop de tournants et ainsi de suite.
– Alors emmenez-moi, insista Tom, de plus en plus irrité.
– Pas possible. J'ai pas assez d'essence. Et j'ai pas d'argent pour en acheter.
– Je vous donnerai l'argent. »
Billy l'observa à travers la fumée, plissant les yeux.
« Si t'as de l'argent, je t'emmène, déclara-t-il.
– C'est loin ?
– Ça fait une trotte. Mais j'ai une camionnette.
– Alors allons-y, dit Tom.
– Maintenant ? Et mon thé ?
– Vous ne pouvez pas le boire plus tard ? »
Billy grommela un moment puis il décida que si, il pouvait. Il attrapa ses bottes et commença à les enfiler. Grace s'approcha de Tom.
« Tu n'es pas obligée de venir, lui chuchota-t-il.
– Tu n'y vas pas tout seul ! riposta-t-elle d'une voix sifflante.
– Il ne me fera pas de mal, si c'est à ça que tu penses.
– Qu'est-ce que tu en sais ? »
Tom haussa les épaules.
« Je crois qu'il est probablement plus doux qu'un agneau. »
Grace le fusilla du regard.
« Suivez-moi », lança Billy en commençant à s'éloigner.
Ils se dirigèrent vers la casse automobile où des véhicules dont plus personne n'avait besoin gisaient

telles des îles abandonnées parmi les mauvaises herbes. La camionnette de Billy était garée entre deux berlines ravagées par la rouille. Billy grimpa dans la cabine, et Grace et Tom l'imitèrent. Une peau de kangourou fraîchement tannée recouvrait un trou béant dans le revêtement des sièges, et Grace plissa le nez en sentant l'odeur qui flottait dans l'habitacle. Billy se pencha vers le tableau de bord éventré et farfouilla parmi les fils électriques qui pendouillaient jusqu'à trouver les deux qu'il cherchait. Il invoqua à force d'incantations et de prières le saint patron des moteurs à explosion, et mit les deux fils en contact. Après quelques secondes d'angoisse au cours desquelles le moteur sembla plutôt disposé à rendre l'âme qu'à démarrer, la camionnette éructa et s'ébranla en grondant. Billy se mit à ricaner, et Tom et Grace se regardèrent, puis Grace secoua la tête d'un air incrédule.

Ils traversèrent dans un rugissement de moteur les alignements de voitures mortes jusqu'au portail qui donnait sur Springline Road. Le propriétaire de la casse était invisible, mais Tom ne voulait pas savoir pourquoi. Ils roulèrent jusqu'à la ville et s'arrêtèrent devant la boutique de Mme Coop. Tom sauta de la camionnette, courut jusqu'à la maison de Pop et se précipita dans sa chambre. Des parents – des gens qu'il ne connaissait même pas – lui avaient envoyé de l'argent par courrier quand on l'avait retrouvé. Pop lui avait conseillé de le déposer à la banque, mais il ne l'avait toujours pas fait. Il y en avait beaucoup. Des billets de vingt orange vif, d'autres de dix bleu océan. Il supposa que deux de chaque suffiraient. Avec une telle somme, on pouvait sans doute aller jusqu'à Sydney. Il ressortit sans croiser Pop. Grace regardait d'un air inquiet par la vitre. Tom grimpa dans la cabine, et se glissa entre Grace et Billy.

« Tenez, dit-il en brandissant l'argent. Allons-y. »

Billy saisit les billets puis les lorgna comme s'ils risquaient de se volatiliser d'un moment à l'autre.

« Cool », dit-il en voyant qu'ils ne disparaissaient pas.

Ils prirent la direction de l'embranchement puis s'engagèrent sur la route qui menait à Jack's Mountain. Tom observait attentivement tout ce qui l'entourait pendant que Grace actionnait nerveusement la petite vitre triangulaire latérale. Ils atteignirent bientôt un hameau et s'arrêtèrent au niveau de la petite épicerie générale devant laquelle se dressaient deux pompes à essence.

« Vous feriez mieux de vous cacher, murmura Billy. Les gens croient toujours que je prépare un sale coup. »

Ils se baissèrent et regardèrent le sol dégoûtant de la camionnette pendant que l'épicier remplissait le réservoir. Billy entra dans la boutique et paya l'essence, et à son retour il tendit à Tom une poignée de billets et de pièces, et le regarda avec une pointe d'embarras.

« J'ai acheté du tabac, déclara-t-il en démarrant. C'est bon ?

– Oui. Pas de problème. Gardez la monnaie.

– Tu es sûr ?

– Oui. »

Billy tira sa pipe de sa poche, et parvint à la bourrer et à l'allumer tout en conduisant avec ses coudes posés sur l'énorme volant en bois. Ils atteignirent une série de gués que Billy traversa à toute allure, des arcs d'eau écumante s'engouffrant par des trous dans le sol de la cabine et mouillant les pieds de Tom. Tom, dont tous les sens étaient en alerte, avait l'impression d'être de nouveau dans la camionnette avec Flynn et Henry.

« C'est le chemin ? Vraiment ? demanda-t-il, un peu à bout de souffle.

– Oui, répondit Billy, soudain sérieux. C'est le chemin.

– Mais ce n'est pas le bon. C'est la direction *opposée* à celle où nous voulions aller. »

Billy se contenta de hausser les épaules. Ils roulèrent pendant ce qui sembla une heure, puis Billy engagea la camionnette sur le bas-côté et coupa le moteur.

« C'est ici… dans le coin.

– Il faut marcher maintenant ?

– Oui. »

Ils sautèrent de la camionnette et claquèrent les portières derrière eux. Tom posa Ham dans l'herbe, qui alla aussitôt uriner sur la roue avant.

Ils s'enfoncèrent dans un bosquet, Billy regardant tout autour de lui. Bientôt, ils atteignirent un portail fermé par un vieux cadenas rouillé. Ils l'escaladèrent, et Tom saisit la main de Grace pour l'aider à redescendre. Lorsqu'elle ne la lâcha pas après coup, son cœur s'emballa comme s'il avait des ailes. De l'autre côté du portail, s'étirait un champ vide à la lisière duquel Tom vit de l'eau scintiller au soleil.

« Là-bas, dit doucement Billy. Les abeilles étaient là-bas, et je t'ai retrouvé – il tendit le doigt et le menton – là-bas. »

Il désignait un petit talus sous des arbres. Grace lâcha la main de Tom tandis qu'ils s'en approchaient, mais il ne sembla même pas s'en rendre compte. Il scrutait le sol à la recherche de traces laissées par Flynn ou lui, d'indices, mais il ne voyait rien.

« Vous êtes sûr que c'était ici ?

– Oui. Absolument. »

Tom parcourut la douzaine de mètres qui séparaient le talus de la berge. Il sentait les yeux de Grace posés sur lui, ainsi que ceux de Billy. Le ruisseau était étroit, profond et rapide. Il trempa une main dans l'eau, regarda la lumière danser à la surface. Il porta son autre main à son front et frotta sa cicatrice.

« Qu'est-ce qui se passe, Tom ? Tu te souviens de quelque chose ? »

Tom leva les yeux vers Grace et secoua la tête. Le souvenir était aussi mystérieux qu'un ruisseau souterrain, aussi noir et tortueux, sans queue ni tête ; l'écho noir d'un éclair hors de portée dans les profondeurs de la terre – dans les profondeurs de son esprit.

« Peut-être, intervint Billy en gesticulant, que tu es arrivé ici en courant et que tu t'es cogné la tête contre une de ces branches. »

Tom regarda dans la direction qu'il indiquait, puis il se mit à arpenter la rive, scrutant le sol et examinant les branches. Grace le suivit pendant que Billy allait s'adosser à un arbre pour bourrer sa pipe.

« Pourquoi est-ce que j'aurais couru ? » demanda-t-il, mais ni Grace ni Billy ne purent lui répondre.

Ils cherchèrent pendant une demi-heure mais ne trouvèrent rien d'autre que les restes d'un vieux feu de camp quelques centaines de mètres plus loin. Tom observa le cercle noirci et retourna du bout du pied quelques morceaux de charbon.

« Qu'est-ce qu'il y a ? demanda Grace.

– Je ne sais pas. Je ne sais pas. Je ne me sens… pas très bien. » Tom regarda en direction du ruisseau. « Peut-être qu'il s'est noyé. Peut-être qu'il s'est noyé ici. »

Grace lui prit la main.

« On va revenir avec mon père », lui murmura-t-elle.

Tom acquiesça et ils retournèrent auprès de Billy.

« C'est pas mal ici, déclara celui-ci lorsqu'ils l'eurent rejoint. Ces arbres donnent du bon miel. Le meilleur. »

Tom leva les yeux.

« Tu devrais voir le soleil les illuminer le matin. Magnifique. Mais là-bas, le long du ruisseau, c'est plein de vieux puits de mine fermés par des battants rouillés. Y avait de bons gros filons d'or sous la colline. Mais il reste plus rien maintenant. »

Billy regarda en direction des enfants et remarqua leur mine abattue. Il tapota sa pipe contre le tronc de l'arbre à côté duquel il se tenait et se racla la gorge.

« Alors on retourne en ville ? » demanda-t-il.

Grace acquiesça, mais Billy ne fit aucun signe de partir. Il observait fixement le visage de Tom. Grace commença à se sentir nerveuse, mais Billy enfonça alors la main dans la poche de sa veste et en tira un objet qu'il tendit à Tom.

« J'ai… trouvé ça par terre, dit-il, un peu penaud. Ça te dit quelque chose ? »

Tom prit l'harmonica dans la main tendue de Billy et le tint à la lumière. Il le retourna et lut les mots gravés dans le métal : *Le Boomerang miniature. Système Albert. Anches tangentes tempérées.*

# 24

Gibson était assis à la longue table de la cuisine du couvent, feuilletant les photos, perdu dans son petit monde, quand quelqu'un frappa soudain à la porte latérale. Surpris, il se leva d'un bond pour ouvrir : Pop Mather se tenait là, l'air grave.

« Qu'est-ce qui se passe ?

– Je viens de recevoir un coup de fil.

– Oh ?

– Pas une bonne nouvelle. C'était Erskine. Ça fait un moment qu'ils essaient de vous joindre. Votre mère… votre mère est morte hier matin. »

Ces paroles ne surprirent pas Gibson – il s'y attendait depuis plusieurs années – mais elles lui fichèrent tout de même un coup, comme un claquement froid et creux dans les tripes.

« Oh ! Merci d'être venu. Merci de… m'avoir prévenu.

– Je peux faire quelque chose ? Si vous voulez appeler quelqu'un… des parents ?

– Non, non, il n'y a personne d'autre. Merci. C'est bon. Je m'y attendais. Merci d'être passé.

– Toutes mes condoléances, dit Pop. Vous pouvez venir à la maison si vous voulez. Utiliser le téléphone.

– Oui, peut-être. Merci. »

Lorsque Pop fut parti, Gibson prit une longue douche. Il tenta de se rappeler une prière de son enfance, n'importe laquelle, mais les seules paroles qui lui vinrent furent celles qu'il avait entendues à l'enterrement de son père : *De la terre à la terre, des cendres aux cendres, de la poussière à la poussière ; dans l'espoir certain de la Résurrection dans la vie éternelle*. Alors il les répéta encore et encore tandis que la vapeur s'élevait en tournoyant autour de lui.

Après quoi il se rendit dans sa chambre, tira le calibre .38 de son sac et l'observa longuement avant de l'enfoncer sous le matelas comme un magazine pornographique. Puis il enfila ses vêtements les plus propres et roula jusqu'à l'hôtel. Au bar, il commanda un whisky et une bière, les vida, recommanda la même chose. Au bout d'un moment, il perdit la notion du temps, et, lorsqu'il eut la tête qui tournait et le nez engourdi, il quitta l'hôtel et prit la direction de la ferme des Steele.

Il aimait le crissement du gravier sous ses chaussures. Un tel bruit donnait l'impression qu'on allait vraiment quelque part. Il alluma une cigarette, et après cinq minutes de crissements il tourna dans un virage et ralentit l'allure. Un utilitaire aux phares larges et opaques était garé sur le bas-côté. Dans l'herbe, il vit un rouleau de barbelés et une espèce d'outil pour tendre les fils une fois qu'ils étaient posés sur la clôture. Un chien enchaîné sur le plateau de l'utilitaire se mit à aboyer à son approche. Au même instant, une silhouette apparut de l'autre côté du véhicule. La tête, puis les épaules, comme un homme jaillissant d'une trappe. John Steele. Sonny pour tout le monde, sauf sa mère.

Le garçon l'aperçut alors qu'il était à une douzaine de mètres, puis il ramassa un chiffon et s'essuya les mains. Gibson le salua. Il avait complètement dessoûlé.

« Bonjour.

– Bonjour. »

Gibson désigna les quelques têtes de bétail qui paissaient de l'autre côté de la clôture. Elles étaient noires et brun foncé, leur robe était lustrée et humide à cause de la pluie, et elles semblaient en excellente santé.

« Elles sont à toi ?

– Ouais.

– La terre est bonne dans le coin, pas vrai ?

– Pas mal. »

Gibson acquiesça.

« Je me disais que j'essaierais peut-être de gravir le Rocher plus tard. La vue doit être belle depuis le sommet. On doit voir sacrément loin. »

Sonny haussa les épaules. Le chien gémit et tira sur sa chaîne en haletant, sa langue rose entrant et sortant de sa gueule entre les pointes blanches de ses canines. Des rangées de crocs aiguisés étaient visibles, plantées dans la peau rouge et noir de ses gencives. Gibson regarda la main de Sonny et vit qu'il s'était coupé. Il ne s'essuyait pas les mains comme il l'avait d'abord cru, mais tentait d'arrêter le saignement avec le chiffon.

« C'est sérieux ?

– Non. C'est pas profond.

– Tu t'es coupé avec du barbelé ?

– Ouais. »

Gibson acquiesça de nouveau.

« Comment s'appelle ton chien ?

– Blackie.

– Il n'a pas l'air commode. On dirait qu'il ne m'aime pas trop.

– Il aime pas votre parfum. Il aime pas les odeurs de tapette. »

Gibson faillit éclater de rire. Lorsqu'il se remit à marcher, il sentit les yeux de Sonny braqués sur son dos.

« Faites attention ! lança le garçon avec une pointe de bravade dans la voix. L'autre chien s'est échappé. Il est quelque part dans les parages. Il vaudrait mieux pas que vous le rencontriez avec une odeur comme ça. »

Gibson acquiesça, leva la main, s'éloigna, et au bout de dix minutes la ferme apparut sur sa droite. Il se dirigea vers le bâtiment et était sur le point de cogner contre le montant de la porte ouverte lorsqu'il vit Ezra assis juste derrière. Steele le salua d'un geste de la tête, mais, quand Gibson voulut s'asseoir, le fermier grommela :

« Pas la peine de vous asseoir, vous ne restez pas.

– M'man ! hurla Sonny qui était apparu à la porte derrière lui. J'me suis coupé la main ! »

Ezra regarda son fils.

« Tu as fini ce travail ?

– Non », répondit Sonny avec une expression morose.

Fay Steele arriva de la cuisine en se tordant les mains dans son tablier sale.

« Femme, tu veux bien aller chercher un pansement ? demanda Ezra. Et de l'antiseptique ?

– De l'alcool à brûler ? »

Ezra regarda Gibson avec un sourire narquois.

« Ça risquerait de piquer un peu, pas vrai, Gibson ? Mais ça tuerait net tous les microbes. »

Il se tourna vers sa femme.

« Non, pas de l'alcool à brûler. Autre chose. Va avec elle, fils. »

Sonny lança un regard noir à Gibson et suivit sa mère dans l'obscurité à l'arrière de la maison.

« Vos vaches… elles sont pour le lait ou la viande ? » Ezra leva les yeux vers lui comme s'il était simple d'esprit. « C'est juste que j'ai mangé un steak l'autre soir. Je l'ai acheté chez le boucher en ville. Je me demandais si c'était une de vos bêtes.

– Mon père avait des laitières. Moi, je fais du bœuf. N'importe quel imbécile peut voir la différence.

– Ah ! eh bien, ce n'est pas la première fois qu'on me traite d'imbécile.

– Qu'est-ce que vous voulez, Gibson ? Vous feriez mieux de ne pas me faire perdre mon temps avec des questions idiotes.

– Non. Je suppose que non. Je peux vous demander quelque chose ?

– À quel sujet ? »

Fay Steele revint avec un petit flacon de Mercurochrome dans une main, talonnée par Sonny. Ezra, ses yeux lançant des éclairs, les congédia tous deux d'un geste du menton, puis il commença à se lever de sa chaise. Gibson devina que ce n'était pas pour le prendre dans ses bras.

« Darcy vous a-t-elle dit que quelqu'un l'observait ? » demanda-t-il en reculant vers la porte.

Ezra leva la tête vers lui, clignant des yeux comme une chouette.

« Quand ? Quand vous l'a-t-elle dit ? » insista Gibson.

Ezra secoua la tête d'un air dédaigneux, mais il se renfonça dans son fauteuil. Il semblait un peu plus pâle et frotta son menton mal rasé.

« Elle a toujours eu de l'imagination, répondit-il sans grande conviction. Elle inventait toujours des choses.

– Connaissait-elle ses origines, monsieur Steele ? Savait-elle qu'elle n'était pas votre fille ? »

Fay Steele revint précipitamment dans la pièce. Ezra avait les mâchoires serrées. Elle alla se poster à côté de son mari et posa la main sur le dossier du fauteuil. Il y avait dans ses yeux quelque chose de nouveau – une détermination à la fois inattendue et touchante. Il savait qu'elle avait entendu sa question.

« Partez, monsieur Gibson, dit-elle. Je crois que nous avons eu assez de chagrin comme ça. »

Gibson acquiesça.

« Oui, vous avez raison », répondit-il en reculant dans l'entrebâillement de la porte.

Sonny apparut dans le couloir.

« Et toi, petit ? Tu n'as pas une dette envers ta sœur ? » demanda Gibson.

Sonny ne répondit rien et braqua la carabine qu'il tenait à la main sur la poitrine de Gibson.

« D'accord, marmonna celui-ci. Je m'en vais. »

Ils l'observèrent tous trois tandis qu'il s'éloignait sur la route. Il commençait à ressentir une douleur lancinante dans la tête. Les larmes lui étaient montées aux yeux et il savait que s'il les laissait couler, il ne pourrait plus les arrêter. Il courut presque jusqu'à l'hôtel et but quelques verres, et, lorsqu'il se sentit mieux, il appela Hughie à sa table pour lui poser une question.

« Blanche ? demanda Hughie en réponse à la question que Gibson avait bafouillée. Ou noire ? »

Gibson secoua légèrement la tête et mit un moment à comprendre.

« Oh ! blanche, je suppose. Merde. »

Hughie lui donna l'adresse d'une maison à Laurence. Le trajet ne prit pas longtemps malgré la voiture qui zigzaguait sur la route et malgré le fait que Gibson n'y voyait plus trop clair. C'était une large rue déserte. Un alignement de maisons en bois minables. Il trouva celle qu'il cherchait et frappa à la porte. Une jeune femme répondit et le scruta à travers la moustiquaire. Il se demanda comment il était censé procéder.

« Je cherche quelqu'un, marmonna-t-il. Une amie.

– Une amie ?

– Oui. Une *amie*. Le serveur, à l'hôtel, il a dit que je pouvais…

– Oh ! »

Gibson crut un moment qu'on s'était payé sa tête et se maudit d'être tombé aussi aveuglément dans le panneau. Il les imaginait en train de rigoler dans le bar, ou peut-être qu'ils étaient derrière lui en ce moment même, en train de ricaner. Il se retourna. Il n'y avait personne. Il se tourna de nouveau vers la jeune femme qui ouvrit la moustiquaire et lui fit signe d'entrer. Il pénétra dans la maison. Une femme plus âgée était assise à la table de la cuisine, occupée à fumer une cigarette. Elle avait les jambes croisées, et sa chevelure abondante était un chef-d'œuvre de pics et de vallées tels qu'il n'en avait pas vu depuis des années. Il la salua de la tête, elle lui retourna son geste et tendit la main, attendant qu'il lui donne de l'argent comme s'il avait une vieille dette envers elle.

« Combien ? »

Elle lui répondit, avant d'ajouter avec un sourire sévère qui laissa paraître ses grosses dents jaunes :

« Et pas de trucs tordus. C'est la règle de la maison. »

Il lui tendit les billets, que la femme plia et enfonça ostensiblement sous son soutien-gorge telle une vamp de cinéma. Elle désigna la chambre dans laquelle la jeune femme avait disparu et il se dirigea vers la porte. Lorsqu'il l'ouvrit, la jeune femme était assise devant le miroir de la coiffeuse, en train de se brosser les cheveux. Il l'observa un moment. Elle le regarda du coin de l'œil, puis saisit sur la table un atomiseur à l'ancienne et se pulvérisa du parfum dans le cou. Ses gestes étaient raides et affectés, comme si c'était l'autre femme qui l'avait entraînée à bouger ainsi. Elle se retourna lentement vers lui. Il l'examina attentivement, troublé par ce commerce étrange, se demandant pourquoi les bouts de papier colorés qu'il avait dans la poche lui donnaient accès à son lit, à son corps. Elle était plus jeune qu'il ne l'avait cru initialement – potelée, innocente – et plus il la scrutait, plus elle était mal à l'aise. Il se sentait triste comme jamais, un peu désespéré, très soûl. Il savait que tout ça ne servirait à rien, mais c'était plus fort que lui.

« S'il vous plaît, dit-il. Tenez-vous là-bas. Déshabillez-vous. »

Les chaussons de la jeune femme murmurèrent sur le lino, et elle s'immobilisa sur un tapis rose et pelucheux au pied du lit. Elle ôta le chewing-gum qu'elle avait dans la bouche, le colla sur l'extrémité métallique du sommier, se déshabilla, puis elle se tint auprès du lit, les mains croisées sur son pubis, soudain timide. Une veine palpitait sur son cou. Il s'agenouilla devant elle, serra son corps entre ses bras et appuya sa joue contre son ventre doux pendant un long moment, se contentant de lui caresser le dos en essayant de ne penser à rien d'autre.

# 25

Ils regagnèrent la ville en silence. Lorsque la camionnette s'immobilisa dans Gibbs Street, Grace en descendit, mais Tom resta assis et referma la portière derrière elle.

« À plus tard », dit-il en se penchant par la vitre tandis que la camionnette redémarrait.

Grace, inquiète, les suivit sur le trottoir.

« Où tu vas ? Tu reviens quand ?

– Plus tard.

– Je crois que tu ne devrais pas…

– Ça va aller. Ne t'en fais pas ! »

Grace s'arrêta et mit ses mains en porte-voix.

« Sois prudent ! » cria-t-elle.

Il la regarda dans le rétroviseur tandis qu'ils s'éloignaient et la vit donner un coup de pied dans un caillou puis jeter un dernier coup d'œil dans leur direction avant de repartir en sens inverse. Billy conduisit jusqu'à la maison du passeur et ils restèrent assis là sans rien dire pendant quelques minutes.

« Je croyais vraiment que je le trouverais aujourd'hui. Je le croyais vraiment. »

Billy se tourna vers Tom et secoua la tête.

« C'est dommage, dit-il.

– Oui.

– Dis, tu veux voir quelque chose ?

– Quoi ?

– Un chouette endroit où je vais quand ça va mal. Ça va te plaire. »

Tom haussa faiblement les épaules, mais, lorsque Billy descendit de la camionnette et s'éloigna vers la route, il le suivit. Ils passèrent par-dessus la clôture de la ferme des Steele et se mirent à gravir un sentier envahi par l'herbe. Ils pénétrèrent bientôt dans l'ombre fraîche d'un bosquet et virent des rochers qui jaillissaient du sous-bois comme les vestiges d'une ruine hors d'âge. Ils continuèrent de monter et les rochers devinrent de plus en plus gros. Ils s'arrêtèrent devant l'un d'eux, qui était énorme, et Billy grimpa dessus et hissa Tom derrière lui.

« Où sommes-nous ? demanda Tom, haletant.

– Regarde, répondit Billy en pointant le doigt à travers les arbres, la ville est là-bas, et le Rocher est juste derrière nous. Autrefois, il y avait un château ici. Mais il n'en reste rien.

– Conneries ! » répliqua Tom en éclatant de rire.

Il se retourna et tendit le cou. Derrière eux, il vit la base du Rocher, de grosses pierres couvertes de lichen. Des fougères bordaient un ruisseau minuscule.

« En effet, c'est un chouette endroit, dit-il en se tournant de nouveau vers Billy. Ça me plaît. »

Ils s'assirent en silence et observèrent la ville pendant qu'ils reprenaient leur souffle. Tom vit de la poussière soulevée par les sabots d'un cheval monté par un cavalier, de la fumée qui s'élevait de cheminées, la cime des eucalyptus avec leurs nouvelles feuilles rouges. Il repéra le commissariat, l'église, les grands arbres près du couvent, et même sa maison sur la route qui menait à la rivière. Il s'imagina dedans, puis tenta de se représenter Grace dans sa chambre en ce moment même.

Des pies se chamaillaient dans les arbres. De temps à autre, un corbeau ou un strepera se retrouvait sur leur chemin et les pies se liguaient pour le mettre en fuite. Tom regarda Billy qui regardait les pies et s'interrogea à son sujet. Quelque chose en lui suggérait qu'il savait sur le monde des choses que personne d'autre ne savait. Il n'avait jamais osé poser trop de questions à Henry, mais avec Billy, ça semblait plus simple.

« D'après vous, pourquoi les oiseaux ne sont-ils pas ou tout noirs ou tout blancs ?

– Je sais pas. Pourquoi leurs couleurs se mélangent pas quand ils sont mouillés ? »

Billy s'efforça de ne pas rire à sa propre plaisanterie. Tom ne put se retenir. Billy fit un grand sourire et sortit de quoi se rouler une cigarette. Avec ses doigts tachés de nicotine, il déposa du tabac sur une feuille de papier et lécha le bord gommé. Il remarqua que Tom l'observait.

« T'en veux une ?

– D'accord. »

Billy acheva de rouler sa cigarette puis en roula une autre. Il les alluma toutes les deux, tira une longue bouffée sur la sienne et garda longtemps la fumée dans ses poumons. Des cendres s'envolèrent dans la brise tandis que Tom l'imitait.

« Qu'est-ce qui est arrivé à votre doigt ? demanda-t-il alors que la tête commençait à lui tourner.

– Je me le suis coupé.

– Pourquoi vous avez fait ça ?

– Il m'emmerdait. »

Tom acquiesça. Curieusement, ça semblait une explication raisonnable. Il agita la main en direction de la ville en contrebas.

« Vous habitiez à Angel Rock avant, n'est-ce pas ?

– Oui, mais pas là-bas, dans une maison un peu plus loin derrière nous.

– Près du barrage ?

– Oui, derrière. J'y ai vécu pendant quelques années. Je me souviens de la maison mais je me revois pas dedans.

– Comment ça se fait ?

– Je sais pas vraiment. On m'a envoyé à l'hôpital près de Newcastle. Je me souviens pas de grand-chose avant ça, quand je vivais ici. Je me souviens même pas du visage de ma mère ni de celui de ma sœur.

– Vraiment ?

– Non. »

Tom considéra les paroles de Billy et espéra qu'il n'oublierait jamais le visage de Flynn. Cela semblait impossible, mais tant de choses avaient semblé impossibles avant.

« Pourquoi on vous a envoyé à l'hôpital ? »

Billy le regarda comme s'il eût dû le savoir.

« Quand ma sœur… tu sais… quand elle s'est noyée là-bas.

– Au barrage ?

– Oui.

– Je croyais que c'était juste une rumeur.

– Non. C'est pas une rumeur.

– Vous ne vous en souvenez pas non plus ?

– Non. J'ai tout oublié. »

Tom resta un moment silencieux, se contentant de regarder Ham en lui caressant la tête. Il ne savait pas quoi dire.

« Tu sais ce qu'ils font dans ce genre d'hôpital ? demanda Billy, rompant le silence.

– Non, pas vraiment… quoi ?

– Ils te font avaler de la poudre à canon et du kérosène, et puis ils te foutent le doigt dans la prise électrique. Ça te fait exploser la tête. »

Tom sourit et Billy éclata de rire.

« Combien de temps vous y êtes resté ?

– Ah ! une quinzaine d'années. Dans ces eaux-là. Je me souviens pas non plus de grand-chose de cette époque. Tout ce qui m'en reste, c'est ces cicatrices… et mes fausses dents. »

Billy retroussa les manches de sa chemise et montra à Tom les longues cicatrices sur ses bras, puis il poussa son dentier avec sa langue, les gencives roses comme du corail, et le laissa pendouiller à sa lèvre inférieure. Il le ravala après quelques instants et esquissa le fantôme d'un sourire.

« Comment vous vous êtes fait ces cicatrices ? En vous bagarrant ?

– Non.

– Alors comment ?

– Des batailles contre moi-même.

– Vous vous êtes fait ça tout seul ?

– Oui. »

Tom acquiesça, même s'il ne comprenait pas vraiment. Billy regardait au loin d'un air absent.

« Certains des vieux là-bas, dit-il doucement… cinglés qu'ils étaient, complètement dingues. Je crois qu'ils ont jamais eu toute leur tête. Jamais.

– Et vous ?

– Quoi moi ?

– Vous aviez toute votre tête ?

– Oui, je crois, il y a longtemps. Ce qui m'a permis de tenir le coup là-bas, c'était la Bible, Jésus Christ. La messe du dimanche.

– Je ne suis jamais beaucoup allé à la messe. Henry n'aime pas ça. »

Billy se tourna vers lui avec une expression totalement incrédule.

« Mais le Seigneur Jésus… c'est Dieu. Il a versé son sang pour toi. Pour moi aussi. Un homme qui verse son sang pour toi est toujours un frère, et un homme qui donne sa vie pour toi, eh bien, c'est encore autre chose. C'est ce que le Seigneur a fait. »

Les paroles de Billy fusaient à cent kilomètres à l'heure et Tom mit un moment à répondre.

« Jésus est revenu à la vie après être mort ?

– Oui. Et il a aussi ressuscité d'autres gens.

– Comment il a fait ? »

Billy secoua la tête.

« J'en sais rien, mais le père Carney m'a dit qu'il l'avait vu de ses propres yeux.

– On ne peut pas croire tout ce qu'on voit de ses yeux. J'ai vu mon frère. Il se tenait près de la rivière, mais il ne pouvait pas être là, vu qu'il est… vu qu'il est mort.

– Alors peut-être que toi aussi t'es un peu fou.

– Oui, peut-être.

– T'en fais pas. Je vois tout un tas de choses avec mes yeux. Des choses bien… d'autres moches. J'ai vu le Seigneur Jésus un jour, lui aussi près d'une rivière. Vraiment un drôle de type que c'était. Il m'a laissé manger sa bouffe et tout. Je croyais qu'il était aussi réel que toi et moi, mais le lendemain matin il avait disparu sans laisser de traces.

– Qu'est-ce que vous avez vu d'autre ?

– Comme toi, j'ai vu quelques morts. Quand j'ai bu un coup, je les vois.

– Vous avez déjà vu votre sœur ? »

Billy acquiesça.

« J'en ai parlé au père Adam. Il a dit que c'était pas elle, mais son ombre. Il a dit que je ferais mieux de pas boire.

– C'est quoi, une ombre ? Un fantôme ?

– Ouais, quelque chose d'aussi réel qu'un rêve, mais pas tout à fait. Je parle pas de rêves. Les rêves, c'est quelque chose de complètement différent. Je parle de voir des choses avec les yeux qu'on a dans la tête, dit-il en se tapotant le crâne avec son moignon de doigt.

– Je le sais. »

Ils fumèrent un moment, et la tête de Tom se remit à tourner.

« C'est qui, le père Adam ? demanda-t-il en écrasant sa cigarette sur la roche.

– Le vieux père Adam. Adam Carney. Un bon pote de mon paternel. Il l'a aidé à nous élever. Il m'a aussi donné des coups de main à ma sortie d'hôpital. Il me calmait, il m'aidait à pas boire, mais bon, il pouvait pas faire des miracles. Même lui, il pouvait pas.

– Vous buvez beaucoup.

– Pas mal.

– Est-ce que le père Adam habite toujours dans la région ?

– Plus maintenant.

– Pourquoi vous n'allez pas le voir ?

– Je sais pas où il est », répondit Billy.

Il se leva brusquement, descendit du rocher et marcha jusqu'à l'endroit où le ruisseau s'écoulait pardessus les cailloux pour y boire. Lorsqu'il revint auprès de Tom, celui-ci l'attendait avec une nouvelle question.

« Pourquoi vous êtes allé dans la chambre de Darcy l'autre jour ?

– Pourquoi j'ai fait *quoi* ?

– Pourquoi vous êtes allé dans sa chambre. La chambre de Darcy. »

Billy se gratta la tête.

« Je me souviens plus.

– Vous ne vous rappelez pas avoir fait ça ?

– Non.

– Vous étiez soûl.

– Oui, je suppose. L'alcool, ça fait oublier.

– Vous n'avez pas vu Darcy, n'est-ce pas ? Avant sa fugue ?

– Non, je l'ai pas vue. »

Tom se mordilla la lèvre.

« Billy, vous devriez essayer de retrouver le père Adam. Peut-être que vous n'auriez plus besoin de boire. Peut-être que vous pourriez mener une vie normale.

– Normale ? Bon sang ! Normale. Je sais pas si une vie normale, c'est fait pour moi.

– Vous ne voulez pas habiter dans une maison, avoir une femme et des enfants ? »

Billy le regarda avec stupéfaction et Tom vit à son expression qu'il n'y avait jamais vraiment songé.

« Non, je veux pas de tout ça, répondit doucement Billy. C'est pas ce que Dieu veut pour moi. Les gens normaux voient pas ce que je vois. Faudrait que ma femme soit aussi dingue que moi, et nos gosses seraient eux aussi dingues. Ça fait aucun doute. »

Ham poussa un petit gémissement, puis il se tut et dressa les oreilles. Il leva le museau, renifla l'air. Billy et Tom l'observèrent.

« D'après vous, qu'est-ce qu'il a senti ? »

Billy regarda autour de lui. Quelque chose dans son geste – lent, posé – rendit Tom nerveux, mais, après quelques instants, Billy se détendit et secoua la tête.

« À manger, voilà ce que c'est. Il sent quelque chose qui est en train de cuire.

– Oui, ça doit être ça. Je crois qu'il a faim. »

Tom caressa le flanc de Ham et lui glissa un doigt dans la gueule. Ses petites dents se refermèrent sur sa peau et Tom sentit son haleine chaude.

« C'est une brave bête, observa Billy. On dirait qu'il ferait un bon chien de chasse.

– Vraiment ? Un des chiens de Steele a essayé de le manger hier. Je… je l'ai tué.

– Tu l'as tué ? Tu as tué un des clebs du vieux Ezra ? Avec quoi ? Une carabine ?

– Non, avec une pierre.

– Une pierre ?

– Oui. Une pierre. Je ne voulais pas le tuer. C'est juste arrivé. Fallait que j'aide Ham. Fallait que j'aide Grace. »

Billy acquiesça, impressionné.

« Peut-être qu'il fallait le faire, dit-il. Un sale clebs comme ça, il se serait amusé avec le tien. Il aurait joué un peu, puis il l'aurait tué, ou alors il l'aurait directement tué. Dans un cas comme dans l'autre, ton chien serait mort.

– Oui, je suppose. Mais ça me rend malade quand j'y pense.

– J'ai tué un paquet de choses. Ça me rend toujours un peu malade. Mais parfois, faut le faire. »

Tom acquiesça. Il savait qu'il disait vrai.

« Cette Grace, elle est vraiment mignonne.

– Oui. »

Tom enfonça la main dans sa poche, en tira la photo de Darcy qu'il avait dérobée dans le couvent, et la tendit à Billy.

« Tenez, dit-il. Je l'ai trouvée. »

Billy saisit la photo et la regarda longuement sans rien dire. Finalement, il acquiesça lentement et remercia Tom.

Ils restèrent assis là jusqu'à ce que le soleil commence à décliner derrière eux. Billy entreprit de raconter à Tom d'une voix douce toutes les choses qu'il avait vues au cours des dernières années en termes d'arbres, d'animaux, de pluie, de soleil, de nuages, décrivant avec ses mains ses bagarres contre des kangourous, des dingos, des cochons sauvages. Alors que la nuit tombait, les nuages quittèrent le ciel, et les oiseaux et les étoiles les plus brillantes vinrent remplir le vide. En contrebas, autour d'Angel Rock, la campagne s'étirait dans toutes les directions, plongée dans une obscurité presque uniforme. Vers le sud, juste au-dessus de l'horizon, ils distinguaient les lueurs faibles d'une autre petite ville, mais vers l'est et le nord il n'y avait rien, hormis la lumière jaune occasionnelle d'une fenêtre, et parfois les phares d'une voiture. Au loin dans la vallée, des feux orange scintillaient comme des yeux d'animaux.

« Ils brûlent des broussailles, observa Billy.

– Oui. »

De temps à autre, un panache d'étincelles orange vif s'élevait dans le ciel tandis que les brasiers s'affaissaient, et, quand le vent soufflait dans leur direction, ils sentaient l'odeur de la fumée ; le parfum doux et suave du bois de rose qui se consumait. En le respirant, Tom se demanda s'il quitterait un jour la vallée, s'il en serait capable. Il s'allongea sur le rocher et observa la gigantesque voûte noire du ciel d'été mouchetée d'une myriade d'étoiles. Il n'en avait jamais vu autant, jamais vu d'aussi lumineuses, et chacune semblait vivante, dotée de sa propre couleur. Des météores commencèrent à tournoyer en se consumant près de la lune montante. Il s'imagina Ham le chimpanzé volant là-haut, et tous les astronautes, et Flynn aux commandes d'une fusée – une longue chose aux lignes épurées – portant un casque, explorant la galaxie.

« Ce serait bien d'y aller un jour, murmura Billy.

– Où ça ?

– Sur la lune.

– Sur la lune ?

– Oui. »

Billy avait une expression étrange.

« Vous n'êtes pas au courant ? Ils sont allés sur la lune, Billy. Ils se sont posés dessus.

– Tu te fous de moi.

– Non », répondit Tom en secouant lentement la tête.

Il lui expliqua la mécanique, la fusée, les hommes, le module lunaire *Eagle*, leur façon de marcher en apesanteur, le drapeau qu'ils avaient planté. Billy regardait la lune pendant qu'il lui racontait tout ça, et à la fin il se contenta de secouer la tête.

« Et comment ils sont revenus, alors ?

– En volant.

– En volant ? Depuis les étoiles, hein ?

– Oui, dans un sens.

– Je crois qu'ils auraient pas dû faire ça, déclara Billy après un moment. Ils auraient pas dû. »

Une tristesse soudaine sembla l'envahir. Tom ne savait pas comment le consoler ni même si c'était ce dont il avait besoin. Il tira l'harmonica de sa poche et souffla dedans pendant un moment, puis il essaya de jouer un morceau. Après quelques instants, Billy lui demanda l'harmonica et il se mit à jouer. Il joua la mélodie triste et belle que Tom et Grace avaient entendue depuis la jetée. Tom attrapa Ham, le tint devant son visage, et plongea son regard dans ses yeux noirs avant de le soulever à bout de bras et de le tourner dans tous les sens en se demandant si ses yeux d'animal voyaient des choses que ni Billy ni lui ne pouvaient voir.

« Tu vois quelque chose, mon vieux ? » demanda-t-il.

Mais Ham ne paraissait rien voir de particulier.

« Billy ? »

Billy cessa de jouer et leva la tête.

« Oui ?

– Vous avez déjà vu un lion dans le bush ?

– Un lion ? Non. Et toi ?

– Non. Mais j'en vois parfois en rêve.

– Ah, mais c'est pas la même chose qu'en vrai, hein ?

– Non. »

Billy s'étira. Il semblait prêt à partir.

« Qu'est-ce que vous allez faire maintenant ?

– M'acheter quelque chose à manger, vu que j'ai de l'argent. »

Il fit son sourire contagieux, mais Tom sentit que la tristesse qui l'avait envahi tout à l'heure était encore présente, et il espérait que ce n'était pas à cause de ce qu'il avait dit sur la lune ni sur autre chose.

« Vous feriez bien de vous méfier de Pop.

– T'en fais pas, le vieux Pop est pas prêt de me rattraper. Je vais peut-être aussi m'acheter quelques cartouches, descendre un des petits veaux d'Ezra et me faire un bon rôti.

– Soyez prudent.

– T'inquiète pas. »

Billy s'essuya les lèvres du revers de la main et se leva. Malgré l'obscurité, Tom vit qu'il tremblait un peu. Il suivit Billy jusqu'à la route, et, lorsqu'ils l'atteignirent, ils s'arrêtèrent et se firent face.

« Tu sais comment rentrer ? demanda Billy.

– Oui. Ça va aller.

– Présente mes excuses à ta petite copine. Je voulais pas être grossier avec elle l'autre jour. C'est juste que j'aime pas être enfermé.

– Je lui dirai. »

Billy opina du chef.

« Elle te plaît ?

– Oui.

– Bien. C'est bien, dit Billy d'une voix soudain sombre. À la prochaine, Tom Ferry. »

Il traversa la route et pénétra dans la casse automobile. Tom le regarda s'éloigner, et l'idée lui vint qu'il ne reverrait jamais cet homme étrange. Pour la première fois, il remarquait sa façon de marcher, tête baissée, d'une allure lasse, comme s'il avait déjà beaucoup trop marché dans sa vie, ou comme s'il n'avait aucune envie d'aller là où il allait. Lorsque Billy eut disparu, Tom reprit la direction de la ville. Il se sentait un peu vide à l'intérieur. Ham s'endormit entre ses bras, et lui-même commença à avoir la tête lourde et à traîner des pieds. Il traversa la ville, passa devant le bac et prit la direction de sa maison, et non de celle de Pop. Quand il arriva devant, il s'arrêta, surpris. Il était sur le point de rebrousser chemin pour retourner chez Pop lorsqu'il remarqua que toutes les fenêtres étaient plongées dans l'obscurité. Manifestement, Henry n'était pas là. L'idée de dormir dans son propre lit, dans la chambre qu'il avait partagée avec Flynn, était tentante. Il franchit le portail et gravit silencieusement les marches. La porte était ouverte. Il pénétra dans la maison. Elle semblait parfaitement vide, et moins en désordre que ce à quoi il s'attendait. Il jeta un coup d'œil en direction de la chambre d'Henry. Le lit était défait et vide. Il essaya d'allumer la lumière mais l'ampoule ne réagit pas. Il essaya un autre interrupteur, avec le même résultat. Il retourna à la porte d'entrée et s'appuya contre le montant. Il regarda au-delà de la cour illuminée par la lueur des étoiles, en direction de la rivière qui murmurait de l'autre côté de la route. Il prit alors sa décision, se rendit dans la cuisine, et trouva les bougies de secours et une boîte d'allumettes. Il posa une bougie sur une assiette, l'alluma et la porta jusqu'à la salle de bains. Il s'observa dans le miroir tandis qu'il se lavait les mains et le visage. Il s'était passé tant de choses aujourd'hui. Il avait une fois de plus tenu la main de Grace et, bizarrement, il s'était senti plus proche de Flynn. Il songea alors à Billy, et aussi à Flynn, et il examina son reflet dans le miroir, cherchant la marque de la tristesse. Elle était bien là, comme sur le visage de Billy. Même tenir la main de Grace n'avait pas suffi à la faire disparaître.

Il alla chercher une conserve de corned-beef dans le placard de la cuisine, l'ouvrit, en déposa un peu par terre pour Ham et mangea le reste avec ses doigts. Une fois son repas avalé, Ham se mit à courir de pièce en pièce, ses griffes cliquetant sur le plancher, museau baissé, flairant peut-être de légères odeurs qui ressemblaient à celle de son maître. Tom porta la bougie jusqu'à sa chambre et s'allongea sur le lit. Il crut percevoir l'odeur de son frère. Ham continua de cavaler comme un dératé, et, lorsqu'il fut épuisé, Tom le hissa sur le lit et lui posa le museau sur l'oreiller.

« Si jamais tu sens cette odeur, je veux que tu me préviennes », murmura-t-il d'une voix somnolente.

Il contempla quelque temps la bougie dont la flamme jaune vacillait et tremblait. Ham posa la tête sur ses pattes et regarda Tom. Le garçon vit le reflet de la bougie dans ses petits yeux brillants, puis les paupières du chien s'alourdirent et se fermèrent. L'animal bâilla et souffla bruyamment, et bientôt ses pattes se mirent à remuer tandis qu'il rêvait. Tom posa la main sur son flanc chaud.

Un jour, il retrouverait Flynn. Il le savait. Ce serait une belle journée. Il s'était déjà tant de fois représenté la scène. C'était toujours Pop qui venait ouvrir la porte – vêtu d'une chemise blanche, les poils de son torse débordant de l'encolure comme de l'écume sur une plage – mais maintenant Billy était lui aussi présent.

*Voici mon frère*, leur dirait-il, et ils ne poseraient pas de questions, se contenteraient de soulever Flynn très doucement, très prudemment, comme s'il était toujours vivant. Puis ils se dirigeraient vers les collines et construiraient un bûcher avec des troncs d'arbres aussi hauts que des maisons, et ils enfouiraient profondément le corps de Flynn au cœur du bûcher avant de l'embraser. Ils regarderaient les flammes croître, s'attendant presque à une résurrection, à voir Flynn surgir de l'obscurité derrière eux tel un enfant innocent pour se réchauffer les mains au brasier et leur expliquer leur méprise. Le vent agiterait le feu et le ferait rugir. Billy serait assis avec un fusil en travers des cuisses tandis que le rugissement du feu ferait sortir des bêtes étranges des ténèbres. Tous les lions exilés et tristes, tous les fantômes de leurs ancêtres, toutes les choses qui se cachaient et qui n'étaient pas à leur place ici. Ils resteraient là toute la nuit, hurlant à la périphérie du feu, jusqu'à ce que celui-ci s'éteigne, jusqu'à ce qu'il ne soit plus qu'un tas de braises rougeoyant sous des cendres grises, jusqu'à l'arrivée de l'aube. Alors il verrait les os brillants de son frère, la petite matrice jaune au cœur du feu, et il les regarderait se racornir, se transformer en rien, se mêler aux cendres et disparaître – et tout serait fini.

# 26

Billy Flood, avec son chapeau de guingois, reproduisait les pas d'une danse ancestrale au milieu de la route tout en buvant au goulot le rhum qu'il s'était acheté à l'hôtel. Il entonnait à pleins poumons « Rock of Ages » et d'autres vieux hymnes, et quittait la ville en titubant. Chaque détail d'Angel Rock – la rivière tortueuse, la voie de chemin de fer – était depuis longtemps gravé dans son esprit, et pourtant il ne détestait pas cette ville, même quand il était sobre, même quand il revoyait comme en rêve son père et Adam Carney haranguant les foules il y avait si longtemps de cela, leur promettant le châtiment divin.

Tandis qu'il vacillait au bord de la route et tentait de se rappeler les paroles d'autres hymnes, une voiture s'arrêta et les jeunes à l'intérieur commencèrent à se payer sa tête. Il s'enfonça parmi les broussailles pour les éviter. Il entendit un crissement de pneus et un rugissement de moteur lorsque la voiture repartit, mais quelques minutes plus tard elle revint et s'arrêta de nouveau. Il vit les garçons ramasser des cailloux au bord de la route puis canarder les ténèbres parmi les arbres. Avant de se retourner, il crut reconnaître le visage rond et rouge de Sonny Steele. Il grimpa la pente et arriva bientôt à l'endroit où il était venu avec

Tom dans l'après-midi. La voiture et les garçons étaient oubliés. Il continua de grimper de plus en plus haut, beaucoup plus loin qu'il n'avait emmené Tom, au péril de sa bouteille et de sa propre vie. Lorsqu'il ne put plus continuer, alors que le Rocher illuminé par la lune se dressait au-dessus de lui, il se laissa tomber sur une grande pierre plate couverte de lichen et fendue par la foudre, et siffla ce qui restait de rhum. Puis il lança sa bouteille haut dans les airs. Lorsqu'elle se fracassa sur les rochers en contrebas, il en tira une deuxième de sa poche de veste et arracha le bouchon.

« Dieu te bénisse, Tom Ferry ! » hurla-t-il en direction du ciel, après quoi il vida un tiers de la bouteille et ne tarda pas à tomber dans les pommes.

Lorsqu'il rouvrit les yeux, il pleuvait. Il était allongé sur le dos dans une flaque au bord de la route. Il faisait encore nuit. Il ne se souvenait plus comment il était arrivé jusqu'ici ni comment il avait atterri dans une flaque, mais il avait une gueule de bois effroyable et ne tenait pas particulièrement à le savoir. Il s'agenouilla péniblement et regarda la route, l'eau ruisselant sur son front et dans sa barbe. Il se souvint de l'argent de Tom. Il allait pouvoir s'acheter plus d'alcool. Il se leva et se dirigea vers les lumières qu'il distinguait tout juste à travers le voile de pluie, mais après cent mètres à peine il la vit.

« *Darcy ?* » murmura-t-il.

Elle se tenait devant lui, sous la pluie, les cheveux plaqués sur son crâne, sa robe collée à son corps. Il se figea et la regarda un moment avec une drôle de sensation dans le ventre, comme s'il venait d'avaler un gros caillou humide. Il poussa un gémissement sourd puis se retourna et s'éloigna en titubant dans la direction opposée. Mais ça n'était pas mieux dans ce sens-là. D'un côté de la ligne qui coupait la route en deux, se tenait sa mère, et de l'autre, sa sœur – sa sœur dont il avait oublié à quoi elle ressemblait et dont le visage n'était, même alors, qu'une tache pâle et floue.

Il se tourna de nouveau vers Darcy, mais elle s'éloignait le long de la route. Il cligna des yeux à cause de la pluie et la suivit. Il la suivit sans réfléchir, sans se poser de question, comme mû par un besoin irrépressible. Il la suivit jusqu'à la ville, passa devant les boutiques, atteignit le portail du cimetière. Il l'escalada – à peine conscient du métal rouillé qui s'enfonçait dans sa main –, le sang qui palpitait dans ses veines le portant comme une rivière en crue.

Il la vit une dernière fois debout à côté d'une tombe, puis elle disparut. Il courut jusqu'à l'endroit où elle s'était tenue. Il regarda la terre nue et fouettée par la pluie, les brins d'herbe couchés en travers comme des points de suture sur une blessure. Il lut le nom gravé sur la croix de bois ; c'était la tombe de Darcy. Il se mit à sangloter, agrippant la terre retournée, ses épaules frémissant. Il pleura longtemps, mais, lorsque ses larmes cessèrent enfin, ce fut comme si une petite flamme d'espoir s'était allumée en lui. Il inclina la tête en arrière, ferma les yeux et frissonna tandis que la chaleur de la flamme se propageait depuis le centre de son corps jusqu'à ses doigts et ses orteils. Lorsqu'il rouvrit les yeux, il regarda la terre un instant, son cœur cognant dans sa poitrine, puis il se leva et marcha jusqu'à la remise du fossoyeur. Il trouva une pelle au manche cassé appuyée contre le mur, la porta jusqu'à la tombe et s'agenouilla. Après un moment, il se mit à creuser.

La terre humide et fraîchement retournée était encore meuble, mais il creusa tout de même pendant la moitié de la nuit. Au petit matin, il se remit à pleuvoir à verse et les parois verticales du trou qu'il avait creusé commencèrent à s'affaisser. Des mottes de terre lui tombaient sur le dos et sur la tête, et ses bottes s'enfonçaient de plus en plus dans la fange à ses pieds. Il s'arrêta et regarda au-dessus de lui en direction du ciel gris ardoise, à peine plus pâle que la nuit. La pluie s'écoulait sur son front, gouttait de ses oreilles, et il se passa la langue sur les lèvres et en absorba autant qu'il put pour étancher sa soif. Il vit le trou se remplir d'eau, s'imagina en train de se noyer, et il gémit et redoubla d'efforts tandis que la boue glissait le long des parois en formant de longues coulées sirupeuses.

Lorsqu'il entendit enfin le bruit creux de la pelle contre le bois, il se laissa tomber à genoux dans l'obscurité totale de la tombe et enfonça les mains dans la fange froide, ses doigts suivant le contour du cercueil sous lui. Il tira sur le couvercle, mais ne parvint pas à l'ouvrir à cause de son propre poids. Il laboura l'une des parois de la tombe et ménagea un espace à côté du cercueil, y plaça son pied, enfonça l'extrémité de la pelle sous le couvercle et commença à le soulever. Il parvint à l'écarter suffisamment pour glisser sa botte dans l'interstice. Puis il plaça les mains sous le couvercle et tira. Avec le poids de la boue, c'était comme si un homme s'était tenu sur le cercueil, mais il continua de tirer en grognant et, lentement, la fange glissa de la planche tandis que les fixations cédaient dans une série de craquements étouffés. Il arracha complètement le couvercle, le souleva et le posa sur l'herbe à côté de la tombe. Il marqua une pause, reprit son souffle, puis il se pencha et fouilla le cercueil du bout des doigts. Il sentit un pli de tissu à l'endroit où devait se trouver la tête de Darcy et il descendit à tâtons le long de son corps. Il glissa les mains sous ses bras et la souleva, la serrant contre sa poitrine, puis la traîna vers le pied de la tombe où il avait ménagé une pente abrupte plutôt qu'une paroi verticale. Mais il eut néanmoins toutes les peines du monde à s'extraire du trou en s'aidant d'une main tout en la portant de l'autre. Lorsqu'il y parvint finalement, il s'allongea sur le dos dans l'herbe, haletant, tandis que le tonnerre grondait au-dessus de lui.

Quiconque l'aurait vu s'extirper ainsi du sol aurait pu le prendre pour un mort ressuscité – mais il n'y avait pas âme qui vive, pas de témoins, personne pour se demander ce qu'il comptait faire ni raconter ce qu'il avait vu. Il se redressa et s'agenouilla à côté du paquet humide et boueux qu'il venait de déterrer. Il se pencha en avant et appuya son front dessus.

« *Jeune fille, je te le dis, lève-toi* », murmura-t-il.

Il pria pour que son souffle et son cœur soient assez puissants pour eux deux, mais, comme elle ne bougea pas – pas d'un centimètre, pas d'un cheveu –, il se remit à pleurer, ses épaules s'agitant de façon incontrôlable. Soudain, au milieu de ses larmes, il comprit quel était le problème – il n'avait pas assez la foi. La seule personne qui pouvait l'aider était le père Adam. Il souleva Darcy et commença à marcher. Elle semblait désormais légère comme une plume et il la porta jusqu'à la lisière du bois, où il s'arrêta un moment pour regarder en direction de la ville. La douzaine de réverbères projetaient de douces lueurs jaunes dans la pluie tourbillonnante. Des rues vides. Une scène sans acteurs. Il s'engagea sous le couvert des arbres et disparut dans l'obscurité.

# Troisième partie

# 27

Le rêve de Tom était si vif qu'il semblait réel ; un mélange de souvenirs heureux qui avaient patiemment attendu dans les ténèbres de son esprit de remonter à la surface. Le ciel était bleu et dégagé, et Flynn et Grace étaient avec lui. Pas de lions ni de feux, ni d'obscurité, ni rien, juste Grace vêtue d'une robe et Flynn tel qu'il se le rappelait. Ils couraient sur une plage en se tenant tous trois la main, et il leur parlait à cent à l'heure de tout ce qu'il savait, aimait et espérait, et Grace l'écoutait en souriant tandis que le petit Flynn ne cessait pas de rire.

Il se réveilla, se frotta les yeux et regarda par la fenêtre pendant quelques minutes, admirant le ciel et se remémorant son rêve – et alors il se rappela où il était. Un sentiment d'urgence s'empara de lui. Dans quelques semaines, il retournerait à l'école. Aujourd'hui semblait être sa dernière chance d'accomplir quelque chose – il n'aurait su dire quoi – avant que l'opportunité lui échappe et disparaisse à jamais. En dépit de ce que Pop avait affirmé, au plus profond de son cœur, Tom ne croyait pas à la mort de Flynn, pas aujourd'hui. Il se redressa, posa les pieds par terre, trouva Ham et l'attrapa, puis il marcha aussi silencieusement que possible jusqu'à la porte. Il longea le couloir sur la pointe des pieds jusqu'à la chambre d'Henry, mais il n'était pas là, et il n'était pas non plus avachi sur le canapé. Il se demanda brièvement où il était, puis pensa rapidement à autre chose. Il se rendit à la salle de bains et, lorsqu'il en ressortit, il vit les petits traits sur la porte, là où sa mère avait l'habitude de les mesurer, Flynn et lui. Il plaqua son dos contre la porte et plaça un doigt sur sa tête, puis il se retourna pour voir de combien il avait grandi.

« Presque huit centimètres », dit-il à Ham.

Dehors, comme dans son rêve, le ciel était sans nuages et il commençait à faire chaud. Tout était encore humide et dégoulinant à cause de la pluie qui était tombée pendant la nuit, mais l'air était limpide et sec. Ham s'arrêta devant une flaque sur la route et se mit à laper l'eau.

Tandis qu'il se rendait en ville, le petit espoir qu'il avait en lui commença à croître et devint plus qu'une faible voix confuse. Lorsqu'il longea le bac, le passeur souleva le doigt de sa pipe en guise de salut. C'était la première fois qu'il faisait ça. Tom se demanda s'il avait vu Billy la nuit précédente mais ne s'arrêta pas pour lui demander. Quand il arriva en ville, Mme Coop se tenait devant sa boutique, le vent soulevant sa robe à fleurs roses. Elle leva les yeux sous son grand chapeau de paille, le vit et le salua. Il lui rendit son geste. Elle tenait une boîte de peinture dans une main, et un pinceau dans l'autre. Derrière elle, la boutique portait un nouveau nom. Les Napperons célestes. Il sourit intérieurement et poursuivit sa marche en direction de la casse automobile. La camionnette de Billy était toujours là, mais il n'y avait nulle trace de lui. Il se rendit à la maison du passeur et frappa à la porte, inspecta les environs, mais Billy n'était pas là non plus. Il reprit le chemin de la ville, légèrement découragé, et, tandis qu'il marchait sur le sentier, il eut la sensation que quelque chose le suivait. Il s'arrêta et scruta les alentours. Mais il ne vit rien d'autre que les longues herbes jaunes qui oscillaient doucement dans la brise chaude et tourbillonnante, et les insectes qui tournoyaient à n'en plus finir dans l'air baigné de lumière. Il s'apprêta à appeler pour voir s'il y avait quelqu'un mais se ravisa et reprit sa marche, résistant à son envie de courir.

Lorsqu'il atteignit le commissariat, il emprunta l'allée de derrière et pénétra dans la cuisine. Pop et Grace étaient à table, en train de prendre leur petit déjeuner. Tous deux le regardèrent avec surprise, Grace se figeant avec une cuillerée de corn flakes à mi-chemin de sa bouche.

« Bonjour, Tom, lança Pop.

– Bonjour.

– Grace m'a dit que tu as dormi chez toi cette nuit.

– Ah !... oui. C'est exact.

– Ç'aurait été poli de me prévenir.

– Oui, marmonna Tom. Désolé.

– Pas grave, répondit Pop. Mais tu m'as tout l'air d'avoir besoin d'une bonne toilette. »

Tom jeta un coup d'œil en direction de Grace et posa Ham par terre.

« Viens, dit Pop en se levant. Viens dire bonjour à ta mère avant d'aller te laver.

– Elle est réveillée ?

– Oui. Elle dit qu'elle se sent mieux. »

Il longea le couloir jusqu'à la chambre où se trouvait sa mère et passa la tête à l'intérieur. La lumière du jour pénétrait par la fenêtre et illuminait son lit. Elle était très pâle, mais elle écarta les bras en le voyant et l'étreignit lorsqu'il fut auprès d'elle.

« Mon garçon, dit-elle en lui caressant les cheveux.

– Tu as meilleure mine, maman.

– Je me sens mieux. Tu as été gentil avec le sergent Mather ?

– J'ai essayé. »

Il tint la main de sa mère jusqu'à ce qu'elle ferme les paupières et se rendorme. Il observa pendant un moment son visage assoupi, puis il se pencha et l'embrassa sur la joue.

« Écoutez, dit Pop lorsque Tom s'assit à la table du petit déjeuner, j'ai reçu un coup de fil d'Ezra Steele hier soir. Il dit qu'il a trouvé un de ses chiens mort. Est-ce que l'un de vous sait quelque chose à ce sujet ? »

Grace lâcha la tasse qu'elle était en train de laver et se retourna. Elle vit Tom qui semblait sur le point de vider son sac.

« Grace ?

– Nous ne sommes pas au courant, répondit-elle en regardant Pop droit dans les yeux. N'est-ce pas, Tom ? »

Tom hésita, puis il vit Grace le fusiller du regard tandis que Pop se tournait vers lui.

« Oui, dit-il. C'est la vérité.

– Bon… très bien », fit Pop, un brin dubitatif.

Il les observa l'un et l'autre pendant un petit moment puis soupira, mit son chapeau et sortit.

« Pourquoi on ne le lui a pas dit ? demanda Tom dans un murmure.

– Je ne sais pas, répondit Grace. C'est mieux comme ça. On ne peut plus rien y faire. Il faut garder ça pour nous. »

Grace continua de faire la vaisselle, et Tom la rejoignit et attrapa un torchon. Il respira son odeur propre et féminine, tout en essayant de lorgner discrètement ses bras et ses épaules dénudés.

« Merci… merci d'avoir dit à Pop où j'étais.

– Où étais-tu en réalité ?

– J'étais réellement chez moi.

– Et Billy ? Où es-tu allé avec lui ? »

Il lui expliqua où ils étaient allés et de quoi ils avaient parlé, et répondit à ses questions jusqu'à ce qu'elle soit satisfaite, et que toute la vaisselle soit propre et sèche.

« Je n'ai pas parlé à Pop de Billy, se justifia Grace. J'ai pensé que c'était à toi de le faire.

– Oui. Je suppose que tu as raison. Je suis déjà passé chez lui ce matin. Il n'était pas là.

– Mais tu te rappelles comment aller à l'endroit qu'il nous a montré ?

– Oui, mais…

– Mais quoi ? Quel est le problème ? Tu ne veux pas y retourner ?

– Si, bien sûr que si, c'est juste que… enfin… je ne sais pas… pas aujourd'hui… Je ne suis pas prêt à trouver Flynn aujourd'hui. »

Grace se mordit la lèvre et demeura quelques instants silencieuse.

« Et demain ? demanda-t-elle doucement.

– Oui. Peut-être demain. »

Grace jeta l'éponge dans l'évier.

« Alors tu peux venir avec moi, murmura-t-elle.

– Où ça ?

– Voir M. Pope. Mon père m'a demandé si j'étais déjà allée chez lui avec Darcy.

– Tu y es allée ?

– Non. »

Tom fronça les sourcils.

« Pourquoi il t'a demandé ça ?

– Je ne sais pas. Il a dit que ce n'était pas important, mais il mentait – je sais qu'il mentait. »

Tom se leva.

« Je t'accompagne. »

Grace sourit et tira une vieille sacoche en cuir d'un placard près de la porte de derrière.

« Je suis prête », dit-elle.

Ils quittèrent la maison promptement et en silence, et prirent le chemin de l'embranchement. Ils ne virent pas Sonny Steele qui mangeait une glace dans l'ombre de l'auvent de l'épicerie – mais lui les vit. Il se passa la langue sur les lèvres et partit en courant vers chez lui, tout son corps se mettant aussitôt à ruisseler de transpiration.

Le temps était toujours clair et il faisait de plus en plus chaud, le ciel avait des tons lapis et azur, la lumière était vive, le parfum frais des eucalyptus flottait dans l'air et des nuages filaient haut dans le ciel tels des cerfs-volants. Le soleil cognait et faisait s'évaporer l'eau de pluie, et plus loin sur la route une brume de chaleur tremblotait comme si un génie était sur le point d'apparaître. Ils mirent l'essentiel de la matinée à traverser la vallée, puis commencèrent à s'enfoncer dans les collines. Ni l'un ni l'autre ne savait exactement à quelle distance se trouvait la maison des Pope, mais aucun ne voulait demander à l'autre.

Ils passèrent devant l'ancienne maison des Flood et Grace la désigna à Tom. Il s'arrêta et observa le bâtiment.

« On devrait peut-être aller voir si Billy est dedans ? suggéra-t-il.

– Tu y vas si tu veux. Moi, je ne m'en approche pas.

– Pourquoi ?

– Elle est sinistre. »

Tom regarda les planches noircies des murs, le toit rouillé, le jardin envahi par les herbes et la remise en ruine. Il voyait ce qu'elle voulait dire. La maison paraissait abandonnée et solitaire, et l'idée d'y faire un tour n'était guère tentante. Grace avait déjà repris sa marche et il dut courir pour la rattraper.

Lorsqu'ils atteignirent le chemin qui descendait vers le barrage, Grace s'arrêta, sortit une bouteille d'eau de sa sacoche et but avant de la tendre à Tom. Ils virent des voitures garées au bord du chemin, et entendirent des gens qui se baignaient et criaient au loin.

« Tu veux aller jeter un coup d'œil ?

– Oui, d'accord. »

Ils allèrent s'asseoir à l'endroit où la vaste étendue d'herbe bordait le plan d'eau. De nombreuses personnes nageaient, et d'autres étaient allongées sur la rive et dans l'herbe.

« Ça te dirait de te baigner ? demanda Tom.

– Non. Pas avec tout ce monde. »

Tom acquiesça et regarda au-delà de la paroi incurvée du barrage en direction des collines couvertes de forêts denses de l'autre côté du réservoir.

« C'est ici que la sœur de Billy s'est noyée », déclara-t-il.

Grace frissonna.

« Je ne voudrais pas me baigner ici. Je n'aime pas quand je n'ai pas pied. »

Tom convint que l'eau paraissait sombre et menaçante, malgré le soleil désormais à son zénith.

« Viens, dit-il en se levant, on va aller plus loin. Il y a un ruisseau où on pourra remplir la bouteille. »

Ils empruntèrent un chemin qui s'écartait de la clairière. Il faisait plus frais sous les arbres, mais la pente abrupte les ralentissait, et, lorsque le sentier commença à redescendre en sinuant vers le ruisseau, ils avaient encore plus chaud et étaient encore plus trempés de sueur qu'avant. Tom posa soudain la main sur le bras de Grace et porta un doigt à ses lèvres. Un garçon et une fille s'embrassaient dans le ruisseau. Le garçon avait ce qu'Henry appelait toujours un « manche de hache ». En voyant ça, Tom, gêné, détourna le regard, mais Grace, avec une lueur d'espièglerie dans les yeux, attrapa un caillou et le lança dans leur direction. Le caillou s'enfonça dans l'eau derrière eux et le bruit les fit tous deux sursauter. Le garçon scruta fébrilement les alentours jusqu'au moment où il les repéra.

« Hé, vous ! hurla-t-il.

– Viens ! lança Grace à Tom tout en s'étranglant de rire.

– Pourquoi tu as fait ça ? demanda-t-il.

– Je ne sais pas ! Arrête de faire le rabat-joie !

– Je… je ne suis pas un rabat-joie…

– *Viens !* » répéta-t-elle, et elle lui attrapa la main.

Il la suivit parmi les arbres jusqu'à ce qu'ils soient certains que le couple ne les suivait pas. Le sentier longeait le ruisseau, et s'achevait au niveau d'un étang paisible et bordé d'arbres. Grace s'approcha de la rive et regarda l'eau.

« Je préfère ça », dit-elle.

Tom contempla le haut de son dos, la ligne de son épine dorsale tel un totem enchâssé dans sa chair. Il vit la courbe de ses hanches sous le tissu vert pâle de sa robe. Soudain, il posa Ham par terre et ôta sa chemise. Il marcha jusqu'à la partie la plus profonde de l'étang et se glissa dans l'eau, savourant le froid saisissant. Il commença à nager tout en observant Grace du coin de l'œil. Elle s'assit sur un rocher et retira ses sandales, puis trempa ses pieds poussiéreux dans l'eau. Il aperçut furtivement sa culotte blanche et la peau pâle en haut de ses cuisses. Il prit une inspiration et enfonça la tête sous l'eau, tentant d'y rester le plus longtemps possible, l'écho étrange de la chute d'eau recouvrant ses pensées. Lorsqu'il fut à bout de souffle, il regagna le bord de l'étang et se hissa sur la berge, puis il s'assit au bord du rocher, tout dégoulinant, et essaya de ne pas la regarder.

« Je pourrais peut-être sauter de là-haut, dit-il finalement en désignant une saillie rocheuse de l'autre côté de l'étang.

– Pour quoi faire ? »

Tom haussa les épaules.

« Tu n'as pas besoin de me prouver que tu es courageux.

– Je ne le suis pas vraiment.

– Si, tu l'es.

– Si je le suis, alors tu l'es aussi.

– Non, je ne le suis pas, répliqua Grace, et elle partit à rire.

– Je t'ai vue au cirque. C'était courageux. Quand tu es allée sur la piste, c'était courageux. »

Grace réfléchit à ce qu'il venait de dire.

« Je préférerais que tu ne parles pas de ça.

– Désolé. Quoi qu'il en soit, Pop t'a également trouvée courageuse.

– Oui, je sais. Ma mère était folle de rage après lui le lendemain quand elle l'a appris.

– Pourquoi ?

– Je ne sais pas. Ils… ils sont en désaccord à mon sujet. Ma mère… je crois qu'elle aimerait que je reste tout le temps à la maison avec elle, pour faire de la couture ou des choses de ce genre. Mais mon père dit que j'ai besoin d'avoir ma liberté. Alors ils se disputent. » Elle baissa distraitement les yeux vers l'eau. « Peut-être que ce sera mieux quand je partirai. »

La gorge de Tom se serra.

« Tu pars ?

– Eh bien, après le lycée. J'irai à l'université à Sydney.

– Oh !

– Et toi, tu ne veux pas partir un jour.

– J'en sais rien. Peut-être.

– Tu ne sais pas ce que tu veux faire plus tard ?

– Non. Travailler à la scierie, peut-être ?

– Tu n'es pas sérieux, si ? »

Tom réfléchit. Il supposa que non.

« Peut-être que je pourrais être policier. Peut-être que je pourrais prendre la relève de Pop. »

Grace roula les yeux.

« Tu plaisantes », répliqua-t-elle.

Il la regarda. Elle allait partir. L'idée de son départ – même dans plusieurs années – le rendait malade. Il ne savait pas quoi dire.

Grace se leva et alla barboter dans l'étang, soulevant sa robe pour la maintenir hors de l'eau. Après un moment, elle mit sa main en visière et leva les yeux vers le ciel.

« On dirait qu'il va pleuvoir », dit-elle en désignant des nuages un peu brumeux vers le nord-ouest.

À cet instant, son pied glissa sur les rochers et elle tomba à la renverse dans l'eau. Elle se releva en gloussant, la moitié de sa robe désormais d'une teinte plus foncée. Elle l'essora tant bien que mal puis regagna la rive et sortit de l'étang. Elle alla s'asseoir sous un arbre, releva les jambes et passa ses bras autour. Tom leva les yeux vers les arbres, puis il se tourna vers elle, et, lorsque leurs yeux se croisèrent, elle baissa la tête et inspecta le sol devant elle, cueillit une minuscule fleur violette parmi les broussailles et la fit tournoyer entre ses doigts.

« Viens t'asseoir à côté de moi », lança-t-elle au bout d'un moment, d'une voix étrangement fluette.

Il se leva lentement et alla s'asseoir à quelques dizaines de centimètres d'elle. Elle tendit trois fleurs qu'elle avait cueillies.

« Elles sont jolies, remarqua-t-il.

– Seulement jolies ?

– Magnifiques. »

Grace acquiesça.

« Mais elles n'ont pas beaucoup d'odeur. »

Elle en tira une du lot et la plaça dans la poche de chemise de Tom. Il baissa solennellement les yeux vers la fleur.

« Merci », dit-il.

Une rafale de vent fit voleter une mèche de cheveux devant le visage de Grace. Tandis qu'elle la repoussait, Tom comprit que c'était parce qu'il était amoureux que l'idée de son départ le rendait si malade. C'était le même sentiment que celui qu'il avait éprouvé au cirque, mais en bien plus intense. Il lui comprimait la poitrine comme une main serrant son cœur et lui donnait le vertige, mais la douleur s'accompagnait aussi d'un sentiment d'émerveillement et de bonheur qui le submergeait tout entier. C'était quelque chose de rare et d'effrayant, quelque chose qui coulait dans son sang et n'en était que plus puissant. Le simple fait de regarder Grace rendait la sensation plus intense encore, et il détourna les yeux.

« Et toi, qu'est-ce que tu veux faire ? parvint-il à demander d'une voix un peu tremblante. Après l'université… et tout ça ?

– Avocate, ou peut-être médecin. Quelque chose d'utile. »

Tom acquiesça.

« Bien, dit-il. C'est bien. »

Son regard tomba sur les cicatrices sur le mollet de Grace. Grace s'en rendit compte, mais il ne détacha pas les yeux.

« Il y avait une meute de chiens errants qui avaient tué des veaux, commença-t-elle d'une voix sourde. Je n'avais que cinq ans. J'étais beaucoup plus courageuse à l'époque que maintenant. J'allais voir Darcy. Je devais passer devant ce massif de broussailles. »

Tom acquiesça.

« Bref, je les ai sentis qui m'observaient depuis les broussailles, puis ils se sont lancés à ma poursuite. L'un d'eux m'a attrapé par le mollet et je suis tombée.

– Qu'est-ce qui s'est passé ?

– J'ai dû hurler très fort car M. Steele m'a entendue et il est arrivé en courant avec son pistolet. Le chien essayait de m'entraîner dans les broussailles. M. Steele a dû le frapper avec son pistolet pour qu'il me lâche. »

Tom scrutait les cicatrices pâles.

« Qu'est-ce qui se passe ? Tu as l'air malade ? demanda-t-elle.

– Je ne sais pas. Est-ce que tu crois que…

– Quoi ?

– Est-ce que tu crois qu'en vieillissant… on comprend mieux les choses, pourquoi elles se produisent ?

– Peut-être. Peut-être pas. Pop prétend que les gens voient mieux les choses – qu'ils les comprennent mieux – quand ils sont jeunes.

– Oui, il me l'a dit aussi. »

Grace posa la main sur le bras de Tom.

« Tom, dit-elle, ne t'inquiète pas, nous ne serons pas jeunes éternellement.

– Non, je suppose que non. »

Ham passa devant eux en reniflant le sol, sa truffe enfoncée dans l'herbe.

« Tom ?

– Oui ?

– Tu voudrais bien m'embrasser ? »

Il la regarda. Elle semblait parfaitement sérieuse. Il leva la tête et observa la peau bronzée en haut de son torse.

« Oui, répondit-il, ravalant sèchement sa salive. Enfin… si tu veux. »

Elle s'approcha de lui et leva la main, lui caressa un peu les cheveux, puis la joue, ensuite elle ferma les yeux et se pencha en avant. Il ferma lui aussi les yeux et avança la tête, tout doucement, jusqu'à ce que leurs lèvres se rencontrent. Celles de Grace étaient lisses, chaudes et très douces. Ils s'embrassèrent longuement puis s'écartèrent. Lorsqu'il rouvrit les yeux, il vit qu'elle lui souriait, et il rougit. Elle l'embrassa de nouveau, plus brutalement cette fois, et il sentit la dureté de ses dents derrière ses lèvres, son souffle chaud sur sa joue. Ils s'embrassèrent jusqu'à ce qu'il ne sente plus certaines parties de son corps, mais il ne voulait pas arrêter. Lorsque Grace recula finalement et s'allongea sur le dos, Tom appuya son menton sur sa main et la regarda. Ses lèvres étaient très rouges, ses joues roses, ses yeux immenses. Ils se regardèrent avec leurs doigts entrelacés et se sourirent sans rien dire. Au bout d'un moment, elle saisit la main de Tom et la posa sur sa cuisse, juste sous la robe humide, et se redressa pour l'embrasser une fois de plus. Il laissa longtemps sa main là – trop terrifié pour l'ôter – mais alors un instinct profond qui ne connaissait pas la peur s'empara de lui et il commença à la faire glisser – très lentement – vers le haut de sa cuisse, puis de nouveau vers le bas. La peau de Grace était fraîche, douce et toujours un peu humide. Elle ne lui demanda pas d'arrêter, ne se mit pas à hurler, et ses baisers se firent soudain différents, presque comme si elle l'encourageait, et bientôt la main de Tom montait et descendait le long de sa jambe – depuis le bord de sa culotte jusqu'aux cicatrices sur son mollet – comme s'il faisait ça depuis des années.

« Plus loin », murmura-t-elle, écartant les lèvres juste le temps de prononcer ces deux mots.

Il glissa la main jusqu'à son ventre, effleurant le côté de sa culotte. La robe de Grace se bouchonna dans le creux de son bras et se souleva. Il baissa les yeux vers la nudité de ses cuisses pâles. Il sentit son ventre et le petit creux de son nombril, puis il monta plus haut, son cœur battant à tout rompre, et il saisit son sein, sentit le mamelon épais dans sa paume. Une fois encore, elle ne l'empêcha pas, et Tom se mit à la caresser sur tout le corps, parfois en l'embrassant, parfois non, et il était stupéfait de sentir le contact de sa peau satinée, stupéfait qu'une telle chose pût se produire.

« Descends ta main, murmura-t-elle finalement. Mets-la dans ma culotte.

– Tu… tu es sûre ? »

Elle ne répondit rien, mais baissa les yeux vers les lèvres de Tom, les embrassa de nouveau avec force. Elle avait la bouche à la fois sucrée et salée, chaude et froide. La langue de Grace s'immisça entre ses dents et commença à effleurer la sienne, et il sentit une grosse boule dans son ventre.

« J'ai envie de toi », lui murmura-t-elle à l'oreille, posant le front sur son épaule.

Il baissa les yeux, vit une veine palpiter sur son cou, et il descendit lentement la main sur son ventre, la glissa sous l'élastique de sa culotte. Il chercha à tâtons, sentant les poils sous ses doigts, une chaleur humide en dessous. Grace laissa sa tête retomber sur l'herbe et ferma les yeux, mais Ham arriva soudain et tenta de lui lécher le visage – brisant le charme.

Tom souleva le chiot et le secoua, et Grace éclata de rire.

« C'était très… agréable, dit-elle lorsque Ham retourna vaquer à ses occupations ailleurs.

– Oui », acquiesça-t-il.

Ils s'allongèrent, posant chacun la tête sur le bras de l'autre, et se regardèrent. Ils s'embrassèrent un peu plus, puis Grace lui poussa l'épaule, le fit rouler sur le dos, et elle vint s'étendre sur lui.

« Je ne t'écrase pas ?

– Non. »

Il n'avait jamais vu Henry faire ça avec sa mère – Henry était toujours au-dessus – mais Grace semblait savoir ce qu'elle faisait et il ne voyait rien à y redire. Pendant un moment, elle parut même oublier qu'il était là. Elle ferma les yeux, se souleva légèrement en prenant appui sur ses épaules, et commença à bouger les hanches, très lentement, de haut en bas. Il compta la première demi-douzaine de mouvements puis laissa tomber et se contenta de la regarder, faisant courir ses doigts sur ses flancs, sentant son souffle, le relief de sa cage thoracique, sa robe humide, la peau moite en dessous. Il vit une petite coulée de sueur sur ses aisselles rasées, le voile de transpiration sur son front, contempla ses longs cils, son joli nez, ses dents blanches, la ligne de sa mâchoire et son menton de princesse, les plis infimes sur sa joue droite, ses cheveux sombres, ses longs bras. Il voyait tout ça et pourtant elle se métamorphosait sous ses yeux, se transformait en quelque chose qu'il n'aurait jamais osé ni imaginer ni rêver. Elle était perdue dans un monde dont elle était la reine, et il ne l'en aimait que plus. Elle rouvrit les yeux. Ils étaient verts, comme les siens, et si clairs, d'une couleur si délicate, si magnifiques que Tom sut qu'il ne les oublierait jamais.

« Ne me regarde pas », chuchota-t-elle en plaçant son avant-bras devant son visage au cas où il le ferait tout de même.

Il ne distinguait désormais plus que son sourire embarrassé, mais celui-ci disparut lentement à mesure que le mouvement de ses hanches devenait de plus en plus insistant. Elle inclina la tête sur le côté. Son geste était de plus en plus rapide, et soudain il l'entendit prendre une inspiration, comme un nageur sur le point de plonger, puis elle souleva brusquement les hanches, les abaissa de nouveau et se laissa retomber sur le torse de Tom. Lorsqu'elle eut repris son souffle, elle leva la tête et le regarda.

« C'était… bon.

– Je n'ai pas fait grand-chose. »

Grace sourit.

« Tu embrasses bien. Tu t'es entraîné ?

– Non. »

Elle se moqua de lui, puis baissa la tête jusqu'à ce que leurs fronts se touchent. Il regarda son nez et ses lèvres, sentit son souffle chaud sur sa peau, et il ferma les yeux et se laissa envelopper par la même sensation qu'auparavant.

Elle s'était écartée de lui et passait doucement la main sur l'avant de son pantalon lorsqu'un bruit retentit. Un craquement aussitôt suivi d'un silence. Ils espéraient l'un comme l'autre que c'était leur imagination qui leur jouait des tours, mais, lorsqu'ils se regardèrent, ils comprirent que le bruit avait été réel.

« Qu'est-ce que c'était ? demanda Grace dans un murmure.

– Une branche qui est tombée, je crois, répondit Tom en scrutant les environs. Ou alors peut-être que c'était Ham. Il a disparu.

– Il ne doit pas être loin.

– Je vais aller voir. »

Il se leva, légèrement étourdi, et commença à inspecter la clairière.

Grace rajusta sa robe et se souleva sur un coude pour observer Tom. Il disparut derrière des arbres, mais elle l'entendait toujours appeler Ham. Elle attendit, levant les yeux vers les branches de l'eucalyptus au-dessus d'elle dont la douce écorce gris-vert était mouchetée de sève rouge. Une brise rafraîchissante soufflait. Elle écouta le murmure de l'eau, le chant des oiseaux, et pensa à ce qu'elle venait de faire avec Tom. Même si elle n'avait jamais songé à faire quoi que ce soit de tel, elle était contente que cela soit arrivé.

Les minutes s'écoulaient et Tom ne revenait toujours pas. Tout était silencieux, hormis le bruit de l'eau, le vent léger dans les arbres, les stridulations électriques des insectes.

« Tom ? »

Pas de réponse.

Elle se leva et épousseta sa robe, puis elle enfila ses sandales et fit quelques pas dans la direction qu'il avait prise.

« Tom ? »

Elle s'engagea sur le sentier et, alors qu'elle franchissait une élévation, elle aperçut dans la ravine en contrebas une silhouette qui se tenait à côté de Tom. Sonny Steele, avec un sourire mauvais sur le visage. Il tenait fermement Ham par la peau du cou et le chiot énervé par son petit jeu se tortillait en tentant de lui mordre la main. Le chien de Sonny, Blackie, était à côté de lui, et Grace sentit ses jambes devenir cotonneuses lorsqu'elle le vit.

« Tom ! » cria-t-elle, mais un homme surgit alors tout près d'elle, passa un bras autour de ses épaules et l'attira contre lui.

Elle tourna subitement la tête, muette de stupeur, et vit Charlie Perry.

« Ooh ! Grace chérie, chuchota-t-il dans son oreille. J'aurais pas cru que tu les prenais au berceau. La prochaine fois, tu devrais essayer un homme, un vrai. »

Elle rougit, même si elle n'avait nullement honte de ce qu'elle avait fait. Elle mit quelques instants à retrouver son souffle, puis sa voix.

« Attends que j'aille le dire à mon père ! vociféra-t-elle.

– Tu le diras à personne, ma douce. Descends avec moi.

– Je ne peux pas ! Le chien... »

Charlie l'entraîna brusquement dans la ravine. Il tenait un fusil dans sa main libre. Ils s'arrêtèrent à quelques mètres de l'endroit où Sonny et Tom se toisaient du regard.

« Lâche-le ! ordonna Tom.

– Est-ce que tu as tué mon chien, espèce de petit connard ?

– *Lâche-le !* » répéta Tom avec rage.

Charlie posa son fusil et pinça les fesses de Grace.

« Est-ce qu'il a tué le chien de Sonny, Gracie ?

– Non ! »

Il la pinça de nouveau, plus fort, et Grace poussa un cri. Tom, qui n'avait manifestement pas encore remarqué sa présence, se retourna et la vit.

« Il n'avait pas le choix… » commença Grace.

Mais Tom l'interrompit en s'écriant :

« Je vais tout dire, Sonny !

– Quoi ? Tu vas avouer ?

– Je vais tout dire. Tu poses mon chien et tu laisses Grace tranquille, et vous vous tirez tous les deux, ou je vais tout dire. Je vais dire à tout le monde ce que j'ai vu.

– *Quoi ?* demanda Sonny d'un ton hargneux.

– Tu sais, près de la scierie », répondit Tom en le regardant droit dans les yeux.

Sonny se décomposa et ses yeux se troublèrent. Il agrippa Ham encore plus fort et les babines du chiot se retroussèrent, formant une grimace.

« Tu as tué mon chien ! s'écria-t-il d'une voix pleine de menace. Tu as laissé crever ton petit pédé de frère ! Personne te croira ! »

Sonny leva sa main libre et tordit Ham comme s'il essorait une serviette mouillée, et tous entendirent les craquements humides tandis que les petits os de son cou cédaient. Puis il le lança au loin et le corps inerte du chiot glissa sur l'herbe avant de s'immobiliser. Grace retint un moment son souffle – tous semblèrent cesser de respirer – et Tom se jeta alors sur Sonny en poussant un étrange gémissement rauque.

Pendant un moment, la bagarre parut équilibrée. Bien qu'il fût plus petit, Grace voyait que Tom était fort pour son âge et qu'il serait peut-être aussi costaud que Charlie dans quelques années, mais, tandis qu'ils se roulaient par terre sur le sol de la ravine, le poids de Sonny commença à jouer en sa faveur et Tom en fut bientôt réduit à essayer d'esquiver les coups. Blackie faisait des bonds autour d'eux en aboyant furieusement.

« Fais quelque chose, Charlie ! hurla Grace.

– Il avait qu'à pas tuer le chien de Sonny, grommela-t-il.

– Mais ils sont quittes maintenant, non ? »

Charlie ne répondit rien. Elle pivota sur elle-même et leva les yeux vers lui, vit les poils épais qui jaillissaient de son menton, la sueur sur son visage, et elle éprouva un dégoût immense. Elle se demanda comment elle avait pu en pincer pour lui pendant aussi longtemps – le garçon qu'elle avait connu des années auparavant avait disparu et quelqu'un qu'elle reconnaissait à peine avait pris sa place. Il lui retourna son regard avec une expression étrange, puis colla brusquement son entrejambe contre sa hanche. Une panique froide s'empara d'elle.

« Charlie ? dit-elle d'une voix tremblante.

– Quoi ?

– Est-ce que tu sais pourquoi Darcy s'est suicidée ? »

Charlie secoua la tête, manifestement déconcerté par la question.

« Non », répondit-il, et il écarquilla soudain les yeux.

Grace se retourna pour voir ce qui avait attiré son attention.

Sonny s'était relevé et il tenait dans sa main un couteau dont la lame scintillait à la lumière. Il se rua sur Tom, mais celui-ci, toujours à genoux, lui agrippa le bras. Petit à petit, Sonny, le visage rouge et ruisselant, commença à tirer avantage de son poids, et il abaissa le couteau vers Tom.

« Arrête ! » hurla Grace, mais Sonny l'ignora.

À la place, il atténua la pression, avant de la redoubler soudain. Tom se souleva légèrement avant que Sonny ne le plaque de nouveau au sol, pesant de tout son poids sur le couteau. Grace hurla de nouveau. Tom écarta brusquement la tête, mais la lame lui lacéra la joue et aurait pénétré plus profondément s'il n'avait repoussé le bras de Sonny au dernier moment.

« Charlie, fais quelque chose ! » sanglota Grace.

Elle se libéra de son emprise, souleva une pierre et l'abattit de toutes ses forces sur Sonny. La pierre l'atteignit en pleine poitrine et il leva les yeux, stupéfait. Blackie fit quelques pas vers elle, grondant et montrant les crocs, mais, alors que Grace sentait son courage s'envoler et ses jambes se défiler sous elle, le chien poussa un gémissement, se retourna et détala la queue entre les jambes. Lorsque Charlie l'agrippa de nouveau, un frisson de terreur la parcourut. Elle entendit alors un grondement sourd et menaçant, et son souffle se bloqua dans sa poitrine. Quelque chose approchait dans l'épais sous-bois un peu plus loin. Elle ne savait pas quoi, mais voyait l'herbe haute et les broussailles remuer à mesure que la chose se dirigeait vers eux.

« Merde ! » prononça Charlie derrière elle.

Elle lui jeta un coup d'œil, vit sa grosse pomme d'Adam monter et descendre. Sonny, inconscient de ce qui se passait, s'était écarté de Tom pour examiner son œuvre et elle crut un instant qu'il allait arrêter, mais il s'approcha alors de Tom qui était accroupi et s'apprêta à le frapper de nouveau avec son couteau.

« Charlie ! » implora-t-elle.

Celui-ci relâcha son emprise et se baissa pour ramasser son fusil. Mais Grace se dégagea, saisit le canon avant lui et se précipita furieusement en avant avec l'arme. Sonny se tourna vers elle alors même que la crosse s'abattait sur son visage. Il vacilla en arrière puis retomba violemment sur le derrière, du sang coulant soudain de son nez et de sa bouche.

Dans le silence qui suivit, Grace s'aperçut que la chose dans les broussailles était repartie. Elle alla s'agenouiller près de Tom. Il était à quatre pattes et de grosses gouttes de sang rouge tombaient continuellement sur la terre nue. Elle arracha une bande de tissu au revers de sa robe, la plia entre ses mains tremblantes et l'appliqua sur sa joue lacérée.

« Qu'est-ce qui s'est passé ? demanda-t-il.

– Je ne sais pas. Il y avait quelque chose là-bas. Peut-être… peut-être que c'était Billy. »

Elle se tourna vers Sonny. Il se palpait le visage et regardait le sang sur ses mains.

« Espèce d'imbécile ! lança-t-elle.

– Il l'a pas volé, bafouilla Sonny tout en crachant du sang. Il a tué mon chien. Je me suis pris une dérouillée à cause de lui.

– Espèce de sale égoïste ! On est venus ici pour se renseigner sur Darcy ! Tu t'en fous de ce qui lui est arrivé ? »

Charlie avait repris son fusil et scrutait le sous-bois, pointant son arme devant lui.

« Dis-lui, Sonny, marmonna-t-il.

– Quoi ? »

Charlie lui jeta un regard mauvais et secoua la tête.

« Darce est venue nous demander de l'aider… juste avant, commença-t-il. Elle disait… elle disait qu'un homme la pourchassait, qu'il tenait l'un des garçons.

– Qu'est-ce que vous avez fait ?

– On… on a tout raconté à son père.

– Et qu'est-ce qu'il a fait ?

– Il l'a pas crue. C'est aussi simple que ça. Il… il l'a enchaînée dans la remise, comme un chien, sous prétexte qu'elle avait menti. Il faisait toujours ça. Il était toujours vraiment salaud avec elle.

– Ta gueule ! s'écria Sonny.

– Toi, tu fermes ta gueule. Allez, on y va. T'as le nez cassé. »

Charlie tendit la main vers Sonny, mais celui-ci l'ignora. Il se releva tout seul et, tout en respirant bruyamment, les fusilla tous du regard avant de s'engager en titubant sur le sentier. Charlie posa le fusil sur son épaule, leur fit un signe de la tête et commença à le suivre.

« Je vous jure que c'est tout ce qu'on sait sur Darce, dit-il comme il s'éloignait. C'est tout ce que Sonny sait. »

Grace acquiesça et se tourna vers Tom.

« Tu as entendu ça ?

– Oui.

– Nous devons le dire à mon père.

– Oui. »

Il tenta de se lever mais la blessure sur sa joue se rouvrit.

« Ne bouge pas et tiens ton pansement ! » ordonna Grace.

Il obéit, et bientôt la plaie ne saigna plus et il cessa de voir des étoiles chaque fois qu'il fermait les yeux.

« Je suis désolé, dit-il d'un air dépité lorsqu'il eut un peu récupéré. J'aurais dû faire plus attention à toi.

– Ne sois pas idiot. »

Un objet brillant dans l'herbe attira son regard. Son harmonica. Il le ramassa, l'examina un instant, puis vit Ham qui gisait quelques mètres plus loin. Grace tenta de le dissuader de ramper jusqu'au cadavre, mais Tom ne voulut rien entendre. Il s'agenouilla et caressa doucement la tête du chiot. Il battit des paupières pour retenir ses larmes, mais Grace ne put empêcher les siennes de couler librement tandis qu'elle le regardait.

« Viens, faut qu'on y aille, dit-elle après un moment, posant la main sur son épaule. Ils risquent de revenir. »

Tom prit une longue inspiration âpre et secoua la tête.

« Je ne crois pas qu'ils reviendront.

– On va trouver quelqu'un au barrage pour nous ramener.

– Et M. Pope ?

– Pense à ta joue ! Nous devons rentrer ! »

Tom vacilla légèrement, puis regarda de nouveau Ham.

« Je l'emmène », dit-il.

Grace acquiesça. Elle alla ramasser sa sacoche et l'ouvrit. Tom déposa Ham à l'intérieur et boucla les sangles. Sa coupure recommença à saigner. Grace arracha une nouvelle bande de tissu à sa robe, la plia et la lui tendit.

Ils marchèrent jusqu'au barrage, mais trouvèrent l'endroit désert. Le ciel s'était couvert, et l'eau du réservoir semblait encore plus noire et menaçante. Une brise fraîche commença à agiter les arbres, et Grace songea à Sonny, Charlie et Blackie qui étaient quelque part dans les parages… et l'autre chose aussi, et elle frissonna.

Lorsqu'ils atteignirent la route, ils s'arrêtèrent. Un nuage s'était glissé devant le soleil et l'atmosphère était tout à coup devenue encore plus lugubre. Quelques gouttes de pluie tombèrent. Loin vers l'est, ils virent des nuages noirs au-dessus des collines. Le vent se leva et balaya les arbres dans un hurlement frémissant. Grace saisit l'épaule de Tom.

« Il va y avoir un orage !

– Oui.

– Qu'est-ce qu'on va faire ? »

Tom haussa les épaules.

« On ne peut pas rentrer à pied avec un temps pareil ! Et la nuit approche ! »

Tom ne répondit rien. Il se retourna tandis que la pluie reprenait et baissa la tête, le bras posé en travers du cuir de la sacoche. Grace le dévisagea, respirant fort. Il n'était pas dans son état normal, et pas uniquement à cause de la coupure sur sa joue. Elle chercha frénétiquement du regard quelqu'un qui pourrait les aider, mais il n'y avait personne, et elle était sur le point de céder à une panique étrange lorsque soudain elle sut ce qu'ils devaient faire.

« On pourrait aller chez M. Pope, cria-t-elle dans l'oreille de Tom. Il a un téléphone. On pourrait appeler mon père. On pourrait l'appeler et il viendrait nous chercher. »

Tom la regarda d'un air ahuri, et Grace l'attrapa par la main.

« Viens, Tom ! » cria-t-elle, et ils se mirent en route tandis que le jour déclinait de plus en plus vite.

# 28

Gibson se crut mort ou aveugle, ou les deux. Il tenta de lever la tête mais ressentit une douleur phénoménale et des flashes scintillèrent derrière ses paupières, et il dut rester parfaitement immobile pendant au moins dix minutes avant que la douleur diminue. Les détails d'un rêve qu'il avait fait lui revinrent avec netteté tandis qu'il était allongé. Il se trouvait dans une salle des fêtes et la femme de l'épicerie d'Angel Rock était sur la scène, assise sur un trône. Le trône était constitué des corps entrelacés d'au moins une douzaine de lions. Chacun avait les griffes et les crocs plantés dans la fourrure gris acier d'un autre pour préserver la forme du siège, et les animaux tremblaient sous l'effort. Mâchoire contre arrière-train, chair contre dents, un enchevêtrement sans début ni fin. Ils fixaient de leurs yeux luisants Gibson qui se tenait devant eux, crevant d'envie de bondir et de lui arracher un à un chaque membre. La femme qui l'observait depuis un long moment sans prêter attention à son siège instable pointait soudain l'index en direction de la poitrine de Gibson avec une expression qui n'était ni bienveillante ni hostile. Son cœur devenait alors aussi brûlant qu'une braise et il se retrouvait par terre, l'un des animaux se tenant au-dessus de lui. Il voyait les coutures sur sa peau, comme s'il avait été, à une époque lointaine, assemblé à partir des restes de bêtes plus gigantesques encore. Puis le lion se penchait vers lui, ouvrait la gueule, et deux longues canines emplissaient son champ de vision. D'une délicate couleur crème, impeccables, parfaites, ancestrales, effilées. Gibson regardait fixement les yeux du lion comme le lion regardait fixement les siens – des yeux d'un gris métallique avec des pointes bleu vif et une pupille d'un noir profond –, puis il levait le bras, posait la main sur le flanc froid et rugueux de la bête, voyait son squelette briller sous la chair – des os sculptés de lumière – et il comprenait que l'animal était sans âge et défiait toute compréhension. Le lion levait alors sa patte énorme, révélant des griffes noires et aussi acérées que des lames de rasoir, puis il la posait sur son torse nu et lui arrachait le cœur d'un geste vif, avant de le brandir en l'air pour que tout le monde puisse le voir.

Le rêve s'estompa peu à peu, et il ne resta bientôt plus qu'une réalité parfaitement froide. Il entrouvrit légèrement les yeux et regarda autour de lui. La partie supérieure de son corps reposait sur des feuilles et de l'herbe, mais c'était la partie inférieure qui l'inquiétait le plus. Il regarda vers le bas. Il avait le pantalon autour des chevilles, la quéquette dans la terre, et des taches de boue maculaient son cul dénudé.

« *Merde* », prononça-t-il d'une voix rauque.

Il ne se rappelait rien de la nuit précédente. Il se leva très lentement et remonta son froc. La lumière du jour était impitoyable. Il tenta de se rappeler ce qui s'était passé et où il était, mais rien ne lui vint, jusqu'au moment où il aperçut un autre homme endormi dans l'herbe à côté d'un certain nombre de bouteilles de bière. L'homme lui semblait vaguement familier, mais pas moyen de se souvenir de son nom. Il l'avait rencontré, ainsi que d'autres types, après avoir couché avec la fille. Un autre pub. Beaucoup d'alcool. Ça se résumait à ça.

Il scruta les alentours. Il était dans le jardin d'une maison. Ça paraissait être une belle journée, déjà bien avancée. Il fit quelques pas hésitants en direction d'une citerne, puis s'arrêta en sursautant lorsqu'un chien se mit à aboyer quelque part à proximité. Il se remit à marcher, sur ses gardes, atteignit la citerne et aperçut son reflet dans le bidon plein d'eau qui se trouvait sous le robinet. Des brins d'herbe séchée étaient collés sur son visage et des traces de sueur sillonnaient ses joues couvertes d'une fine couche de poussière.

« On dirait ton connard de père », marmonna-t-il.

Il se pencha vers le robinet et but longuement, puis il marcha jusqu'à la maison en s'essuyant la bouche avec son avant-bras. Sur les marches qui menaient à la porte de derrière était vautrée une rousse corpulente aux cheveux en bataille. Elle ronflait comme si elle avait été paisiblement couchée dans son lit. La bretelle de sa robe était déchirée et des mouches bourdonnaient autour de la chair abondante de son sein dénudé. De l'alcool avait été renversé sur sa poitrine, qui était toute poisseuse. Ses jambes étaient écartées et il ne vit aucun signe de sous-vêtement. Gibson l'observa, se gratta la tête, se demanda ce qu'ils avaient bien pu foutre. Un poulet qui fouillait le sol apparut à l'angle, puis un chien efflanqué et couvert de cicatrices émergea lentement de sous la maison. Le chien le regarda un instant, puis il regarda le poulet, avant de battre en retraite et de trébucher sur la chaîne attachée à son collier. Il se redressa sur ses pattes d'un air penaud et retourna sous la maison. Lorsque Gibson releva les yeux, il vit un garçon qui se tenait au milieu du jardin, en train de l'observer. Il était pieds nus et mince, portait un tee-shirt sale. Son petit visage sombre et desséché était surmonté d'une longue frange châtain terne. Le garçon continua d'observer Gibson un moment, puis il ramassa un caillou et le lança dans sa direction.

« Hé ! » s'écria Gibson.

Le garçon ramassa un autre caillou. Gibson fit le tour de la maison, passant devant Ray, ou Colin, ou Dieu sait comment le type qui ronflait dans l'herbe s'appelait, et chercha sa voiture du regard. Le désespoir s'empara de lui lorsqu'il ne la vit pas – il ne sentait même pas ses clés dans sa poche. Le garçon apparut à l'angle de la maison et lança le caillou qu'il avait ramassé. Il atteignit Gibson derrière l'oreille. Gibson jura et alla se tapir dans la jungle de haies et d'arbres fruitiers qui bordait la maison tandis qu'un autre caillou fendait le feuillage au-dessus de sa tête. Il se faufila jusqu'à l'avant de la maison et s'arrêta, pantelant, pour examiner les environs. Une allée reliait la maison à un chemin de terre. Sa voiture était garée au bord du chemin. Elle était approximativement à cinquante mètres. Il s'élança dans sa direction tandis que le garçon se mettait à le bombarder d'un déluge de cailloux et de cris furieux et inintelligibles ; un chant de guerre ancestral et burlesque qui lui donna la chair de poule. Lorsqu'il atteignit la voiture, il jeta un coup d'œil en arrière. La maison se dressait sur une petite élévation, seule au milieu d'une vallée marécageuse. Le garçon se tenait immobile devant, son objectif atteint. Il fixait Gibson du regard tandis que celui-ci regardait à travers la vitre pour voir si les clés étaient sur le contact. Elles n'y étaient pas.

« Où sont les clés, petit ?

– Tirez-vous !

– Rends-moi les clés et c'est ce que je ferai ! »

Le garçon ne lui répondit pas. Gibson s'assit derrière le volant et se demanda s'il pourrait démarrer sans clé. Il tritura l'allumage pendant dix minutes avant de parvenir à ôter le boîtier et à identifier les différents fils électriques. Il dénuda les fils, les mit en contact, et le démarreur poussa un gémissement. Gibson regarda le garçon avec un petit sourire narquois tandis qu'il joignait de nouveau les fils électriques et enfonçait l'accélérateur. Le démarreur fit tout son possible, mais le moteur refusa de se mettre en route. Gibson ouvrit le capot en jurant et regarda dessous. Il ne vit rien d'anormal, mais, lorsqu'il essaya de démarrer une fois de plus, il ne se passa rien, et la batterie rendit l'âme.

« Qu'est-ce que tu as fait à ma voiture, espèce de petit con ? »

Le garçon ne répondit rien et fit volte-face, comme si Gibson ne l'intéressait plus. Gibson, déconcerté, le regarda se diriger vers la maison et pénétrer à l'intérieur.

Il ne lui restait plus qu'à retourner à Angel Rock par un moyen ou un autre et revenir avec la voiture de Pop. Il referma la portière en la claquant et se mit à marcher, mais il s'aperçut alors qu'il n'avait aucune idée de la direction à prendre. Il s'arrêta, songea à rebrousser chemin, puis se ravisa. Il n'y avait pas d'autre voiture devant la maison. Il se remit en marche et atteignit au bout d'une demi-heure une route goudronnée. Il s'assit dans l'herbe sur le bas-côté en attendant qu'une voiture passe, et c'est alors qu'il se souvint que sa mère était morte. Il se prit la tête à deux mains et pleura.

Il attendit longtemps au bord de la route, mais aucune voiture ne vint. Finalement, il tira à pile ou face et partit vers la droite, boitillant légèrement à cause de ses jambes raides et douloureuses. Il crevait de soif et s'aperçut – peut-être pour la première fois de sa vie – que l'eau était un don de Dieu. Sa tête le faisait souffrir et il porta la main à sa tempe. Il y avait du sang, mais le crâne semblait intact. Il marchait depuis environ une heure quand il entendit un bruit de moteur. Il se retourna et vit un vieil utilitaire déglingué qui approchait. Il lui fit signe, puis se pencha vers le conducteur lorsque le véhicule fut arrêté.

« Angel Rock ?

– Pas de problème, répondit lentement l'homme en le dévisageant d'un air quelque peu perplexe. Grimpez. »

Ils roulaient depuis un moment lorsque le fermier déclara :

« Le sale temps approche. »

Gibson regarda par la vitre. À l'ouest, derrière les collines, se trouvaient des nuages sombres et menaçants, et derrière il y en avait encore plus.

« Oui, fit-il d'une voix rauque. Dites, vous n'auriez pas quelque chose à boire ?

– Vous voulez dire, de l'alcool ?

– Non, juste de l'eau, n'importe quoi.

– Si. Dans la gourde, là. Servez-vous. »

Gibson souleva la gourde et dévissa le bouchon. Comme elle était presque vide, il but ce qui restait, et il ressentit quasiment aussitôt une violente crampe d'estomac.

« Du calme, mon vieux. Allez pas vous faire péter la panse. »

Gibson s'essuya la bouche et fit la grimace. Une vingtaine de minutes plus tard, il commença à reconnaître les environs d'Angel Rock. Ils approchaient de la ville par la route qui longeait la rivière. Ils négocièrent un virage et Gibson vit deux maisons mitoyennes. De l'autre côté de la route, trois jeunes garçons pêchaient.

« C'est la maison d'Henry Gunn, n'est-ce pas ?

– Oui. Vous le connaissez ?

– Heu, oui, en quelque sorte. Déposez-moi ici, vous voulez bien ?

– Pas de problème. »

Le fermier immobilisa la voiture et passa son bras par la vitre tandis que Gibson faisait le tour du véhicule pour le remercier.

« Bonne journée. Et ne vous approchez pas de ces gamins. Vous pourriez les effrayer. »

Gibson regarda le conducteur sans comprendre, puis il se pencha et s'examina dans le rétroviseur latéral de l'utilitaire. Le sang qui avait coulé de sa blessure au-dessus de son oreille dessinait des traînées sur sa joue et sur son cou.

« Ah ! oui, merci, je m'en souviendrai. »

Une fois le fermier reparti, il se dirigea vers les garçons. Ils le regardèrent approcher puis se tournèrent les uns vers les autres, quelque peu interloqués. Il s'accroupit au bord du ruisseau, s'aspergea le visage d'eau et nettoya le sang sur son cou. Les garçons l'observaient en silence. Lorsqu'il eut fini, il regarda vers la maison d'Henry, puis changea d'avis et prit la direction de la ville.

Depuis la maison, Henry observait son manège. Il attendit quelques minutes, puis il termina sa bouteille de bière, se frotta les yeux, enfila ses bottes et prit à son tour le chemin de la ville.

Lorsque Gibson regagna sa chambre au couvent, il tira son revolver de sous le lit et le plaça avec ses autres affaires dans son sac. Puis il alla nettoyer les dernières traces de sang sur son cou et enfila une chemise propre avant de se diriger vers le commissariat pour demander à Pop de l'aider à faire remorquer sa voiture. Mais en approchant du poste de police, il vit la camionnette d'Henry garée devant, et bientôt Pop et Henry sortirent ensemble du bâtiment. Pop ferma la porte à clé derrière lui et parcourut les alentours du regard. Il y avait quelque chose de légèrement furtif dans son geste – et ça ne lui ressemblait pas. Pour sa part, Henry paraissait juste confus.

Ils longèrent la rue et il les suivit à bonne distance. Ils s'arrêtèrent dans le cimetière pour jeter un coup d'œil à quelque chose, mais il ne vit pas quoi et dut attendre qu'ils soient repartis pour s'approcher. Lorsqu'il découvrit la tombe vide et le nom sur la croix, il crut qu'il rêvait encore. Une douzaine de questions se télescopèrent soudain dans sa tête et il faillit courir après les deux hommes, mais il se ravisa et retourna au couvent à la place. Il tira son pistolet de son sac et l'enfonça sous sa ceinture, puis il ressortit et chercha une voiture à emprunter. Comme il était près de cinq heures de l'après-midi, il n'y en avait pas beaucoup dans les parages, et le sentiment d'urgence qu'il éprouvait commença à se transformer en une sorte de panique étrange. Il avait l'impression d'être au mauvais endroit au bon moment, et il se disait qu'il était en train de rater quelque chose – quelque chose qu'il devait absolument voir. Il repéra alors l'utilitaire du fermier qui l'avait ramené en ville et courut jusqu'au véhicule. Les clés étaient sur le contact et l'homme était à l'intérieur de la boucherie. Le boucher le vit démarrer, mais il enfonça l'accélérateur et partit sur les chapeaux de roue. L'autoradio crachotait des chansons country, mais ce n'est qu'après plusieurs minutes, tandis que des gouttes de pluie commençaient à moucheter le pare-brise, qu'il s'en aperçut. Il coupa la musique.

## 29

Tandis qu'ils marchaient, le vent se leva et des courants d'air frais se mirent à balayer la vallée. Pop, baissant la voix, décrivit ce qui s'était passé. Henry écouta, la bouche ouverte, secouant la tête d'un air incrédule.

« Rita Coop est allée au cimetière pour se rendre sur la tombe de son mari. Quand elle est venue me voir, elle était complètement hystérique. J'ai demandé à Lil de la mettre au lit avec du thé et un somnifère. Avec un peu de chance, on aura la paix pour un moment. Suffisamment longtemps pour retrouver… le corps et le remettre à sa place. »

Ils longèrent tout d'abord le sentier sans aucune difficulté, puis le sol devint rocailleux. Pop maintint l'allure, bien décidé à ne pas céder au découragement.

« J'aurais dû apporter… de l'eau, déclara Henry, haletant, s'essuyant la bouche.

– Tenez, répondit Pop en tirant une bouteille de son sac à dos.

– Merci. »

Ils poursuivirent leur marche, le Rocher se dressant au-dessus des arbres devant eux, et bientôt la vaste paroi du barrage commença à apparaître à travers les arbres. Ils descendirent tant bien que mal jusqu'au réservoir et regardèrent autour d'eux. L'eau semblait noire. Pop songea que ceux qui affirmaient que la noyade était une mort douce n'avaient pas vu cet endroit. Il se tourna vers Henry.

« Vous voyez quelque chose ?

– Non. »

Il s'accroupit et scruta le sol. Le ciel s'assombrissait, mais il restait juste assez de lumière pour y voir clair. Il y avait toutes sortes d'empreintes, mais principalement laissées par des pieds nus.

« Je ne vois pas l'empreinte de ses bottes, déclara Pop en se relevant. Trop de gens sont passés par ici aujourd'hui. Mais s'il est venu ici, ça devait être pour se rendre à la maison. Il y aura peut-être des empreintes sur le barrage lui-même. »

Henry acquiesça. Il se retourna et regarda derrière lui. Les collines étaient désormais enveloppées de nuages gris et il distinguait à peine la ville en dessous. La pluie semblait imminente. Lorsqu'il se tourna de nouveau vers Pop, celui-ci était agenouillé et scrutait attentivement le sol près de la paroi du barrage.

« Qu'est-ce qu'il y a ? » demanda Henry.

Pop lui fit signe d'approcher et pointa le doigt.

« Qu'est-ce que vous voyez, là ? »

Henry regarda.

« Je…

– Les voilà les empreintes que nous cherchons. Celles-ci… c'est celles de Grace. Et celles-là, je suppose, celles du petit Tom. »

Henry secoua la tête.

« Vous êtes sûr ? »

Pop posa les mains sur ses genoux et se releva. Sans répondre à la question d'Henry, il s'élança sur le barrage. Henry le suivit.

« Vous estimez que tout est de ma faute ?

– Ce n'est la faute de personne.

– Écoutez, je ne sais pas…

– Nom de Dieu, Henry ! Ça fait bien trop longtemps que vous noyez votre foutu chagrin dans l'alcool pour savoir quoi que ce soit !

– Moi ? Et vous, vous savez ce qu'a fait votre fille aujourd'hui ? »

Pop s'arrêta, se tourna vers lui et lui lança un regard froid.

« J'espère simplement… J'espère, pour vous comme pour moi… » Il se retourna et reprit sa marche tout en continuant de parler. « Savez-vous, Henry, ce qu'on faisait autrefois quand un enfant était mort-né ou en cas de fausse couche ? Eh bien, je vais vous le dire. On donnait le corps au père pour qu'il l'enterre, comme ça. Moi, j'en ai enterré trois. Deux garçons et une fille. Après ça, Lil et moi avons abandonné l'idée d'avoir des enfants, pendant des années et des années, et puis Grace est arrivée, un foutu petit miracle. Vous savez ce qu'elle signifie pour nous ? Si jamais il lui est arrivé quelque chose…

– Je suis désolé… je…

– Je sais que perdre votre petit a été dur, Henry, mais vous avez encore Tom à qui penser.

– J'essaie, Pop, mais je ne peux pas le surveiller vingt-quatre heures sur vingt-quatre.

– Non, en effet. Et vous ne pouvez pas non plus l'enfermer. Regardez ce qui se passe quand on enferme ses enfants.

– Darcy ?

– Oui.

– Il n'est rien arrivé à Grace, Pop, déclara Henry d'une voix tremblotante. Je le sais… et si Tom est avec elle… c'est un bon garçon.

– Oui, je sais. Mais prions pour qu'ils soient sains et saufs à la maison et non dans la nature. Maintenant, retrouvons Darcy… et Billy. Réglons cette histoire avant la nuit. »

Henry abaissa son chapeau et acquiesça. Ils continuèrent de marcher, et bientôt il se mit à pleuvoir. Pop tira une lanterne de son sac à dos et une boîte d'allumettes de sa poche, et il les tendit à Henry.

« On ferait bien de l'allumer. Il commence à faire sombre. »

L'écho du tonnerre retentissait entre les collines, et loin vers l'est les éclairs rampaient sous les nuages telles des araignées sur un plafond. La pluie redoubla d'intensité, de grosses gouttes froides qui se transformèrent bientôt en déluge. La plaque d'étain sur le dessus de la lanterne se mit à crépiter.

« On dirait que ça va durer, observa Pop en ajustant son chapeau.

– À quelle distance est la maison ?

– Pas loin. Pas loin du tout.

– Pop ?

– Oui.

– Vous connaissez ce type nommé Gibson ?

– Oui. Pourquoi ?

– Il pense que Smith a pu revenir.

– Je sais.

– Vous croyez qu'il a raison ?

– Non. Smith est mort.

– Oh !

– Écoutez, la mère de Gibson vient de mourir. J'ai eu une discussion avec son supérieur quand il a appelé pour le prévenir. Il traque des fantômes, Henry. Sa sœur s'est suicidée. Il ne se souvient de rien, comme Billy. Il me l'a dit lui-même, mais ce qu'il ne m'a pas dit, c'est que sa mère a abattu son père peu après qu'ils ont retrouvé le corps de sa sœur. Ça lui a valu de passer six ans en prison, et Gibson a grandi dans une institution. Erskine dit qu'il ne se souvient de rien de cette époque, mais il a toujours supposé que…

– Quoi ?

– Attendez… vous entendez ça ?

– Non.

– Attendez ici une seconde. »

Pop se glissa dans les broussailles qui bordaient le sentier et disparut. Henry l'entendit gravir la pente, et bientôt il n'y eut plus que le bruit du vent qui agitait les branches et celui de la pluie qui tombait. Les ombres projetées par la lanterne commencèrent à effrayer Henry. Il parcourut une vingtaine de mètres et s'arrêta. À travers les arbres, il distinguait faiblement Pop.

« *Éteignez la lumière.* »

Henry éteignit la mèche et se retrouva dans la quasi-obscurité. La vue de Pop immobile avec le blanc de ses yeux qui ressortait dans la pénombre lui glaça le sang. Après quelques minutes de silence, Pop redescendit.

« Venez », dit-il d'une voix sinistre.

Ils atteignirent la clôture qui bordait la route, et, tandis qu'ils rampaient sous le barbelé, Pop remarqua quelque chose à la base de l'un des poteaux. Une sorte de sac. Une ficelle qui y était attachée s'était coincée dans le barbelé. Il souleva le sac et tira sur la ficelle jusqu'à ce qu'elle se détache.

« Qu'est-ce que c'est ? » demanda Henry en s'approchant derrière lui.

Pop retourna le sac et son contenu se répandit par terre : une pipe, une boîte de tabac neuve, de vieilles pièces – shillings, pennies, une pièce de six pence –, un bout d'os dans lequel avait été gravé un bateau à voiles, une dent jaune incurvée d'environ deux centimètres de long et une photo gondolée de Darcy.

« Le sac de Billy », dit Pop.

Ils échangèrent un regard, puis Pop replaça les objets dans le sac et ils reprirent leur marche.

# 30

À mesure que Gibson roulait, les nuages voilaient de plus en plus le ciel, et, lorsqu'il atteignit la dernière portion de route pentue et tortueuse avant la maison d'Horace Flood, il faisait quasiment nuit. Il ralentit, le vieil utilitaire grinçant de soulagement, et alors, à travers un voile argenté, la maison apparut. Elle se dressait derrière une clôture, accrochée au sol comme une moule noire à un rocher, disgracieuse, le défiant d'approcher, de fouiller son cœur infect, de voler ses secrets. Il coupa le moteur et la regarda un moment avant de sortir et de continuer à pied.

Il savait que c'était Billy qui avait volé le corps de Darcy. Et il croyait savoir pourquoi. Mais bon, il s'était trompé sur le compte de Smith. Il pouvait aussi se tromper quant aux mobiles de Billy. Qui savait ce qui se passait dans sa tête, surtout maintenant qu'il était de nouveau dans la maison où il avait grandi, la maison où Smith avait exercé une telle domination ?

Lorsqu'il ne fut plus qu'à une douzaine de mètres, il s'arrêta de nouveau, se rappelant le fusil dans la camionnette de Billy. Il observa la maison pendant une minute ou deux mais ne vit aucun mouvement ni aucune lumière. Il dégaina son revolver et chercha des balles dans sa poche. Il en trouva quelques-unes, les glissa dans la chambre puis replaça l'arme sous sa ceinture et continua de longer le sentier en direction de la maison. Il mit une main en visière pour se protéger de la pluie et vit alors une lueur faible éclairer brièvement une fenêtre puis s'éteindre soudainement, comme si quelqu'un avait soufflé une bougie. Le cœur de Gibson se mit à cogner encore plus fort et il se passa la langue sur les lèvres, les essuya du revers de sa main. Il continua de marcher, la main posée sur la crosse de son revolver.

Il savait que Billy n'était qu'un homme, et il se souvenait que Pop avait affirmé que les seuls monstres qui se baladaient dans cette vallée étaient dans sa tête – ceux qu'il n'avait pas encore affrontés –, pourtant il ne pouvait se débarrasser de l'appréhension froide qui s'emparait peu à peu de lui. Malgré sa bouche sèche, malgré ses tremblements, il continua. Il songea que ce plongeon dans l'inconnu était écrit depuis le début. Il se rappela la nuit où il s'était allongé au milieu de la route tandis que la tempête faisait rage, que la pluie tombait en trombes comme maintenant, et il se rappela l'instant où il avait accepté une mission, sans savoir ce qu'elle exigerait de lui. Peut-être le temps était-il venu de le découvrir.

Il gravit prudemment les marches devant la maison et marqua une pause à la porte. Il agita la tête pour ôter l'eau de ses cheveux et s'essuya le visage, puis il resta immobile le temps de recouvrer son calme. Il était soudain plus effrayé que jamais. Il se revit enfant, et l'enfant lui demanda comment il en était arrivé à se retrouver planté devant cette porte, dégoulinant de flotte, avec une telle trouille. Il marmonna l'une des premières prières de sa vie, puis posa la main sur la poignée et la tourna. Il ouvrit la porte et jeta un coup d'œil à l'intérieur. Tout était très sombre et la seule chose qu'il entendait était le martèlement incessant de la pluie sur le toit. Il entra. Il ne vit rien dans le noir qui lui faisait face et il songea brièvement qu'il risquait d'être vaincu par l'obscurité elle-même. Il se souvint que l'entrée donnait sur l'ancien salon, et il avança lentement jusqu'à ce que sa main touche la porte de l'autre côté. Il écouta un moment puis poussa très doucement la porte.

Il y avait quelqu'un dans la pièce. Il le sentit, avant même de percevoir la puanteur animale qu'elle renfermait. Il fit un pas dans les ténèbres.

« Billy ? » appela-t-il tout bas.

Pas de réponse. Il vit une forme plus noire que le reste, puis entendit le plancher craquer sous ses pieds, ensuite le frottement d'une allumette, et soudain une lueur éclaira la pièce. Un homme était agenouillé au milieu du salon tel un suppliant, torse et pieds nus. Il n'y avait rien d'autre dans la pièce, pas de meubles, juste les longues lattes du plancher qui couraient d'un mur à l'autre. L'homme se pencha très lentement en avant et alluma la bougie qui était posée devant lui. Gibson vit alors que son dos était strié de lacérations. Et il y avait du sang autour de lui, sur le sol et sur les murs.

« Billy, où est-elle ? Qu'avez-vous fait d'elle ? »

L'homme se retourna et leva les yeux vers lui, et, lorsque Gibson vit son visage, un frisson froid et électrique traversa tout son corps. Il se mit à trembler, et, lorsqu'il leva son revolver, celui-ci tremblait aussi. Il fit un pas en avant, s'attendant à ce que la silhouette se dissolve d'une seconde à l'autre, s'attendant à se réveiller de ce cauchemar, mais, comme ni l'un ni l'autre ne se produisirent, il retrouva sa voix et murmura un nom, comme une invocation : « *Smith.* »

L'homme que Pop avait désigné sur la photo était jeune, grand, avec une posture droite, mais Gibson le reconnut tout de même. À cause de ses yeux – des yeux noirs qui brûlaient avec une intensité féroce. La volonté qui les consumait semblait la seule chose qui maintenait en vie ce corps ravagé. Lorsque Smith parla, ce fut d'une voix gutturale et presque inaudible.

« Sortez ! ordonna-t-il.

– Non, Smith. Jamais de la vie. Pas question. »

Gibson se passa la langue sur les lèvres et contourna la silhouette agenouillée, une euphorie enivrante commençant à remplacer l'appréhension dans son ventre.

« Vous êtes censé être mort. Vous êtes censé avoir péri dans un incendie. Même Horace Flood vous croit mort. »

Il s'agenouilla à côté de Smith et lui colla le revolver contre la tête, juste derrière l'oreille. Ses cheveux étaient clairsemés et son crâne moite de transpiration. Des veines bleues ressortaient sur sa peau aussi fine qu'une coquille d'œuf.

« Donc si j'appuyais sur la détente, ça ne signifierait rien, puisque vous êtes déjà mort.

– J'ai… j'ai échappé aux flammes…

– Oui. Je vois ça. Juste pour que nous puissions nous rencontrer. Juste pour que vous puissiez confesser vos péchés.

– Je n'ai rien à confesser. Je ne me souviens de rien.

– Ah non ? Alors je vais vous dire. Il y a vingt ans, une jeune femme nommée Annie Flood s'est noyée. Je crois que vous étiez présent. Je crois qu'elle essayait de vous échapper. Est-ce que je me trompe ?

– Je ne… je ne me souviens pas. »

Il baissa la tête et Gibson commença à s'imaginer la misérable vie solitaire qu'il avait dû mener. Il eut presque pitié de lui, mais sa compassion s'évapora aussitôt.

« Et alors… alors vous êtes revenu parce que vous vouliez Darcy, de la même manière que vous aviez voulu Annie, mais vous ne pouviez pas vous approcher d'elle, n'est-ce pas ? Vous ne pouviez pas à cause de son père, à cause de ses satanés chiens.

– J'étais ressuscité. Et elle aussi. »

Gibson fronça les sourcils et hésita, perplexe. Il se rappela les écrits de Smith et les lignes qu'il avait recopiées de la Bible, et il comprit finalement.

« Non, Smith, Darcy n'était pas Annie ressuscitée. Vous vous trompez. »

Smith leva de nouveau les yeux vers lui, le canon du revolver glissant sur la peau sale de son cou tandis qu'il se retournait.

« Faux. Elle est ici. Dehors. N'entendez-vous pas ? »

Gibson écouta, puis il secoua la tête.

« C'est pour ça que vous êtes ici ? C'est ça que vous attendez ? Annie est *morte*, Smith, et Darcy aussi. Aucune d'elles ne va venir ! »

Smith le regarda, et Gibson vit la même expression d'horreur et d'inquiétude dans ses yeux que celle qu'il avait vue dans les yeux de Billy lorsqu'il lui avait annoncé la nouvelle de la mort de Darcy. Mais après un long moment, Smith esquissa un sourire, qui prit très lentement forme sur ses lèvres fines et illumina ses yeux. Une nouvelle facette sombre de l'homme remontait des profondeurs de son corps. Et Gibson devinait que cet homme-là ne le croyait pas. Sa peur revint – une peur sourde et froide qui commença à se transformer en colère. *Quelque chose m'observe depuis les arbres*, avait écrit Darcy dans sa bible. *Quelque chose m'observe depuis les arbres*. Il serra les dents.

« C'est la *vérité*, Smith. Elles sont toutes les deux mortes. Vous ne pouvez plus leur faire de mal. »

Smith ne répondit pas. Son sourire se fit narquois, puis une détermination sournoise apparut sur son visage, comme s'il était bien décidé à prouver à Gibson qu'il se trompait. Sans décoller le revolver du cou de Smith, Gibson s'écarta un peu.

« Vous pouvez prouver que j'ai commis ces… choses ?

– Je n'en ai pas besoin.

– Vous êtes à la fois juge *et* juré ? Avec l'autorisation de qui ?

– Mon autorisation à moi !

– *Seuls les jugements du Seigneur sont vrais et justes*, monsieur…

– Gibson.

– *Seuls les jugements du Seigneur sont vrais et justes*, monsieur Gibson, répéta Smith d'une voix qui était presque un murmure. *Ils sont plus précieux que l'or, que beaucoup d'or fin : ils sont plus doux que le miel, que celui qui coule des rayons*. »

Gibson battit des paupières, s'humecta les lèvres. Smith leva vers lui des yeux haineux.

Même s'il savait que les exhortations de Smith n'étaient qu'une ruse, un froid polaire l'envahit lorsque leurs regards se croisèrent. Malgré sa rage, malgré son désir de vengeance aussi profond qu'un océan, il savait que céder serait trop simple. Il leva lentement le revolver.

« Pas encore, Smith, dit-il d'une voix tremblante. Pas encore. Dites-moi où elle est. »

Smith secoua la tête.

« Je ne sais pas… de quoi vous parlez. »

Gibson jura, se releva et regarda autour de lui. Il recula lentement et jeta un coup d'œil dans les deux chambres à l'avant de la maison. Il n'y voyait pas grand-chose mais il se disait qu'un corps ressortirait peut-être dans l'obscurité. Mais les pièces étaient vides, et il revint auprès de Smith, le contourna, puis se dirigea vers les marches qui descendaient vers la cuisine.

« Par ici, ordonna-t-il en pointant le doigt. Prenez cette bougie avec vous. »

Smith se leva lentement et souleva la bougie avec ses doigts fins et tachés de sang. Il y avait quelque chose de profondément troublant dans cet homme, dans la lenteur infinie de ses gestes. Lorsqu'il fut debout, Gibson fit un pas en arrière. Il vit sur le sol le rasoir que Smith avait utilisé pour se lacérer le dos. Il le repoussa du pied contre le mur et entraîna Smith dans la cuisine.

« Asseyez-vous par terre. »

Smith obéit sans détacher une seule seconde les yeux de Gibson. Celui-ci parcourut la cuisine du regard. C'était désormais un vrai taudis. Un amas de loques était étalé contre le mur et il supposa que c'était là qu'avait dormi Smith. Dans l'évier, se trouvaient des conserves vides de nourriture pour chiens, et dans un coin de la cuisine il aperçut un tas de merde. Il plissa le nez, puis remarqua la porte fermée de la buanderie. Il se figea, absolument certain qu'il y avait quelque chose derrière. Il marcha jusqu'à la porte, posa la main sur la poignée et détacha brièvement les yeux de Smith. Il perçut un mouvement du coin de l'œil, et, lorsqu'il tourna vivement la tête, il vit que Smith avait tiré un fusil de l'amas de loques et le braquait déjà sur lui. Il pivota sur lui-même, voûtant les épaules, mais trop tard. Smith fit feu et il perdit l'équilibre. La balle suivante l'atteignit à l'épaule tandis qu'il tentait de lever sa propre arme. Gibson bascula en arrière contre le montant de la porte et glissa jusqu'au sol. Sa vue se troubla pendant un moment, puis des vagues de chaleur se mirent à parcourir son corps. Il n'y avait pas de douleur, juste un sifflement dans ses oreilles. Des volutes de fumée bleutée flottaient dans l'air. Il entendit un rire strident, mais ne voyait Smith nulle part. Il leva le revolver qu'il serrait toujours dans sa main, le braqua dans la direction d'où provenait le rire et tira une, deux, trois fois. Tout ce qu'il vit lorsque la fumée se dissipa fut des marques pâles dans le mur aux endroits où les balles avaient fendu le bois. Smith avait disparu. Il posa son arme par terre, prit une profonde inspiration en grimaçant. Rien ne bougeait dans la cuisine. Il toucha sa chemise humide, regarda autour de lui en se demandant quoi faire. La lueur de la bougie vacillait doucement et, hormis le bruit paisible de la pluie sur le toit, tout était parfaitement silencieux. Un sentiment de tristesse et d'impuissance l'envahit et il eut l'impression d'avoir de nouveau douze ans. Il pensa à sa mère et à sa sœur, tenta de ne pas pleurer, puis il serra fort les yeux en espérant que la douleur ne serait pas trop insupportable.

Quelques souvenirs lui revinrent alors, très clairement. Un dimanche matin chaud à Sydney alors qu'il était enfant. Il rentrait à la maison, gravissait les marches, puis jetait un coup d'œil dans la chambre de ses parents et découvrait le cou trempé de sueur de son père en train de faire l'amour à une femme qui n'était pas sa mère. La brise agitait tout doucement les rideaux, et la femme avait regardé dans sa direction. Elle avait le visage de sa sœur, et il se rappela l'expression dans ses yeux.

Alors même que le choc et la douleur du souvenir l'engourdissaient, son esprit continua de flotter et il se vit de nouveau, beaucoup plus tard, alors qu'il était un vagabond de dix-neuf ans, debout au cœur de Venise, rêvant d'un amour sublime, quelque chose qui effacerait les souffrances de son enfance, levant les yeux vers le lion ailé de la place Saint-Marc tandis que sa sœur, sa sœur adorée, était là à côté de lui, souriante. Il comprit alors qu'elle avait toujours été là, depuis le jour où elle l'avait abandonné. Elle avait été avec lui au bord de la route la nuit où il avait roulé jusqu'à Angel Rock, et elle était là maintenant. Il comprit aussi que c'était un *lion* qu'il avait vu dans le rocher qui dominait la ville, et non un ange. Un lion ailé, le roi de son espèce, une bête au front épais avec des ailes prêtes à voler, et pourtant pris à jamais dans la pierre. Une bête qui venait d'un passé lointain, et il sut alors qu'il y avait bien un *plan*, quelque chose qui le dépassait – qui dépassait tout le monde – et qu'il ne comprendrait jamais. Il était heureux de l'avoir aperçu, et heureux qu'on l'ait autorisé à voir un monde au-delà des faits, au-delà des preuves. Le monde de Pop, mais aussi peut-être son monde à lui.

Alors même que la vie l'abandonnait doucement, il savait. Il savait enfin. Vivre, c'était voir, toucher, sentir, goûter, entendre – et c'était *savoir*. Et même si savoir était douloureux, c'était aussi comme plonger dans une vague par une chaude journée d'été, puis refaire surface de l'autre côté, flotter, laisser son corps être porté par l'eau bleue étincelante. Se laisser ballotter de haut en bas. Il écouta la pluie sur le toit tandis qu'une chaleur commençait à se propager depuis le centre de son corps comme un minuscule soleil levant. Il entendit alors un bruit faible – une voix ? – et, juste avant que ses yeux se referment, une autre chose devint parfaitement et absolument claire.

# 31

Billy émergea d'un endroit sombre et froid, et leva la tête. Dans son esprit flottait une image du jour où il était arrivé à Angel Rock et avait vu pour la première fois Adam Carney, grand, mince, avec son regard de feu. Il le revoyait barbotant dans la rivière pour baptiser les convertis, agitant les bras dans les airs, pointant le doigt vers le ciel brûlant, puis vers les collines d'un vert bleuté, puis balayant la vallée d'un geste ample avant de désigner la rivière lente et boueuse qui formait des remous autour de sa taille. Tout en lui semblait porteur d'espoir, et les fidèles rassemblés le regardaient bouche bée, comme s'il était sur le point de leur faire partager à travers les siècles les miracles de l'Ancien Testament, comme s'il restait tant de choses à découvrir, de nouvelles créatures à nommer, comme si la rivière recélait des merveilles. Il se rappelait que les paroles d'Adam lui avaient donné le tournis, faisant apparaître des halos de feu et des visions du monde de débauche des pécheurs parmi lesquels le Seigneur était le seul roc auquel on pouvait se raccrocher, et il avait été étourdi par sa toute nouvelle foi tandis que le monde qui l'entourait communiait en chœur.

Il regarda autour de lui. Il ne savait pas où il était, mais Darcy Steele, enveloppée dans son linceul boueux, était toujours à ses côtés.

« Je l'ai ramenée, Seigneur Jésus, je l'ai ramenée pour qu'elle soit ressuscitée », murmura-t-il.

Mais il n'y avait personne pour l'entendre.

Devant lui, se trouvait une bougie allumée, une lueur miraculeuse. Il se demanda comment elle était arrivée là. Il chercha d'autres miracles autour de lui, mais n'en trouva pas. Il vit en revanche des bouteilles sur une étagère de la remise dans laquelle il était retranché, et il avait une soif terrible. Il alla en saisir une, renifla le bouchon, la reposa, puis répéta l'opération jusqu'à dénicher une bouteille presque pleine d'alcool de bois. Il dévissa le bouchon et les vapeurs, telles les flammes de la Genèse, jaillirent invisibles du goulot sombre et pénétrèrent ses narines. Il but une rasade, et le liquide brûlant descendit en lui, lui tordit l'estomac et remonta aussitôt. Il essaya encore et encore, et, lorsqu'il réussit enfin, la bouteille était vide. Il la laissa tomber par terre et ne tarda pas à la rejoindre.

Il n'eut conscience de rien jusqu'au moment où il se retrouva à tituber dans l'herbe humide. La remise était en feu derrière lui, et il vit alors que lui aussi flambait. Il portait un manteau de flammes – le plus bel habit qu'il ait jamais porté – mais celui-ci était en train de le réduire en cendres. Il se tordit de douleur et tomba, les flammes chuintant dans l'herbe humide. Il rampa jusqu'à la base d'un arbre au bord de la couronne de lumière jaunâtre et se roula en boule.

Bientôt, une créature arriva et se tint au-dessus de lui en inspirant de longs effluves de son corps calciné. Il crut d'abord que c'était un chien et tenta de le repousser de la main, mais une douleur immense le saisit lorsqu'il bougea et il poussa un long cri sifflant, la tête enfoncée dans le sol, jusqu'à ce qu'elle s'atténue. Son sang était glacial, son squelette était glacial. Il sentit alors les dents de la créature qui le déchiquetaient, pénétraient au plus profond de lui, jusqu'aux organes qui le maintenaient en vie, et il sombra dans une sorte de rêve. Ses yeux, ses oreilles, ses bras, ses jambes – son corps entier –, tout changea, et la douleur disparut. Des flammes lentes, une lumière dorée, se mirent à descendre en tourbillonnant vers lui, illuminant chaque chose et réduisant les arbres à des particules aussi fines que des insectes en feu. Au cœur de la lumière, il vit une silhouette à la peau radieuse. Darcy. Il aurait voulu rire de cette impossibilité. Darcy !

« Bénie sois-tu, Darce, parvint-il à prononcer tandis qu'elle s'agenouillait et posait la main sur son front.

– Tu en as fini ici, Billy, dit-elle.

– Oui, Darce, je le sais, répondit-il dans un souffle. Fini. J'en ai fini. »

# 32

Pop supposait qu'ils devaient être proches lorsque quelque chose attira son regard.

« Regardez, Henry. Là-bas ! »

Henry regarda dans la direction qu'indiquait la main tendue de Pop. À travers les arbres, il vit des flammes.

« C'est l'une des remises ! cria Pop. Allons-y ! »

Ils entendaient le chuintement de la pluie sur la tôle brûlante du toit de la remise. Se protégeant le visage derrière leurs bras, ils jetèrent un coup d'œil à l'intérieur. Ils ne virent d'abord que des flammes, puis aperçurent une masse de forme vaguement humaine qui se consumait par terre juste derrière la porte. La chaleur les força à reculer, et Henry trébucha sur un obstacle qui gisait dans l'herbe haute et faillit tomber à la renverse. Il leva la lanterne et Pop vint s'agenouiller à côté de la forme calcinée.

« Il est mort, déclara Pop.

– Billy ?

– Oui, je suppose. »

Tandis que Pop essuyait la pluie sur son visage et qu'Henry se tournait de nouveau vers la remise en feu, les premiers coups de feu retentirent. Ils crurent tout d'abord que les détonations avaient été provoquées par l'incendie, mais, lorsqu'ils regardèrent en direction de la maison qui se trouvait environ cent mètres plus loin, ils virent une lueur faible. Leurs regards se croisèrent et ils s'élancèrent comme un seul homme.

Tom et Grace étaient assis sur le cuir craquelé à l'arrière de la Rolls-Royce de Reg Pope tandis que celui-ci ronchonnait à propos de l'état de la route, de la pluie, de la nuit, de ces imbéciles de gamins qui n'étaient pas foutus de rentrer chez eux tout seuls. Tom posa la main sur la sacoche qui renfermait le corps de Ham et se tourna vers Grace. Elle observait la nuit noire et humide à travers la vitre, mais sembla sentir son regard. Elle lui fit face, esquissa un faible sourire et le laissa saisir sa main avant de se tourner de nouveau vers la vitre. Cinq minutes plus tard, la voiture ralentit pour négocier un virage.

« Regardez ! s'écria soudain Grace. C'est mon père ! Arrêtez-vous, monsieur Pope ! Arrêtez-vous ! »

Tom scruta l'obscurité. Pop se tenait devant l'ancienne maison de Billy, tenant dans sa main un objet noir. Il reconnut un pistolet et vit que Pop était en train de le charger. Mais il fut encore plus surpris de découvrir Henry à ses côtés. La Rolls s'immobilisa, et Grace ouvrit la portière et courut jusqu'à son père. Tom la suivit. Plus loin dans le champ, elle vit l'une des remises qui flambait.

« Qu'est-ce qui se passe ? demanda Grace, essoufflée. Quel est le problème ? »

Tom devina que, malgré sa surprise de les voir là, Pop avait d'autres préoccupations plus urgentes.

« Henry, restez ici avec les enfants ! » ordonna-t-il d'un ton sec, puis il se dirigea vers la maison en tenant la lanterne dans une main, son arme dans l'autre, et pénétra à l'intérieur.

Lorsqu'il rouvrit les yeux, rien n'était tel qu'il s'y attendait. Pop Mather était là, en train de palper ses blessures en répétant encore et encore son nom. Le sang qu'il avait perdu scintillait à la lueur de la lanterne.

« Qu'est-ce qui s'est passé, Gibson ? Qu'est-ce qui s'est passé, nom de Dieu ?

– C'est Smith, Pop. Il n'est pas mort. Il n'est pas mort. Il a dû s'enfuir. »

Pop secoua la tête d'un air dubitatif.

« Il était ici ! insista Gibson.

– Du calme, mon vieux, du calme. Je vous crois. Il est clair qu'il y avait quelqu'un ici, à moins que vous ne vous soyez tiré dessus tout seul.

– Je… j'ai vu la tombe. J'ai pensé que Billy l'avait apportée ici.

– Nous l'avons retrouvée. Et nous avons aussi trouvé Billy. »

Gibson acquiesça.

« Ce salaud m'a tué, hein ?

– Non, répondit Pop en saisissant sa main. Vous n'allez pas mourir. Pas si je peux l'empêcher. Vous avez une balle dans le ventre et une dans l'épaule, mais j'ai vu des hommes s'en tirer avec bien pire. »

Gibson sourit.

« Je suis censé vous faire confiance ?

– Ça me semblerait une bonne idée. »

Malgré les propos rassurants de Pop, il sentait qu'il perdait de nouveau connaissance, lorsque tout lui revint soudain. Il sut alors qu'il devait parler avant qu'il ne soit trop tard. Il leva son bras valide et agrippa faiblement la chemise humide de Pop. Celui-ci passa un bras autour de ses épaules.

« Allez, fiston. Restez avec moi.

– Je l'ai descendu, Pop.

– Smith ?

– Non, pas lui. Mon père. C'est moi qui l'ai tué. Moi.

– Vous vous souvenez ?

– Oui. Je me souviens. Il était assis à la table de la cuisine, en train d'écouter les courses hippiques. Il était surpris de me voir. C'était moi, pas ma mère. Dites-leur bien qu'elle n'y était pour rien. Dites-leur.

– Erskine m'a dit qu'il avait toujours pensé que c'était vous. Il a dit qu'un jour vous vous souviendriez. »

Gibson acquiesça et retint ses larmes.

« Et je me rappelle pourquoi je l'ai fait. Je me rappelle… »

Il était sur le point de vider son sac lorsqu'il entendit un bruit qu'il avait déjà entendu, désormais beaucoup plus faible, à peine audible dans le vacarme de la pluie : une profonde quinte de toux. Il leva le bras et tira sur la main de Pop, soudain hors d'haleine.

« Sergent, la buanderie, haleta-t-il. Regardez dans la buanderie. »

Pop se leva et souleva la lanterne, puis il décoinça le loquet de la porte de sa main libre et l'ouvrit. Gibson tourna la tête, tentant de voir ce qu'il y avait dans la pièce. Il ne vit tout d'abord rien, puis il distingua le scintillement de deux yeux sous l'un des baquets en béton.

« Il est en vie, murmura Pop, stupéfait. Mais regardez dans quel état il est. »

Il était effroyablement sale et recroquevillé sur lui-même, un pouce crasseux enfoncé dans sa bouche. Pop tendit la main vers le garçon, mais celui-ci recula vivement. Ils virent alors la corde attachée à l'une de ses chevilles.

« Il est… il est mort de peur.

– Mais il est vivant.

– Oui, en effet, murmura Pop. Et j'avais abandonné tout espoir. Nous avions tous perdu espoir. Mais vous aviez raison, Gibson. Je suis désolé. Peut-être que c'est vraiment le bon Dieu qui vous a envoyé après tout.

– Non, je me suis trompé. Smith ne cherchait pas à se venger. C'était Darcy qu'il voulait. Il la prenait pour Annie Flood ressuscitée. Il a trouvé les garçons, et il a dû se servir du petit Flynn pour la forcer à… coopérer. Il attendait qu'elle vienne. Mais elle n'est jamais venue. Elle pensait ainsi sauver l'enfant, Pop. Elle pensait qu'il serait forcé de le rendre à sa famille. C'était une gamine courageuse, Pop. Une gamine courageuse. »

Pop secoua la tête.

« Pourquoi n'en a-t-elle parlé à personne, nom de Dieu ? »

Gibson ne parvint pas à les retenir plus longtemps et deux larmes chaudes se mirent à couler sur ses joues.

« Peut-être qu'elle l'a fait, sergent. Peut-être qu'elle l'a fait. »

Des silhouettes apparurent dans l'embrasure de la porte et Gibson retomba contre le mur, sa vision se troublant. Les nouveaux arrivants ne remarquèrent tout d'abord pas l'enfant, puis Grace porta la main à sa bouche. Henry Gunn, livide, s'avança. L'enfant dans la buanderie recula encore plus et Pop leva la main pour leur faire signe de rester où ils étaient.

« Doucement, dit-il. Ne l'effrayez pas. »

Gibson observait Tom, qui regardait alternativement Flynn et Grace.

« Tu le vois ? murmura-t-il.

– Oui, répondit Grace.

– Vraiment ?

– Oui, Tom. Il est vraiment là.

– Pourquoi est-ce qu'il ne… »

Tom traversa le no man's land de la cuisine. L'enfant ne bougeait pas et l'observait avec de grands yeux.

« Il a eu la peur de sa vie, Tom, murmura Pop. Laisse-lui une minute. »

Tom acquiesça faiblement comme dans un rêve, puis il enfonça la main dans sa poche et en tira un objet. Il le tint devant lui dans son poing fermé et déplia les doigts un à un. Le petit garçon regarda la main de Tom, puis son visage, puis de nouveau sa main. Tom souleva l'harmonica, le porta à sa bouche, et souffla dedans avant de le poser au milieu de sa paume et de le lui tendre.

« Tiens, Flynn, murmura-t-il. Prends-le. Il est à toi. Tu te souviens ? »

Flynn le regarda en battant des paupières.

« Flynn, répéta-t-il. C'est moi, Tom. »

Avec une lenteur effroyable, Flynn sortit de sa cachette et se leva. Son torse était nu et pâle, et ils virent tous ses côtes qui saillaient sous sa peau. Il fit un pas en avant, tendant la main pour saisir l'harmonica, et Tom aperçut, à l'intérieur de son bras, juste sous son poignet, la marque de la brûlure qu'il s'était faite le jour où ils avaient disparu, le jour où les œufs d'Henry avaient fini au feu. Flynn prit une grande inspiration rauque et porta les mains à son visage comme pour essuyer des larmes.

« On va rentrer à la maison, Flynn. »

Les bras de l'enfant tremblèrent légèrement, il souffla longuement et son menton décrivit un infime mouvement de bas en haut.

« Oui », répondit-il.

Tom s'approcha de lui, s'agenouilla et passa les bras autour de sa taille. Il posa la tête contre le petit torse de son frère et resta ainsi, ses épaules se soulevant et tremblant tandis qu'il laissait couler ses larmes. Lorsque, après un long moment, il releva la tête, Gibson crut percevoir dans les yeux humides du garçon autant de bonheur que de désarroi et de douleur. C'était insupportable à voir, mais il ne pouvait pas, ne voulait pas, détourner le regard.

# Remerciements

J'aimerais remercier la Eleanor Dark Foundation et le Literature Board of the Australia Council pour leur aide au commencement de ce roman.

Un merci particulier aux clans Williams, Zappulla et Castiglione. Merci à tous mes supporters, notamment Santina, Silvana, Andrew, Merrin, Maggie, Jay, Lorrie, Tony, Paddy, Antony, James et les bonnes âmes de Brill, Bucks.

RÉALISATION : IGS-CP À L'ISLE-D'ESPAGNAC
IMPRESSION : CPI BRODARD ET TAUPIN À LA FLÈCHE
DÉPÔT LÉGAL : SEPTEMBRE 2013. N° 110389 (73337)
IMPRIMÉ EN FRANCE